Charlie Vega tiene un problema gordo

Charlie Vega tiene un problema gordo

CRYSTAL MALDONADO

HOLIDAY HOUSE • NEW YORK

Library of Congress Cataloging-in-Publication Data

Names: Maldonado, Crystal, author.
Title: Fat chance, Charlie Vega / Crystal Maldonado.
Description: First edition. | New York : Holiday House, [2021] | Audience:
Ages 14 and up. | Audience: Grades 10-12. | Summary: Overweight
sixteen- year- old Charlie yearned for her first kiss while her perfect
best friend, Amelia, fell in love, so when she finally starts dating and
learns the boy asked Amelia out first, she is devastated.
Identifiers: LCCN 2020015942 (print) | LCCN 2020015943 (ebook)
ISBN 9780823447176 (hardcover) | ISBN 9780823448906 (ebook)
Subjects: CYAC: Self- esteem— Fiction. | Best friends— Fiction.
Friendship— Fiction. | Overweight persons— Fiction. | Dating (Social
customs)— Fiction. | Mothers and daughters— Fiction.
Classification: LCC PZ7.1.M346954 Fat 2021 (print)
LCC PZ7.1.M346954 (ebook) | DDC [Fic]—dc23
LC record available at https://lccn.loc.gov/2020015942
LC ebook record available at https://lccn.loc.gov/2020015943

ISBN: 978-0-8234-5260-6

Para Bubby, Papaya y Obi, los tres
corazones que caminan fuera de mi cuerpo,
y para todas las chicas gordas y morenas:
las tengo presentes.

* * *

Capítulo uno

Imagino que me besan unas cien veces al día.

El momento tenso justo antes del beso, cuando me miran como si no hubiera nadie más en la habitación. La forma en que acarician mi mejilla, tal vez poniendo la mano en la parte baja de mi espalda. Estar tan cerca de alguien importante para mí, alguien que me gusta o a quien quizás incluso amo, y sentir el calor de su piel cerca de la mía son sensaciones mágicas. Huele bien, y casi puedo sentir sus labios en los míos, incluso antes de que se toquen. Y, cuando lo hacen, se siente... suave, dulce. Me olvido de quién soy por un segundo. Me olvido de *todo* lo demás.

Me olvido de que no siempre sé lo que hay que decir. Me olvido de compararme con mi mejor amiga. Me olvido de los problemas con mi madre. Me olvido de lo mucho que desearía usar una talla dos.

Lo olvido todo.

Menos ese beso.

No se trata de quién, sino de qué. El beso. Un beso. Ser *besada*.

Ese es mi sueño.

Pero no ha sucedido y estoy empezando a pensar que nunca sucederá.

Al menos, no de esa manera. No de la forma en que mi mejor amiga, Amelia, y su novio, Sid, se están besando apoyados en mi auto.

Debería enfadarme con ellos. En otro momento lo estaría. Pero ahora me complace el espectáculo.

Así de patética soy.

Debería ponerme furiosa que Amelia y Sid se estén besando

como si yo no existiera. Y, sí, esa parte es un poco molesta. Pero también me lleva a pensar en besos y chicos, y me siento melancólica y sola, extrañando algo que nunca he tenido.

Toco el claxon.

Amelia por fin se separa de Sid, lanzándome una mirada de disculpa entre risas. Sid y ella se susurran, se besan una vez más y Amelia entra al auto.

—Lo siento, lo siento —dice mientras se desliza en el asiento del copiloto—. Soy de lo peor. Lo sé.

—No eres de lo peor —digo mientras me incorporo a la carretera, de camino a mi casa—. Pero ¿podrías despedirte de él antes de que pase a recogerte? Es algo incómodo tener que verlo.

No le digo que sus besos me hacen tener una crisis existencial.

—La próxima vez, lo prometo.

—Sid siempre se recuesta en mi auto como si fuera suyo —le digo—. Sé que mi auto es una mierda, pero es *mi* mierda.

Admito que me molesto con Sid con facilidad. Él estudia el último año en otra preparatoria, y me parece vanidoso y distante. Amelia es amable, generosa y cálida, y Sid solo *está* ahí. Es amable conmigo, y eso es bueno, pero él es... anodino. Da la imagen de un holgazán que fuma marihuana todo el día, y eso no encaja bien con la popularidad y belleza de Amelia, quien además participa en un millón de actividades extracurriculares.

Sin embargo, es atractivo. En realidad, es súper sexy. Es todo músculos, y tiene una barba inusual para un adolescente. Lo reconozco. Amelia dice que la trata bien, y que es bueno tener un novio en otra escuela porque así no se siente asfixiada y a la vez puede desconectarse de todo. De modo que, bien. Lo acepto.

—Lo siento, Charlie, de verdad. Tengo la suerte de tener una amiga que me aguanta y aun así me lleva a casa.

Amelia sonríe y mueve sus largas pestañas. Yo sonrío.

—¿Qué tal el trabajo? —pregunta.

—Me he pasado la tarde preparando un centenar de paquetes de *marketing* para una feria comercial la semana que viene —digo.

Trabajo a tiempo parcial como asistente de oficina en una pequeña empresa familiar que vende productos médicos, sobre todo a hospitales.

—Así que ha sido fascinante, como puedes imaginar. ¿Cómo te fue con Sid?

—Si tuviera la piel más clara, te darías cuenta de que me estoy sonrojando solo de pensarlo.

—Uf. Dejémoslo así, ¿de acuerdo? —digo, arrugando la nariz.

—Lo siento. No pretendía hacerte sentir incómoda ni nada por el estilo. *Mucha* gente nunca ha sido besada.

Amelia me lanza una mirada comprensiva, y ahora soy yo quien se sonroja. Reconocer la virginidad de mis labios en voz alta lo *empeora*. Ya se lo he dicho antes, sin embargo...

—Sip.

Nos quedamos en silencio durante un segundo, pero me relajo un poco cuando saca su teléfono para cambiar de tema.

—¿Viste el video que te envié?

—¿Cuál? —le pregunto.

Amelia y yo intercambiamos unos cien mensajes diarios; a veces conversamos, pero muchas otras nos mandamos basura o cosas divertidas que encontramos en internet.

—¡Oh, espera! ¿Te refieres al del cachorro dormido que se cae del sofá?

—¡Sí! —grita, y el sonido del cachorrito roncando llena el espacio vacío del auto—. Es taaaan tierno. Ya lo he visto como diez veces, lo juro. Mira, mira... ¡está a punto de caerse!

En un semáforo en rojo que parece sincronizar con el video, me inclino y observo cómo el adormilado cachorro se cae del sofá. Estallamos en risas.

—Dios, deberíamos tener un perro —digo.

—Sí. Podríamos compartirlo...

—O compartirla —la interrumpo.

—O *compartirla*. —Amelia rectifica, aunque sé que seguro puso los ojos en blanco, de broma—. Esa cosita tierna podría pasar algunos días conmigo y otros contigo. Sería el cachorro mejor cuidado de la historia.

Cuando llegamos a mi casa, una casa de color blanco de una sola planta, de cuyo porche cuelga la adorada bandera puertorriqueña de papá, señalo el Audi de mamá estacionado en la entrada. Suspiro.

—El cachorro también tendría que convivir con ella.

Había albergado esperanzas de que el trabajo de mamá como directora de la sucursal de la cooperativa de crédito local la mantuviera en la oficina hasta tarde, para no tener que verla en casa cuando yo llegara, pero desde que yo también trabajo no siempre es así.

—Podemos ir a mi casa, si quieres.

—Ya estamos aquí. —Apago el auto—. Además, le encantará ver a su hija favorita.

Me refiero a Amelia, y ella lo sabe, así que me enseña su dedo del medio.

Entramos a la casa, y enseguida me llega un dulce aroma de manzana y canela, y sin entrar en la cocina sé que hay una vela encendida en la encimera. Es la favorita de mamá porque "va con el tema", es decir, con la pared roja y los adornos con manzanas dispuestos con cuidado sobre prácticamente todas las superficies de roble.

—¡Mamá, estoy en casa!

—Charlotte, estoy aquí. No hace falta que grites —dice mamá desde la otra habitación, aunque ella también está gritando.

—*Amelia* está aquí —digo, arrojando mis llaves sobre la mesa que está junto a la puerta.

—¡Amelia!

El tono de voz de mamá cambia al instante, y de repente sale a la sala a recibirnos. Lleva el pelo recogido en una elegante cola de caballo, y pantalones de yoga combinados con una camiseta deportiva ajustada y tenis deportivos, lo que indica que se dirige al gimnasio. Me besa la mejilla, y luego a Amelia.

4

—Me alegro de verte. Estás muy guapa. ¿Día especial en la escuela? —le dice.

Miro a Amelia, pero no me hace falta para saber que sí, que luce guapa. Ella *siempre* está guapa. Tiene una piel oscura impecable, que nunca se mancha, y un pelo negro rizado que nunca parece estar fuera de lugar. Es alta y delgada, y todo le queda bien, lo cual es del todo injusto, pero si alguien merece ser así de perfecta, esa es Amelia.

—No, hoy no hay nada especial —dice Amelia, examinando su ropa de estilo retro-chic.

Lleva una camiseta negra ajustada de cuello alto y mallas bajo un ceñido vestido de tirantes.

Amelia se encoge de hombros.

—¿Lo ves, Charlie? Siempre me dices que la gente no se arregla para ir a la escuela, ¡pero sí lo hacen! Mira cómo se arregla Amelia.

Los ojos de mi madre examinan mi atuendo: vaqueros, ballerinas y lo que yo consideraba un suéter bastante bonito, como si estuviera *comparándolo* con el de Amelia.

—Uy, gracias, mamá.

—Ya sabes lo que quiero decir —dice mamá, haciéndome un gesto con la mano—. Como sea. Te ves muy bien, Amelia.

—Oh, gracias, Jeanne.

—¡*Sabes* que puedes llamarme mamá!

Mamá le ha dicho a Amelia unas cien veces lo mismo. Hago lo posible por no poner los ojos en blanco.

—Mamá, creo que vamos a ir a mi habitación a hacer la tarea. ¿De acuerdo?

—De acuerdo. Avísame si necesitas algo.

—Lo haremos —digo mientras caminamos hacia mi habitación.

Una vez allí, cierro la puerta y Amelia empieza a reírse y se tumba en mi cama, tirando su mochila al suelo. Yo también me río un poco.

—*De veras* quiere que la llames mamá —digo.

—¡Es que me parece raro! *Nunca*, desde que nos conocimos en segundo grado, la he llamado mamá. ¿Por qué insiste últimamente?

—Es que le gustas mucho. —Me encojo de hombros, tratando de mantener la calma—. Ya sabes cómo es ella. Cuando le gusta algo, le gusta de veras. Así que, si aún no ha dejado de pedírtelo, nunca lo hará.

Mi teoría conspirativa es que mamá desea en secreto que Amelia sea su hija, y dice eso para hacérmelo saber con sutileza. Mi teoría más realista es que mi madre no se da cuenta de lo mucho que adora a Amelia, ni de que *tal vez* eso haga sentir incómoda a su hija.

Dicho eso, es cierto que Amelia encarna muchas de las características que mi madre desearía que yo tuviera. A veces no puedo culparla. Yo también quisiera parecerme más a Amelia.

Nadie hubiera dicho que Amelia y yo estábamos destinadas a convertirnos en mejores amigas. Ella es casi perfecta, y yo soy más del tipo que sobrevive y no prospera, la compañera, la mejor amiga. Además de ser hermosa, Amelia es la encarnación de la excelencia negra: su gracia, calidez e ingenio están en otro nivel, al que solo aspiro acercarme algún día. Pero, como sé que es una posibilidad remota, me conformo simplemente con dar vueltas en su órbita.

Como practica atletismo y voleibol, Amelia tiene muchos amigos. Su risa es contagiosa y carismática, y sabe balancear la dureza y la amabilidad. Dice las cosas como son, pero de una manera tan genuina que a nadie le molesta. Y su vida amorosa ha sido causa de mi envidia por años. Ha salido con personas de varias identidades sexuales, pues se identifica como pansexual, al menos desde sexto grado, y siempre he admirado su inquebrantable confianza, que creo atrae a la gente hacia ella.

No estoy segura de que alguno de los adjetivos que utilizo para describir a Amelia pueda utilizarse también para describirme a mí. Soy ansiosa e insegura, estoy llena de dudas y es posible que también sea un poco impertinente. Hay cosas buenas en mí, claro, pero no suelo tener amigos (a menos que los amigos de internet cuenten) y no soy atlética ni popular (aunque tengo un pelo estupendo).

Tampoco he salido nunca con nadie. Y soy gorda. Esas cosas no van por fuerza de la mano, pero en mi caso sí.

Siempre he sido gorda, pero no supe que era gorda con G mayúscula hasta cuarto grado, cuando, en medio de una excursión donde me estaba divirtiendo mucho, uno de mis compañeros me lo dijo. Estaba sentada con Amelia en un banco del museo de ciencias local, cuando Mason Beckett sintió, de repente, la *necesidad* de sentarse junto a su mejor amigo, Elijah McGrady, y trató de apretujarse entre él y yo.

—Por Dios, Charlie, ¿por qué tienes que ser tan *gorda?* —dijo Mason, que también tenía un cuerpo rollizo, volviéndose hacia mí.

Ese momento, en apariencia insignificante, me hizo tomar consciencia de mi cuerpo y de sus dimensiones. Solo entonces me di cuenta de que hay personas gordas, y de que ser gordo es una cosa muy mala para la mayoría de la gente.

Desde entonces, el mundo que me rodea me lo ha repetido una y mil veces, de mil maneras: cuando la gente mira mi cuerpo y se aparta con incomodidad en el autobús; cuando el profesor de Gimnasia hace un sonido de desaprobación cada vez que tengo que pesarme en la escuela como parte de la "prueba de aptitud física"; cuando mi médico ni siquiera me *escucha* quejarme del dolor de los senos nasales y me asegura que, si "perdiera peso", se solucionarán todos mis problemas; cuando la mayoría de las tiendas se niega a fabricar ropa que me sirva, y cuando sí lo hacen es *mucho* más cara, como si mi cuerpo gordo también tuviera una cartera gorda. Así que cómo no voy a envidiar a Amelia.

Amelia está intercambiando mensajes de texto, de seguro con Sid, así que saco mi libro de matemáticas y mi carpeta, y me acomodo en mi escritorio.

—Hoy te vi hablando con *Benny* afuera del salón de estudio independiente. —Amelia está concentrada en su teléfono, pero no oculta una sonrisa mientras habla—. ¿Para qué te buscaba?

Pongo los ojos en blanco. Benjamin (no *Benny*) es un chico que Amelia cree que está obsesionado conmigo, pero en realidad solo somos compañeros de clase. Soy amable con él porque suele ser agradable y estamos en la misma clase de Biología.

—Me buscó porque tenía una duda sobre la tarea.

—Creo que te buscó porque le *guuustas* —dice, mirándome con intensidad.

Vuelvo a poner los ojos en blanco. Cuando Amelia me habla de chicos, suelo poner los ojos en blanco.

—Piénsalo. Benjamin es un genio de las ciencias. ¿*De verdad* necesitaba que le resolvieran una duda de la tarea? ¿O era una excusa para hablar contigo?

—*De verdad* solo necesitaba que le aclarara una duda sobre la tarea—digo—. Sabes que no siempre puede leer lo que está escrito en la pizarra. No ve bien.

Cuando digo eso, me ajusto los lentes por instinto.

—Sin embargo, podría consultar en internet —insiste Amelia.

—Era más fácil preguntarme.

Amelia pone cara de no estar convencida.

—Solo digo. Los dos se ven muy cómodos juntos.

—Te agradezco el entusiasmo con que te tomas mi vida amorosa, pero Benjamin y yo solo somos amigos. Y para nada. Es muy dulce, pero un poco raro. Tú sabes. Además, me gusta otra persona. También sabes eso.

Cal Carter. ¿Por qué será que la gente con nombres aliterativos es mucho más atractiva? No lo sé, pero Cal es asombroso.

Alto. Musculoso. Ojos verdes penetrantes. Pelo rubio arena que cae con naturalidad. Una sonrisa que a menudo es una mueca, como si conociera algún secreto diabólico.

Amelia suelta un quejido.

—No me lo recuerdes.

Lleva rato queriendo que me olvide de Cal, sobre todo porque cree que no es buena persona. Eso es lo que más me gusta de Amelia. Cree que debería olvidarme de Cal no porque yo no tenga ninguna oportunidad con él, sino porque piensa que él no es lo suficientemente bueno para *mí*.

En cualquier caso, tiene razón en cuanto a que yo no debería estar interesada en Cal. Sobre todo, porque él está interesado en Amelia.

Lo sé, lo sé. Ella le ha dicho a Cal un millón de veces que no va a pasar, pero él insiste. Yo debería ser más juiciosa y no fijarme en alguien que persiste después de haber sido rechazado, pero aquí estoy, adorándolo.

Porque es amable conmigo. Muy, muy amable. Me cuenta chistes. Me hace reír. Conversa conmigo. Hasta me saluda cuando anda con sus amigos del equipo de fútbol americano, lo cual es épico. En resumen, es uno de los pocos tipos que me hace caso. ¿Y ya dije que es de esos chicos que hacen que se te doblen las rodillas, te ponen mariposas en el estómago y provocan que te desveles soñando con un futuro compartido? Así de atractivo es. Su sonrisa real, no la burlona (aunque esa también es maravillosa), podría conseguir la paz mundial.

Yo nunca se lo diría a Amelia, pues es demasiado embarazoso, pero mi esperanza secreta es que un día se dé cuenta de que era en mí, en realidad, en quien estaba interesado.

Capítulo dos

—Chist.

No es un llamado discreto. De hecho, se escucha alto. Nada apropiado para la biblioteca, pero da igual, supongo. Es Cal.

Sonríe cuando lo miro, revelando sus hoyuelos, y el corazón se me sube a la garganta. (A veces me duele la vista de lo guapo que es). Mi primer pensamiento es que está llamando a Amelia. Pero entonces recuerdo que Amelia aún no ha llegado, lo que significa que ese "chist" es para mí.

—Hola —susurra.

—Hola —le susurro, incapaz de borrar de mi cara lo que sin duda es una sonrisa tonta.

—¿Qué haces?

Está sentado a una mesa de distancia. No es que yo haya elegido con cuidado mi asiento para poder mirarlo furtivamente, no.

—Nada. Estoy leyendo.

Levanto mi libro. En clase estamos leyendo *El guardián entre el centeno*. Lo odio. Holden Caulfield no me cae bien, y estoy harta de que llame falso a todo el mundo.

—¿Y tú?

—Intento convencerte de que me prestes tus apuntes de Historia.

Por alguna razón, me río.

—¿Entonces? —insiste—. ¿Puedo?

—¡Oh! Sí, por supuesto —digo.

Suelto mi libro (sin marcar la página) para buscar en mi mochila (dejando caer algunos bolígrafos al suelo en el proceso) y sacar mi libreta.

Cal, Amelia y yo estamos en la misma clase de Historia, aunque

Cal cursa un año por delante de nosotras. Casi nunca viene a clase... y quizás esa sea la razón por la cual está repitiendo esa asignatura. Siempre me pide que le preste mis apuntes, y yo siempre le digo que sí.

Busco la página correcta y le tiendo la libreta. Cal se levanta con tanta gracia que parece que hubiera practicado. La confianza es algo natural en él. ¿Cómo se sentirá ser así?

Cuando llega a mi puesto, se inclina a recoger mis bolígrafos y me los tiende.

—Se te han caído —dice.

—Gracias —digo en voz baja, tratando de ocultar lo mucho que me tiemblan las manos cuando los tomo.

Cal toma la libreta y sus ojos recorren la página.

—Así que es todo esto, ¿eh? —pregunta.

Miro las notas, subrayadas con meticulosidad.

—Sí, a veces me excedo un poco. —Me da un poco de vergüenza que se haya dado cuenta—. No tienes que copiar todo eso. Lo que está subrayado es lo importante.

—*Todo* está subrayado... —dice Cal, riéndose y frotándose la mano en la nuca, y yo me encuentro deseando *ser* su mano—. Así que... digamos que solo vas a centrarte en las partes súper importantes. Ya sabes, las cosas que la señora Patel pondría en un examen. ¿Cuáles serían?

Cal se acerca, sujetando mi libreta. Mira el papel y luego a mí.

—¿Crees que podrías ayudarme a averiguarlo? Eres muy buena en eso, Charlie —añade.

—Oh, se... seguro —tartamudeo, sintiendo el calor subir por mi cuello; está tan cerca de mí—. Se ha pasado la mayor parte del tiempo hablando del Tea Party de Boston. Aquí. —Señalo esa parte en los apuntes—. No querían pagar impuestos si no tenían representación política. De eso trató la clase, así que... quizás eso.

—Entonces me concentro en esto —dice, señalando con el dedo el mismo lugar que yo estoy señalando, de modo que nuestras manos se tocan—. ¿Puedo olvidarme de todo lo demás?

Eso no es en absoluto lo que quise decir, pero su mano junto a la mía casi me hace sudar.

—Sí —digo, mirándolo—. Más o menos.

Su mirada se encuentra con la mía y sonríe, con hoyuelos y todo, dejando que la mirada se prolongue más de lo necesario.

—Súper. Es maravilloso. Eres la *mejor*, Charlie.

Mi cuello y mi cara se calientan aún más.

—Eh, no sé —consigo decir.

Cal se pone en pie.

—Te la devuelvo en clase, ¿está bien? —dice, señalando la libreta.

—Sí. No hay problema —digo.

Cal coge la libreta y vuelve a sentarse en su mesa.

¿Acabamos de... tener un momento romántico? Eso me pareció.

Por eso mis entrañas se revuelven como un montón de emojis raros cada vez que él está cerca: *cara gritando, señora en la bañera, hospital, cara gritando, corazón.*

Me descubro mirándole y sonriendo mientras copia las notas. Tengo que hacer algo para dejar de parecer tan tonta, y decido revisar la tarea de Matemáticas, pero entonces me doy cuenta de que la tarea de Matemáticas, que debo entregar en la próxima clase, está en la libreta que Cal no me va a devolver sino hasta después del almuerzo.

Mierda.

Amelia llega cuando estoy en pleno pánico. Se deja caer en el asiento de al lado.

—¡El señor O'Donnell es un imbécil! —dice, sin molestarse en hablar en voz baja.

La bibliotecaria nos mira y nos manda a callar, pero Amelia la ignora y me pone su examen de Biología en la cara. Hay un 68 en la parte superior.

—Oh, no —digo, frunciendo el ceño—. Lo siento mucho, Amelia. ¿Qué pasó?

—Que es muy mal profesor, eso es lo que pasó. Es todo memorización. ¡Lo odio! —Amelia suspira y mete el examen en su mochila—. Da igual. Haré algún trabajo para obtener unos estúpidos créditos extra y estaré bien. Como sea. Hola. ¿Cómo estás tú?

—Estoy *muy* bien. Creo que Cal y yo tuvimos un momento romántico —susurro.

Intento parecer despreocupada, pero estoy segura de que me veo súper emocionada. Es cierto que no me gusta ahondar en lo patética que es mi vida amorosa, pero ¡¿cómo no voy a compartir lo que pasó con mi mejor amiga?!

—Ah, ¿sí? —Amelia me sigue la corriente—. ¿Qué quería?

—Hablar —digo a la ligera.

Bueno, tratando de que parezca a la ligera.

—¿Así que hablar, eh? —pregunta Amelia.

Me molesta un poco que haya una pizca de escepticismo en su voz, con seguridad dirigido a las intenciones de Cal, pero, aun así.

—Sí, hablar —repito. Luego hago una pausa—. Y tomar prestados mis apuntes de Historia.

—Por *supuesto* —dice Amelia, mirándome suspicazmente, y eso me escuece un poco, como si Cal solo hablara conmigo cuando quiere algo—. ¿Por qué le dejas ver tus apuntes?

—Te dejo ver mis apuntes todo el tiempo.

—¡Soy tu mejor amiga! Cal es un holgazán. No se merece tu amabilidad.

Decido no contarle cómo se tocaron nuestras manos.

—Sí, bueno, es lindo. Y esta vez parecía agradecido. —Me encojo de hombros—. Pero acabo de darme cuenta de que mi tarea de Matemáticas está en esa libreta. Y no me la va a devolver hasta la clase de Historia, así que...

—¿Qué? ¡Ve y pídesela!

Yo solo parpadeo.

—No puedo.

—¿Por qué no? —pregunta.

—No se me da bien la confrontación.

—No estoy segura de que eso cuente como tal, pero está bien. Yo iré.

Sin pensarlo dos veces, Amelia se acerca a Cal, que levanta la vista y le lanza esa deslumbrante sonrisa suya.

—¿Qué puedo hacer por ti, encanto? —le pregunta Cal.

Amelia pone los ojos en blanco. ¿De verdad le ha dicho encanto? Se me cae el estómago.

—No soy tu encanto. Y necesito que me devuelvas la libreta de Charlie. Su tarea está ahí.

Cuando Amelia estira la mano para tomar la libreta, Cal aprovecha para deslizar su mano dentro de la de Amelia.

—Vamos un poco rápido, ¿no? —pregunta Cal con una sonrisa.

Amelia aparta la mano.

—Puf. Dámela.

—¿Qué hay para mí?

—Consideraré no romperte la mano y sacarte tu propio dedo del medio.

—Ya te estás haciendo a la idea de nosotros —le dice Cal con una sonrisa mientras le entrega la libreta.

—Ni lo sueñes —le dice Amelia, volviendo a nuestra mesa bajo la mirada de Cal.

—Gracias —le digo, con tono un poco más cortante de lo que hubiera querido, cuando pone la libreta frente a mí.

Intento apartar mis celos irracionales y concentrarme en arrancar la página de la tarea. Amelia me tiende la mano, ofreciéndome en silencio ir a devolverle la libreta con el resto de los apuntes a Cal.

—Puedo hacerlo.

Respiro. Amelia se encoge de hombros, y yo doy media vuelta y me dirijo hacia Cal. Sonrío.

—Hola, Cal. Lo siento —digo, tratando de que mi voz suene lo más suave posible—. Aquí tienes.

—Por fin, alguien que me trata bien —dice con coquetería.

Eso me hace sentir bien, hasta que me doy cuenta de que no me está mirando a mí, sino a Amelia. Suspiro, vuelvo a mi asiento y deseo ser ella.

Capítulo tres

A veces, estar en el trabajo me permite abstraerme de mi vida.

No hago nada interesante. La mayor parte del tiempo me dedico a archivar, clasificar el correo, programar reuniones, ese tipo de cosas. Pero por algún motivo me resultan relajantes. Hay algo gratificante en la organización, en anticiparse a las necesidades de los demás. Además, el grupo de personas con quienes trabajo es estupendo. La mayoría son mujeres, hasta la jefa de todos, Nancy, aunque muchos de los puestos de dirección están ocupados por hombres (por supuesto).

A pesar de que yo, que tengo dieciséis años, soy la bebé del grupo, casi todos me tratan con respeto y aprecian lo que hago. Es lindo. Soy buena en mi trabajo y no me preocupa tanto si soy guapa, delgada o popular, o cualquiera de esas cosas por las cuales me gustaría no preocuparme, pero me preocupo.

Nancy, quien fundó la empresa y la llevó al éxito, me ha dicho que ve potencial en mí e intenta darme trabajos de más responsabilidad. Cuando Sheryl no está, Nancy me pide que me siente en su escritorio y conteste el teléfono. Como sabe que me gusta escribir, a veces me encarga proyectos de escritura. Por eso me cae muy bien.

Sheryl, en cambio, *no* me gusta. Es muy arrogante y hace comentarios pasivo-agresivos sobre que me siento en su escritorio cuando ella no está, pero si ella no faltara tanto, yo no ocuparía su espacio.

Luego están Tish, Dora y Tammy, que son muy dulces. Me preguntan sobre la escuela y mi vida familiar, y creen que soy maravillosa, aunque no lo sea en absoluto. Eso también es lindo.

—¿Algún plan especial para el fin de semana? —me pregunta Dora mientras archivo algo.

Me pregunta lo mismo todas las semanas. Y todas las semanas me invento algo para parecer más interesante de lo que soy. Me siento un poco mal por ello, pero menos mal de lo que me sentiría si admitiera que casi no hago nada con nadie.

—A lo mejor voy al cine con mis amigos —digo.

—¿Estará allí el chico que te gusta?

Dora cree que las cosas con Cal han progresado, y que tenemos una relación de pareja. Puede que yo lo haya insinuado una vez, y ya no hay vuelta atrás.

—¡Sí! Es probable que esté allí. Seguro la pasaremos bien —miento—. ¿Y tú?

—Voy a llevar a los niños a correr karts.

Dora tiene gemelos de siete años que, según dice, la mantienen ocupada todo el tiempo.

—¿Vas a competir en una carrera de karts?

Dora se ríe.

—No, no. Yo no. Estaré observando. Solo los chicos. Y mi marido, por supuesto. Él estará pilotando.

Por alguna razón, la idea de que el marido de Dora corra karts con los niños mientras ella los observa me entristece. Dora es gorda como yo, y no puedo evitar pensar que es por eso por lo que no maneja uno ella también. Suena como algo que yo haría, quedarme fuera de una actividad por miedo de que el cinturón de seguridad no se abroche, o algo así.

—Deberías hacerlo con ellos —digo—. Creo que a los chicos les gustaría.

—Oh, no. —Dora vuelve a reírse—. Ya soy mayor para eso.

Dora decide ignorar convenientemente que su marido es aún mayor.

—¿Charlie? —me llama Nancy desde su oficina.

Corro hacia allá.

—Hola, Nancy. ¿En qué puedo ayudarte?

—Dave necesita ayuda para preparar unos paquetes para el hospital St. Francis. ¿Crees que puedas ayudarlo? —me pregunta, y me mira como si supiera que voy a decir que sí.

Nancy, de metro y medio de estatura, ojos penetrantes de color marrón y pelo castaño recortado parejo en un *bob*, es tan imponente y segura como amable y suave es su voz. Una combinación brutal, en mi opinión.

Sonrío.

—Sí, creo que podría hacerlo.

Ya me ha pedido ese tipo de cosas antes, así que me dirijo al almacén, donde Dave me está esperando. Dave es agradable, pero a veces se cree más importante de lo que en realidad es. Es el hijo de Nancy y se siente el jefe, a pesar de que Nancy le deja muy claro que no lo es.

—Hola, señorita —dice Dave.

Claro. Y me llama señorita.

—Hola, Dave. Tu mamá me dijo que necesitabas ayuda.

Me gusta recordarle que todos sabemos que es hijo de Nancy.

—Sí. Necesito que vayas allá y ayudes a Brian a empaquetar y organizar unos envíos —dice, señalando a un chico joven, que al parecer debo saber que se llama Brian. Luego desaparece en su oficina.

Al acercarme a Brian, me doy cuenta de que *sí* lo conozco.

Está en mi clase de Arte. Es una de esas personas de la escuela a quienes *ubico*, pero a quienes no *conozco* en realidad. Ni tenía idea de que trabajaba aquí.

Pero cuando vas a la misma escuela, en el mismo pueblo, con la misma gente, en el mismo rincón de Connecticut, durante toda tu vida, te haces al menos *alguna* opinión de ellos. Así que, si me preguntaran por Brian, quizás diría que es tranquilo, simpático, un poco nerdo y bastante guapo (porque, hola, no estoy ciega). Es fornido, tiene un poco de barriga y es alto. Tal vez unos buenos quince centímetros más alto que yo, lo que nunca es malo.

—Hola —digo, ajustándome los lentes.

Estar cerca de chicos tiende a ponerme nerviosa, sobre todo si son guapos.

Brian levanta la vista de los papeles que está leyendo. Sonríe, y de repente es aun más guapo. Tiene los pómulos altos, su sonrisa es un poco torcida y arruga las comisuras de sus ojos oscuros. Mi estómago da un vuelco, porque soy una adolescente hormonal y este chico me mira como si me conociera de toda la vida y pensara que soy maravillosa.

—Hola —dice, extendiendo una mano—. Charlie, ¿verdad?

Nos damos la mano. Tiene un buen apretón de manos. Firme, sin apretar los dedos hasta hacerlos papilla como hacen muchos chicos.

—Sí, hola. Creo que ambos vamos a la Escuela Preparatoria George Washington —digo, aunque sé que sí.

—¡Sí! Estamos en la misma clase de Arte. Soy Brian Park.

—Qué buen nombre.

Se ríe.

—¿En serio?

—Sí. Los nombres son una de esas cosas sobre las cuales no tienes control, pero pueden cambiarlo todo. ¿Te imaginas cómo sería llamarse Atticus Mortimer III? Serías rico, aunque no lo fueras. Así es.

Por suerte, Brian asiente mientras hablo.

—De acuerdo. Igual, si te llamas Clarence McConkey tal vez la vida no sea tan buena para ti.

—¡Exacto! *En realidad,* el nombre Clarence McConkey no tiene nada de malo, pero la gente no lo vería así. Quiero decir... caramba.

Me doy cuenta de que la conversación quizás se haya alargado más de lo debido, pero paso mucho tiempo pensando en los nombres. Cuando escribes, siempre intentas dar con los nombres perfectos para tus personajes, y puede que a veces me deje llevar por la euforia. Emoji de encogimiento de hombros.

—En fin. ¿Y los paquetes?

—Sí —dice—. Los paquetes. Estamos agrupando seis pequeños y uno grande. ¿Qué te parece si cargas los pequeños y yo cargo los grandes?

En circunstancias normales, me hubiera puesto a discutir al respecto. No soy débil porque sea una chica, pero las cajas sí son grandes y noto que los musculosos brazos de Brian podrían manejarlas con facilidad. Es fornido, ¿eh? Parece un jugador de fútbol americano. No lo es, solo digo que parece. En realidad, es un *placer* mirarlo.

Sonrío y acepto. Nos ponemos a trabajar.

—¿Cuánto tiempo llevas trabajando aquí? —pregunto mientras ordenamos los paquetes.

—Acabo de empezar este semestre. Encontré el trabajo a través del consejero de la escuela. Hasta ahora me gusta. Es bastante fácil. ¿Y tú?

—Empecé en el otoño. A mí también me gusta. Todo el mundo es muy amable. —Mientras hablo, muevo las cajas—. Solo que me gustaría tener una idea de a qué se dedican.

Brian se ríe.

—¿Tú también? Eso me hace sentir un poco mejor. Cosas para hospitales, es todo lo que sé. No estoy aquí tratando de convertirme en médico, por supuesto.

—Lo mismo digo. No, gracias. Ya me cuesta pensar en que tendré que diseccionar una rana en Biología.

Hago como si me dieran arcadas.

—¿A quién se le ocurrió que la disección era una destreza que debíamos adquirir? O sea, no tengo ni idea de cómo funcionan los préstamos y me encantaría aprender sobre eso del 401K, pero ¡vamos a diseccionar ranas!

Me río. Tiene toda la razón, y me da gusto lo fácil que es nuestra conversación mientras trabajamos. Sin que me dé cuenta, pronto terminamos. Echo un vistazo a mi reloj (un rastreador de actividad que mamá me compró para poder seguir mis pasos) y me doy cuenta de que casi termina la jornada.

—¿Todo listo? —pregunto.

—Todo listo. Esto ha sido mucho más rápido con tu ayuda —dice Brian, mirándome. Luego se ríe—. Oh, tienes algo —dice, señalándose la frente.

Me froto la frente con la manga.

—¿Ya? —pregunto, avergonzada.

—Ya. Me pasa todo el tiempo —dice Brian—. Aquí hay mucho polvo. Siento que hayas tenido que ayudarme, con esa ropa tan bonita.

Siento que una sonrisa involuntaria se forma en mis labios. Me gusta que piense que mi ropa es bonita.

—No hay problema. Me alegra haber sido útil —digo y me doy la vuelta para irme—. Nos vemos en... la clase de Arte, ¿no?

Finjo no estar segura de que esté en mi clase de Arte, aunque sé que lo está.

Brian sonríe.

—¡Sí! Claro que te veré en la clase de Arte, Charlie. Gracias de nuevo.

· * ·

Cuando llego a casa, el auto de mamá no está en la entrada. Pequeños milagros. Dentro, en la encimera de la cocina, hay una nota que solo dice "Disfruta". Está apoyada sobre un batido nutritivo, de esos que sustituyen las comidas, y de repente mi buen humor se disipa.

Mamá confía en esos batidos. Es lo que la ha hecho adelgazar, le dice a quien quiera escucharla. Le gustan tanto que se ha convertido en consultora de la compañía, y ahora los vende en Facebook como parte de lo que por supuesto que no es un esquema piramidal (sí es un esquema piramidal). Lleva un tiempo tratando de que yo también los tome.

Me dice que con solo reemplazar una comida al día con ellos podré ver pronto algunos resultados en mi cuerpo, este cuerpo rebelde que necesita control, supongo, y entonces podré al fin empezar a *vivir*. Como si fuera imposible vivir en este cuerpo.

Me avergüenzo a menudo de mirar mi cuerpo y estar de acuerdo en secreto.

Lo que pasa es que mi madre fue gorda, hasta que, de repente, dejó de serlo. Al menos así lo sentí yo. Siento que me desperté un día y la mamá que conocía se había ido y había sido reemplazada por un modelo más nuevo y delgado.

Pero en realidad el cambio no se produjo de la noche a la mañana. Tal vez no quise ver lo que ocurría ante mis ojos: que el cuerpo de mi madre se iba encogiendo poco a poco, pareciéndose menos al mío cada día, porque no quería (o podía) reconocer que ella estaba consiguiendo lo que yo desperdiciaba tanto tiempo en anhelar.

La cosa fue así: papá enfermó y murió, y mamá pasó mucho tiempo deprimida. Ambas nos volvimos más gordas en nuestra tristeza, y ella empezó a sentirse mal consigo misma, por lo que decidió perder peso y, entonces, *bum*. Todo cambió.

Supongo que hubo algunas otras cosas que sucedieron en el medio, pero eso es lo esencial.

Tampoco ayudó que mi madre y yo nunca hubiéramos sido muy unidas. La gente siempre decía que yo era la niña de Héctor. Heredé su piel morena, sus ojos oscuros, su pelo rizado y su sentido del humor. Mamá, de piel blanca, ojos marrones claros y pelo lacio, mucho menos divertida que nosotros, a veces se quejaba de que se sentía excluida de nuestras bromas.

Papá y yo *congeniábamos*. Nuestra relación era tan fácil como difícil es la relación que tengo con mamá. Siempre sentí, desde el momento en que comencé a hablar, que él me entendía a la perfección.

Aunque trabajaba en la construcción, papi era un excelente narrador. Escribía en su tiempo libre, y le encantaban las novelas de misterio y el arte del suspenso. Me transmitió su admiración por el lenguaje (aunque contar historias sobre gente corriente que se enamora es lo que me gusta a mí). Cuando estábamos juntos, nos poníamos a inventar historias. De niña, me leía cuentos a la hora de dormir, hasta que tuve edad para leérselos a él. Entonces dejamos los libros y empezamos a inventar historias juntos. Era lo nuestro. Hasta escribió algunos de sus cuentos favoritos, para que no se nos olvidaran. Mi preferido es "Charlie y los zapatos de arcoíris", que inventamos inspirados en un par de zapatos Mary Jane que tenían puntadas de arcoíris en los bordes. En el cuento, los zapatos son mágicos y le permiten a la pequeña Charlie hacer cosas como nadar con ballenas, luchar contra monstruos, montar unicornios y volar. Todavía conservo el cuento en una caja debajo de mi cama.

A papi también le gustaba narrar. Era bilingüe, y siempre estaba hablando, como si siempre salieran historias de su boca. No podía, ¿o no quería?, ponerle freno a su gran imaginación, y a veces se involucraba demasiado en proyectos que no iban a ninguna parte. ¿Necesitamos un poco de dinero extra? Pongamos un negocio de pasear perros. ¿Estamos aburridos de las mismas comidas? Cenemos una noche sushi y *gyoza* caseros. ¿Queremos vivir una aventura? Conduzcamos hasta la costa para explorar la playa.

Me gusta pensar en papá como un globo que subía flotando hacia el cielo, y en mamá como el ancla que lo mantenía atado a tierra. Aunque no lo suficiente como para impedirle soñar, solo que no nos arruináramos o acabáramos en la playa en mitad de la noche cuando hacía un frío glacial.

Si bien a veces mis padres eran como el fuego y el hielo, la mayor parte del tiempo compaginaban. Ella nunca lo dejaba irse a la deriva y él la ayudaba a mantener viva su alegría.

Por eso era mejor cuando éramos los tres. Había una sensación de estabilidad, y cuando las cosas se ponían difíciles entre mi madre y yo, papá mediaba entre las dos mujeres que más quería. Porque si mi amor por las palabras y la risa los heredé de papá, mi terquedad y tenacidad las heredé de mamá. No es tanto que ella y yo seamos agua y aceite como que somos dos cargas explosivas: siempre queremos tener la razón y la última palabra, pero en última instancia somos extremadamente sensibles.

Así que papi ayudaba a mantener la paz, haciéndonos sentir escuchadas a ambas. Sobre todo, creo que lo que quería era que nuestra pequeña familia fuera feliz, y hubiera hecho cualquier cosa para lograrlo.

No es que mamá y yo nunca tuviéramos momentos lindos. Sí que los teníamos. A las dos nos encantaban los *reality shows*. Siempre cantábamos canciones viejas de Mariah Carey. Salir de compras también era una actividad que nos unía, especialmente si comprábamos ropa: Mamá solía decir que nunca había visto una ropa en rebaja que no le gustara, y me enseñó a vestirme bien, a apreciar la emoción de encontrar una buena prenda, cosa difícil siendo mujeres gordas.

También nos divertíamos cocinando juntas, entregadas a preparar platos deliciosos y saborear nuestras creaciones. Mamá era una cocinera increíble. Su manera de expresar amor era a través de la comida. Preparaba mucha, mucha, y te hacía repetir dos, tres, incluso cuatro veces. Se enorgullecía de que sus comensales comieran hasta reventar. Aprendí a amar la comida a su lado, en la cocina, cocinando y deleitándome de que a papi le encantara lo que habíamos preparado para él. Había algo puro y sencillo en el sabor de una receta deliciosa, y eso nos hacía felices a los tres. Éramos una familia de gordos, y quizás no nos gustaba eso, pero lo aceptábamos.

Y entonces perdimos a papi.

Sin él, el equilibrio y la alegría en nuestro hogar también se perdieron. Sin él para separarnos o unirnos, mamá y yo no supimos detener las peleas antes de que nos llevaran a decir cosas que no queríamos, ni llenar el silencio antes de que se hiciera demasiado grande.

Tenía trece años cuando murió papá, y catorce cuando el cuerpo de mamá cambió. El mío también cambiaba, pero no de la manera que yo quería. Me desarrollé, pero también me ensanché. Dejé de tener "grasa de bebé" para tener "grasa de gorda". Cuando comencé a interesarme por los chicos y los hombres, me di cuenta de que los chicos y los hombres se interesaban por mi madre.

A medida que mamá se despojaba de su antiguo cuerpo y de sus hábitos, como una serpiente que muda la piel, las cosas que nos unían empezaron a desaparecer. Ya no nos sentábamos en el sofá a ver televisión, ni íbamos a comprar ropa juntas (no podíamos frecuentar las mismas tiendas), ni cocinábamos juntas (a no ser que fuera pollo a la plancha y brócoli), ni nos deleitábamos con comidas sabrosas, ni preparábamos postres llenos de calorías. Nada de eso. La comida ya no era una celebración. Comíamos para sobrevivir y nada más.

Lo intenté a su manera durante un tiempo. De veras que lo hice. Pero echaba de menos a mi padre, a mi madre y a mi vida. Echaba de menos la comida.

Mamá se encogió. Yo no lo hice.

Redefiní mis prioridades. Dediqué más tiempo a escribir, lo que me sirvió de válvula de escape. Comencé a subir a internet historias de chicas guapas con finales felices, lo que me hizo sentirme alegre y completa, al menos por un rato. Y luego, poco a poco, a través de esas comunidades de escritores, acabé conociendo el feminismo y el movimiento de aceptación de la gordura, y comencé a escribir historias sobre chicas de todas las tallas y de distintos orígenes. Así cambió mi forma de ver el cuerpo, la alimentación, las dietas y a mí misma.

Y eso fue quizás lo que acabó de separarnos a mamá y a mí. No podía hablar con ella sobre las cosas que estaba aprendiendo o comenzando a cuestionar. Su cuerpo había sido una "prisión", me decía, y el mío también lo era. Podría ser "libre" si me esforzaba por estar delgada.

Comenzó a criticarme, diciendo cosas como "¿de veras quieres comer eso?", "¿estás segura de que quieres repetir?", "¿te vas a poner *eso*?".

Intento que no me afecte. Reconozco que los pensamientos de mi madre sobre su cuerpo y el mío no son saludables. Sin embargo...

Mi propia relación con mi cuerpo es complicada. Todo el tiempo estoy expuesta a mensajes que me dicen que me ame, que aprecie las estrías y los rollitos, que tenga determinación y sea yo misma, sin pedirle disculpas a nadie por eso. ¡Muestra esa barriga! ¡Ponte un bikini! ¡Todos los cuerpos son cuerpos de playa! Lo entiendo. Lo celebro. Lo *creo*.

Pero también estoy rodeada de mensajes que me dicen que necesito fajas, que necesito perder peso, que necesito entrar en ropa de talla normal, que necesito parecer una chica Insta, que necesito ser diminuta para ser amada. Hasta mi realidad cotidiana parece apoyar eso. No quiero parecer superficial, pero es que cuando *todo* el mundo te dice "qué cara más bonita tienes", lo notas.

Entonces, ¿a quién le sorprende que yo desee un cuerpo más delgado?

Sin hacer mucho alboroto, he probado las dietas, los batidos, las rutinas de ejercicios, las fajas y los deseos secretos de adelgazamiento, y a la vez me he involucrado en el movimiento de aceptación de la gordura, celebrado la gordura y seguido la #fatfashion como una religión. Creo que la gente de cualquier talla puede estar sana. Creo que hay gordas hermosas.

Pero mi mente lucha por tender un puente entre ambas ideologías. Soy gorda y celebro a otras personas gordas, pero no me celebro a mí misma. Y eso me hace sentir que soy un fraude.

Mi madre dice que no pierdo peso porque no lo deseo lo suficiente, pero no podría estar más equivocada: en secreto daría cualquier cosa por estar delgada, si bien en público me rebelo contra la idea de que alguien deba hacerlo.

La comida me reconfortaba y me sigue reconfortando. La sensación de felicidad que produce el morder una galleta con chispas de chocolate, el dolor de una barriga muy llena, la anticipación que se siente antes de comer... esas cosas me hacen feliz.

Por eso supongo que puedo entender por qué mamá no cree que yo haya intentado comer mejor y hacer ejercicio, aunque sí lo haya intentado. Pero a veces miro su cuerpo ágil, y todos los cuerpos envidiablemente delgados que me rodean, y mis esfuerzos parecen inútiles. Es difícil no recurrir a la comida, tan fiable y fácil de obtener.

Vuelvo a mirar el batido que hay en la encimera, y le doy un par de vueltas en la mano. La etiqueta dice que solo tiene 210 calorías y 24 gramos de proteína, y por un instante considero la posibilidad de darle otra oportunidad.

Pero no. Tiro el batido a la basura y saco mi teléfono para pedir algo de comida. Si oculto las huellas, mamá no me regañará; si no lo sabe, no sufrirá con ello.

Capítulo cuatro

No hago nada en todo el sábado, excepto leer, escribir y navegar por internet. Sobre todo, publico cosas nuevas y chateo con mi comunidad de amigos en línea, que me ayudan a corregir mi trabajo y me ofrecen apoyo, lo cual es muy agradable. En mi vida real, solo Amelia sabe que escribo, y a veces hasta *eso* me da miedo. Compartir con otros lo que escribo es una de las cosas más vulnerables que puedo imaginar.

Pero también es emocionante, sobre todo cuando es bien recibido. Soy adicta a eso, y mi afición a menudo me mantiene tan absorta que ni siquiera siento el paso del tiempo.

Cuando mi teléfono suena el domingo a mediodía, veo un mensaje de Amelia.

¿Jake's?, dice.

Se refiere a la pequeña cafetería del centro, a donde solemos ir (y, para ser sincera, la mayor parte de la gente de mi escuela también). Me miro. Todavía tengo el pijama puesto, a pesar de que ha transcurrido ya gran parte del día. Mi pelo está alborotado y parezco un desastre por haberme pasado el día holgazaneando.

Siento la fugaz tentación de fingir que no he visto el mensaje. Así no tendría que hacer ningún esfuerzo para dejar el santuario de mi habitación, que es un santuario, por cierto, con sus luces blancas parpadeantes, sus montañas de libros y el asiento en la ventana, donde me encanta sentarme a leer. Me he esforzado mucho por crear esta estética de Instagram en particular, que solo abandono cuando no me queda más remedio. Culpa de la introvertida que hay en mí.

Analizo las opciones: despedirme del calor de la cama y de las bromas fáciles con mis amigos online o aventurarme en el mundo real con mi mejor amiga y sentirme como una persona de verdad.

Cuando mi teléfono vuelve a sonar (**¿Holaaaa?**), suspiro y me decido por lo segundo.

Dame unos minutos para prepararme, escribo.

Espero. De todos modos, ¡me vas a recoger!

Cuando tienes el pelo largo como yo, no hay forma de lavarlo rápido, así que opto por mantenerlo recogido en la ducha para no mojarlo. Una vez seca, me hago dos trenzas, me las sujeto a la nuca y me pongo un vestido tejido con mallas y botas.

Recojo a Amelia y nos dirigimos a Jake's. Es un café pequeño y original, donde venden deliciosos cafés con leche y productos recién horneados, y donde hay cubos de compostaje ecológicos para reciclar los posos de café. La decoración dispareja hace que el lugar luzca acogedor, como si estuvieras en casa de una tía hippie. Tiene mucha luz natural, lo que permite tomarles buenas fotos a tus bebidas, y una pequeña sección de libros usados que venden a un dólar. Me encanta.

Estamos a finales de enero, y en Nueva Inglaterra el mejor lugar para sentarse es junto a la chimenea. Por desgracia, está siempre ocupado, así que Amelia y yo nos acomodamos con nuestras bebidas calientes en dos cómodas sillas junto a la ventana: chai latte para mí y café con avellana para ella.

—Ya vi que has publicado una nueva historia este fin de semana —dice Amelia, apoyando las piernas en la mesita que nos separa.

—Ay, por Dios, sí —digo—. Es la primera vez que escribo desde la perspectiva de un chico. ¿Y qué sé yo sobre chicos y sobre cómo piensan?

Amelia se ríe.

—Bueno, ¿qué sabe *nadie* de los chicos y de cómo piensan? Así que, vamos, Charlie. Date un poco de crédito. ¡A mí me pareció que Clive y Olivia hacían una linda pareja!

Sonrío.

—Gracias. Pero sé sincera conmigo, ¿cambiarías algo?

—Bueno... —Amelia se da unos golpecitos en la barbilla, pensativa—. Ya que preguntas, tengo curiosidad por saber por qué a Olivia le daba tanto miedo darle la mano a Clive. Tiene dieciséis años, no es una monja.

Hago una ligera mueca en mi interior. El nerviosismo de Olivia está inspirado en el mío.

—Pues... no todo el mundo se siente cómodo haciéndolo... —digo.

Amelia le da un sorbo a su bebida.

—Pasas *mucho* tiempo explicando lo aterrorizada que está, y a mí me dan ganas de decirle: "¡Hazlo, chica! Es solo una mano".

Me muerdo un poco el labio, pensando en su crítica. Tal vez me lo tomo de forma más personal de lo que debería. Amelia se da cuenta.

—Quiero decir, no te estreses. Todo lo demás está perfecto —añade.

—Sí. —Sonrío—. Trabajaré en eso la próxima vez.

Una mirada pensativa aparece en el rostro de Amelia.

—¿Sabes? Es impresionante que saques todas esas historias de tu cabeza. Que te *inventes gente*. Personas completitas.

Me río.

—Supongo que nunca lo había pensado así. Amelia, escribir es súper difícil. Me hace sentir muy vulnerable. Quiero decir, ya sabes lo reacia que soy a compartir mis cosas. Pero mi papá siempre decía que para ser escritor uno debe sentirse bien "escribiendo desnudo", es decir, desnudando su alma, siendo *real*. Así que creo que hay que superar el miedo. Pero es difícil. Es tan personal que no puedo evitar protegerlo con todas mi fuerzas, y luego está esa vocecita que me dice todo el tiempo que aún no está listo para los ojos de los demás. Pero entonces pienso que, si no voy a compartir lo que escribo, ¿para qué lo hago? No sé, a veces pienso que debería querer ser otra cosa, como la persona que maneja la contabilidad en un almacén de tazas novedosas.

Me da un poco de vergüenza haber compartido tanto.

—Me doy cuenta de lo dramática que estoy siendo —añado.

—Creo que es bonito. *Está bien* ponerse dramática con las cosas que le importan a una —dice Amelia—. *Ojalá* me apasionara así el atletismo.

La miro con el ceño fruncido.

—Te has pasado el curso quejándote del atletismo. ¿Por qué no lo dejas?

Amelia arruga la nariz.

—Mamá quiere que siga. El *legado*. —dice Amelia, poniendo los ojos en blanco.

La señora Jones era una estrella del atletismo.

—También dice que ayuda a entrar a la universidad —agrega.

—Me gustaría poder decir que está equivocada, pero todo el mundo insiste en que tienes que estar súper involucrado en un trillón de actividades extracurriculares para que las universidades *te tengan en cuenta* hoy en día.

Eso me hace pensar en lo pobre que es mi currículum. Está mi trabajo, claro, pero publicar en internet no creo que cuente como una actividad extracurricular, ¿verdad?

—Lo sé, eso es lo que apesta, que tiene razón. ¡Pero no quiero que la tenga!

Le lanzo una mirada comprensiva.

—No deberías tener que hacer algo que no te haga feliz. Quizás puedas hablar con tu mamá y ser sincera con ella. Ya estás en voleibol, y tus notas son buenas. Creo que ella lo entendería.

Amelia parece no estar convencida.

—Sí, tal vez. Pero no quiero decepcionarla.

—No lo harás.

—Creo que aguantaré el resto del año, y no me apuntaré el año que viene —dice—. Al menos he conocido a gente maravillosa en el equipo.

—Es cierto.

Asiento con la cabeza, pero me da pena por ella. Aunque estoy acostumbrada a decepcionar a mi madre, me doy cuenta de que no todo el mundo lo está, sobre todo Amelia. Su mamá es tan buena que a mí también me daría miedo decepcionarla.

—¡Oh, sé lo que te hará sentir mejor! Quería compartir esto contigo. Estoy obsesionada con esta nueva lista de reproducción que encontré en Spotify. Se llama "Lovesick".

—Por favor, dime que hay al menos una canción de Spice Girls.

—Hay varias, por eso sé que es para ti.

Saco mi teléfono y busco en mi bolso los AirPods. Le doy el izquierdo a Amelia y me pongo el derecho en la oreja.

—Toma —le digo.

Me acomodo en la silla mientras escuchamos.

—Ah. —Amelia suspira feliz.

—Sí. Buenísima, ¿verdad?

Escuchamos la música hasta terminar nuestras bebidas. Luego nos vamos a casa. Amelia tiene que hacer la tarea, y yo, inspirada por la lista de reproducción, quiero escribir algo.

Además, quiero aplazar el momento de irme a la cama tanto como pueda, para alejar el lunes.

* * *

No sé por qué, por mucho que me quede escribiendo hasta tarde los domingos por la noche, el lunes siempre llega. Y, además de comenzar otra semana, estoy súper cansada. Suspiro.

Al menos, mi primera clase es Inglés. Mi favorita, claro. Estoy con un grupo de estudiantes de último año, tranquilos y estudiosos. Soy la única de penúltimo año, lo que me hace sentir especial, para ser sincera.

Admiro a la profesora, la señora Williams. Es muy inteligente y tiene mucha cultura, y además de los libros que tenemos que leer según el plan de estudios ("clásicos" escritos por tipos blancos), asigna libros escritos por autores que pertenecen a grupos minoritarios. Por cada *Rebelión en la granja* y *El gran Gatsby* que leemos, también leemos libros como *La casa en Mango Street* y *Ojos azules*. Es maravilloso. En esta clase he leído algunos de mis libros favoritos.

Además, la señora Williams nos da tiempo para escribir. Y, a diferencia de mi escritura en línea, *esta* va unida a mi nombre real, lo cual es aterrador, pero también estimulante. No es nada riguroso, pero pasamos los primeros diez minutos de la clase escribiendo. No recibimos calificación alguna por lo que escribimos, solo tenemos que escribir durante esos diez minutos. En ese tiempo me dejo llevar por mis pensamientos, a veces sobre mi vida, a veces sobre lo que estoy leyendo, a veces sobre pequeños fragmentos de historias que flotan en mi cabeza.

La señora Williams a menudo me hace pequeñas notas con preguntas o comentarios sobre mis escritos, o subraya y pone caritas sonrientes junto a sus oraciones favoritas. Eso me encanta.

Hoy, sin embargo, discutimos *El guardián entre el centeno*. Eso no me encanta.

—Ahora que hemos terminado la lectura, quiero escuchar sus conclusiones. ¿Qué les ha parecido? —pregunta la señora Williams.

Espero un segundo antes de levantar la mano. Ella me da la palabra.

—La verdad, me pareció que Holden era un arrogante —digo.

La señora Williams sonríe.

—Era demasiado crítico con todo lo que le rodeaba. No era tolerante con nada. Y se creía mejor que todo el mundo. Sé que estaba deprimido, pero a veces también tenía la sensación de que era un blanco quejumbroso que odiaba a la gente por querer abrirse camino en la sociedad.

Al oír eso, Chad, el santurrón que odia que se hable sobre raza, levanta la mano. Sé lo que viene.

—No estoy de acuerdo con Charlie.

Se escuchan algunas risas porque, la verdad, Chad *siempre* está en desacuerdo conmigo.

—Me encantó Holden. Lo encontré muy simpático. Y tiene razón, es estúpido que la mayoría de la gente trate de ajustarse a la norma para no llamar la atención en la sociedad. Creo que es relevante lo que dice, sin importar el color de su piel.

Intento no poner los ojos en blanco. Técnicamente, es decir, según el censo de Estados Unidos, soy blanca, pero también soy puertorriqueña, y Chad siempre intenta invalidar mis comentarios sobre raza y las relaciones raciales. Pero no muerdo el anzuelo.

—Holden adopta aquí la típica perspectiva privilegiada. No siempre es posible, o seguro, destacarse. No cuando algunas identidades son desvirtuadas, cuestionadas, discriminadas o atacadas —digo—. Algunas personas *necesitan* ajustarse a la norma en lugar de destacarse.

—¿Cómo puedes decir que Holden habla desde un lugar de privilegio? —Chad parece a la vez molesto y disgustado por lo que he dicho—. ¡Habla de aceptar la individualidad! Eso es lo menos privilegiado que existe. Lo que dice es "sé tú, quienquiera que seas". Estoy de acuerdo con Holden, cualquiera que decida no serlo solo busca una excusa. Y, sí, es un poco falso.

Antes de que pueda intervenir y comenzar a enumerar las razones por las cuales creo que Chad se equivoca, la señora Williams interviene.

—Gracias, Charlie y Chad. Dos perspectivas justas y reflexivas. Vamos a profundizar en eso.

Es una hora de felicidad literaria.

Cuando suena el timbre, la señora Williams nos recuerda que recojamos nuestras libretas de su mesa antes de salir. Cuando tomo la mía, sonríe.

—Me ha encantado lo que escribiste sobre *La casa en Mango Street*. Me alegro de que te sientas identificada con Esperanza. También es uno de mis personajes favoritos —dice—. Sigue con tu gran trabajo.

Salgo de la clase radiante.

Afuera, Amelia me espera. Su primera clase es en el salón siguiente al mío, y siempre es la primera en salir.

—¿Y *tú* por qué estás tan sonriente en este día tan triste?

—Es una clase estupenda —digo, encogiéndome de hombros.

—Nerdaaaa —se burla.

Empezamos a caminar hacia nuestra siguiente clase. Mientras lo hacemos, Cal pasa junto a nosotras, rodeado de la manada de futbolistas.

Ocupan más de la mitad del pasillo. Son tan grandes y musculosos que apuesto a que podrían tirar juntos de un camión de dieciocho ruedas sin mucho esfuerzo. La mayoría de los chicos saludan a Amelia con la cabeza, y ella les devuelve una sonrisa cortés. Pero Cal nos sonríe a ambas.

—¡Hola, damas! Están preciosas hoy, como siempre —dice.

Amelia lo ignora, pero yo sonrío mucho y doy un paso hacia él como por instinto.

—¡Hola, Cal!

—¡Dios mío! ¡Cuidado! —grita Tony, el amigo de Cal, mientras pone con dramatismo un brazo delante de Cal, como para protegerlo.

Cal parece desconcertado. Tony me mira fijo. Una sonrisa se extiende despacio por sus labios.

—Oh, lo siento, socio. Creía que era un elefante que venía en estampida hacia ti.

En las películas siempre hay momentos donde el tiempo parece detenerse y todo transcurre en cámara lenta. Así me parece todo. O peor, porque me está pasando a mí.

Me acaban de llamar elefante delante del chico que me gusta, de todos sus amigos y de mi hermosa y perfecta mejor amiga.

Algunos de los chicos que rodean a Tony dicen: "¡Oh!" y "¡Mierda!", pero la mayoría se ríe, y también otros chicos que hay en el pasillo. Deseo que un asteroide caiga en nuestra escuela ahora mismo. Al menos quisiera poder decir algo ingenioso, pero hago algo peor: también me río.

Cal le frunce el ceño a Tony.

—Vamos, hombre —le dice.

—¡¿Qué mierda acabas de decir?! —le grita Amelia, lanzándose hacia él.

La agarro por el brazo y la hago retroceder.

—No pasa nada —consigo decir, aunque estoy temblando por dentro.

—Vamos —dice Cal, señalando con la barbilla la escalera, y haciendo una señal a su tropa de amigos para que se pongan en marcha.

Cal empieza a caminar tras ellos, pero se da la vuelta.

—Lo siento —dice, mirándonos a Amelia y a mí—. ¿Nos vemos en Historia?

Asiento con la cabeza y no digo nada.

—¡Que se vaya a la *mierda* ese tipo! —dice Amelia, volviéndose hacia mí—. ¿Estás bien?

—Estoy bien. No es para tanto.

Ignoro el agua que brota de mis ojos. Lo último que quiero hacer es ponerme a llorar delante de todos.

Amelia sacude la cabeza.

—No lo estás.

—Estoy bien. ¿Podemos dejarlo? —digo, apretando los dientes.

Amelia me mira fijo durante un segundo. Me doy cuenta de que quiere insistir, pero no lo hace.

—Está bien —cede—. Lo entiendo.

Pero no lo entiende. No tiene ni idea de lo que se siente.

Aun así, me aferro al hecho de que Cal no se rio de la broma. Supongo que por eso me gusta. Aunque sus amigos se burlan de mí y él podría unirse con facilidad, no lo hace. Es amable conmigo. Tal vez eso hace que mis estándares sean demasiado bajos, pero no me importa.

—Nena, ¿quieres ir de compras más tarde? —me pregunta Amelia con dulzura mientras nos dirigimos a nuestra próxima clase.

Amelia sabe que me gusta ir de compras para sentirme mejor cuando las cosas van mal.

—¿Hoy no hay Sid? —pregunto.

Como todavía estoy tensa, suena un poco más sarcástico de lo que quería.

—Ha quedado con su banda. Y, de todas formas, prefiero ir de compras contigo —dice con calma.

—Sí. Eso estaría bien —digo.

Mis entrañas aún están revueltas, y sé que es probable que no olvide lo que pasó. Pensaré y le daré vueltas en mi cabeza una y otra vez. Pero tengo la esperanza de que no hablemos nunca de eso. Si finjo que no ha pasado nada entonces no pasó nada.

Aunque sé que eso es mentira.

* * *

Después de clases, vamos en mi auto a un centro comercial cercano, donde hay varias tiendas. Entramos en la favorita de Amelia, y miro la ropa con ella mientras hablamos sobre su hermana de diez años, Tess (que la molesta, como todas las hermanas, y no deja de intentar cogerle cosas del clóset).

Mientras miro los estantes de ropa que no puede quedarme, intento detener la voz que en mi cabeza repite una y otra vez el comentario de Tony. Como no lo consigo, dejo de fingir que la ropa que curioseo me quedará, y me dirijo a la sección de accesorios. Al menos puedo llevar un bolso.

La verdad es que tendría que comprar en una tienda de tallas grandes, o al menos en una tienda que tenga una sección de tallas grandes. Nunca se lo he dicho a Amelia, y me gusta pensar que he conseguido ocultarlo cuando vamos de compras, comprando de vez en cuando un par de artículos de talla normal, pero de corte desahogado, y muchos accesorios. Es muy posible que Amelia se haya dado cuenta y, por educación, no diga nada, pero no quiero tener una conversación del tipo, "Oye, yo no puedo comprar aquí, ¿podemos ir a otro sitio?".

Amelia compra unos tops, yo compro un par de calcetines estampados con libretas y luego vamos a la hamburguesería de enfrente.

—No se lo digas a mi madre —le digo cuando nos sentamos a comer.

—Puf. Es tan rara con la comida —dice Amelia, sacando

los pepinillos de su hamburguesa antes de darle un gran bocado. Luego mastica un momento antes de decir—: Sé que ha perdido todo ese peso o lo que sea, pero no debería tirarle sus problemas de alimentación a otras personas, mucho menos a ti.

Asiento con la cabeza, pero no digo nada. Pienso que, cuando mamá estaba gorda, ella, papá y yo solíamos venir a esta hamburguesería, sobre todo cuando uno de nosotros tenía un mal día. Mamá y yo ya no lo hacemos. Apenas comemos juntas.

—Bueno, ahora que estamos aquí, quería hablar contigo —dice Amelia.

—¿No es eso lo que estamos haciendo?

—En serio, Charlie. Sobre lo de hoy. Tony es...

—No lo hagas.

—Pero...

—Por favor. No puedo.

Mis ojos le suplican: "Déjalo. No me hagas oír de nuevo lo que sucedió. No me hagas hablar de nuevo sobre eso. No me hagas *pensar* de nuevo en eso".

Amelia me mira durante largo rato.

—Entonces, lo siento, solo eso —dice por fin.

—Gracias.

Después de unos minutos durante los cuales comemos en silencio, Amelia vuelve a hablar.

—Si estás segura de que no quieres hablar de ello...

—Estoy segura.

—De acuerdo. Entonces hay algo más. Quiero tu consejo sobre Sid.

La miro y dejo la comida. Creo que es muy dulce que Amelia a veces venga a pedirme consejos sobre chicos. Y siempre me toma en serio, a pesar de que no tengo ninguna experiencia que respalde nada, a menos que leer cantidades excesivas de libros románticos cuente como experiencia.

—Por supuesto —le digo—. ¿Qué pasa?

—Creo que estoy enamorada —dice Amelia.

Casi me ahogo con la comida.

—¿De verdad? ¿Estás enamorada de Sid?

Espero que en mi cara se note más la sorpresa que la decepción. (Como he dicho antes, Amelia es demasiado buena para él).

Una sonrisa anhelante domina su rostro.

—Sí, lo estoy. Es tan dulce conmigo cuando estamos juntos. Es como si fuéramos solo nosotros dos, ¿sabes? Confía en mí, y ni siquiera se siente amenazado por los otros chicos que se me insinúan, lo cual es agradable. Y me hace sentir especial, sin adularme. Es... maravilloso.

—Y sexy —añado.

—Eso ayuda. —Amelia se muerde el labio—. Pero no estoy segura de que deba decirle que lo quiero. O sea, solo llevamos unos meses saliendo. Quiero hacerlo, pero también creo que debería esperar a una ocasión especial. Como el día en que cumplimos seis meses. Cae el día de San Valentín.

—Eso es muy bonito.

Es adorable, en realidad, pero no puedo evitar la punzada de envidia en mis entrañas. Lo supero.

—Amelia, si lo amas creo que deberías ser sincera con él. ¿Quién no querría escuchar que su novia lo quiere?

—Pero siento que debería ser él quien lo dijera primero.

—¿Quién dice eso? —pregunto—. Claro que tú puedes decir que lo amas primero.

—Sé que *puedo*, pero no quiero que piense que soy pegajosa o algo así.

Amelia juega con sus papas fritas.

—Ya sabes lo que la gente dice de las chicas que les dicen a los chicos que los aman antes de que ellos se lo digan a ellas. Los chicos no te prestan más atención, o rompen contigo o cosas por el estilo.

—Bueno, creo que tienes que hacer las paces con que él no te lo diga de vuelta de inmediato. Tienes que sentirte segura y fuerte en tus sentimientos, para que no te importe si él necesita más tiempo

—digo y tomo la mano de Amelia—. Pero, seguro te va a decir lo mismo de vuelta, porque, ¿cómo podría no querer a mi hermosa, maravillosa e increíble mejor amiga?

Amelia sonríe, pero me doy cuenta de que no la he convencido.

—¿Verdaaaad? —insisto.

—Sí. Bueno, hay más.

—¿Más que decirle que lo amas?

Amelia asiente.

—Creo que también me gustaría... —se acerca hacia mí—. Ya sabes. Acostarme con él.

Siento que mis ojos se abren de par en par, aunque no es mi intención.

—¡Oh!

—Lo tengo todo planeado en mi cabeza. Será súper romántico. Salimos a celebrar los seis meses de relación, le digo que lo amo, todo fluye y luego... tenemos sexo. Me parece perfecto.

Asiento con la cabeza mientras habla, pero mi cerebro da vueltas: Amelia está dispuesta a profesar su amor y perder su virginidad, y yo ni siquiera logro ser correspondida por un chico. Es un pensamiento egoísta, lo sé, pero me resulta difícil negar los celos que siento. Ni siquiera puedo imaginarme teniendo sexo con alguien. (O sea, no soy una mojigata, *por supuesto* que puedo imaginármelo, pero no me veo sin ropa delante de otra persona también sin ropa).

—Sí, suena romántico —digo con timidez.

—Pero tampoco quiero imaginármelo mucho. Puede que le esté dando muchas vueltas. No sé. ¡No sé!

Amelia mete la cabeza entre las manos y suspira, y yo sé que tengo que dejar mis cosas de lado y ayudarla. Además, la romántica empedernida que hay en mí quiere que salga bien, por su tranquilidad.

—Para ser honesta, suena perfecto, Amelia. Creo que lo importante es que te sientas preparada. Es decir, preparada *de verdad*, en ambos sentidos. No veo una mejor ocasión que el día del cumple mes, el día de San Valentín, para decirle lo que sientes. Es tan perfecto que parece una película romántica.

Amelia se ríe un poco y me mira.

—Entonces, ¿no le estoy dando muchas vueltas?

—Oh, claro que le estás dando muchas vueltas, pero es lo que quieres, ¿no? —pregunto.

Amelia asiente.

—De acuerdo entonces. El amor, más la cita especial, más el día de San Valentín parecen ser razones más que suficientes para desnudarse.

Amelia me lanza una papa frita.

—¡Maldita sea, Charlie!

—¡Solo digo!

—Te odio y te quiero —dice, sonriendo.

Le devuelvo la sonrisa.

—Yo también te odio y te quiero.

Capítulo cinco

—Me gusta que sea tropical.

Es lo único que se le ocurre decir a uno de mis compañeros cuando critican mi tríptico en la clase de Arte.

Como aprendí hace poco, un tríptico es una obra de arte formada por tres paneles. Decidí hacer una escena de playa a partir de una foto de un viaje que hicimos mamá y yo hace un tiempo. En el panel de la izquierda el día es soleado, en el del medio el cielo es menos azul y en el de la derecha hay algunas nubes oscuras. Pensé que era profundo, pero ahora que lo miro no estoy tan segura.

Creo que la clase de Arte es mi segunda clase favorita, después de la de Inglés. Me esfuerzo mucho en Arte, pero no tengo un don natural. Mi mente es mucho mejor visualizando mis creaciones que mis manos ejecutándolas. Por suerte, nuestro profesor, el señor Reed, es muy agradable y apasionado, y parece estar de acuerdo en que no es necesario alcanzar la maestría en el arte para poder apreciarlo. También es un poco bobo, y eso me gusta. (Confesión: en realidad estaba muy enamorada de él en noveno grado).

Pero, cada vez que tenemos que mostrar nuestro arte para que los demás lo critiquen, me encuentro deseando tener más talento.

—Bien —dice el señor Reed, pero todos sabemos que lo que mi compañero de clase dijo no era la respuesta que él estaba buscando—. ¿Alguien más?

Nadie se mueve.

—Vamos. Alguien debe tener alguna idea, sobre todo teniendo en cuenta lo que hemos estudiado en las últimas semanas.

—Me gusta la diferencia entre los paneles izquierdo y derecho. Es muy inteligente pintar un clima diferente —se aventura a decir

Amelia—. En un lado tienes esa hermosa playa, y en el otro está oscuro, tal vez lluvioso. Cambia el día, y el cuadro.

Amelia me mira y asiento con aprecio.

—¡Excelente! Muy bien, Amelia. Charlie, ¿por qué no nos explicas lo que querías transmitir?

—Claro. Bueno, Amelia acertó. Quise utilizar cada panel para representar diferentes estados de ánimo, de modo que, si los ves por separado, tengas una sensación diferente con cada uno, pero que sigan funcionando juntos. También quería plasmar esta serena escena de playa que está a punto de transformarse en otra cosa, lo que ahora me suena deprimente.

—No, no, es bueno —dice el señor Reed—. Has hecho buen uso del color, Charlie, y aprecio el estado de ánimo que transmites. La próxima vez trabaja un poco más las sombras, y asegúrate de que provienen de la misma fuente de luz, ¿de acuerdo? Por lo demás, ¡buen trabajo! Ahora, ¿quién quiere ser el próximo?

Entiendo que es el momento de retirar mi obra del caballete alrededor del cual estamos amontonados. Cuando regreso a mi asiento, veo que Brian se pone de pie. Ahora que paso tiempo con él en el trabajo, me fijo mucho más en él en la escuela, y tengo curiosidad por ver su proyecto. Brian muestra su obra.

El tríptico de Brian es bueno. Es más abstracto que todos los demás, y está pintado en rojo, blanco y negro. El estilo es más desenfadado.

Me encanta.

—Antes de que Brian hable sobre su cuadro, vamos a darle nuestras opiniones —dice el señor Reed—. ¿Qué pensamos? ¿Cómo nos hace sentir?

La primera mano que se levanta es la de Layla, una de nuestras compañeras de clase. Junto a Bridget y María, forma un grupo de chicas de segundo año que se sientan en la mesa de Brian. Me doy cuenta de que Layla está *súper* enamorada de Brian, y lo entiendo. Antes pensaba que él no era muy hablador, pero me doy cuenta de que solo habla cuando tiene algo que decir. Espera el momento perfecto para soltar un chiste y entonces te atrapa. El tipo es divertidísimo, lo que explica que Layla y sus amigas se pasen la mayor parte de la clase de Arte soltando risitas. No puedo juzgarlas por soltar risitas con un chico que les gusta.

—Siento que Brian está desnudando su alma en ese cuadro. Creo que el rojo revela un poco de ira, tal vez frustración. El reloj representa el paso del tiempo, como si estuviera enfadado por lo lento que pasa. El zapato sin abrochar... creo que tiene que ver con la sensación de estar deshecho y un poco perdido —dice Layla, pensativa.

Layla siempre es comedida y reflexiva en sus críticas, y a menudo se da cuenta de cosas que otras personas pasarían por alto. Entiendo su lógica, y en otro momento habría asentido con la cabeza, pero como Brian y yo hemos tenido ya unas cuantas conversaciones sobre la universidad y la presión de los estudios, veo su cuadro de forma diferente, lo cual es parte de lo que hace que el arte sea tan divertido. Hay espacio para todas las interpretaciones.

—Vaya. Eso me hace parecer profundo. ¿Quieren saber la verdad? Es que me gustan mucho los zapatos —dice Brian, en broma.

—Brian —dice el señor Reed, lanzándole una mirada de advertencia. Luego se vuelve hacia Layla—. Excelente. Muy astuto. ¿Y por qué está borroso en los bordes? ¿Es que el tiempo avanza despacio o qué? ¿Qué podemos decir sobre eso?

Como nadie ofrece una respuesta, levanto la mano.

—Sí, Charlie. ¿Qué ves?

—Yo veo algo diferente —digo con timidez, esperando no ofender a Layla—. Cuando estudiamos la teoría del color la semana pasada, hablamos de que el rojo podía representar la ira, pero también podía ser un símbolo de poder. Creo que en este caso tiene menos que ver con la ira que con la importancia del reloj.

Miro a Brian, para saber si voy por buen camino. Él sonríe, así que continúo.

—El reloj está borroso porque se mueve tan rápido que ni siquiera podemos saber qué hora es. Y los zapatos, bueno, también representan una especie de carrera y movimiento, ¿no? Así que tal vez su pieza trata más bien sobre la falta de tiempo. En una esquina hay un birrete, con el cual estoy segura de que todos nos sentimos identificados, debido a la enorme presión de la graduación.

El señor Reed asiente y se lleva la mano a la barbilla.

—Sí, sí, creo que estás descubriendo algo, Charlie. ¿Brian?

—Sí, se supone que se trata de la presión que supone el tercer año. Hay tantas cosas de las cuales preocuparse mientras nos preparamos para la universidad. Te esfuerzas al máximo, pero también quieres vivir tu vida, y eso es difícil de equilibrar. No alcanza el tiempo y todo importa. También incluí algo de textura en la obra: esas hojas de papel con las cuales he hecho el collage son exámenes que he presentado este año y que, para bien o para mal, influyen en mis notas y mi futuro.

Brian dice la última parte con un poco de timidez, pero creo que es brillante que haya pensado en eso.

—¡Excelente, Brian! ¡Eso es excelente! —dice el señor Reed, emocionado, acercándose al cuadro para tocar uno de los exámenes—. Podemos ver la nota en la parte superior si nos acercamos. Maravilloso: un gran, gran trabajo.

—Gracias.

Brian sonríe ampliamente, retira el cuadro del caballete y me mira.

—Agradezco las opiniones de todos.

Siento un poco de calor por dentro. Sé que está agradecido.

Vuelvo a ver a Brian más tarde, cuando paso por el almacén en el trabajo. Mi turno ha terminado, pero tengo que entregarle unos papeles a Dave y de salida saludo a Brian con la mano.

Brian se acerca. Luce diferente. En lugar de la camisa de franela que llevaba, viste una camiseta negra que es posible que hubiera llevado debajo de la camisa durante el día. Se ve mucho mejor.

—Hola, Charlie —me dice, y sonríe.

—Hola, Brian —digo, devolviéndole la sonrisa—. ¡Gran trabajo hoy en Arte!

Brian se sonroja un poco.

—Gracias. Siempre es extraño que te critiquen así.

—Es la parte que menos me gusta de la clase. Pero tu obra era muy buena.

—Te lo agradezco, gracias. La tuya también. Me ha gustado mucho lo que has hecho hoy —dice, metiéndose las manos en los bolsillos—. Debí haber levantado la mano para decirlo.

Agito una mano.

—Oh, no te preocupes. No me gusta hacer críticas a menos que esté segura de que lo que voy a decir es correcto, y sentí que Layla estaba un poco equivocada esta vez, así que...

—¡Lo estaba! Quiero decir, entiendo de dónde venía, y ella es muy inteligente, pero sí. Te lo debo. —Brian hace una reverencia—. No lo merezco.

Me río. Él sonríe.

—¿Qué te trae por aquí?

—Nada. Tenía que traerle algo a *Dave*. —Finjo un estremecimiento al decir su nombre, y Brian se ríe—. Nancy quería que él revisara las cartas de agradecimiento que escribí para algunos miembros de la junta. Como si él fuera a mejorarlas.

—Vaya, ¿escribes las cartas de agradecimiento para los *miembros de la junta*? —Brian deja escapar un silbido—. Bueno, caramba. Mírate.

Me río con timidez.

—No es nada. Me encanta escribir y Nancy lo sabe. Me alegra que me deje practicar. Es mucho mejor que contar folletos.

Brian se ríe.

—Sí, imagino que casi cualquier cosa es mejor. Hasta ver crecer la hierba, porque al menos en ese caso estás afuera de la oficina. Aunque apuesto a que Dave no tiene nada que decir sobre tus cartas.

—No lo sé. Lo que sí sé es que él me saca un poco de quicio. Se niega a llamarme por mi nombre —digo—. Siempre me dice "señorita". Lo odio.

—¡Uf! Bueno, si te hace sentir mejor, Dave no deja de preguntarme de dónde soy. Como que no acepta que en realidad nací y me crie aquí. Una vez fue directo al grano y me preguntó de qué parte de China era mi familia. Soy coreano.

Me río, aunque es horrible.

—Dios mío. Sí, tú me ganas. —Brian mira el reloj, y yo lo tomo como una señal de que debo irme—. Debería irme a casa.

—Espera —dice—. Te acompaño a la salida.

—Gracias —digo, sorprendida.

Sonrío para mis adentros cuando Brian asoma la cabeza en la oficina de Dave y le da las buenas noches mientras toma su abrigo. Luego señala la puerta con la cabeza.

—Vamos —me dice.

Entramos a la oficina principal, donde recojo mi bolso y mi abrigo, y doy las buenas noches a todos antes de salir con Brian.

—Entonces —dice Brian, sosteniéndome la puerta mientras salimos, gesto del cual tomo nota—, además del trabajo y las cosas de la escuela, ¿haces algo para divertirte?

—¿Yo? —pregunto, y desearía no haberlo hecho.

Brian se ríe.

—Sí, tú.

—No lo sé. Salgo con Amelia.

—Siempre las veo juntas en la escuela.

—Sí, pero digamos que no estamos unidas por la cadera o algo así —digo.

—Claro, claro, claro. Pero, además de eso, ¿alguna vez, no sé, van a algún sitio? ¿Salen? ¿Al centro de la ciudad? ¿A Jake's?

—Sí, ¡me encanta Jake's! Tienen el mejor café del mundo.

Llegamos a mi auto y me detengo.

—Ya llegamos —digo, señalándolo—. ¿Decías?

—Oh, nada... Quizás nos veamos en Jake's uno de estos días.

—Estaría muy bien —digo—. Mientras, ¿nos vemos en la escuela?

Brian sonríe.

—Sí. Nos vemos en la escuela.

Entro al auto y me alejo, preguntándome si acabo de establecer mi primera relación con un chico.

Como amigo. No como *novio*. Ja.

Capítulo seis

Suelo soñar despierta con ir tomada de la mano de alguien casi tanto como con los besos. Hay algo muy íntimo y dulce en ello. (Quizás por eso hace sudar a mis personajes).

En serio, es difícil no pensar en eso estando rodeada de parejas enamoradas. Ríen, caminan por los pasillos, se besan, se lanzan miradas de amor y, sí, se toman de las manos.

Lo achaco a la época del año. Se acerca el día de San Valentín, y eso seguro influye, pero en mi escuela lo que de verdad hace que las parejas se unan es la Ceremonia de Premiación de Fútbol Americano y Baile Anual de la Escuela Preparatoria George Washington.

Le llamamos el baile. Como en todas partes.

Se trata de una fiesta para los jugadores de fútbol americano, para celebrar sus logros durante la temporada. Cualquier cosa que extienda la temporada de fútbol americano es bienvenida en mi ciudad.

Los jugadores invitan a una pareja al baile que se celebra después, y a menudo las invitaciones son a lo grande y en público, como si fueran propuestas de matrimonio. Los chicos pueden hacer las invitaciones con tanta antelación como deseen, pero la mayoría lo hace cuando empieza febrero y la cosa se acelera una semana antes del evento.

Hace dos años la gente se volvió loca porque Grey, nuestro mejor mariscal de campo, invitó a Logan, su novio (algo secreto) de toda la vida, delante de toda la escuela. Le regaló una docena de rosas rojas, cada una atada con una tira de papel donde había escrito las razones por las cuales lo amaba. Grey las leyó en voz alta antes de entregarle las rosas una a una.

Fue hermoso. Lloré.

Odio admitir lo romántico que me parece todo eso y me avergüenza lo sola que me hace sentir.

Cal juega fútbol americano, así que sé que de un momento a otro invitará a alguien que no seré yo al evento. El año pasado esperó hasta a la víspera del baile para pedírselo a Elizabeth Myers, y para hacerlo escribió "¿Ceremonia de Premiación?" en su pecho desnudo, hermoso y musculoso.

Este año a Cal le gusta Amelia, y estoy convencida de que se lo pedirá. Sé que cuando lo haga me sentiré mal por varios días y tendré que reevaluar mi vida.

Pero al menos quizás podré volver a ver su pecho.

Durante las semanas previas a la ceremonia suelo sentirme muy sola, y este año no es diferente. Intento volcarme en las comunidades de escritores en línea, y eso funciona al principio. Pero yo escribo, sobre todo, sobre el amor, sobre chicos de labios suaves que besan de mil maneras al personaje principal (que siempre es una versión de la persona que me gustaría ser), y cuando pienso que estoy sola y nunca me han besado, me vuelvo a mortificar.

Entre eso y el hecho de que todos mis compañeros de escuela tienen pareja, cuando falta una semana para el baile me encuentro transformada en una absoluta gruñona.

Expreso mi mal humor de forma física en el laboratorio de Biología. Trabajo en pareja con Benjamin y pongo la lámina en nuestro microscopio con tanta fuerza que la rompo.

—¡Cuidado, Charlie! —me dice.

—Oh, lo siento —digo—. Todavía se puede utilizar, ¿no?

Benjamin saca el portaobjetos de debajo del microscopio y se sube los lentes para inspeccionar de cerca los daños.

—Creo que sí. Creo que podremos ver el tejido cardiaco sin problemas —dice, y me mira mientras se acomoda los lentes de nuevo—. Pero tal vez debería ser yo quien prepare el microscopio.

—Sí, tal vez. Lo siento. Es que hoy estoy tensa.

Benjamin gruñe un poco, y no estoy segura de si es un gruñido de simpatía o molestia. Benjamin puede ser difícil de leer. Sus ojos marrones rara vez sugieren lo que está pensando y su boca a menudo está fruncida en una línea fina. Me da vergüenza admitir que a veces lo miro y pienso que, si se arreglara un poco el pelo (la crema para rizos lo llama a gritos) y llevara mejor ropa, sería guapo: su pelo y su cara son lindos. Pero esa es la Charlie crítica. No me gustaría saber lo que la gente piensa de mí. "Si hiciera (espacio en blanco), sería mucho más bonita...".

Sin decir una palabra, Benjamin vuelve a colocar la muestra en su sitio, con cuidado, y enfoca el lente. Luego levanta la vista hacia mí y se frota la barba incipiente.

—¿Por qué?

Me sorprende la pregunta de Benjamin.

—Oh, ya sabes. Todo eso del baile y el amor me tiene ansiosa, supongo —digo, abatida.

Él resopla.

—Todo el mundo se pone muy tonto en esta época del año.

Sonrío. Benjamin a veces sale con cosas que no me espero.

—Sí, ¿verdad? Es tan molesto. Se vuelven locos, como si no les importara nada más que el baile.

Benjamin asiente, pero vuelve a concentrarse en el microscopio.

—Incluso forman un caos en los pasillos con sus propuestas exageradas —continúo—. ¿Viste que Jamie Gale usó cañones de confeti para invitar a Lainey Christensen? Se armó un gran lío. Sal, el conserje, va a tener que limpiarlo todo, y eso es súper grosero.

—Sip —dice Benjamin.

—Y Nick Williams *escribió* la invitación en el casillero de Ericka Hall. ¡Eso es vandalismo! Siento que estas propuestas se están saliendo un poco de las manos. —¿Por qué estoy tan preocupada por los desórdenes en el pasillo?—. Además, Perry Bell usó el sistema de anuncios de la mañana para profesar su amor por Alyssa Choi. ¿Qué será lo próximo?

Benjamin se aleja del microscopio y se aclara la garganta.

—Charlie, entiendo tu irritación, pero tenemos que seguir con esto. A la señora Robinson no le va a gustar que nos pasemos la clase hablando de nuestros compañeros —dice, y añade con una risita—: No es que no lo esté disfrutando.

Sonrío.

—Me parece bien. Es que me dejé llevar.

—Es decir, sí, la forma en que la escuela trata el baile es bastante absurda —dice—. Pero, ya sabes, la mejor manera de demostrarlo es olvidarse de los estúpidos romances de preparatoria y concentrarse.

¿Olvidarse de los estúpidos romances de preparatoria? ¡Yo vivo para los estúpidos romances de preparatoria! ¡Quiero tener mi propio estúpido romance de preparatoria! ¡Ese es el problema!

Pero en lo único que pienso una y otra vez es en Cal invitando a Amelia al baile, y en mí de pie junto a ella mientras observo cómo obtiene lo que he estado deseando para mí. Estoy a su lado, pero no estoy en absoluto. Soy solo un personaje secundario. Puedo ver la escena con tanta claridad en mi cabeza que a veces me he descubierto actuando con un poco de frialdad hacia Amelia.

Es una tontería irracional, y es culpa mía, lo sé, pero hace poco no quise ir a su casa a ver una película porque sabía que me enfadaría con ella si ambas nos poníamos pantalones deportivos y ella lucía preciosa mientras yo parecía un bulto.

Tengo que escapar de mi cabeza de alguna manera, pero no puedo.

Cuando veo a Cal esa tarde, se me hunde el corazón, como si ya hubiera invitado a Amelia al baile, lo cual no es ninguna sorpresa. ¿Pero por qué no a mí, Cal? ¡Te juro que yo puedo ser lo que tú necesitas!

Pienso con amargura en eso mientras meto los libros en mi casillero y apenas me doy cuenta de que alguien se acerca.

—Hola, Charlie —dice una voz.

Cuando levanto la vista, me sorprende ver a Cal. ¡Cal! Como si de pensar en él con tanto ardor lo hubiera hecho aparecer. Se recuesta en el casillero contiguo al mío.

—Hola, Cal —digo, ajustándome los lentes con nerviosismo.

Cal sonríe y se pasa las manos por el precioso pelo. Otra vez pienso que desearía ser su mano.

—¿Tienes un segundo? —me pregunta.

Me río.

—Claro. —Cierro mi casillero.

—Bueno —empieza a decir, y luego busca algo en su mochila.

Saca una rosa roja y me la ofrece. En el tallo hay una cinta que dice, bien claro, CHARLIE, en letras mayúsculas. Se me sube el corazón a la garganta.

—Déjame empezar diciendo que eres una de mis mejores chicas —dice—. Lo *sabes*. Y quiero mostrarte algo de aprecio.

Cal me acerca la flor, y me doy cuenta de que no he hecho más que mirarlo, así que cojo la rosa y la sostengo como si fuera de cristal.

—Cal, yo... gracias —digo.

—Has sido muy buena conmigo, Charlie. Siempre te alegras de verme, siempre te ríes de mis bromas, siempre te aseguras de que apruebe los exámenes... Es bonito, ¿sabes?, poder contar siempre contigo. Así que me preguntaba si estabas libre el próximo viernes.

Mi corazón late tan fuerte que siento que podría desmayarme. De hecho, es muy posible que *ya* me haya desmayado y que todo lo que esté ocurriendo sea una especie de sueño, porque es imposible que Cal Carter me haya preguntado si estoy libre el próximo viernes, ¿verdad?

—Este... —digo, sintiendo que mi corazón se acelera—. Estoy libre el próximo viernes, ¿sí?

Sale como una pregunta.

—Perfecto. Es el baile, ¿sabes?

—Lo sé, sí —digo, y siento que me sonrojo.

¿Hace calor aquí? Hace calor aquí.

—Eso. El baile —agrego.

—Bueno, esperaba que me acompañaras...

Cal no ha terminado la frase, pero puedo sentir mi enorme

sonrisa. Miro fijo su hermoso rostro. Está sucediendo. ¡Está sucediendo! Ya me veo con él en el baile, sus brazos alrededor mío, y los
míos alrededor suyo. Nos movemos juntos al ritmo de una canción
lenta, nuestras cabezas se acercan y, de repente, Cal se inclina para
darme un beso, *mi primer beso*, y se me corta la respiración. Pero
en la vida real.

—¿Charlie? —pregunta Cal.

Me doy cuenta de que ha estado hablando sin que yo lo escuchara.

Y acabo de hacer un extraño ruido al respirar. Toso e intento
fingir que tengo algo en la garganta. Qué suave, Charlie.

—Sí —digo—. ¿Qué estabas diciendo?

—¿Si crees que a Amelia le parecerá bien?

—Oh —digo.

¿Si Amelia estará de acuerdo con que Cal y yo vayamos al
baile? Es una gran pregunta. Pienso en lo mucho que Amelia odia
a Cal y su incesante coqueteo (que raya en el acoso, tal vez), pero
también pienso en lo obsesionada que he estado con él, y sé en mi
corazón que ella se alegrará por mí, aunque piense que puedo salir
con alguien mejor y que él es un imbécil. Sonrío.

—Creo que le parecerá más que bien.

La cara de Cal se ilumina y respira aliviado.

—Súper —dice, devolviéndome la sonrisa.

Esos *hoyuelos*.

—Empieza a las siete en el gimnasio. No podré recogerte, por
desgracia. Nos encontramos allí, ¿sí?

—¡Sí! —digo—. ¡Seguro!

—Eres la mejor, Charlie. —Cal extiende la mano y me aprieta
el hombro—. Lo digo en serio.

—Tú también, Cal. El mejor —digo con entusiasmo.

—Tengo que irme, pero me has alegrado el día.

Cal se aleja por el pasillo, caminando de espaldas, sin dejar de
mirarme.

—¡Va a ser maravilloso!

—Sí —le susurro a nadie, todavía en trance.

Cal Carter acaba de invitarme a la Ceremonia de Premiación de Fútbol Americano y Baile Anual de la Escuela Preparatoria George Washington.

A mí.

Capítulo siete

¡¡¡¡¡¡¡¡CAL ME INVITÓ AL BAILE!!!!!!!!!!, le digo por mensaje de texto a Amelia. Utilizo diez signos de exclamación, pero ni siquiera eso transmite de manera precisa mi entusiasmo.

Ella me responde de inmediato: *¡TRAE TU TRASERO PARA ACÁ AHORA MISMO!*

Durante el trayecto a la casa de Amelia voy cantando a todo pulmón, con la radio al máximo volumen, bailo en los semáforos, me río a carcajadas. Es como si estuviera perdiendo la cabeza. ¡En realidad, la he perdido! Ni siquiera me molesto cuando llego y veo a Sid en la acera, fumando. Lo saludo con la mano y entro como si flotara.

Amelia me agarra por los brazos y empieza a dar gritos. Es contagioso.

—¡Dímelo! ¡Todo! —grita, arrastrándome por el pasillo hasta su habitación.

Le cuento. No se me olvida ningún detalle. Le cuento tan de prisa que las palabras salen a borbotones. Es como volverlo a vivir, y no puedo dejar de sonreír.

—No puedo creerlo. Quiero decir, sí puedo, eres increíble, pero lo has deseado tanto. ¡Estoy tan, tan feliz por ti! —dice Amelia, abrazándome fuerte.

Le devuelvo el apretón, hasta que me acuerdo de la flor.

—¡Oh, y... —busco en mi mochila y saco la rosa, la hermosa rosa roja con el lazo que dice mi nombre, y la pongo delante de la cara de Amelia— también me dio esto!

—¿Solo una rosa? ¿El tipo no podía comprar más? —pregunta Sid.

Me doy cuenta de que ha estado en la puerta de la habitación de Amelia todo el tiempo.

—Oh, vamos, Sid. ¡Es un detalle muy lindo! —dice Amelia.

Sid responde con un gruñido.

No me gusta como suena eso.

—¿Qué? —pregunta Amelia, echándole una mirada.

—Nada —dice él, encogiéndose de hombros.

—Si tienes algo que decir, Sid, dilo. —Amelia lo mira fijo, y Sid se cruza de brazos—. En serio. Sácalo.

Sid se pasa la lengua por los labios antes de hablar.

—Es que, por lo que me has contado, eso es algo importante. Los chicos hacen una gran escena o lo que sea para invitar a las chicas, ¿no?

—Sí, ¿y? —pregunta Amelia.

—Me pregunto por qué él no hizo algo así. Por qué compró una rosa y ya. Por qué esperó a que él y Charlie estuvieran *solos*. Y por qué no la invitó sino hasta el último momento. —Sid me mira—. Creo que el tipo es un imbécil.

Sopeso lo que dice. No lo de que es un imbécil, porque Sid odia a Cal desde que sabe que a Cal le gusta Amelia, sino todo lo demás. Miro a Amelia, que le lanza una mirada de "¿Cómo te atreves?".

—A Charlie no le gusta llamar la atención —dice Amelia, aunque no suena muy convincente—. No le hubiera gustado que la invitaran delante de todo el mundo.

—Es cierto —admito. La atención me habría provocado un ataque de pánico. En realidad, habría pensado que era una gran broma.

—Y Cal esperó hasta el último minuto el año pasado también, porque sabía que podía. Cal es tan orgulloso que le encanta tener a todo el mundo pendiente de a quién va a invitar. Es su estilo. Te juro que es su estilo —dice.

—¿Intentas convencerme a mí o a ti? —pregunta Sid.

—¡Basta, Sid! —dice Amelia—. No arruines esto.

Sid vuelve a encogerse de hombros.

—No quiero arruinar nada, solo digo.

Amelia se muerde el labio. La línea entre sus cejas delata su preocupación, y siento una punzada. Al igual que Sid, una parte de ella no puede creer que sea cierto.

Una parte de mí está dolida, pero la otra no la culpa. Diablos, si yo no hubiera estado allí, tampoco lo habría creído. Pero sucedió, y podría decir que es una de las mejores cosas que me han sucedido.

Bajo la vista y guardo la rosa en la mochila sin decir nada.

—¡No! ¡No lo escuches, Charlie! —dice Amelia, frunciéndole el ceño a Sid—. Dios, ¿por qué tienes que ser tan negativo?

—Está bien —digo—. Tiene buenos puntos.

No quiero que se peleen por mí.

—No, no los tiene, y no tienes que fingir que los tiene —dice Amelia, mirándolo.

Sid levanta las manos en señal de derrota.

—Me voy. He quedado con unos amigos —dice, y se inclina para darle un beso a Amelia.

Ella no quiere besarlo en la boca, así que recibe el beso en la mejilla.

Sid coge su abrigo y se va.

—Se equivoca, lo sabes —dice Amelia.

Me encojo de hombros.

—Tal vez.

—No, Charlie. Es verdad. Se equivoca en muchas cosas. Como una vez que estaba convencido de que Tina Fey era la rubia y Amy Poehler la morena. Con-ven-ci-do. Tuvimos que buscarlo en Google para que lo viera.

Sonrío un poco.

—En otra ocasión juraba que Froot Loops antes se escribía "Fruit Loops", y yo le dije: "Utilizan los trozos redondos de cereal para hacer las malditas oes, Sid". ¡¿Cómo va a ser?!

Ahora sí me río. Amelia disfruta verme feliz.

—¡Y hace poco me dijo que el alunizaje fue un invento, porque el idiota de su mejor amigo le dijo que en la emisión original habían dejado una lata de Coca-Cola en el set de rodaje por accidente! *El alunizaje*, Charlie. ¡No cree que *el alunizaje* fuera cierto!

Nos reímos, y empiezo a sentirme mejor.

—Me encanta el tipo, pero a veces... se equivoca —dice Amelia.

—Por supuesto —digo, sonriendo.

—Cal se desvivió por invitarte al baile. Te compró una flor. Le puso un lazo. Escribió tu nombre. ¡Tu nombre! No mi nombre. ¡No el nombre de otra persona! Tu nombre. Porque eres tú.

—Yo —repito.

—Sí, Charlie. Tú. *Charlie*. ¡La mismísima Charlotte Vega!

Me vuelvo a emocionar.

—¡Me invitó! —le digo.

—¡Sí! —grita Amelia—. ¡Te invitó! Se apoyó en un casillero todo lindo, y sonrió con su deslumbrante sonrisa.

—Y sus hoyuelos se veían tan, tan bonitos. ¡Y se acercó mucho a mí, y me tocó el hombro y me invitó!

Gritamos más.

Entonces Amelia se aclara la garganta.

—Vayamos ahora a lo que de verdad importa. —Amelia hace una pausa dramática—. ¿Cuándo vamos a ir a comprar el vestido?

Se me cae el corazón a los pies.

—Creo que mamá me va a llevar —miento.

En ese momento la música en la habitación de la hermana de Amelia alcanza un volumen antinatural, y la cara de Amelia cambia.

—¡Tess, si no apagas esa mierda te voy a asesinar! —grita.

—¡No estaría tan alto si no estuvieran haciendo tanto ruido! —le grita Tess.

Amelia se levanta de la cama y sale de la habitación, sin duda para enfrentar a Tess por maleducada.

Estoy agradecida por la forma abrupta en que termina nuestra plática.

Quiero a Amelia. Pero no puedo ir a comprar un vestido con ella. Tendría que ser en una tienda de tallas grandes y he tenido cuidado de no ir nunca a una con ella.

Esta es una aventura que emprenderé sola.

Capítulo ocho

Admito que entro con timidez a la tienda de vestidos de tallas grandes para comprar mi primer vestido de gala.

Siempre compro aquí, pero hoy me siento diferente. Más grande. (Ja). Más importante. Estoy comprando un vestido para ir a un *baile* con un *chico*.

Doy vueltas, abrumada. Hay tantas opciones. ¿Con escote en forma de corazón? ¿Sin mangas? ¿Corto? ¿Largo? ¿Rosado, negro, azul? Solo sé que no quiero llevar los brazos al descubierto. Me hace sentir incómoda.

Sí, ya sé. La comunidad de #fatfashion me diría: "¿Qué demonios te pasa, Charlie? No digas esa mierda". Pero yo les diría: "Gente, vivo en el desagradable e hiper crítico mundo real, y eso significa que a veces pienso cosas no muy buenas sobre mi cuerpo. Lo siento".

Y no soy solo yo. La mayoría de las chicas, por mucho que se esfuercen porque no sea así, se sienten inseguras de algún rasgo de su físico. Tal vez es la naturaleza humana. Por algo todo el mundo usa filtros, ¿no? Hasta Amelia insiste en que tiene piernas de pollo. Quiero abofetearla cada vez que lo dice, pero se lo cree por completo.

No hay nada más irritante que ver a una persona delgada avergonzada de su cuerpo. Es como si les hubiera tocado la lotería del cuerpo y no supieran apreciarlo.

Como sea. Amelia se avergüenza de sus piernas de pollo y yo, de mis brazos.

Pero no siempre fue así. Hubo una época, cuando era más chica, durante la cual no pensaba mucho en mi cuerpo, más allá de si podía trepar a un árbol o cuánto podía correr sin parar, pero después pasaron cosas en mi vida.

En la escuela secundaria, un día muy caluroso en que llevaba una camiseta sin mangas, uno de mis compañeros, Rian, se fijó en mis brazos.

—¡Guau! ¡Tus brazos son enormes! ¡Más grandes que los míos! —dijo.

Desde entonces nunca más me he puesto ropa sin mangas.

Tampoco quiero un vestido que sea demasiado ceñido. Y eso es algo que debo agradecerle a mi madre. Una vez estábamos ella y yo de vacaciones, y le pedimos a alguien que nos tomara una foto delante de una estatua. Cuando miramos la foto para ver si nos gustaba, mamá dijo que la recortaría a la altura del pecho.

—Sé lo que se siente —dijo, mirándome con simpatía.

La verdad es que hasta ese momento me había sentido bastante guapa con ese top.

Al menos me gustan mis piernas, y por eso suelo usar vestidos o faldas. Hay que presumir de lo que se tiene, ¿no?

Así que: un vestido *holgado* y *con mangas*, *tirando a lo corto*. ¡Pero hay tantas opciones! ¡Ah!

Debo parecer tan perdida como me siento, porque la mujer de detrás del mostrador se acerca a mí y se presenta como Divya. Es preciosa. Su pelo es negro y le llega a la cintura, y lleva un impecable maquillaje de ojos de gato y un vestido retro de color ciruela. Es gorda como yo, así que supongo que sabrá sugerirme algo que me guste.

—¿En qué puedo ayudarte?

—Estoy buscando un vestido para el baile de mi escuela. Voy a ir con un chico que me gusta mucho, así que espero que sea algo... bonito.

—¿*El* baile? —pregunta.

Asiento con la cabeza. Ella sonríe con nostalgia.

—Chica con suerte. Y chico con suerte.

Sonrío y le digo a Divya lo que estoy buscando, pero admito

que soy una novata. Ella me asegura que estoy en buenas manos. Me echa un vistazo y empieza a elegir algunas cosas que podrían funcionar, diciendo que quedarían bien con mi cuerpo y tono de piel. Me dice que es una suerte ser morena porque nos quedan bien todos los colores. Eso me hace sentir bien.

Divya prepara un vestidor para mí, y se queda cerca cuando me pruebo el primer vestido. Normalmente eso no me gusta, pero necesito que alguien me ayude, y confío en ella. Salgo y me miro en el espejo de tres hojas.

—¿Y bien? —Divya me pregunta—. ¿Cómo te sientes?

Me miro con escepticismo.

—Rara —admito.

—Entonces no. Tienes que sentirte como una diosa. ¡Veamos otro!

La conversación continúa durante un rato. Tras probarme casi una docena de vestidos, encuentro uno que me acerca bastante a esa sensación de diosa.

Divya suspira cuando salgo del probador.

—¡Ese color! Está hecho para ti.

—¿Tú crees? Mis ojos se posan en el vestido esmeralda que lleva puesto la otra yo que esta del otro lado del espejo. Es de encaje, con escote corazón y acampanado en la cintura. El encaje cubre el cuello y los hombros, y también las mangas de tres cuartos. Es *precioso*.

Y, ¿la verdad? Mi cuerpo se ve bastante bien en él. ¡Esas piernas!

Puede que no me sienta *igual* que una diosa (sea lo que sea que eso signifique), pero me siento *guapa*, sobre todo cuando Divya me ayuda a recogerme el pelo y lo combina con unos pendientes de perlas y unos zapatos verdes con tacón de aguja.

Me lo llevo todo (y me gustaría poder llevarme a Divya también).

Cuando llego a casa, mamá está haciendo yoga en la sala. Desde la postura de perro boca abajo me ve llegar y arruga la nariz al ver mi bolsa de la compra. Se ha prometido no volver a pisar una tienda de tallas grandes.

—¿Fuiste de compras? —me pregunta.

—Solo por algunas cosas —le digo, escondiendo las bolsas a mi espalda.

—¿Conseguiste algo bueno?

—No.

—Bueno, algún día te sacaremos de esa tienda. —Mamá cambia a la pose de liebre—. ¿Por qué no haces yoga conmigo?

Me gusta el yoga, pero sigo de largo rumbo a mi habitación, donde saco el vestido y lo sostengo contra mi cuerpo, extasiada ante la tela lisa y brillante, y el contraste del tono esmeralda contra mi piel.

Me pongo a soñar con el baile que se avecina: yo, con ese vestido elegante, arreglada, moviéndome al ritmo de la música bajo las luces parpadeantes con Cal...

Y entonces, sin avisar, pienso en Brian.

A decir verdad, me he encontrado pensando en Brian y en su adorable sonrisa torcida más a menudo de lo habitual. Cuando me habló de Jake's el otro día, no sé, me dejó pensando.

Así que no me cuesta mucho imaginarme envuelta en sus fuertes brazos, disfrutando el leve aroma de su colonia, del cual quizás ya me había dado cuenta antes, y extasiada ante la distancia que me saca: alto, grande, guapo, haciéndome sentir pequeña de alguna manera.

Solo por un segundo.

Lo mejor de soñar despierto es que puedes tenerlo todo.

Capítulo nueve

Un fin de semana de tres días (¡gracias, días de desarrollo profesional!) me deja demasiado tiempo para pensar. Entonces empiezo a preguntarme: "¿De *verdad* Cal me invitó al baile?". Tengo una imaginación exuberante y temo que todo haya ocurrido solo en mi cabeza. O, peor, que la invitación de Cal fuera una... broma. ¿Quizás animado por Tony?

Esos pensamientos me atormentan, y de vuelta a la escuela, el martes, lo primero que hago es tratar de ver a Cal en su casillero antes de que empiecen las clases. Está solo, sin Tony, y me siento *extremadamente* agradecida por eso. Me acerco y le toco el hombro.

Se vuelve.

—Ey, tú.

—Hola.

Ya no estoy risueña y con ojos de corderito, sino aterrada y con los ojos muy abiertos. Puedo sentir los latidos de mi corazón en las yemas de los dedos.

—¿Qué pasa? —pregunta Cal.

Respiro profundo.

—Bien. Así que. Solo quería asegurarme de lo de nuestra conversación del viernes. Sobre el baile.

—¿Qué pasa con eso?

Cal sonríe al hacer esa pregunta y empiezo a sentirme mejor.

—Bueno, quería asegurarme de que no habías cambiado de opinión.

—¿Cambiar de opinión? —Se ríe—. No. No he cambiado de opinión, Charlie.

Siento alivio y sonrío.

—Entonces, ¿seguimos con el plan?

—Por supuesto. Te parece bien, ¿verdad? —pregunta Cal—. Si es mucho pedir...

—¡No! Estoy de acuerdo. Muy de acuerdo —digo—. ¡Y emocionada! ¡Y honrada!

Cal se ríe.

—De acuerdo. Súper. Creo que va a salir bien... gracias a ti —dice, cerrando su casillero y echándose la mochila al hombro—. ¿Verdad?

Asiento con la cabeza.

—Sí. Será un momento muy, muy bueno. Me muero de ganas.

Mis entrañas se agitan al darse cuenta de que Cal Carter *de verdad* quería invitarme al baile. Hoy podría ser el mejor día de mi vida.

*   *   *

Llego casi saltando de alegría a la clase de Inglés.

Y a todas las demás.

Y al trabajo.

Y estoy así también *durante* el trabajo, y no hay problema con eso porque hoy es la fiesta de San Valentín de la oficina (de la cual me había olvidado por completo). ¿Un día maravilloso en la escuela y después solo tengo que trabajar una parte de la tarde y luego comer postres que no tuve que hornear? ¡Sí, muchas gracias!

Pero antes me acerco a Dora y sonrío de oreja a oreja, brincando con las puntas de los pies. Tengo que contarle las buenas noticias. Ella se crio aquí y sabe lo importante que es el baile, y conoce de mi enamoramiento con Cal... Se va a poner contenta.

—Alguien se ve muy feliz —dice—. ¿Es por la fiesta de San Valentín? Hice los pastelillos de chocolate y frambuesa que te gustan.

—¿Sí? Si antes estaba sonriente, ¡ahora lo estoy aún más!

—Y, bueno, ¿a qué viene esa sonrisa, querida?

—Oh, nada —digo, mirándome las uñas como si no tuviera nada bueno que decirle—. Ya sabes, Cal me invitó a la Ceremonia de Premiación de Fútbol Americano y Baile Anual de la Escuela Preparatoria George Washington. Nada importante.

Dora salta de la silla y me abraza.

—¡Oh, Charlie, estoy tan feliz por ti! ¡Qué maravilloso!

—¡Muy maravilloso! —digo, radiante.

Dora se separa del abrazo con una enorme sonrisa en la cara.

—Me alegro por ti, cariño. Ahora cuéntame más.

Le cuento: que me invitó al baile, que me compré un vestido, que me veo bailando lento con él. Ella escucha con atención. Y entonces se pone a contarme las invitaciones más espectaculares que algunos jugadores de fútbol americano de su época les hicieron a sus parejas...

De repente, Nancy nos llama a todos y nos damos cuenta de que es hora de la fiesta de San Valentín.

Dora y yo nos acercamos a donde está Nancy, que lleva un jersey blanco con corazones de lentejuelas rojos y rosados y unos pendientes rojos con colgantes. Ya se ha formado un grupo a su alrededor, incluida la gente del almacén. Veo a Brian y lo saludo con la mano.

—Como muchos de ustedes saben, me *encanta* el día de San Valentín —comienza Nancy—. Siempre ha sido mi día festivo favorito, y cobró aún más sentido cuando conocí al amor de mi vida, Gary, durante una fiesta de San Valentín en casa de un amigo común, hace décadas. Por eso nos hace tanta ilusión compartir nuestro amor por esta celebración con ustedes. Este año Gary y yo tenemos una sorpresa: ¡la fiesta de hoy será en nuestro flamante tráiler, en el estacionamiento!

Por un momento me pregunto cómo cabremos treinta personas en un tráiler, pero estoy tan cautivada por el entusiasmo de Nancy, la forma en que mira a Gary y lo bien que ha transcurrido el día, que me dejo llevar. Tish se dirige hacia Dora.

—Estoy loca por emborracharme —dice con un guiño—. ¡Vamos!

Toma a Dora de la mano y se la lleva.

Las sigo, cerrando más mi abrigo para protegerme del aire frío, y me detengo un momento para contemplar el tráiler que tengo delante. Es brillante y enorme, y todas las ventanas están decoradas con calcomanías del día de San Valentín.

—Es... enorme —dice Brian, que de repente está a mi lado.

Me río.

—Más grande que mi casa, creo —digo.

—¿Verdad? ¿Vamos?

Asiento con la cabeza, y empezamos a caminar hacia el tráiler.

—Creo que hay bebida en esta fiesta —digo, inclinándome hacia Brian y manteniendo la voz baja—. Tish dijo que se iba a emborrachar.

Él arquea una ceja.

—¿Beber durante el día? ¿Esta gente?

—¡Ya sé!

—Vaya. ¿Quién hubiera pensado que tenían un lado tan loco? ¿Beber un martes? ¿En el trabajo? ¿En un tráiler? ¿En nombre del amor? Maldita sea, creo que me gusta.

—Oh, sí. Me apunto —digo, subiendo las escaleras del tráiler.

Una vez adentro, vemos que es bastante grande, pero... treinta personas son un montón de gente. Algunos están sentados donde pueden, otros están de pie, y en el centro hay una mesa llena de hermosos postres, papas fritas y bebidas, *muchas bebidas*, y los clásicos vasos rojos Solo.

Quienes llegaron antes que nosotros tienen, en su mayoría, un vaso en la mano, y algunos comen aperitivos. Como llegamos al final, Brian y yo no sabemos a dónde ir, así que nos quedamos en la puerta.

—¿Deberíamos buscar algo de comer? —pregunta Brian.

—No sé si podremos llegar hasta allí —digo, mirando el tráiler lleno de gente—. ¿Hay alguna bebida normal? ¿Para nosotros?

—Quédate aquí. Ya veré cómo lo logro.

Brian se va, abriéndose paso entre nuestros colegas que ahora parecen aficionados a empinar el codo, rumbo a la mesa del bufé.

Toma un plato con forma de corazón, y me mira como preguntándome si quiero algo.

—¡*Pastelillos!* —le digo, solo moviendo la boca.

Él me hace un gesto de aprobación, toma dos y los pone en el plato. También escoge otras cosas. Luego inspecciona las bebidas, se encoge de hombros y regresa.

—Casi todo lo que hay es cerveza y vino —dice, extendiendo el plato hacia mí para compartir—. Hay una botella de Coca-Cola, pero no estaba seguro de que pudiera sostener dos vasos además de la comida. Aquí tengo un poco de todo.

—Magnífico. ¡Gracias! —digo, agradecida de no haber tenido que abrirme paso para llegar a la comida—. ¿Qué comemos primero? ¿Las galletas dulces?

—Vas. Solo las he traído por si te gustaban. Me gustan con algo salado dentro. ¿Por qué a nadie se le ha ocurrido rellenar las galletas con algún tipo de carne?

—¿*Carne en las galletas?* —pregunto, horrorizada—. ¡¿Como una *hamburguesa?!*

Brian se ríe.

—Más bien tocino.

Yo también me río.

—Bueno, Guy Fieri —me burlo, y tomo un pastelillo—. De todos modos, esto es lo mejor. La repostería de Dora es una cosa tremenda. Parece que no te gustan los dulces, pero te recomiendo que los pruebes.

—Hay espacio en mi corazón para un pastelillo de vez en cuando.

Me miro la mano, que sostiene un pastelillo de chocolate encima del cual hay un montículo de glaseado rosa muy bien esculpido, coronado con una frambuesa, todo envuelto en un molde para pastelillos de color rojo, súper bonito, y pienso en cómo voy a darle un mordisco sin hacer un reguero.

—El único problema de los pastelillos es que es muy difícil comérselos.

—¿No conoces el truco?

Lo miro con suspicacia.

—¿Hay un truco para comer pastelillos?

Brian me extiende el plato.

—Si no te importa.

Tomo el plato y veo cómo quita con cuidado el envoltorio del pastelillo y luego rompe con delicadeza la mitad inferior del pastel. Entonces aplasta la mitad del bizcocho sobre el glaseado, haciendo un sándwich.

—¡Y listo!

Brian le da un mordisco dramático. No puedo evitar reírme de lo orgulloso que se ve.

—Eso está muy bien, pero es una blasfemia.

Brian traga con fuerza.

—¡¿Blasfemia?! Acabo de mostrarte la mejor forma de comer pastelillos. Reconoce los méritos del tipo.

—De acuerdo, de acuerdo. Puntos por la creatividad.

—Gracias —dice, y luego se come el resto del pastelillo de otro gran bocado—. ¿Ves? Limpio. Fácil. Delicioso.

—Es un truco impresionante, pero ¿es *la mejor* manera? No lo creo.

Le devuelvo el plato. Brian lo toma con una sonrisa divertida.

—Ahora presta atención. La mejor manera de comer pastelillos empieza igual que tu truco. —Retiro el envoltorio de mi pastelillo, y quito el bizcocho de la parte de abajo—. Pero entonces...

Le doy un mordisco al bizcocho, y luego otro. Los ojos de Brian se abren de par en par.

—¿Solo te comes... el bizcocho? ¿*Sin* glaseado?

Asiento con la cabeza, dándole el último mordisco al pan y dejando la parte superior, con el glaseado, intacta.

—Tienes que comerte primero el bizcocho solo para poder disfrutar de la verdadera recompensa: ¡muy poco pan con montañas de glaseado!

Ahora me toca a mí dar una mordida dramática, pero no sale

tan bien como esperaba. Puedo sentir que tengo los labios llenos de glaseado. Brian se ríe tanto que casi se ahoga.

—¡Elegante! —dice entre risas, y luego se mete la mano en el bolsillo trasero y saca una servilleta de corazón y me la da—. ¡Eso sí es clase!

Yo también me río. Me tapo la boca con la mano y me limpio la cara con la servilleta, tratando de no quitarme el maquillaje para que no se vea una zona más brillante que otra.

—Bueno, es más desordenada que tu técnica...

—Pero muy sabrosa, me imagino —dice.

—*Muy, muy* sabrosa —digo, y doy otro bocado.

—¡Señoras, señores! Les pedimos su atención un momento más.

Una voz brama por encima del ruido. Brian y yo nos volvemos para ver a Gary parado junto a Nancy en la esquina del pasillo, justo detrás de la mesa del bufé.

—Antes de que la fiesta continúe, nos gustaría darles las gracias por seguirnos la corriente a Nancy y a mí en nuestra pequeña celebración. También quiero darle las gracias a mi hermosa esposa, con quien he tenido el honor de compartir estos últimos treinta años. Ha sido maravilloso celebrar estas treinta fiestas de San Valentín contigo, cariño. Y debo decir esto: ¡te pones más sexy cada año!

Gary agarra a Nancy y le da un gran beso. Puedo oír que Dave gruñe, quejándose.

—¡Paren! —grita Dave.

Pero solo consigue que Gary incline a Nancy y la bese aún más fuerte. Tanto, que el pelo de ella casi roza el suelo.

Me vuelvo hacia Brian, mortificada, y él sacude la cabeza como si hubiera visto la cosa más loca de la vida. Los demás siguen gritando y celebrando a Gary y a Nancy.

—¡¿Qué tan borracha está esta gente?! ¡Son apenas las cuatro y media de la tarde!

Hago un gesto hacia la puerta, y Brian asiente, tirando nuestro plato de golosinas a la basura y empujando la puerta. Conseguimos salir sin que nadie se dé cuenta, y nos dirigimos a la oficina sin poder contener la risa.

—¿Quiénes son esas personas y qué han hecho con nuestros decentes colegas? —pregunto.

—¡No sé, y no quiero saberlo! —dice Brian, abriendo la puerta y cediéndome el paso para entrar al edificio—. ¿Qué tiene el día de San Valentín que hace que la gente se vuelva tan loca? Primero todo el mundo en la escuela, y ahora, ¡esto!

Asiento.

—Tiene *algo* esta fiesta. Sin embargo, no puedo decir que sea mi favorita. Quiero decir, está bien cuando eres niño, cuando todo es simple e inocente y todos en tu clase reciben caramelos y una linda tarjeta de San Valentín. Pero luego te haces mayor y tienes suerte si es que te regalan algo.

—Creo que el Día de San Valentín es una mierda para los chicos también —dice Brian—. Nunca te regalan nada, y hay mucha expectativa sobre qué vas a hacer. Es muy raro.

—Sí, estoy de acuerdo. Aunque... —me detengo.

—¿Aunque?

—Bueno... ha sucedido algo bastante emocionante que me hace pensar que el día de San Valentín podría no ser tan malo —digo con timidez.

—¿Sí? —pregunta Brian, sonriendo—. ¿Qué?

—Me han invitado al baile del viernes.

—Oh. ¡Guau!

Brian parece sorprendido. Me trago mi decepción.

—Me alegro por ti, Charlie —añade enseguida.

Intento no darle importancia.

—Gracias. Estoy muy emocionada.

—¿Quién es el afortunado? —pregunta Brian.

—No te lo vas a creer —digo, sonrojándome.

—Ahora sí tienes que decírmelo.

—Bueno... —Dudo. Empecé la conversación sintiéndome

ligera y segura de mí misma, y segura de que Brian me apoyaría. Pero mi confianza ha flaqueado y acabo tartamudeando—. Cal.

La cara de Brian se descompone.

—¿Cal *Carter*?

—Sí, él mismo. Me gusta desde hace tiempo, así que... —digo.

Mi ilusión se desvanece ante la deslucida reacción de Brian. ¿He sobrestimado la amistad que tenemos?

—Es tremendo, ¿verdad?

—Sí... es *tremendo*.

El énfasis que Brian le da a la palabra "tremendo" hace que me arrepienta de haberle contado. Lo entiendo. El precioso y popular Cal no parece encajar *conmigo* debido a, quizás, docenas de razones. Aun así, siento que mi cuello empieza a arder de vergüenza, y de repente el azúcar del pastelillo que me he comido me sabe demasiado dulce en la boca.

—Quiero decir, no *tan* tremendo, sin embargo. Después de todo, me invitó —digo, a la defensiva—. Pero lo entiendo.

—Espera, Charlie. No —dice Brian—. Eso no es lo que quería decir.

—No, está bien. Es raro.

—No, no es eso. Es que... quiero decir... Cal es un... idiota.

Le echo una mirada.

—¿Qué?

Brian sacude la cabeza.

—No importa. Lo siento. Estoy emocionado por ti. De verdad. Espero que te lo pases muy bien.

—Sí, yo también —digo—. Me voy. Buenas noches.

No espero a que se despida. Salgo por la puerta de la oficina. Aunque me doy cuenta de que Brian se siente mal por lo que ha dicho, no quiero quedarme. Lo que menos necesito son más dudas. Ya estoy llena de ellas.

Capítulo diez

Si probarse un vestido un millón de veces está mal, yo no quiero estar bien.

Necesito asegurarme de que me veo decente, o sea, bien, si voy a ir con Cal Carter al baile. Necesito sentirme y actuar como tal, así que, si eso significa ponerme el vestido, poner un poco de música y modelar en el espejo, está bien, ¿no? (Y con la reacción de Brian ante la noticia, tan poco tranquilizadora, necesito no olvidarme de que sí está ocurriendo de verdad).

Pero hay algo en esta canción de las Spice Girls (sí, estoy escuchando la lista de reproducción Lovesick que le recomendé a Amelia) que me anima tanto que, más que probarme el vestido, canto y bailo ante el espejo.

Justo cuando estoy cantando el estribillo, se abre la puerta de mi habitación y aparece mamá.

—¡Mamá! —agarro el teléfono para detener la música—. ¿No llamas a la puerta?

La escucho reír cuando por fin consigo que la canción deje de sonar.

—Quería verme en tu espejo, y no pensé que te importaría que interrumpiera tu concierto un momento. Sabes que prefiero esta iluminación. —Mamá hace un gesto—. ¿Qué es todo esto?

—Nada. Estoy cantando —digo, pero sé que no hay forma de salir de esta.

—¿Con un vestido nuevo?

—Pues... —suspiro.

—¿Qué? —pregunta.

Vuelvo a suspirar.

—Es para el baile.

—El baile —repite. Entonces se le ilumina la cara—. ¿La Ceremonia de Premiación de Fútbol Americano y Baile Anual de la Escuela Preparatoria George Washington?

—Esa misma —digo.

—¡Oh, Dios mío! —exclama—. Pero ¿tú?

Siento que mi mandíbula se aprieta.

—¿De verdad, mamá? ¿"Tú"?

Mamá pone los ojos en blanco.

—Uf, Charlie, no me refería a eso —dice—. Solo estoy sorprendida.

—Sí, me doy cuenta. Pero, ¿por qué? —la acorralo.

—Es que no todo el mundo va a ese baile, así que claro que estoy sorprendida. Feliz, pero sorprendida.

—¿Es tan sorprendente que alguien quiera ir conmigo?

—¿Sabes qué? No empieces. —Mamá levanta la mano, como para bloquear cualquier otra palabra que pueda salir de mi boca—. ¿Con quién vas a ir?

Eso sí que no se lo quiero decir.

Cal Carter es tan importante en el equipo de fútbol americano que *hasta* mi mamá sabe quién es. Bueno, puede que me haya oído hablar de él con Amelia. Así que sabe no solo que es súper popular y súper guapo, sino que me gusta mucho.

—¿Y bien? —pregunta.

Aunque puede ser muy satisfactorio decírselo, ¿no? Para que sepa que hay gente que me encuentra atractiva tal y como soy. Para que tenga que comerse su sorpresa. Para que tenga que reconocer que me han *invitado* a ese baile súper especial.

Me enderezo.

—Cal Carter.

Mamá empieza a reírse.

—Dios mío, Charlie. En serio, ¿con quién vas a ir?

Aprieto los puños.

—¡Por Dios, mamá, estoy hablando en serio!

—¡Bueno, bueno! Dios —dice mamá—. Pensé que estabas bromeando. Me alegro por ti.

—Yo también me alegro por mí —espeté—. ¿Quieres usar el espejo o no?

—Sí quiero.

Me hago a un lado para dejarla pararse frente al espejo, pero me cruzo de brazos y me quedo observándola mientras se acomoda el cabello. Ella puede verme, sin duda, pero no me importa.

La observo mientras estudia su aspecto: sus ojos de color castaño claro, que a ella le gusta llamar avellana; su pelo, lacio, de varios tonos que van del castaño al rubio claro; su piel, tan suave que ni siquiera necesita un toque de crema BB. Con un dedo se retoca el tinte para labios rosado y se alisa la barbilla, ritual con el cual trata de eliminar lo que ella llama su papada (que apenas lo es). Tengo la impresión de que hace todas esas cosas con una lentitud extrema solo para molestarme, sobre todo cuando se gira a la izquierda, luego a la derecha, y se ajusta el vestido entallado a su pequeño cuerpo. Intento que la visión de su cuerpo no influya de ninguna manera en lo que pienso sobre el mío, no en este momento cuando lo estoy pasando tan bien y me siento fenomenal, pero es difícil.

—Muy bien, señorita Actitud. Listo —dice—. Me voy a una cita, así que te dejo con tu pequeña actuación.

—Bien —respondo—. Nos vemos.

Mamá sale de mi habitación, cerrando la puerta tras de sí. Al instante vuelvo a poner la música, con intención de reanudar la fiesta. Pero, cuando me miro en el espejo y veo el reflejo de mi cuerpo, que ocupa al menos el doble del espacio del de mi mamá, no consigo entusiasmarme. Ni siquiera las Spice Girls lo consiguen. Apago la música, me quito el vestido y me pongo un pijama.

Después de las conversaciones con mi madre y Brian, decido que no voy a contarle a nadie más lo del baile, ni lo de Cal, ni nada, en realidad.

Por suerte, el tema no vuelve a salir con ninguno de los dos, y ni siquiera siento nada raro con Brian la próxima vez que lo veo. Hablamos sobre un examen de Historia, muy difícil, que ambos tenemos que tomar, de un campamento de matemáticas (¡!) a donde Brian fue un verano, y de *RuPaul: Carrera de Drags* (programa que me obsesiona e intento que él vea), pero ni una palabra sobre el baile, cosa que agradezco. Solo quiero tener mente positiva al respecto.

Y la tengo. De hecho, pensar en que iré al baile con Cal me hace sentir aturdida y ligera. Paso *mucho* tiempo pensando en cómo será. Me imagino a Cal con traje, sonriéndome, con su precioso pelo dorado despeinado como si acabara de salir de la cama. (¿Mi cama? Bueno, Charlie, para). Me imagino todas las canciones lentas que bailaremos. Me pregunto si nos besaremos (y cuántas veces, y qué tan bien se sentirá).

Esos pensamientos hacen que me sienta en las nubes hasta el final de la semana, cada vez más cercano al baile del viernes. Amelia también me anima, y el jueves aprovechamos la clase de Arte para resolver los detalles de cómo me ayudará a maquillarme y peinarme, mientras trabajamos en nuestras obras de puntillismo.

—¡Todavía no puedo creer que no me hayas dejado ver tu vestido!

—Eso aumenta la sorpresa —digo.

—Creo que se supone que es una sorpresa para tu chico, no para tu mejor amiga, pero bueno. Seguro te verás divina. —Amelia me señala con su pincel—. Pero sí voy a maquillarte y peinarte, ¿verdad?

—Sí, por favor. ¡No tengo remedio sin ti!

—No hace falta ser una adulona, señora.

Amelia frunce las cejas mientras mira su obra. Luego la levanta para mostrármela.

—Mi plátano puntillista parece un poco... podrido.

Miro hacia la mesa. Mi dona puntillista tiene un aspecto similar, así que se la muestro.

—Por el estilo. Quizás no debimos haber pintado nada de comer.

Nos reímos.

—¿A qué hora vienes?

—Cierto. Eso es lo importante. Mi club de atletismo termina a las cinco. Saldré directo para tu casa. Tendremos tiempo suficiente para el peinado, el maquillaje, todo. De todas formas, no llevará mucho tiempo porque eres muy guapa así, natural.

Pongo los ojos en blanco, pero en secreto me alegro. Me gusta que me haga cumplidos.

Escuchamos risas al otro lado del salón, y Amelia y yo nos volvemos para ver qué pasa. Las chicas que se sientan cerca de Brian miran unos pequeños trozos de papel, embelesadas. Antes de que nos dé tiempo para preguntarnos qué es, Brian se acerca a nuestra mesa y le entrega a Amelia un papel del mismo tamaño.

Amelia lo mira y sonríe.

—Eres maravillosa. Feliz día de San Valentín —Amelia lee en voz alta.

Luego lo voltea para que yo pueda verlo.

Está ilustrado con una de las Siete Maravillas del mundo antiguo, supongo que dibujada por Brian, y es adorable. El fin de semana es el día de San Valentín, y Amelia ha recibido un montón de felicitaciones de sus admiradores, pero noto que esta le gusta.

—¡Es muy bonito! Gracias, Brian.

—De nada —dice él.

Luego me tiende un papel a mí.

—Y, por último, pero no por eso menos importante, feliz casi San Valentín, Charlie.

Lo miro.

—¿Para mí?

—Por supuesto. Alguien me dijo hace poco que el día de San Valentín era una mierda cuando te hacías mayor, porque no todo el mundo recibe felicitaciones. Así que quería asegurarme de que todos, en esta clase al menos, recibieran una. Sobre todo, esa persona que me lo dijo.

Brian hace un gesto para que tome el papel.

El corazón me late mientras lo tomo, conmovida por el hecho de que él haya escuchado con tanta atención algo que he dicho y hasta lo haya llevado a la práctica. También estoy impresionada porque estoy recibiendo una tarjeta de San Valentín. Una felicitación de verdad. De un chico de verdad.

La tarjeta de Brian tiene un detallado dibujo de una máquina de escribir, hecho en tinta y coloreado con acuarela. Es tan bello como cualquier obra de arte que venden en las tiendas de regalos para *hipsters*, de esas tan irresistibles que ni te fijas en el elevado precio. Debajo del dibujo, a mano, dice: "Eres mi tipo, al pie de la letra". Le doy la vuelta con delicadeza y descubro que en el reverso ha escrito: "Para quien hace que mi día de trabajo sea maravilloso. Feliz día de San Valentín, Charlie. Brian".

—¡Ah! Es hermoso, Brian. Y muy dulce. Me encanta.

—Pensé que, como te gusta escribir, podría ser apropiado.

Siento que me falta el aire.

—Es súper considerado. Gracias. Muchas gracias.

Brian sonríe. Mucho.

—Sí, por supuesto. Me alegro de que te guste.

Se queda por un minuto más. Luego da un pequeño golpe en nuestra mesa y vuelve a la suya.

De repente, no me importa tanto que Brian y yo no hubiéramos estado de acuerdo en relación con el baile a principios de semana. Y me doy cuenta de por qué también soñaba despierta con bailar lento con él.

Estoy conmovida por su gesto, por el tiempo y el esfuerzo que dedicó a crear la tarjeta, inspirado *en mí,* según me dijo. Juro que lo recordaré por siempre.

Capítulo once

Por fin es viernes, el día del baile, y todo en mí está mal.

De pronto, mis piernas son demasiado rechonchas. Mis pechos no parecen del mismo tamaño, mis lentes son como los de cualquier nerdo, mis brazos están fofos, mi vientre es demasiado protuberante y lo único que oigo en mi cabeza una y otra vez es que Tony me llama elefante. No sé cómo pensé que el vestido esmeralda me quedaría bien.

Empiezo a decirle a Amelia cómo me siento, pero ella no quiere escucharme.

—¡Basta! Te ves magnífica. Elegante. Cal se va a volver loco —dice con firmeza—. ¡Esta es tu noche!

Vuelvo a mirarme en el espejo. Estamos en mi habitación y me estoy arreglando para el baile. Amelia me ha maquillado unos ojos de gato, que no le digo que están inspirados en Divya, pero lo están, y me ha arreglado el pelo, que está muy bien rizado y recogido a un lado.

Intento ver lo que ve Amelia. En realidad, mi vestido es precioso, mi maquillaje es impecable, mi pelo está increíble. Pero sigo siendo yo.

Y supongo que tendrá que ser suficiente.

—¿Estás lista? —pregunta Amelia.

—Voy a vomitar.

—No lo harás.

Amelia me presta un pequeño bolso plateado y luego me envuelve en la muñeca un globo que compré para Cal y que dice: "¡FELICIDADES!" (porque es imposible que Cal no reciba un premio).

—Todo va a salir muy bien —dice Amelia, apretándome los hombros.

Sonrío.

—Gracias, Amelia.

La alarma de mi teléfono me recuerda que es hora de salir.

—Supongo que estoy lista. Deséame suerte.

Amelia me abraza con dramatismo.

—Buena suerte, preciosa. ¡Esta es tu noche!

Me repito ese mantra una y otra vez de camino a la escuela.

Cuando llego, el estacionamiento está repleto. Veo parejas vestidas con sus mejores galas, que llegan en vehículos todoterreno destartalados, y el contraste me parece un poco divertido. A otras parejas las traen sus padres y otras llegan en limusinas.

Me pregunto por qué Cal no se ofreció a recogerme, como parecen haber hecho todos los demás jugadores de fútbol americano con sus parejas, sobre todo porque el estacionamiento está tan lleno que me cuesta trabajo encontrar un espacio. Para cuando lo consigo, ya voy un poco tarde, así que corro. Estoy sin aliento cuando entro al gimnasio, pero las luces son tenues y espero que nadie lo note.

El gimnasio apestoso y destartalado, de piso de madera, ha sido transformado en un gimnasio apestoso y destartalado, de piso de madera y hermosas decoraciones colgantes con los colores de nuestra escuela. Hay unas cuantas filas de sillas plegables delante del escenario (el mismo que utilizan siempre que la graduación tiene que celebrarse en el interior de la escuela), reservadas para el equipo de fútbol americano y el personal. El resto veremos el evento desde las gradas.

Por desgracia, el único asiento vacío que encuentro está un par de filas hacia arriba y cerca del centro... lo que significa que tendré que subir hasta allí y decir un montón de veces "disculpen" mientras deslizo con torpeza mi gigantesco cuerpo entre mis compañeros. Por supuesto. No hay problema.

Me toma un segundo armarme de valor para acercarme a las

gradas, y mi cerebro ansioso considera la posibilidad de una retirada, pero reúno valor para caminar hasta la fila.

—Perdona —le susurro a la chica que está sentada en el extremo.

La chica me mira.

—¿Me dejas pasar?

Veo que sus ojos recorren mi cuerpo, y le da un codazo a su amiga, que también me mira.

—¿Puedo pasar? —vuelvo a preguntar.

—Claro —dice la amiga.

Ambas se levantan, como si yo no pudiera pasar como la mayoría de la gente, con que ellas solo recojan las piernas. (De acuerdo, probablemente no pueda.) No creo que su intención sea otra que ayudar, pero me molesta, sobre todo porque la mayoría de las personas a quienes les pido que se muevan reaccionan igual.

Por fin tomo asiento y, después de unos minutos de angustia por todo lo que he tenido que hacer, puedo disfrutar de mi entorno. Es el gimnasio. No es el lugar que habría elegido para la ceremonia de entrega de premios, pero nuestro auditorio está cerrado porque está contaminado con asbesto. (En serio).

Pero ¿y qué importa?

¿Qué importa que haya tenido que pedirle a un montón de gente que se apartara de mi camino para poder llegar a un asiento?

¿Qué importa si la mayoría de la gente se siente incómoda por el hecho de que una "mujer de talla grande" tenga que pasar?

Estoy a punto de ir al baile con Cal. Esta es mi noche.

Vuelvo a concentrarme. La ceremonia es tan emocionante como se podría esperar. Es decir, nada. Pero los deportistas parecen disfrutarla. Aplauden y gritan cada vez que llaman a un compañero para que reciba un premio, y están muy guapos con sus trajes, que contrastan mucho con los uniformes de futbolistas que usan normalmente. Parecen mucho menos intimidantes, mucho más accesibles. Casi humanos.

Sus familiares aplauden con fuerza. Me hace gracia ver a las madres y los padres saltar para celebrar a sus hijos, aunque vayan vestidos de gala.

Hasta yo participo, gritando y animando a los jugadores como los demás (excepto a Tony; no, gracias). Una vez que me suelto un poco, me doy cuenta de lo bien que se siente relajarse y formar parte de algo.

Cuando llaman a Cal para que reciba el premio al jugador más valioso, grito y saludo como una fanática. Él mira al público durante unos segundos. Cuando me ve, sonríe. Luego se da la vuelta para recibir su premio, que coloca en el suelo y luego agarra con los pies mientras se para de cabeza. Es un fanfarrón. Sus amigos se arrebatan. Yo también.

Tengo ganas de decirle a la chica que está sentada a mi lado, "vine con él", pero me abstengo.

Entonces, de pronto, se acaba la ceremonia y las familias se reúnen, y a mí me empujan de un lado a otro. Tardo un poco, pero al fin encuentro a Cal en un rincón del gimnasio, con dos personas que supongo son su mamá y su papá. Me doy cuenta de que Cal es una encantadora mezcla de ambos: tiene el pelo dorado y los ojos verdes penetrantes de su madre y la sonrisa con profundos hoyuelos de su padre.

Me acerco, desenredo el globo de mi muñeca y agarro el cordón para entregárselo.

Estoy nerviosa. Voy a tener que conocer a sus padres, y apuesto a que se preguntarán por qué me ha invitado. Yo todavía me lo estoy preguntando.

Pero intento pensar como Amelia, y camino con la cabeza erguida. *Me comportaré segura de mí misma*, me digo. *Esta es mi noche.*

Cuando me acerco, Cal me ve y les dice algo a sus padres, que se alejan.

—Hola —dice, una vez que me acerco lo suficiente como para oírlo.

—¡Hola! —le respondo, y sonrío—. Te ves muy bien. Muy bien. Me ha encantado la parada de manos.

Estoy entusiasmada. Él se ríe.

—Gracias. Hay que darle a la gente lo que quiere, ¿no? —Cal hace una pausa, como si dudara—. Entonces, ¿dónde está Amelia?

Estoy confundida. Puedo sentir que mi cara no lo esconde.

—No está aquí —digo, despacio—. ¿Por qué?

Ahora es él quien parece confundido. O quizás sorprendido, no sé.

—¿No está aquí?

—No, claro que no. Suele salir los viernes por la noche. Bueno, no siempre, pero bastante a menudo. Yo casi no la veo los viernes por la noche —digo, divagando—. ¿Por qué?

Puedo ver la contrariedad en el rostro de Cal.

—Bueno, Charlie, te *pedí* que la trajeras esta noche. Ese era justo el punto de todo.

—¿Qué? —pregunto.

El corazón late en mis oídos mientras espero su respuesta.

Cal mira a sus padres, como para asegurarse de que no pueden escucharlo. No pueden, pero aun así habla en voz baja.

—Charlie, por Dios —susurra—. No es gracioso.

—No. No lo es —digo—. No entiendo. Me preguntaste si estaba libre...

—Sí, y luego te pedí que me hicieras *el favor de traer a Amelia al baile*. Sabía que no vendría sin ti. Te lo dije el viernes pasado. ¡Dijiste que sonaba muy bien! —Cal suena enfadado—. ¡Incluso dijiste hace un par de días que te hacía mucha ilusión!

Siento que se me calienta la cara y se me hace un nudo en la garganta.

Así que eso era lo que Cal me había dicho cuando me fui al país de los sueños e imaginé que me besaba.

Pero ¿y la rosa? ¿Y la cinta con mi nombre? No tiene sentido.

—Sí —consigo decir, forzando una risa—. Estoy bromeando. Ella... no pudo venir. Surgió algo a último minuto. Lo siento.

Cal deja caer los hombros.

—No está nada bien, Charlie. Debiste habérmelo dicho antes —dice, sacudiendo la cabeza—. Pensé que podrías hacerla cambiar de opinión, pero está claro que no ibas a poder lograrlo. Ahora parezco un idiota.

—Lo siento. —Siento que me arden los ojos mientras contengo las lágrimas—. No te quise quitar la ilusión.

Cal suspira.

—En fin. Está bien.

—Lo siento —vuelvo a decir, porque no se me ocurre otra cosa—. Debería irme.

—Sí, deberías —dice, y se aleja de mí.

Suelto el globo y salgo de prisa del gimnasio. Una vez en el pasillo, corro hasta el auto. Apenas entro, empiezo a llorar. Un llanto fuerte. Feo. El tipo de llanto en el cual el maquillaje se desprende y se mete en los ojos y arde. Eso me hace llorar más. Mi cara está mojada, y tengo rímel negro y delineador y sombra brillante de ojos por todas partes.

Ni siquiera puedo ir a casa y acurrucarme en mi cama, aunque es lo único que quiero. Mamá sabrá lo que ha pasado. Todavía puedo oír su risa de incredulidad cuando le conté lo de Cal. Me estremezco al recordarlo.

Tampoco puedo ir a casa de Amelia. No quiero que lo sepa... todavía no. De hecho, una parte de mí la odia, aunque no sea su culpa.

Así que empiezo a conducir.

Tengo que quedarme afuera al menos hasta medianoche, que es cuando le dije a mamá que estaría en casa. Conduzco lejos, con la música a todo volumen, y canto a todo pulmón hasta que me duele la garganta. A veces solo grito con las canciones. Lo único que quiero es conducir, pero al final tengo que recargar gasolina (me siento como un bicho raro recargando gasolina con el vestido elegante). Eso logra tranquilizarme y manejo de vuelta a casa.

* * *

Cuando llego, la casa está a oscuras. Corro hasta mi habitación, con la esperanza de que mamá esté dormida.

Cierro la puerta y empiezo a llorar de nuevo. Dejo caer el bolso al suelo, me arranco el vestido y lo tiro a la basura. Luego tomo la rosa que me regaló Cal, la que tenía por especial, y también la tiro a la basura.

Cal ni siquiera dijo que estaba guapa. Ni siquiera me *miró*.

Lloro más fuerte al pensar en lo equivocada que estaba, en lo equivocada que he estado. Creía que Cal me saludaba porque me veía como una persona, pero solo me saluda porque es la manera de acercarse a Amelia. Soy una idiota. Una triste cosa que no alcanza a ser una persona.

Lanzo mis estúpidos zapatos por la habitación, me arranco las estúpidas horquillas del pelo y arrojo mis estúpidos aretes sobre la cómoda, con tanta fuerza que rebotan y caen al suelo.

Luego me obligo a mirarme al espejo. No me molesto en quitarme el maquillaje, aunque tengo rayas negras por toda la cara. Tengo un aspecto salvaje. *Soy* salvaje. Me miro la barriga gorda y redonda. La agarro con violencia y la sacudo. Ni siquiera sé por qué. Luego me agarro la grasa de los brazos, la de las piernas y la de la cara, y tengo que hacer un esfuerzo para no gritar. Me miro fijo, hasta que siento un asco tan abrumador que no puedo soportarlo. Quiero arrancarme la piel.

En el suelo, mi teléfono zumba. Sé que es Amelia. Se interesa por mí, seguro quiere saber cómo me fue.

Pero si contesto el teléfono empezaré a sollozar. Le diré que la odio, y *no es así*. Y le preguntaré por qué tiene que arruinarlo todo, lo cual *no es cierto*.

Son los chicos.

Así que me tiro en la cama, me meto bajo las almohadas y deseo que me trague la tierra.

Capítulo doce

Me despierto a la mañana siguiente con un dolor de cabeza tan intenso que me imagino que equivale al de una resaca.

Quisiera quedarme en la cama para siempre, pero tengo punzadas tan fuertes en la sien que necesito una ducha fresca. Me asomo por la ventana y veo que el auto de mamá ya no está en la entrada, así que el terreno está libre. Me meto en el baño, evitando mi reflejo en el espejo. No puedo soportar la imagen.

Cuando termino, me pongo mi pijama más cómodo, me meto en la cama y me quedo dormida con la televisión encendida.

Creo que horas después llaman a mi puerta.

—¿Sí? —digo.

—Soy yo. ¿*Sigues* en la cama? —pregunta mamá.

—Sí.

—¿No crees que deberías levantarte?

Respondo con un gruñido.

—Como quieras. ¿Cómo estuvo el baile?

No digo nada. No quiero decirle la verdad, pero no tengo ganas de mentir.

—¿Charlie? —dice un poco más alto—. Te pregunté cómo te había ido.

—Por favor, déjame en paz.

La oigo suspirar.

—Oh, Charlotte —dice, más para sí misma que para mí.

Los pasos de mamá se alejan. Me cubro la cabeza con el edredón.

No pasa mucho tiempo antes de que llamen de nuevo a la puerta.

—Déjame, por favor —digo.

—Charlie, soy yo.

Es Amelia.

—¿Puedes dejarme entrar?

Lo hago, y cuando la veo ya no estoy enfadada, ni celosa, ni frustrada. Me alegro de que esté aquí. No sé cómo ha sabido que debía venir, pero no importa. Amelia me abraza con fuerza y lloro en su hombro.

—No me quería allí —consigo decir.

—Es un idiota —dice Amelia, y me frota la espalda—. Vamos. Cerremos la puerta.

Me vuelvo a meter en la cama, y Amelia se sienta a mi lado. Me acaricia el pelo sin preguntar nada.

—Eres increíble, ¿sabes? —me dice.

Eso me hace llorar más.

Lloro hasta que no puedo más, y me duermo.

Amelia está ahí cuando despierto. Mi teléfono está conectado al cargador, el bolso de mano y los aretes están sobre mi tocador y el vestido esmeralda ya no está en la basura, sino sobre la silla de mi escritorio.

La miro.

—Hola —le digo.

—Hola —dice Amelia con dulzura—. ¿Quieres contarme qué ha pasado?

—No hay mucho que contar. Cal no quería que fuera al baile con él.

—Pero ¿por qué? ¿Qué pasó?

—No quería que fuera su acompañante —digo con voz entrecortada.

—No lo entiendo. Te pidió que estuvieras allí. Te dio una rosa.

—Lo sé.

—¿Entonces? —pregunta.

Su voz es suave, y sus ojos parecen vidriosos, como si quisiera llorar por mí. Como si ya supiera.

—No me quería allí —digo.

Sé que estoy siendo antipática, pero decirlo todo en voz alta se siente como... demasiado.

—¿Dijo eso?

—No.

—¿Entonces? Por favor, Charlie.

Amelia está casi suplicando.

—Bueno, me pidió que fuera, pero porque quería algo, que de alguna manera no escuché. —Trago con fuerza—. A ti.

—¿Qué?

Respiro profundo.

—Quiero decir... me invitó al baile. Sí. Y yo fui. Llegué un poco tarde, pero no pasó nada. Los premios estuvieron bien. Cal ganó el de jugador más valioso, por supuesto. Pero después... no sé. Estaba claro que no estaba emocionado de verme... en absoluto. Estaba con sus padres. Me acerqué a él y apenas me saludó. Solo me preguntó dónde estabas tú.

—¿Por qué quería saber dónde estaba yo?

Me encojo de hombros y jugueteo con el borde de mi colcha.

—Dijo... —Se me corta la voz y siento que me tiembla el labio, pero continúo—. Y esto es tan estúpido... que me había invitado al baile porque creyó que yo podría convencerte de que fueras conmigo. Te quería a ti, no a mí.

La cara de Amelia se transforma en una mueca de tristeza.

—Charlie.

Me río con una risa un poco aguda.

—Sí. Quiero decir, *por supuesto*, ¿no? Por supuesto que te quería a ti, no a mí. Fui una idiota al pensar otra cosa.

—Charlie, no —dice Amelia, tomando mis manos entre las suyas y mirándome a los ojos—. Lo siento mucho. Mucho, mucho. Eso es horrible. Entonces, ¿cuál era su estúpido plan? ¿Invitarte y que yo te acompañara? Dios, qué idiota.

Vuelvo a sentir vergüenza y se me escapan algunas lágrimas. Retiro las manos de entre las de Amelia y me limpio los ojos.

—No, no exactamente. Odio decir esto. Casi preferiría morirme antes de contarte esta parte, porque es muy vergonzosa, pero... Cal fue sincero conmigo sobre su plan. Supongo que yo estaba tan emocionada con que me invitara que... —vacilo— no escuché cuando lo dijo. La cagué.

—*No*. Tú no hiciste nada. Cal es el malo, no importa cómo lo miremos. Incluso si hubiera sido sincero sobre su desagradable plan, ¡sigue siendo una cosa jodida! ¡Nunca debió pedirte que me convencieras de ir! Él sabe que a ti te gusta él y que yo tengo un novio y que lo odio. Todo está *mal*. Y te dio una rosa, Charlie, una rosa con *tu nombre*. ¡Tu nombre, no el mío! —Amelia retuerce la almohada—. No. No está bien. ¡A la mierda Cal! ¡Hay que castrarlo!

—No. Amelia. Está bien —digo, aunque no lo esté.

—Lo siento mucho —dice con una voz que suena desesperada, como si su disculpa pudiera compensar lo que ocurrió.

Asiento con la cabeza.

—Yo también lo siento. Tienes razón. Estuvo mal de su parte utilizarme para llegar a ti, sobre todo porque has dejado muy claro que no sientes nada por él. Pero, por eso estoy tan molesta. Yo sabía que tú le gustabas. Quiero decir... todo este tiempo lo he sabido. Tú también lo sabías. Y *aun* así seguía interesada en él. ¿Quieres algo más patético?

—No digas eso. Por favor.

—Es que yo lo sabía —continúo—. Pero no podía darme cuenta de que yo nunca le gustaría a Cal. Dios, soy tan estúpida.

Amelia sacude la cabeza con tanta fuerza que sus rizos rebotan.

—No —dice con voz firme—. Él te utilizó. Te confundió. Lo he visto... ¡es muy coqueto contigo! Él sabía lo que estaba haciendo. *Cabrón*.

Me froto los ojos.

—No quiero hablar más de esto.

—Bueno —dice Amelia—. Por supuesto.

Nos quedamos en silencio durante un minuto, y luego le pregunto:

—¿Cómo supiste que debías venir?

Amelia se muerde el labio.

—No te enfades.

—Cuéntame.

—Tu mamá me dijo que viniera.

Supongo que estoy más sorprendida que enfadada.

—¿En serio?

—Sí. Anoche, cuando te envié un mensaje de texto y no me contestaste, empecé a preocuparme. Pensé que, si todo hubiera ido bien, me habrías respondido. Como no tuve noticias tuyas, empecé a pensar que algo podría haber ido mal. Pero tampoco quería molestarte, por si me equivocaba y las cosas estaban saliendo bien. Pero esta mañana *seguía* sin tener noticias tuyas. Así que hice algo bajo: llamé a tu casa. Tu mamá contestó y, cuando le pregunté si estabas aquí, me dijo que sí, pero que pasaba algo.

—¿Cómo te lo dijo?

No sé por qué eso es lo primero que quiero saber.

—Bueno... dijo, amablemente, muy amablemente, que creía que te habían plantado.

Amelia vuelve a morderse el labio.

—No del todo, pero casi —digo—. El chico que me gusta no me dejó plantada, solo que no me quería allí. Pero adivinaste, mamá. Muy bien.

No soporto que mi mamá tenga razón todo el tiempo.

—No es eso lo que quiso decir. Estaba preocupada. Igual que yo. No quiso decir nada con eso —dice Amelia—. Solo quería que yo viniera. Pensó que era mejor que yo hablara contigo.

—Sí.

—Quizás ella no debió haberme dicho nada, pero me alegro de que lo haya hecho. *Quiero* estar aquí para apoyarte.

Intento sonreír.

—Gracias.

—No tienes que sonreír para mí. Lo que pasó fue una mierda y te toca estar triste.

—Lo estoy —admito.

Amelia suspira.

—Lo sé.

Nos quedamos calladas de nuevo.

—Te agradezco que hayas venido, Amelia. De verdad lo agradezco. Necesitaba esto. Pero creo que quiero estar sola un rato.

Me doy cuenta de que a Amelia no le entusiasma la idea de irse, pero asiente.

—Lo entiendo. —Me abraza de nuevo—. Lo siento —susurra—. Eres increíble.

Asiento con la cabeza, como si le creyera.

—Mamá te va a preguntar qué ha pasado cuando salgas —le digo.

—Sí, ¿y?

—Puedes contárselo —digo, encogiéndome de hombros.

Amelia levanta las cejas.

—¿Estás segura?

—Sí. Prefiero no tener que decírselo yo.

Amelia asiente con empatía. Se levanta, abre la puerta y se dispone a irse. Entonces se vuelve hacia mí.

—Por favor, quédate con el vestido. Te queda precioso.

Lo miro, todo liso y verde allí sobre la silla.

—Lo pensaré.

Amelia se va, pero la puerta no se cierra del todo tras ella, así que la oigo empezar a contarle a mamá lo sucedido, cosa que no me apetece escuchar.

Me levanto para cerrar la puerta con llave, pero consigo escuchar lo que contesta mi mamá.

—He intentado decírselo...

* * *

Veo la televisión un rato. No puedo concentrarme, pero el ruido es una agradable distracción.

Me vuelvo a quedar dormida. Me quedo mirando la pared. Miro el vestido. Y en algún momento, mucho después de que

Amelia se haya ido, puedo jurar que siento olor a arroz con gandules. Sé que debo estar imaginando cosas, porque en esta casa ya no se comen carbohidratos.

Entonces llaman a la puerta.

—¿Sí? —digo.

—¿Tienes hambre? —pregunta mamá del otro lado.

Sí tengo.

—Un poco —digo.

—Ven —dice.

Me levanto de la cama y la sigo hasta la cocina, donde hay un caldero en la estufa. Hacía muchísimo que no lo veía. Mamá retira la tapa y veo salir el vapor. Dentro hay un montón de arroz de un amarillo intenso, con gandules.

Mi estómago gruñe. Mamá sirve dos cucharadas en un plato y me lo da, luego se sirve una cucharada para ella. Nos sentamos a la mesa.

—Está delicioso, mamá —digo después del primer bocado.

Cada bocado es como un cálido abrazo.

—Gracias.

Mamá siempre se enorgulleció de saber cocinar bien, al menos antes del rollo de los batidos y la pérdida de peso.

Cuando ella y papá se conocieron, solo sabía cocinar la comida polaca e italiana que comían sus padres, de esas nacionalidades. Pero papá le enseñó a cocinar algunos platos tradicionales puertorriqueños: arroz con frijoles (tanto arroz amarillo con gandules como arroz blanco con frijoles colorados, por supuesto), empanadillas, pernil, tostones, y esos también se convirtieron en los alimentos básicos de nuestra casa, la comida con la que crecí. Con el paso del tiempo, mamá (que es blanca) llegó a preparar esos platos mejor que mi papá (que era puertorriqueño), y eso lo hacía feliz.

Esa era la comida que me reconfortaba, y era justo lo que necesitaba comer ahora.

—Amelia me contó lo que pasó —dice mamá.

—Sí —digo—. Apesta.

Mi mamá suspira.

—Sí, apesta. Si necesitas algo...

Miro mi plato de comida.

—Esto era justo lo que necesitaba.

Mamá sonríe.

—Me alegro.

Comemos el resto de la comida en silencio, y luego mamá empieza a limpiar la mesa. Se siente como en los viejos tiempos, lo cual agradezco. Luego le doy las gracias de nuevo y vuelvo a mi habitación.

Decido encender el teléfono, y cuando lo hago veo la avalancha de mensajes y llamadas perdidas de Amelia, de la noche anterior. Recorro los mensajes, luego borro las notificaciones y llego al texto más reciente de ella.

¿Cómo estás? Te quiero.

Apago el teléfono, sin responder, y entonces veo la fecha en la pantalla: 13 de febrero.

Al día siguiente es San Valentín, y ella cumple seis meses con Sid y piensa decirle que está enamorada de él. No he indagado mucho al respecto desde la "invitación" al baile, preocupada por mis propios asuntos.

Le respondo con un mensaje de texto: **Yo también te quiero. Estoy bien. Soy una imbécil y se me olvidó preguntarte por tu celebración de los seis meses. ¿Qué vas a hacer?**

No tenemos que hablar de esto, me escribe.

Quiero hacerlo. ¡Ponme al corriente! ¿Cuál es el plan? (Agradezco poder sonar más alegre a través de los mensajes de texto que en persona).

Voy a seguir tu consejo, me escribe. **Amo a Sid. Quiero que lo sepa. Espero que también me diga que me ama.**

Lo hará, escribo. **Mantenme al tanto.**

Te mando un mensaje. Hemos quedado a las 6 para cenar. Si todo va bien, puede que no lo recibas hasta mucho más tarde. :)

Empiezo a responder, pero no se me ocurre nada que decir. Solo escribo: **¡Te quiero! Tú puedes con todo. xoxo**

Luego pongo el teléfono en la mesilla de noche y me voy a dormir.

Capítulo trece

Cuando amanece el domingo ya he experimentado tantos sentimientos que no creo que tenga la capacidad de sentir nada más, excepto una cosa:

Ira.

Estoy enfadada porque es el día de San Valentín y me había hecho la idea de que por primera vez tendría con quién celebrar.

Estoy enfadada con Cal por haberme utilizado para acercarse a Amelia. Estoy enfadada por la forma en que me trató, por la forma en que se deshizo de mí, por la forma en que tal vez ni siquiera *se dio cuenta* de que no había sido amable conmigo o, peor aún, porque sabía bien lo que estaba haciendo y aun así estaba dispuesto a hacerme daño para conseguir lo que quería. Dios, eso apesta.

Estoy enfadada con mi mamá, con Sid y con Brian por haber tenido razón. Sabían que no podía ser cierto que Cal me hubiera invitado al baile.

Estoy enfadada con Amelia. Sí, vuelvo a estar enfadada con ella. No es justo, pero no puedo evitarlo. Estoy enfadada con ella porque *siempre* es la primera opción de todo el mundo: de Cal, de mamá. Hemos conocido a una letanía de chicos que empezaron siendo amigos de ambas, pero terminaron acercándose a ella por las mismas razones por las cuales yo *también* me he acercado a ella: es amable y cortés, siempre sabe lo que hay que decir y es, y siempre ha sido, digamos que perfecta. No es justo. No puedo competir con ella en nada. Es una diosa.

Pero, sobre todo, supongo que estoy enfadada conmigo misma. Nunca debí haber aceptado ir al baile con Cal, incluso sin saber lo que iba a pasar. Sabía que a Cal no solo le gustaba Amelia, sino que la acosaba, persiguiéndola incluso después de que ella le hubiera dejado claro que no estaba interesada en él.

Y, si soy sincera conmigo misma, Cal y yo nunca tuvimos un vínculo real. Mirando hacia atrás, me da vergüenza analizar lo que yo creía que era una amistad y tanto apreciaba. Las cosas que me hicieron pensar que yo le gustaba no eran en realidad "señales". Cal se dirigía a mí, sobre todo, cuando necesitaba consultar mis tareas y mis apuntes, o cuando quería dinero. (Me avergüenza admitir que le he dado dinero en más de una ocasión. Por supuesto, nunca me lo ha devuelto). Pensaba que, si lo trataba bien, él acabaría dándose cuenta de que era yo con quien debía salir. La clásica historia en que al final el chico termina enamorado de la chica que ha estado ahí todo el tiempo. Como la escritora que creo ser, debí *haberlo sabido*. Pero tenía *esperanzas*, y pensar en eso me estremece.

Además, cada vez que miro el reloj me acuerdo de que se acerca el momento en que Amelia y Sid celebrarán sus seis meses de relación. Es decir, el momento en que Amelia dará el paso y me dejará sola en el mundo de las vírgenes, mientras ella asciende al plano astral de las "enamoradas y sexualmente activas".

Bueno, en realidad no es así como lo veo, pero ¿está mal pensar que nunca tendré sexo? Después de todo, han pasado dieciséis largos años sin que mis labios hayan siquiera sido tocados con un beso.

Creo que la mayoría de mis compañeros de clase ya han recorrido ese terreno: primero se han enamorado (aunque no siempre, claro) y luego han tenido relaciones sexuales. Tengo la impresión de que *todos* tienen sexo. Nunca olvidaré una conversación que escuché entre Amelia y algunos amigos a finales de octavo curso. Tyler, uno de los chicos que Amelia conoció en el equipo de atletismo, le preguntó: "¿Crees que darás el paso el año que viene?".

Amelia, fresca como un puto pepino, se encogió de hombros. "Creo que no. Pero es posible que un año después sí", dijo.

Como si fuera la conversación más casual del mundo.

Los demás también intervinieron. Jessica dijo que ella ya lo había hecho (llevaba más de un año saliendo con su novio para entonces), y Maddy se encogió de hombros tímidamente y dijo que tal vez. Entonces John y Khalil chocaron las manos y dijeron que sí. Yo me quedé sentada, aturdida por el hecho de que estuvieran pensando en eso.

Bueno, yo también había pensado en eso, pero *acababa* de empezar a tener el periodo y todavía estaba acostumbrándome. El sexo ni siquiera estaba en mi radar, y de golpe me entero de que tengo que añadirlo a la lista de cosas por las cuales debía preocuparme.

Tal vez estoy un poco amargada. No puedo evitar sentirme como... bueno, como una perdedora. Sé que estoy siendo dura conmigo misma, y que tengo que mejorar eso, pero no sé cómo, y no voy a resolverlo de inmediato, así que decido ponerme a escribir.

Necesito salir de mi cabeza, y escribir siempre me ayuda. Me transporta a otra vida, a otro lugar. Quiero escribir sobre algo feliz. Me decido por un cuento sobre una chica encantadora que viaja por el mundo y tiene un encuentro mágico con una persona desconocida que por casualidad lleva el mismo vestido que ella. Estoy tecleando de forma tan febril que casi no oigo zumbar mi teléfono.

Pero lo hace, dos veces, lo que quiere decir que ha llegado un mensaje de texto. Voy a revisar. Es Amelia. Estoy ansiosa por conocer los detalles de su aventura, por saber si se siente una mujer cambiada o algo así, pero el mensaje dice: **Sid ha roto conmigo**.

Me quedo boquiabierta. La llamo de inmediato.

Amelia solloza en la otra línea.

—Paso a buscarte —le digo, tomando mi bolso y saliendo de casa—. ¿Dónde estás?

—Afuera de su casa —dice, con voz entrecortada.

—Voy de camino, Amelia. Quédate ahí.

Llego a casa de Sid mucho más rápido de lo que debería, y

Amelia apenas me da tiempo de detenerme antes de abrir la puerta del auto.

—¡Vamos!

—¿A dónde? —le pregunto.

—¡Solo vámonos de aquí! —grita.

Conduzco y la dejo llorar, porque es lo único que se me ocurre hacer.

Vamos para mi casa. Le digo a Amelia que le envíe un mensaje de texto a su mamá diciéndole que estará en mi casa y que quizás pase la noche aquí.

No estoy segura de por qué actúo con tanta lógica estando, por dentro, enloquecida con lo que ha pasado, pero necesito hacer *algo* y decirle a Amelia que se ponga en contacto con su madre es lo mejor que se me ocurre. Además, me permite disponer de un breve tiempo para poner las cosas en orden. Mi mejor amiga me necesita. Voy a ayudarla.

Vamos para la sala y nos sentamos en el sofá.

—Lo siento mucho, mucho —le digo.

Amelia me mira y se le descompone el rostro. La atraigo hacia mí y la dejo llorar. Intento decir cosas para hacerla sentir mejor, pero sé que apenas me escucha.

—Todo iba a la perfección, Charlie. La estábamos pasando súper bien durante la cena. Nos reímos, coqueteamos. Le dije que lo amaba. Él me dijo que me amaba. Y empezamos, ¡pero no pude seguir! —Amelia llora—. No pude.

—Está bien —le digo, frotando su espalda.

—No lo está. No lo está. ¿Qué me pasa? —pregunta.

—No te pasa *nada* —le digo—. Está bien que no quieras tener sexo todavía.

Amelia se seca con furia las lágrimas que mojan su cara.

—*Todo el mundo* tiene sexo, Charlie. Y yo estoy enamorada de él. Sin embargo, mírame, no me siento "preparada" y no tengo una buena razón para no estarlo. —Amelia deja escapar un sollozo—. Y él me decía, "Pero pensé que me amabas...".

—Bueno, que te haya dicho eso está muy jodido.

—No. ¡Él tiene razón! —dice—. ¿Quién en el mundo, estando en la preparatoria, sale con un chico durante seis meses y no se acuesta con él? Ni siquiera puedo culparlo por haberme dejado.

La dejo llorar un poco sin intervenir.

Es raro ver a Amelia así. Siempre me sorprende. No la considero una persona vulnerable o insegura, y es estúpido que piense eso porque todos, de vez en cuando, sufrimos.

Estoy conmocionada al descubrir que mi mejor amiga tiene, en relación con el sexo, problemas similares a los míos. Que, como yo, si bien admite que en teoría está bien tener sexo, y quiere tenerlo, al mismo tiempo siente que no está lista para eso, por la razón que sea. Y es difícil no sentirse un bicho raro por ello.

Solo puedo imaginar el dolor que debe producir decirle a alguien que lo amas, escuchar que esa persona también te ama y minutos después ver cómo te restriegan ese supuesto amor en la cara.

—Lo siento, Amelia. Lo siento mucho. Si ha intentado hacerte sentir culpable para que te acuestes con él después de que le has dicho que lo amabas, es una putada. Eres increíble y te mereces algo mejor —digo en voz baja.

—¡Lo *odio!* —grita Amelia.

Le aprieto la mano.

—Lo sé —digo.

—Y lo amo —dice más calmada.

Vuelvo a apretarle las manos.

—Lo sé.

Me gustaría poder hacer algo más que mimarla, pero no se me ocurre qué más podría hacer, así que le traigo un vaso de agua, la manta de mi habitación y ropa cómoda (de mamá) para que se cambie. Ella acaba de hacer lo mismo por mí, aunque parece que sucedió hace siglos.

—¿Tienes hambre? —le pregunto.

Amelia asiente con la cabeza. Ordeno en línea un montón de

comida en la pizzería local. Luego me acomodo junto a ella en el sofá. Amelia se frota los ojos, hinchados y rojos.

—¿Quieres hablar? —le pregunto—. No tenemos que hablar, podemos ver una película.

—No sé —dice.

Debo tomar las riendas. A veces, cuando uno siente demasiadas cosas, necesita que otro tome las riendas. Puedo hacerlo.

Agarro el control remoto, pongo Netflix y elijo una película de miedo. Al principio me cuesta un poco concentrarme (y estoy segura de que a ella también), pero luego me dejo llevar y casi me muero del susto cuando suena el timbre y llega nuestra comida.

Tomo la comida y la coloco en la mesa de centro de la sala. La comida siempre me hace sentir mejor, y espero que suceda lo mismo con Amelia.

—¿Sabes qué necesitamos? —pregunto.

Amelia muerde un palito de mozzarella.

—¿Qué?

—Algo de beber —digo.

Ella levanta las cejas.

—¿Sí?

—¡Sí! Un poquito. Ahora vuelvo.

A pesar de que Amelia y yo por desgracia somos menores de edad, de vez en cuando tomamos algo del minibar de mamá, en el sótano. Poca cosa. Ella nunca se da cuenta. Esta parece ser la ocasión ideal.

Agarro cuatro botellitas de vino ligero Skinny Mini, y subo corriendo, con una sonrisa. Admito que siempre me emociona robármelas, aunque solo sea del sótano. Se las muestro a Amelia.

—Sí —dice—. ¡Dame!

Le lanzo una de fresa y cojo una de frambuesa para mí. Les quitamos la tapa, brindamos y bebemos. Sé que los vinos ligeros apenas tienen alcohol, pero Amelia y yo siempre acabamos con las mejillas encendidas y sintiéndonos un poco más relajadas.

Funciona. Pronto Amelia parece más dispuesta a hablar.

—Los chicos son lo peor —dice.

—¡Lo son! Todos.

—Una hace todo por ellos y, ¿para qué?

Sacudo la cabeza.

—No aprecian nada.

—Nada.

Amelia frunce el ceño.

—Estoy triste.

Asiento con la cabeza. Entonces escucho que alguien abre con llave la puerta principal. Agarro los envases vacíos de vino y los meto debajo del sofá, justo antes de que entre mi mamá.

Parece enfadada.

—Mamá, ¿qué haces en casa? Creía que tenías planes —le digo, con la esperanza de sonar tranquila, aunque mi corazón está acelerado.

Mamá me ignora. Arroja el bolso sobre la mesa auxiliar, entra a la sala y me hace un gesto para que le haga espacio en el sofá. Luego se tumba y toma un trozo de pizza.

Amelia y yo intercambiamos una mirada.

—¿Todo bien? —le pregunto.

—Sí —dice ella.

—Mamá, por favor —le digo—, ¿qué pasa?

Ella sacude la cabeza.

—Nada.

Trato de no decirle que llegar a casa y sentarse en la sala sin hablar es lo mismo que decir a los cuatro vientos que estás enfadada y que no quieres hablar de ello si alguien te pregunta qué te pasa.

—Eso no es lo que parece —digo.

—Sí. Cuéntanos —insiste Amelia.

Mamá le da un mordisco a la pizza fría que tiene en la mano. Se lo piensa. Luego suspira.

—Es que no son como las recordaba.

—¿Qué cosa? —pregunta Amelia.

—Las citas románticas.

Al oír eso, siento que me pongo un poco rígida. Sé que ha tenido citas, a menudo me ha dicho que llegará tarde a casa porque tiene una cita, pero no me gusta pensar en ello más de lo necesario. Sobre todo porque *yo* no estoy saliendo con nadie.

—Todo es tan diferente ahora —dice—. Mensajes de texto, Facebook, Tinder.

—Mamá, ¿tienes Tinder? —pregunto.

—¡Hoy en día tienes que tener! Si no, ni te molestes.

Amelia y yo intercambiamos una mirada y una sonrisa.

—Es difícil. No lo entiendo.

Es un poco tierno, aunque triste, lo que está diciendo mamá.

—Creo que eres un buen partido —digo, para darle confianza.

Pero ella vuelve a suspirar.

—¡Estoy harta de todos esos hombres! Quieren demasiado de ti: que seas guapa, pero no súper guapa; que seas delgada, pero no súper delgada; que seas femenina, pero no súper femenina. En las citas es lo mismo: que hables, pero no mucho; que les hagas preguntas sobre ellos, pero no te pases. Estoy agotada.

Amelia la mira.

—¿Qué ha pasado?

Mamá cierra los ojos y se frota una de las sienes, con la pizza todavía en la otra mano.

—Fue una cita mala. Primero, este tipo, *Keith* —dice su nombre como si fuera una enfermedad contagiosa, y tal vez lo sea—, me pide que me reúna con él en un restaurante que está a una hora de aquí, lo cual está bien. No es lo ideal, pero está bien. Así que conduzco hasta Fairfield para conversar con este tipo que ni siquiera puede hilvanar dos frases que no sean sobre sí o sobre su madre.

—¿Perdón? —pregunta Amelia.

—Sí. No para de hablar de que su madre es su mejor amiga, su ídolo. Que hacen todo juntos. Que han viajado por todo el mundo: París, Bali, Roma.

Alucino con esa cercanía madre-hijo.

—¿Qué *demonios*?

—Qué sé yo. Y era tan creído y egoísta que no preguntó nada sobre mí. Cada vez que intentaba hablar, me cortaba o desviaba la conversación hacia él. Era como si yo no estuviera allí. Fue una cena insoportable que duró una hora, y al final le dijo al camarero que no queríamos café ni postre sin siquiera preguntarme.

Mamá pone los ojos en blanco.

—¿Y todo el dinero que dice que tiene? Bueno, eso no importa, pero entonces... en lugar de tratar de tener una conversación cortés conmigo mientras esperamos la cuenta, se pone a revisar su teléfono. Estuvo haciéndolo durante la mitad de la comida por lo menos, lo que me pareció *muy* grosero.

—¿Le estaba enviando mensajes de texto a su mamá? —me burlo.

—Ojalá —dice mamá—. ¡Antes de que llegara la cuenta se levantó y se acercó a una mujer en la barra! ¡Había concertado otra cita!

—¡¿Qué?! —exclamamos Amelia y yo.

—¡Lo sé! Y no se lo iba a permitir. Me acerqué a ella, le di un golpecito en el hombro y le dije que acababa de tener una cita terrible con él, que se ahorrara la molestia y se fuera a casa. —Mamá sacude la cabeza—. Keith estaba lívido. Alzó la voz y dijo que yo estaba mintiendo, como si no acabara de cenar conmigo a escasos metros. Le puse su tarjeta de crédito y la cuenta delante, porque el señor Listillo no se había molestado en recogerlas, y me fui, enfadada. ¿En serio? ¿Así son las citas que me tocan?

—Dios mío, mamá. Eso es horrible —digo—. Siento mucho lo que pasó.

—Esa es una de las peores citas de las que yo he oído —dice Amelia.

—¿Verdad? Y siempre siento como que el problema soy yo. Todos me cuelgan. Ninguno de los tipos con quienes he salido sirve para nada. Es como si se olvidaran de tener modales. No creo que esté pidiendo demasiado. Tal vez soy demasiado anticuada. Solo quiero a alguien que sea amable conmigo, que me haga reír y que tal vez haga cosas como retirarme la silla y preguntarme cómo estoy.

Mamá coge otro trozo de pizza y le da un mordisco, pensativa. Después de tragar, empieza de nuevo, con una voz más suave.

—Tu padre *nunca* me habría tratado de esa manera. Era tan bueno conmigo. Siempre se desvivía por detallitos que tenían gran significado.

La mención de papá me sorprende, y me hace sentir un poco sensible. Pienso en todas las formas en que él le demostraba cariño a mamá, por ejemplo, haciendo las tareas domésticas que sabía que ella odiaba, y dejándola ganar en sus discusiones, hasta cuando no tenía razón, porque él sabía que para ella tener la razón era más importante que para él.

—Era muy bueno escuchando —digo.

—¡Sí! Te prestaba toda su atención. Era increíble.

Asiento con la cabeza.

—Lo era. Me encantaba. Y era tan payaso y divertido —digo.

—Ustedes dos tenían el mismo sentido del humor —dice mamá—. A veces yo no lo entendía, pero eso no le impedía hacer todo lo posible por hacerme reír. Siempre se esforzaba al máximo, y eso me encantaba. —Una sonrisa melancólica aparece en el rostro de mamá—. Sé que *nunca* habrá alguien que lo reemplace, nunca, pero me gustaría que alguien me tratara al menos la mitad de bien. Solo... prométanme que no permitirán que nadie las haga sentir inferiores. En serio, nadie —dice, volviéndose hacia mí. Luego nos mira por largo rato a mí y a Amelia—. No pueden permitirlo. Ustedes tienen que tratarse con cariño y estimarse ustedes mismas, porque el mundo puede ser muy frío y cruel. No se sientan mal, nunca, por ponerse en primer lugar. Prométanmelo.

—Lo prometo, mamá.

Amelia baja la mirada.

—Lo prometo —dice.

Mamá se da cuenta del cambio de actitud de Amelia, y suspira.

—Lo siento. No era mi intención aguar la fiesta.

Amelia sacude la cabeza.

—No, está bien —dice—. Ya estábamos bastante deprimidas.

—Oh, no. —Mamá frunce el ceño y me mira—. ¿Estás bien?

—Estoy bien, mamá. Gracias.

—La del problema soy yo —dice Amelia.

Hace una pausa, como si se preparara para la siguiente frase.

—Sid rompió conmigo. El día que celebramos seis meses de relación —dice, despacio.

—¿Qué? No. —Mamá la abraza—. Oh, Amelia. Lo siento mucho.

—Sí. Bueno, parece que eso es lo que obtienes cuando le dices a alguien que lo amas, pero no quieres tener sexo con él —dice Amelia, con la voz quebrada.

Me sorprende que comparta eso de forma tan abierta, pero si a mamá le molesta, no lo deja traslucir. Por el contrario, vuelve a abrazar a Amelia.

—Lo siento mucho, cariño —dice—. No te mereces eso. En absoluto. Y cualquier chico que te presione de esa manera es un mierda. Una persona mala, de quien es mejor prescindir.

Asiento con la cabeza.

—Eras demasiado buena para él, Amelia —digo.

Mamá también asiente.

—Pero me duele. Lo quiero —dice Amelia—. Ojalá no lo quisiera, pero lo quiero.

—Eso es lo que sientes ahora, pero puedes estar segura de que dejarás de quererlo —dice mamá—. ¿Sabes?, cuando tenía tu edad yo también me enamoré de un chico. Jack, un chico malo. Mis padres lo odiaban. Cuando llevábamos apenas tres meses de relación, quise huir con él y casarme. Hasta lo hablamos. ¡Pero entonces descubrí que me engañaba con una de mis mejores amigas! Un mierda.

—¡Mamá, eso es horrible! —le digo.

—Lloré y lloré muchos días. Y entonces, un día dejé de llorar. Dejé de sentirme mal. Dejé de extrañar a Jack y seguí adelante. Y, créeme, Amelia, tú también lo harás —dice mamá. Luego me mira a mí—. Lo mismo con Cal. Dejará de doler. Lo sé. Además, Amelia, Sid tenía un pelo horrible —añade con una sonrisa socarrona.

Es tan inesperado que estallo en carcajadas. No puedo parar de reírme. Me río tanto que Amelia también empieza a reírse. Mamá sonríe abiertamente.

—*Sí*, tenía un pelo horrible —admite Amelia, riendo.

—¿Y por qué se ponía tantos productos en el pelo? —pregunto.

—Siempre tenía que lavarme las manos después de tocárselo —dice Amelia—. ¡Estaba pegajoso!

—¡Puaj! —decimos mamá y yo al unísono.

Luego nos reímos un poco más. Y seguimos riendo. Nos reímos hasta que nos duele la barriga, nos lloran los ojos y apenas podemos respirar. Ya ni siquiera es tan gracioso, pero seguimos riendo.

La vida puede ser una mierda. Pero en momentos así parece que todo va a estar bien.

Capítulo catorce

Cuando me despierto a la mañana siguiente, tengo la sensación de que la noche anterior no sucedió.

Que mamá no se puso el pijama y se sentó con Amelia y conmigo en el sofá. Que no se dio un festín con nosotras y luego lo bajó con una ronda de malteadas a altas horas de la noche. Que no se quedó despierta hasta muy tarde viendo películas de miedo (muy malas) con nosotras. Que no se quedó dormida en la tumbona mientras yo dormía en el suelo y Amelia en el sofá. Que no compartió una parte de sí misma con Amelia y conmigo. Que nuestra improvisada noche de chicas nunca tuvo lugar.

Todo parece un sueño. Sé que sucedió, pero toda evidencia ha desaparecido. La sala de estar, excepto el lugar donde Amelia y yo dormíamos, ha vuelto a estar en perfectas condiciones, y mamá no está en ninguna parte.

Y uno de sus batidos nutritivos está esperándome en la encimera de la cocina.

No debería estar sorprendida, pero lo estoy. A decir verdad, me duele. Quiero tirar el batido por la ventana. Pero lo abro y vierto su contenido en la basura, y boto el contenedor donde mamá pueda verlo.

Luego busco debajo del sofá, saco las botellitas de vino ligero vacías y las boto afuera, en el bote de basura, debajo de otra bolsa. Espero que mamá *no* las vea.

Y entonces es hora de ir a la escuela. Sí, es lunes. Despierto a Amelia y nos preparamos. Tenemos que pasar por su casa para que se vista. La espero en el auto, y a través de la ventana de la sala veo a su mamá dándole un abrazo y, sin duda, diciéndole unas palabras de consuelo, y siento una punzada de envidia en las tripas.

Amelia y yo no hablamos mucho de camino a la escuela, pero cuando estaciono me doy vuelta para mirarla.

—Vas a estar bien —le digo, sonriendo.

Ella me devuelve la sonrisa.

—Sí. Tú también —dice.

Entonces recuerdo que es el primer día que vuelvo a clases después del baile.

Si no lo hubiera recordado en el auto, lo habría hecho en el momento en que entro en la escuela, porque *todo el mundo* está hablando de esa noche. Pero nadie habla de mí. Y es entonces cuando me doy cuenta de que lo que pasó entre Cal y yo fue tan inconsecuente que casi nadie se enteró.

La verdad es que quien no hubiera sabido que me presenté al baile pensando por equivocación que iba a salir con Cal, no tendría por qué haberse enterado de lo que pasó el viernes. Tal vez hubiera escuchado que una estudiante de penúltimo año, demasiado entusiasta, se presentó para apoyar a un popular estudiante de último año en una ceremonia de premiación a la cual estaba más o menos invitada, aunque en realidad no lo estaba. Nada que fuera materia de chismes. Todos están preocupados por lo bien (o mal) que la pasaron en el baile, y no me prestan atención.

Por primera vez agradezco ser una don nadie. Sin embargo, no es un buen día.

Primero, escucho a algunos estudiantes de último año hablar en el pasillo sobre lo *guapos* que lucían Cal Carter y Nova Sanders (la chica que acabó acompañándolo al baile). Resulta que durante la ceremonia él le había pedido que "saliera" con él, en caso de que lo de Amelia no funcionara, ¡y ella había aceptado! (Quiero decirle que tenga un poco de dignidad, pero dado que yo misma tenía tantas ganas de ir al baile con Cal que bloqueé el hecho de que él no me lo había pedido siquiera, no soy quién para juzgar).

Después tengo clase de Gimnasia. Y odio la clase de Gimnasia.

No solo se me da fatal, sino que a veces siento que al profesor le gusta cuestionarme por no poder correr 1.6 kilómetros en siete minutos. (Me tardo en realidad veinte minutos, porque termino caminando. Que me demanden).

Además, no solo tengo que participar en la clase de Gimnasia, sino que allí, en el gimnasio, balanceándose en las vigas, está el globo que compré para Cal el viernes. Dice: "¡FELICIDADES!", burlándose de mí mientras juego el peor partido de bádminton de mi vida.

Por último, y esto es lo peor de todo, Cal viene a mi clase de Arte y se sienta con Amelia y conmigo, como si nada.

—¡Hola! —dice, sonriendo como si no pasara nada.

—¿Qué demonios estás haciendo aquí? —le pregunta Amelia, casi gruñendo.

—Bueno, bueno, ¿no puede uno saludar?

—No, no puede —responde ella—. No cuando es carroña como tú.

Es como ver un partido de tenis.

—¿*Tú* estás enfadada *conmigo*? —Cal parece desconcertado—. En todo caso, yo debería estar enfadado con ustedes dos. Amelia, pensé que vendrías el viernes.

—¿Por qué demonios lo pensaste? No me lo pediste —dice Amelia—. ¡Se lo pediste a Charlie, y no te importó nada que ella fuera!

—Le pedí a Charlie que *te llevara*. El plan siempre fue que tú y yo fuéramos juntos al baile. —Cal me mira—. Díselo, Charlie.

Como si fuera a defenderlo.

—Eres un cobarde —dice Amelia con frialdad.

—Por el amor de Dios, Amelia, ¿cuál es tu problema? —pregunta Cal, pero tengo la sensación de que no busca una respuesta—. Mira, lo entiendo. Lo dejaste claro cuando no te molestaste en aparecer en el baile. No quieres salir conmigo.

—¡Claro que no quiero salir contigo! Te lo he dicho durante meses. Tengo novio.

Entonces Amelia me mira. Acaba de darse cuenta de que en realidad no tiene novio, y sé que tengo que sacar a Cal de aquí.

—Basta, Cal —digo—. Por favor, vete.

—¿Qué? Charlie, tú también no —dice, zalamero.

—Cal —repito.

—¿Me puedes dar antes la tarea de Historia? No he tenido tiempo de hacerla este fin de semana.

Uf. ¿EN SERIO? ¡El inútil, egoísta, *hijo de puta* de pelo lacio, que *claro* que alcanzó su mejor momento en la preparatoria! A. La. Mierda. Con. Este. Tipo.

—*¡Vete a la mierda, Cal!* —grito—. Y no nos molestes a Amelia o a mí de nuevo. Lo digo en serio.

El señor Reed se ha acercado a nuestra mesa.

—¿Todo bien por aquí? —pregunta, mirando a Cal—. Calvin, esta no es tu clase.

—Cal ya se iba —digo.

—Por favor. O me veré obligado a ponerte una amonestación —dice el señor Reed.

—Esto es una mierda —murmura Cal, poniéndose de pie.

—¿Qué fue eso? —pregunta el señor Reed.

—Nada —dice Cal, y sale del salón.

El señor Reed nos mira a Amelia y a mí.

—¿Seguras de que todo está bien?

Asentimos con la cabeza.

—Sí —digo yo.

—Muy bien. Y no digan malas palabras, ¿está bien?

Asiento con más énfasis.

—Sí. Lo siento.

El señor Reed se aleja de nuestra mesa, y Amelia se queda mirando las pinturas de acuarela que tiene delante.

—Ya no tengo novio.

—No —le digo—. Pero vas a estar bien.

Ella suspira.

—Tal vez.

* * *

Me gustaría poder decir que después de la clase de Arte mi día mejoró.

Pero no fue así.

En el trabajo, Dora me preguntó en cuanto llegué cómo me había ido con Cal. Tuve que mentir y decir que él se había enfermado y no pudimos salir. Parecía destrozada, pues se había hecho ilusiones sobre mí: una chica gorda que se lleva al chico guapo y popular, el sueño de toda chica gorda. Lo entiendo. Me siento mal por haberla decepcionado.

Pero al menos puedo pasar un rato con Brian al final de mi turno. Nancy me dice que están desbordados en el almacén, y que les vendría muy bien mi ayuda. Ni siquiera me importa que el trabajo sea duro, necesito un amigo.

—Hola —dice Brian cuando atravieso las puertas del almacén, saludándome con la mano como si me hubiera estado esperando.

—Hola.

—En realidad no necesitamos ayuda.

—¿Qué?

Su cara irradia orgullo.

—He mentido. Le dije a Nancy que sí, pero no es cierto. Solo pensé... ya sabes... que podríamos tontear un rato.

Sonrío.

—Bueno, me apunto. Necesito distraerme.

Brian sonríe.

—Yo también. Le dije a Dave que me estabas ayudando con el inventario, y estoy seguro de que se quedó pensando qué cosa era un inventario.

—¿Trabajo? Nunca he oído hablar de ello —digo, imitando a Dave.

Nos reímos mientras nos dirigimos al almacén. Brian se sienta en un taburete y me deja la silla giratoria. Enseguida empiezo a mover la silla de un lado a otro.

—¿Quieres que te haga girar? —se ofrece.

—¿En círculos?

—¡Sí, claro!

—¿Qué? ¿De verdad? ¡No! —digo, riendo, pero no dejo de mover la silla a la derecha e izquierda.

—¿Estás segura? Es lo máximo.

Sonrío.

—Bueno. ¡Está bien!

Cruzo las piernas debajo de mí en el asiento. Brian agarra la silla por los brazos y empieza a darle vueltas, haciendo girar el asiento cada vez más rápido, antes de soltarla. Doy un millón de vueltas seguidas y estallo en carcajadas.

Es una tontería, pero en ese momento me siento ágil y liviana. Brian se ríe mientras me ve girar una y otra vez, y cuando empiezo a perder velocidad le ofrezco darle vueltas a él.

Niega con la cabeza, pero sonríe.

—Toda tuya —dice—. ¿Quieres de nuevo?

—No —digo, devolviéndole la sonrisa—. Me haría vomitar.

—Tienes razón. ¿Qué tal el baile este fin de semana?

Le echo una mirada.

—Ja, ja. Muy divertido.

Es imposible que no haya oído hablar de lo increíbles que se veían Cal Carter y Nova Sanders juntos.

Brian frunce el ceño.

—¿Qué? ¿No ha ido bien?

—¿Me estás tomando el pelo?

—No, es en serio.

—Oh.

Me balanceo un poco más en la silla.

—Pensé que te habrías enterado de lo que pasó. ¿Ni siquiera en la clase de Arte?

Brian sacude la cabeza.

—Hoy he faltado a la clase de Arte. Tenía cita con el dentista.

—Oh, sí.

Se ríe.

—Vaya, ¿ni siquiera te diste cuenta de que no estaba?

—No, no. Lo siento. Cualquier otro día me habría dado cuenta. Te juro. Hoy ha sido un día malo.

Miro a Brian. Él se ha dado vuelta para mirarme de frente y prestarme toda su atención. No puedo *no* decirle lo que ha pasado.

—Supongo que empezaré con el baile. Adelanto: fue horrible.

Brian vuelve a fruncir el ceño.

—Lo siento. ¿Qué pasó? Si no te importa que pregunte.

—Fue uno de los momentos más vergonzosos de mi vida. Resulta que Cal no tenía intención de invitarme al baile. Solo quería que yo llevara a Amelia.

—¿*Qué?*

—Lo sé. Parece que, debido a la emoción, no escuché esa parte, cosa que suena más increíble cada vez que la digo. Así que, cuando llegué, Cal no paraba de preguntarme dónde estaba Amelia. No tenía el menor interés en mí. Fue horrible. Él soñaba con que, por fin, en el baile tendría a la chica: Amelia, no yo.

—Dios mío —dice Brian en voz baja—. Eso es brutal.

—Sí. Me siento estúpida. Estaba tan emocionada por haber sido invitada por Cal Carter que no pude ver la verdad: que él nunca saldría, ni en un millón de años, con alguien como yo.

Me tapo la cara con las manos.

—Oye, no.

—Me lo creí todo sin chistar —digo, levantando la vista hacia él—. Supongo que... para ser justos conmigo... en realidad él se comportó de forma más encantadora que nunca cuando me habló del baile. Hasta me dio una estúpida rosa con mi nombre, para pedirme que fuera su pareja... o falsa pareja, lo que sea.

—La verdad, Charlie —dice Brian, preocupado—, parece que te engañó. ¿Cómo puede ser eso culpa tuya?

Gimoteo.

—No lo sé. Debería haberlo sabido. Pero tiene sentido, ¿sabes? *Todo el mundo* prefiere a Amelia.

—Eso no es cierto en absoluto.

—Sí, así parece. Desde que la conozco. Si supieras cuántas veces los chicos la han elegido a ella y no a mí, sentirías pena. Si supieras cuántas veces mi propia *madre* ha elegido a Amelia y no a mí, te volverías loco. En serio, cuando en el trabajo de mamá celebraron el "día de llevar a los hijos al trabajo", en lugar de llevarme a mí, nos llevó a mí *y* a Amelia. ¿Quién hace eso? Pero lo entiendo. Amelia es perfecta, hermosa y etérea, y yo solo soy... —me abstengo de decir todos los adjetivos que pienso sobre mí—. Yo solo soy yo. La verdad, si tuviera que elegir entre las dos yo también elegiría a Amelia. Siempre.

Brian parece sorprendido.

—No digas eso —dice con énfasis.

Yo doblo la apuesta.

—Es cierto. Y, además, en la clase de Arte hoy, Cal se acercó a mí y se sentó en nuestra mesa, y me preguntó si podía prestarle la tarea de Historia. Como si no hubiera pasado nada. —Me río, un poco para no llorar. Siento que voy a llorar, así que desvío la mirada hacia Brian—. Qué estúpido, ¿verdad?

—*Mierda.* Lo siento mucho, Charlie. Qué imbécil —dice Brian, con un tono de voz que no había escuchado antes.

Lo miro. Tiene la mandíbula cerrada y las fosas nasales abiertas.

—Me gustaría darle un puñetazo.

—A mí también —digo. Luego tomo aire, recuperando la compostura—. De todos modos, la buena noticia es que al fin pude gritarle en público. Se sintió muy bien.

—Seguro —dice Brian con una pequeña sonrisa—. Pero aun así... caramba. Eso es... mucho.

—Sí —digo, suspirando—. Y tenías razón, ¿sabes? Es un idiota.

Su expresión se suaviza.

—Lo siento. Ojalá no hubiera tenido razón. Te mereces algo mejor.

Sacudo la cabeza.

—No estoy segura.

En contra de mis deseos, siento que una lágrima se escurre y rueda por mi mejilla.

—¿Sabes?, ni siquiera mi mamá se creyó que Cal me había invitado.

—Eso debió de doler —dice Brian, poniendo una mano en mi hombro—. Siento mucho que todo esto haya pasado, Charlie.

Me limpio los ojos con los dedos y trato de respirar con mi nariz congestionada.

—Gracias, Brian. Siento haberte descargado todo esto.

Brian agita una mano.

—No lo sientas. Está claro que han sido unos días infernales para ti. No puedes guardarte todo eso.

—Te lo agradezco mucho —digo—. Estoy segura de que nunca te ha pasado nada tan horrible.

—Bueno, no me gusta competir, pero sí. Me mojé los pantalones en primer grado —dice.

Es tan inesperado que me río.

—¡Pero si solo eras un niño! No puede haber sido tan grave.

—No fuiste tú quien se orinó delante de tus compañeros de clase mientras hacías una presentación sobre los osos. —Brian se ríe—. La verdad es que he tenido mi cuota de momentos mortificantes. Tal vez no como lo que te pasó a ti, pero una vez *intenté* salir con una chica mayor, Marissa Thompson, y fue horrible. Ella estaba en noveno grado, y no sé cómo me hice amigo de ella y de sus amigos, y se me ocurrió la brillante idea de invitarla a salir a lo grande. Delante de todos.

Respiro entre dientes.

—Oh, no.

—Oh, no, en efecto —asiente Brian—. Me inspiré en los jugadores de fútbol americano cuando invitan a sus parejas al baile, y decidí hacerlo en grande. Ella estaba obsesionada con las películas viejas, y le encantaba una que se llama *Digan lo que quieran*...

donde el tipo, vestido con una gabardina, le pone en un radiocasete una canción a una chica para conquistarla. Y ahí estaba yo, con una gabardina extraña en el estacionamiento, poniendo esa canción en mi teléfono, mientras espero a que Marissa y sus amigos de segundo año salgan de clase.

Mis ojos se abren de par en par.

—Oh, *no*.

Brian se ruboriza un poco.

—Oh, *sí*. Por fin aparecen, y me trabo con el teléfono antes de poder lograr que *por fin* suene la canción, y Marissa y sus amigas se echan a reír. Una chica incluso hizo un chiste sobre que el tipo de la película no era asiático.

—¿En serio? ¿Una buena y saludable dosis de racismo encima de todo?

Brian suspira.

—Sí. Me destrozó el espíritu.

—Eso es terrible, Brian. ¡Lo siento mucho!

—Yo también lo sentí mucho. Pero aquí estoy, ¿verdad? Y Marissa Thompson está... Dios sabe dónde.

—Bueno, ¿a quién le importa?

—*Eso*. ¿A quién le importa? —Brian me mira—. Con esto quiero decir que, aunque ahora se sienta horrible, pronto dejará de ser así. Pronto Cal y su conducta de mierda no te importarán, y cualquiera que haya sido testigo de lo sucedido lo olvidará y no te sentirás tan mal por haber expuesto tu corazón. La mayoría de la gente se niega a darles una oportunidad a las cosas, pero tú lo has intentado, Charlie. Eso significa algo.

Sonrío.

—Creo que no sabes lo mucho que necesitaba escuchar eso.

Brian me devuelve la sonrisa con su sonrisita torcida, y no puedo evitarlo: mi corazón, roto, desgarrado, incapaz de volver a sentir, se alborota un poco.

Capítulo quince

Agradezco que llegue el fin de semana.

Una semana de turbulencia emocional me ha dejado sintiéndome en carne viva, y tengo muchas ganas de pasar tiempo comportándome como una introvertida encerrada en su habitación: viendo Insta, escribiendo, tal vez picando comida no saludable.

Me llevo una sorpresa cuando me encuentro con que en la nevera y la despensa solo hay pollo, espinacas, requesón, agua con gas y los adorados batidos de mamá. ¿No puede una chica darse el gusto de comer cuando está estresada? ¡Fue una de *esas* semanas!

Quiero preguntarle a mamá qué está pasando, y me la encuentro en el sótano haciendo zumba con un video de YouTube que ha puesto en el televisor de abajo.

—¿Todo bien, mamá? —le pregunto.

Se voltea a mirarme y vuelve a su ejercicio.

—¿Por qué no iba a estarlo?

—No sé, solo preguntaba.

Mamá me devuelve la pregunta.

—¿*Tú* estás bien?

—Sí, estoy bien —digo despacio—. Pero estoy *bastante* confundida por lo que ha pasado con toda la comida de la casa. No tenemos casi nada.

Mamá se estira.

—Tenemos mucha comida en esta casa.

—No creo que tú y yo compartamos la misma definición de *abundancia*, pero está bien.

—Hay un montón de cosas saludables y deliciosas: espinacas, rúcula, col rizada, pollo...

Suspiro.

—Quiero Pop-Tarts.

Me mira y arruga la nariz.

—¿En serio, Charlie? —Luego vuelve a su entrenamiento—. ¿Qué tal un batido?

Hago un ruido de arcadas.

—Estoy bien.

—Ya lo presentía. Encontré el batido que te di a principios de semana en la basura, derramado. Qué desperdicio.

—Oh —digo—. Eso.

—Sí. Eso. Pago caro por esos batidos y no me gusta que los tires así. Si no los quieres, bien, pero no los desperdicies —dice entre patadas al aire al ritmo de la música de zumba.

—Está bien. Es que no me gustó mucho que me dejaras un batido saludable después de lo que me pareció una noche agradable, pero bueno.

—La compañía fue agradable. La comida no lo fue. —Mamá sacude la cabeza—. No puedo creer que haya comido eso, que te *haya dejado* comer eso. Nos metimos tanta basura en el cuerpo esa noche. Fue asqueroso.

—Cierto. Muy asqueroso. —Me doy la vuelta y empiezo a subir las escaleras—. De acuerdo, mamá.

—De acuerdo —dice detrás de mí—. ¡Vamos a pasar página en la casa de las Vega! Ahora viviremos de acuerdo con lo que llamaré *Fitness First.*

Me alejo antes de que pueda continuar.

* * *

Al día siguiente, me doy cuenta de que a mamá no se le ha olvidado lo de pasar página. Se va de compras y regresa con un calendario en forma de pizarra gigante. Lo pone en la cocina, a la vista, y escribe "Fitness First" en la parte superior. Luego escribe su nombre en un color y el mío en otro.

—¿Para qué es esto? —le pregunto.

—¡Vamos a llevar un registro de nuestro peso! —dice mamá—. Nos pesaremos cada día y lo anotaremos.

—No —digo yo.

—¡Sí!

—Por supuesto que no.

—Charlie, sí. Nos hará tener consciencia —insiste. Entonces busca en su bolso y saca una báscula—. Hasta he comprado una báscula que hace juego con la pizarra.

Siento que mi corazón se acelera solo con mirarla. De ninguna manera voy a someterme a esa humillación. ¿Para que así mi madre tenga pruebas concretas de que no estoy perdiendo peso y me lo eche en cara?

De ninguna manera.

—Tú puedes divertirte con esto, pero yo no lo voy a hacer.

Por la expresión de su cara, noto que está molesta.

—Te estás poniendo intransigente. No vamos a seguir comiendo mal y sin hacer ejercicio. Ya no más.

Mamá saca la báscula de su caja y la pone en el suelo.

—Yo iré primero.

—No —digo, tratando de mantener la voz firme, pero no puedo apartar la vista de la báscula cuando marca su peso, y me siento abatida cuando me doy cuenta de que pesa menos que mi peso soñado (secreto).

Mamá mueve la cabeza.

—No es el peso que quiero tener. —Me mira, suspirando con fuerza—. ¿Ves? Las dos tenemos trabajo que hacer.

Me siento mareada al verla escribir los números en la pizarra.

—Puedes ocuparte de ese trabajo tú sola —le digo—. No voy a participar.

—¿Y por qué no?

—Siento que es una manipulación enfermiza.

—¿Manipulación? ¿Qué quieres decir con eso?

Le frunzo el ceño.

—No voy a participar en esta rutina rara de exhibir nuestro

peso para avergonzarnos. ¿Se supone que también debemos llevar letras escarlatas? Eso es abusivo, mamá, y no voy a hacerlo.

—¿Por qué siempre tienes que actuar así, Charlie? Siempre exageras. Siempre.

Mamá arruga la bolsa de plástico y la mete con agresividad en la extraña colección de bolsas de plástico que tenemos colgadas en la puerta de la despensa.

—¡¿Estoy exagerando?! ¡Tú eres quien se asusta por comerte un puto palito de mozzarella! ¡Jesús, mamá, vive un poco!

Mamá me lanza dagas con sus ojos.

—¡Cuida tu lenguaje! ¡Respeta!

—No creo que tú me estés respetando. ¿Por qué tendría que hacerlo?

—Oh, ¿por qué tendrías que hacerlo? Estoy harta de esa boca tuya.

Le regalo una sonrisa sarcástica.

—Yo también estoy harta de todo lo tuyo. Así que, maravilloso, estamos a mano.

—Te crees muy inteligente, Charlie, pero, ¡basta! —dice—. Estoy tratando de hacer algo lindo, algo bueno. ¿Y *así* es como me pagas?

—¿Lindo? ¿Bueno? —Me río, y suena con malicia—. ¡Solo quieres avergonzarme! Estás loca.

—¡Y tú estás en negación! Finges que eres feliz, pero yo *sé* que no lo eres. No estás bien.

—¡No estoy enferma, mamá, solo estoy gorda!

Mamá retrocede ante la palabra que empieza con "g".

—No digas eso.

—¡Pero es que lo estoy! Estoy gorda. —Hago un gesto hacia mi cuerpo—. Y no pasa nada, mamá. ¡Tengo derecho a estar gorda!

—No, Charlotte. No está bien. No es *saludable*. Lo sé bien.

—No te atrevas a darme lecciones sobre lo que es saludable. Tú vendes batidos raros en negocios piramidales para divertirte. No comes comida de verdad. Y tratas de imponerme tus opiniones desastrosas sobre el cuerpo. ¡Todo lo que escucho de ti es que me veo mal, que como mal, que me visto mal! ¡Ni siquiera creíste que un chico me invitaría a un baile! *¡Tú eres* quien no está contenta conmigo! Así que, ¡felicidades! Eres una mala madre.

El silencio es ensordecedor.

Mamá toma aire.

—Vete a tu habitación —dice.

Intento arreglarlo.

—Mamá, yo no...

—Ahora. Vete.

Capítulo dieciséis

Estoy castigada. Obviamente. Quiero disculparme con mamá, me he pasado de la raya, pero así no son las cosas en casa.

Ella me informa de mi castigo y yo escucho en silencio.

Cero salidas, excepto a la fiesta de revelación del sexo del bebé que espera mi titi, a la cual no pensaba ir, pero ahora me veo obligada a asistir.

Cero internet, excepto para las tareas. Uf.

Cero teléfono. ¡Nada de husmear en internet o hablar con alguien! ¡No puedo hacer nada!

Y cero trabajo. Eso me enfurece. No trabajar significa no tener dinero, ni pasar tiempo fuera de casa (o lejos de mamá), excepto cuando estoy en la escuela. Es *mezquino*. ¿Qué gana ella con eso? ¿Esto califica como un castigo cruel e inusual?

Pero me aguanto, y a primera hora del lunes llamo a mi jefa... desde el *teléfono fijo*. Tengo que decirle a Nancy que no iré ese ni los próximos días. No soy capaz de inventar una buena excusa, así que me limito a no dar detalles. Cuando digo que no iré por un tiempo, Nancy se preocupa y empieza a preguntarme si ha pasado algo en el trabajo. Acabo diciéndole que estoy castigada y, por no sé qué razón, me pongo a llorar. Por suerte, Nancy es muy amable conmigo y me dice que no me preocupe, que quisiera que yo regresara pronto, pero que me tome todo el tiempo que necesite.

Tengo que esperar a ver a Amelia *en la escuela* para contarle lo que ha pasado. Como si estuviéramos a principios del maldito siglo XX o algo así. Cuando le digo, voy contando las condiciones de mi castigo con los dedos de las manos. Amelia da un gritito ahogado ante cada uno.

—¿Sin *teléfono?*

Eso provoca el gritito más fuerte. Obvio.

—Sin teléfono —repito, sacudiendo la cabeza—. Y, por último, sin trabajo.

Sus cejas se fruncen.

—Espera, ¿qué? ¿En serio? ¿No te deja ir al trabajo? Charlie, eso es raro, y... bueno, jodido. Muy jodido. Los trabajos no son una *diversión.* No debería ser un castigo no ir a *trabajar.* No está bien que los padres prohíban eso.

Suspiro.

—No me des vuelo.

Su cara sigue descompuesta, pero no dice nada. Sabe cuándo he terminado de hablar de mi mamá.

En el salón de estudio, nos ponemos a hablar de películas y nos cuesta recordar el nombre de un actor. Amelia me dice que lo busque en Google, y tengo que levantar con dramatismo mis manos vacías, sin teléfono.

—¡Oh, Dios mío! Lo había olvidado —dice—. Dios, ¿cómo se siente?

—Terrible —digo—. ¿Sabes? Mi madre está contribuyendo activamente a mi desinformación.

—No puedo creer que te haga esto. ¿Sin teléfono? ¿Por qué no te asesina y da por terminado el día?

—Lo sé. —Me limpio las uñas—. Ojalá no le hubiera dicho que es una mala madre.

—Sí. Bueno, ella tampoco es inocente. Dijo cosas muy hirientes, Charlie. Cosas que no son ciertas.

—Supongo —digo, pero no estoy muy convencida.

—En serio. —Amelia baja la voz y se acerca a mí—. La forma en que te habla a veces... sabes que no está bien, ¿no?

No la miro, pero me encojo de hombros.

—Así habla ella.

—Eso no importa... Mi mamá nunca me diría esas cosas, ¡nunca!

—Tu mamá es una de las personas más dulces del mundo —le digo, mientras me entretengo hojeando una de mis libretas.

Amelia cree que las familias hacen cosas como "comunicarse", "ser amables los unos con los otros" y "mostrar respeto mutuo" porque *su* familia (¡y toda su vida!) es perfecta.

—Ninguna madre debería hablarles a sus hijos como tu mamá te habla a ti. Se supone que las madres tienen que ayudarte a crecer, hacerte sentir bien. Como mínimo, se supone que no deben hacerte sentir mal contigo misma.

—¿Podemos dejarlo, por favor? —pregunto.

—Solo digo que no está bien, y deberías saberlo.

—Sí, no está bien —digo, con énfasis—. Pero me las arreglaré.

* * *

Durante el almuerzo, Brian me hace una señal para que me acerque a su mesa. Agradezco que nos hayamos visto, para decirle que no iré al trabajo. Está rodeado de amigos que sonríen y me saludan cordialmente.

—¿Tienes un segundo, Brian? —le pregunto.

—Sí, claro —dice Brian—. ¿Quieres que vayamos a las máquinas expendedoras?

No podemos ir a muchos lugares sin un pase, pero las máquinas expendedoras afuera de la cafetería están permitidas.

—Me encantaría.

—Ya vuelvo —les dice Brian a sus amigos.

Brian se levanta de la mesa y me hace un gesto para que lo acompañe.

—¿Todo bien? —me pregunta cuando nadie puede escucharnos.

—Sí y no —admito—. Estoy castigada.

—¿Castigada? ¿Te has robado un auto o algo así, Charlie?

—Ay, Dios, ojalá. Eso sería bastante impresionante, por lo menos. No. Acabo de tener una gran pelea con mi mamá, y me ha prohibido casi todo, incluido el trabajo.

Brian arquea una ceja y reduce el paso.

—¿Te prohibieron el trabajo?

—Lo sé. Mi mamá es una señora interesante —digo—. Es muy dura conmigo y sabe cómo llevarme al límite, y, bueno... ella dijo algunas cosas y yo dije otras y no fue mi mejor momento. —Dudo. Luego añado—: Le dije que era una mala madre.

Brian me mira con simpatía. Nos detenemos frente a las máquinas expendedoras y se vuelve hacia mí.

—Siento que haya pasado eso. Pero tú no le responderías así a alguien sin una buena razón, Charlie. Eres una buena persona —dice en voz baja.

—Tú también eres así. Siempre animándome. No sé qué he hecho para merecerlo. —Sonrío—. Y... ya que te estoy abandonando en el trabajo y todo eso, ¿al menos puedes dejar que te compre algo de comer? ¿Prefieres Snickers o Doritos?

Brian me echa una mirada.

—¡Ah! Claro —digo—. Te gustan las cosas saladas. Ya me lo habías dicho. Pues Doritos.

Paso mi tarjeta por la máquina y compro dos bolsas. Empezamos a masticar mientras regresamos, despacio, a la cafetería.

—¿Cuánto tiempo estarás castigada?

Pongo los ojos en blanco.

—Esa es la mejor parte. Es deliciosamente ambiguo.

Brian me devuelve la mirada.

—Oh, maravilloso. Bueno, gracias por el aviso. Te habría estado buscando.

Asiento con la cabeza, alegrándome un poco de eso, al menos.

—Así que hasta que termine mi exilio, ¿supongo que solo nos veremos en la clase de Arte?

—No me lo perdería por nada —dice Brian y sonríe.

Me voy a casa después de la escuela, en lugar de hacer, no sé, cualquier otra cosa. Sé que tengo que demostrarle a mamá que estoy arrepentida de lo que dije, si quiero que mi vida vuelva a la normalidad. Y sí estoy arrepentida por haberla herido. Pero la forma en que peleamos no parece correcta. La forma en que nos reconciliamos también podría mejorar. No nos disculpamos.

Cuando mi mamá me retira la palabra, no me queda otra que lidiar con eso hasta que ella decida que estamos bien y actúe como si nada hubiera pasado. Lo odio, pero es así.

De modo que hago lo posible por mostrar mi arrepentimiento haciendo tareas domésticas como lavar los platos, preparar cenas saludables y hasta limpiar mi habitación. Sin embargo, mamá tiene un gran talento para ignorarme.

Durante días, vivo como una exiliada.

Pero no todo es malo. Escribir, Amelia y dormir me ayudan a mantener la cordura.

En la escuela, parece que Amelia y yo por fin nos sacudimos a Cal. No más saludos en el pasillo ni susurros en la clase de Historia. Ni siquiera me pide copiar mi tarea. Actúa como si no existiéramos, y eso nos parece bien. De hecho, se lo agradezco, sobre todo porque me preocupa que pueda comportarme como una persona manipulable y ceda si él intenta volver a hablarme. Prefiero que no me tiente.

Amelia está tratando de olvidarse de Sid, lo que creo que es sabio. Al final, se corre la voz de que está soltera, y muchos coquetean con ella. Ella también coquetea algo. No porque se haya olvidado de Sid, sino porque es demasiado testaruda como para dejar que él gane.

* * *

Un día, en la clase de Arte, cuando estoy tomando del clóset de materiales las pinturas acrílicas que Amelia y yo necesitamos, llega Brian. No hemos pasado mucho tiempo juntos desde que estoy castigada.

—¡Hola! —dice.

—¡Hola, Brian! —digo, emocionada de verlo.

—¿Vuelves pronto al trabajo?

Suspiro y agarro un bote de pintura blanca.

—Ojalá.

Él también selecciona pinturas. Escoge aquellas que cree que va a necesitar y las acomoda en sus brazos.

—Sigues sin tener suerte con tu mamá, ¿eh?

Sacudo la cabeza.

—Espero tenerla pronto.

—Ojalá —dice Brian—. ¡Ah, por cierto! Parece que soy un tipo importante.

—Ah, ¿sí?

Brian toma el último bote de pintura que necesita.

—Sí. Voy a elegir la música que escucharemos hoy.

Elegir la música en nuestra clase de Arte es una cosa importante. Todo comenzó cuando el señor Reed trajo un equipo de música viejo y destartalado para poner sus CD los días en que trabajábamos de forma individual en nuestros proyectos. La mayoría eran canciones viejas, de los años ochenta y noventa, pero de vez en cuando dejaba que alguien de la clase eligiera la música. Nos dijo que podíamos traer nuestros CD, pero casi ninguno de nosotros tenía. (De hecho, no sé por qué se enfadó cuando alguien preguntó en broma si todavía los fabricaban). Sin embargo, al final nos dejó poner música de Spotify.

—¡Increíble! ¿Qué vamos a escuchar?

—Estoy pensando en los Smiths —dice Brian, sin perder el ritmo.

Sonrío y pongo los ojos en blanco.

—*Claaaro.*

—¿Qué significa eso?

—¡Nada! Es que es la banda que le gusta a los chicos.

—¡Es una gran banda! —insiste.

Me encojo de hombros.

—Sí. Solo digo.

—Sí, sí —dice Brian, sonriendo—. ¿Tienes una sugerencia *mejor*?

—Eh, ¿Lion Babe? —le propongo.

—No diría que es una mejor opción, pero es buena. Lo reconozco.

—¿Brian? —la voz se escucha antes de que Layla asome la

cabeza dentro del clóset—. ¡Ahí estás! El señor Reed necesita ayuda para llevar los caballetes a la clase. Están en el almacén.

—Claro, ya voy. —Brian me mira—. Solo me quieren por mi fuerza bruta —dice, y me río—. Nos vemos en la clase.

Termino de elegir las pinturas para el paisaje de Central Park en invierno que quiero pintar, y vuelvo al salón.

Cuando llego a mi mesa, Amelia ya ha colocado nuestros lienzos en los caballetes y se escucha la música de Brian. No son los Smiths. Es Lion Babe.

Capítulo diecisiete

Por mucho que intente librarme de ir a la fiesta de titi Lina, mamá no cede. Ni siquiera después de que le dijera que sentía lo que había pasado.

Hace tiempo que no vemos a titi y a la familia, dice, y no deja de recordarme que estoy castigada y que debo comportarme tan bien como pueda si quiero dejar de estarlo.

En primer lugar, no me gustan las fiestas, aunque cuando era pequeña íbamos siempre. Papá solo tiene una hermana menor, la titi, pero la familia extendida es enorme, con docenas y docenas de primos, en su mayoría de Puerto Rico. (Creo que la mitad de las personas a quienes llamaba primos no eran en realidad primos, sino amigos que se habían convertido en familia).

Ellos crearon su propia comunidad en esa zona de Connecticut, por lo demás bastante blanca, y siempre había alguien que encontraba un motivo para reunirse, comer y beber. A mamá le gustaba bromear diciendo que hacían una fiesta cada vez que alguien estornudaba. ¡Wepa!

De niña siempre me sentí muy fuera de lugar en esas fiestas. Aunque estaba rodeada de gente que se parecía a mí, me sentía extraña. Todos hablaban inglés y español, por ejemplo. (Papi casi nunca hablaba español en casa, así que solo aprendí algunas palabras sueltas). Además, todos disfrutaban reír y bailar al ritmo de la música latina. Los adultos bebían e intercambiaban chismes, los niños más pequeños corrían y jugaban, y los no tan pequeños pasaban el rato.

A veces intentaba juntarme con los primos que tenían más o menos mi edad, pero siempre me sentía incómoda. No es que fueran malos conmigo ni nada de eso. Pero me sentía avergonzada porque me gustaban One Direction y Taylor Swift; porque hablaba como "los blancos" (así me decían), sin acento; porque iba a la escuela en una ciudad súper blanca, y porque la mayoría de mis amigos eran blancos. Si soy sincera, a veces me sentía superior a ellos: recibía una mejor educación en mi ciudad de blancos y hablaba un inglés perfecto. Así de loco. Ellos sabían dos idiomas y yo me creía lo máximo porque sabía lo que era una coma Oxford. Hola, racismo interiorizado mío. ¿Cómo estás?

Era irónico, porque tampoco es que sintiera que encajaba bien con mis compañeros blancos. (Siempre me preguntaban cosas como "¿Puedo tocarte el pelo?" o "¿Qué vas a hacer para el Cinco de Mayo?" o "¿Conoces a fulano?", refiriéndose a quienquiera que compartiera mi apellido o también fuera puertorriqueño).

Tras la muerte de papá, mamá y yo dejamos de ir a muchas de las fiestas de su familia, aunque siempre nos invitaban. A las pocas que íbamos, mamá solía dejarme ir con Amelia.

De pronto se me ocurre preguntarle si Amelia puede venir a *esta* fiesta.

A mamá parece encantarle la idea. Llamo a Amelia (de nuevo, desde el *teléfono fijo*; ¿cuándo me libraré de esta tortura?) para invitarla.

—No puedo creer que tenga que hablar contigo por teléfono en lugar de enviarte un mensaje. Eso es amistad —me dice cuando contesta.

—No, la verdadera amistad es venir conmigo a la fiesta de revelación del género del bebé que espera mi tía.

—¿Lina? —pregunta Amelia, sorprendida.

—Sí, es este fin de semana, y sé que querrás venir. —Suspiro—. Mamá me obligó a ir.

—Ni siquiera sabía que Lina estaba embarazada. Gracias por habérmelo dicho.

—¡Lo siento! Ya sabes que no soy súper amiga de ellos. Pero ¿vendrás?

—A lo mejorrrr. ¿Cuándo es?

—El sábado. Podemos recogerte. Por favor, ven, Amelia. Será como cuando éramos más chicas. Hasta bailaré.

Amelia siempre intentaba sacarme a bailar, pero yo me quedaba atrás y la dejaba bailar con mis primos.

—¿Lo harás?

—Bueno... lo *consideraré* —digo, echándome para atrás.

—Bueno, entonces *consideraré* ir.

—Está bien. Lo haré. Bailaré.

—¡Sí! ¡Entonces me apunto!

* * *

El sábado, mamá y yo pasamos a recoger a Amelia para ir a casa de titi. No llevamos regalos porque en unas semanas habrá un *baby shower* formal, y entonces compraremos los juguetes apropiados para el género del bebé (aquí pongo los ojos en blanco). Estamos vestidas de rosado o azul, como nos han pedido, dependiendo de si somos #EquipoNiña o #EquipoNiño. Yo llevo un cárdigan rosado, pero mamá y Amelia van de azul: mamá, porque está convencida de que Lina tendrá un niño, y Amelia, porque tiene un vestido azul nuevo que de verdad quería ponerse.

La casa de titi, de estilo Cape Cod, está decorada con globos rosados y azules a ambos lados de la puerta principal, y adentro parece como si una tienda de artículos para fiestas (una de buen gusto) hubiera vomitado toda su mercancía. El elegante y moderno mobiliario está cubierto de rosado y azul: serpentinas, farolillos de papel, guirnaldas, confeti dispuesto artísticamente.

—¡Vaya, vaya, vaya, mira quién está aquí! —dice Ana, una de mis primas, apenas entramos a la sala.

Ana nos da un beso en cada mejilla a mamá, a Amelia y a mí, cosa que solemos hacer al llegar o irnos de una fiesta, y luego llama a gritos a titi, que luce tan bajita y delgada como siempre cuando por fin viene a la sala, su embarazo imperceptible excepto por una dulce barriguita.

—¡Dios mío, hola! ¿Cómo estás? —pregunta titi, y se apresura a plantarme un beso en cada mejilla.

Incluso embarazada, titi es guapísima: menuda, con la barriguita más linda del mundo, la piel morena y suave, resplandeciente con el brillo de las mujeres embarazadas, el pelo largo y ondulado, de color castaño oscuro, grueso y texturizado (nota: ¡preguntarle qué productos usa!), y unas largas pestañas negras que ojalá yo hubiera heredado.

—Bien. ¿Cómo estás tú? —le pregunto—. ¡Luces fabulosa!

Titi se frota la barriga y se ríe.

—Me siento *enorme* —dice, pronunciando con su adorable acento la palabra "enorme".

Titi se vuelve hacia Amelia y le da dos besos también.

—¡Me alegro de verte! —le dice.

—Yo también, Lina. Gracias por recibirme —dice Amelia con una sonrisa.

Titi agita la mano.

—¡Siempre eres bienvenida! *Tú* sí bailas con nosotros. Eso nos gusta —dice riendo.

Luego se acerca a mamá y no solo le da dos besos, sino que la envuelve en un abrazo largo y enorme y se mecen de un lado a otro.

—Cuánto tiempo —dice mamá.

—¡Sí, mucho! —dice titi, soltándola—. ¡Mírate! ¡Tan delgada!

Me doy cuenta de que mamá está encantada con el cumplido, pues una gran sonrisa se extiende por su cara.

—Oh, no, no tanto —dice.

—En serio. Preciosa —dice titi—. Tienes que venir más a menudo. Todas tienen que hacerlo. Si no, ¡van a ver!

Nos reímos, y mamá hace un gesto hacia la barriga de titi.

—¿Puedes creerlo? —le dice.

Titi toma la mano de mamá y la coloca sobre su barriga.

—No, pero José y yo estamos muy emocionados. ¡Y también de tenerlas aquí a las tres para celebrarlo! Vengan, vengan.

Titi nos conduce hacia el interior de su casa, que está repleta de gente.

Hay música, y tras inspeccionar mis alrededores confirmo que no han pasado por alto ningún detalle: en el comedor adyacente, la mesa se ha desplazado hacia un lado y está cubierta de tazas y utensilios rosados y azules y de golosinas (cuencos de cristal llenos de caramelos de colores y una enorme torre de pastelillos rosados y azules). También hay un telón de color blanco que cuelga de una de las paredes, adornado con luces parpadeantes y globos rosados y azules que dicen OH, BEBÉ (claramente, el lugar para las selfis). Y puedo oler la deliciosa comida puertorriqueña que sin duda rebosa las ubicuas bandejas de aluminio.

—¿Quieres algo de beber, titi Jeanne? —pregunta Ana.

Mamá asiente.

—Tomaré una Corona —dice.

No la he visto beber Corona desde la última fiesta aquí. A mí también me gustaría tomar algo, porque estoy muy nerviosa de volver a estar con la familia que no he visto en mucho tiempo.

Amelia y yo nos encontramos con otros de mis primos, Marisol, Carmen, Mateo, Junior y Maritza, apiñados en la encimera de isla de la cocina, concentrados en sus teléfonos. Empezamos a hablar de una nueva canción que obsesiona a Mateo, que él reproduce en su teléfono por encima de la otra música.

—Ay, me gustaría que me dejaran poner la música —dice Mateo—. *Esto* es música.

Carmen, la hermana de Mateo, pone los ojos en blanco.

—Qué tonto eres a veces.

—No me llames tonto, estúpida —dice Mateo.

—Entonces no *seas* tonto, estúpido —le responde Carmen.

—Gente, basta —dice Ana, negando con la cabeza.

—Me *muero* por la nueva canción de Cardi B —dice Amelia, volviendo al tema de la música.

Maritza se anima cuando mencionan a Cardi.

—Dios mío, yo también. Ponla —dice, y Mateo cambia la canción.

Maritza salta de su silla y empieza a bailar al ritmo de las primeras notas.

Marisol y Carmen se unen, y también Amelia. Envidio cómo ella se integra en la conversación y en la acción. Me mantengo cerca, haciendo como si bailara al ritmo de la música y cantando las partes que me sé (el estribillo, sobre todo).

Pero el baile es contagioso, y algunos de los adultos empiezan a bailar también al ritmo de la mezcla de canciones que suenan. Hasta cuando la música cambia, la gente sigue bailando y riendo. Titi Lina y mamá también bailan.

Sonrío, pero aprovecho para escabullirme y buscar algo de beber. He cumplido mi promesa: he bailado, más o menos, en los primeros veinte minutos. Así huyo hasta el rincón de la cocina, donde no tengo que ver cómo mamá y Amelia bailan juntas, dando la impresión de que son más madre e hija de lo que mamá y yo hemos sido nunca. Me concentro en mi teléfono un rato. (Mamá me lo ha permitido "por esta noche", muy generosa).

Un rato después, titi Lina me ve mientras se prepara un plato de comida.

—¿Qué haces aquí sola, mi'ja?

—Nada —le digo—. Estoy descansando un poco.

—¿Te traigo algo de comer?

—No, estoy bien. Gracias.

Titi se sirve un poco de arroz y unos cuantos tostones, y en lugar de volver a la sala se acerca y se apoya sobre la encimera donde estoy recargada.

—¿Sabes?, a veces yo también me agobio con estas cosas.

Me sorprendo.

—¿Sí?

Titi Lina asiente con la cabeza y se señala la barriga.

—Sobre todo últimamente. Me canso muy rápido. No puedo bajar al suelo bailando como tu tío.

—Nadie puede —digo, y nos reímos.

—A veces me recuerdas mucho a tu papi. Tan inteligentes —dice titi, y siento un tirón en el corazón—. Cuesta creer que Héctor no vaya a irrumpir por la puerta y contarnos alguna locura suya.

—Siempre contaba las mejores anécdotas —concuerdo—. Venían con su cuota de adornos, pero eso es lo que las hacía tan buenas.

—Por supuesto. Ni siquiera nos importaba si eran ciertas la mitad de las veces. Era muy divertido escucharlo. Lo echo de menos.

—Yo también lo echo de menos —digo, con una suave sonrisa. Titi se acerca y me aprieta la mano.

—¿Sabes?, nos encanta que tú y tu mamá hayan venido. Sabes que puedes venir cuando quieras. Somos familia.

—Gracias, titi.

Titi sonríe.

—Voy a regresar antes de que tu tío venga a buscarme.

Me gustaría poder decir que esta es la parte donde por fin salgo de mi caparazón, digo a la mierda con todo y me pongo a bailar con todo el mundo, o entablo una conversación apasionante con uno de mis primos, o me pongo a contar historias divertidas que hagan reír a los demás. Pero no. Me alegra que titi Lina me haya invitado a visitarla más, pero sigue siendo un poco doloroso venir sin mi papá y sentirme tan fuera de lugar en mi propia familia, donde mi mejor amiga encaja de maravilla. Mientras los demás se divierten bailando, bebiendo, jugando juegos de fiesta y comiendo, yo me alejo a rincones donde pueda estar sola.

Cuando titi Lina y tío José por fin revientan un globo gigante y el confeti azul vuela por todas partes, no puedo disfrutarlo porque tío se persigna la frente y el pecho y grita a los cuatro vientos que gracias a Dios va a tener un niño y no una niña, y eso me parece muy grosero.

Sobre todo, observo cómo Amelia es un éxito con todos, como si nunca los hubiera dejado de ver. Mis primas más pequeñas bailan con ella como si no hubiera un mañana. Mis primos hombres se ríen de sus chistes, fascinados con su encanto. Junior se le insinúa y ella se ríe.

Me siento miserable, triste, envidiosa y por siempre agradecida cuando por fin nos vamos. Tengo que conducir de vuelta (mamá no está sobria), y después de que dejamos a Amelia mamá se vuelve hacia mí.

—Fue divertido, ¿no?

—Sí —digo, saliendo en reversa de la entrada de la casa de Amelia hacia la calle—. Lo máximo.

Capítulo dieciocho

Aparte de la fiesta de titi Lina, los días son bastante monótonos. A la tercera semana de castigo, estoy aburrida. Muy aburrida. Hasta la médula.

Por el día no tanto, pero las noches son muy lentas. Y los fines de semana *me matan*.

No puedo hablar con Amelia, aunque ella no es que esté mucho en su casa. Ha estado saliendo con algunas personas, entre ellas mi primo Junior, porque, *por supuesto*, una persona tan perfecta no está sin pareja mucho tiempo.

No puedo ir a ningún sitio, excepto a dar una vuelta a la manzana, cosa que hago a menudo, sobre todo ahora que el invierno se está yendo y se acerca la primavera. (Los días de cuatro grados centígrados parecen primaverales después de meses de temperaturas gélidas en Nueva Inglaterra).

Ni siquiera puedo matar el tiempo en internet, y eso me deprime, porque me encanta internet y sé que me estoy perdiendo muchos chistes buenos en Twitter. Mis maravillosas tardes de sábado consisten en tumbarme en el sofá a ver retransmisiones de *Las Kardashian*.

Mamá entra en la sala cuando estoy viendo uno de los episodios viejos, en el cual Kylie y Kendall eran unas niñas.

—Hola —dice.

Después de la fiesta, hemos vuelto a la rutina de apenas dirigirnos la palabra, así que me sorprende.

—Hola.

Me incorporo.

—Voy al gimnasio. ¿Quieres acompañarme?

En otras circunstancias me habría ofendido. Mi peso ha sido la causa de nuestra pelea, después de todo. Pero estoy aburrida. Muy aburrida.

—De acuerdo —digo.

—Salgo en diez minutos. ¿Crees que puedas estar lista?

—Por supuesto.

Apago la televisión y voy a mi habitación. Me pongo un sujetador deportivo, unos *leggings*, una camiseta y tenis. También agarro una botella de agua y mi antiguo iPod, que no he usado desde que era una niña, solo para tener algo que escuchar mientras hago ejercicio.

Cuando estoy lista, mamá ya está en el auto. Lleva ropa deportiva de color rosado, a juego, y tiene un aspecto increíble, lo que me hace dudar de mi conjunto.

No hablamos mucho de camino al gimnasio. Cuando entramos, dos mujeres de la edad de mi mamá nos saludan.

—¡Hola, Jeanne! —dice la más bajita.

—¡Hola, amigas! —dice mamá con voz alegre.

—¿Esta es Charlotte? —pregunta la más alta.

—¡Sí! Charlotte, esta es Jen. —Mamá señala a la pelirroja alta—. Y ella es Becca. —Señala a la mujer bajita y rubia—. Becca es quien me ha metido en los batidos.

Mis ojos se entrecierran ante ella, pero no digo nada.

—¡Me alegro de conocerte! —dice Jen, estrechando mi mano.

—¡Hemos oído hablar mucho de ti! —dice Becca.

Les sonrío.

—Yo también he oído hablar mucho de ustedes.

No es cierto, pero sé de ellas. Jen y Becca son las amigas de gimnasio de mamá. Se reúnen allí un par de veces a la semana, y se ayudan a motivarse unas a otras para hacer ejercicio. Creo que mamá conoce a Jen del trabajo, pero no tengo idea de dónde conoció a Becca. Tal vez en Facebook. A las tres les encanta el yoga y la zumba.

—¿Están listas para bailar, señoritas? —pregunta Jen, sonriéndome.

—Oh, no, solo voy a hacer ejercicio en la caminadora —digo. Las clases de zumba me resultan parecidas a la clase de Gimnasia, a diferencia de que en ellas los adultos emiten sus juicios críticos en silencio en lugar de reírse de los compañeros de aula, así que definitivamente no me apunto—. Pero gracias.

Becca parece sorprendida.

—¡Pero tienes que venir con nosotras! Es muy divertido.

—¡Sí! Es muy buen entrenamiento y la música es *espectacular* —dice Jen—. Antes me aterrorizaba la zumba. Pero la instructora es fabulosa. Lo que le importa es que nos movamos y mantengamos el ritmo cardíaco alto, lo que es estupendo para mí, porque no sé bailar.

—Es una excelente clase. Pero no te sientas presionada —dice mamá.

Miro mi iPod, que no sé si funciona. Luego miro a las tres mujeres, que me ven con ojos esperanzados.

—Está bien —digo—. Claro.

Becca aplaude emocionada, y mamá sonríe.

—Creo que te va a gustar.

—¡Hagámoslo, amigas! —dice Jen, caminando hacia la clase.

Me arrepiento de mi decisión en el momento en que veo que el salón está cubierto de espejos. En serio, ¿quién pensó que eso era una buena idea? ¿Por qué querrías verte a ti misma haciendo ejercicio?

Pero no quiero decepcionar a mi mamá, así que me quedo. Algunas personas de la clase empiezan a estirarse, y mamá, Becca y Jen también lo hacen. Las imito.

Entonces, una mujer joven, ágil y de pelo oscuro se acerca a la parte delantera del salón y pregunta si todos están listos. Todos gritan que sí, que están listos (y entonces pienso que yo no lo estoy). Echo un vistazo a la sala y me parece que todo el mundo es mucho más delgado que yo, excepto una mujer en la esquina, que quizás sea de mi talla. Está bien. Si ella puede hacerlo, yo también, me digo. Solidaridad secreta.

Comienza la música y hacemos como la instructora indica. Todos los demás parecen saber lo que tienen que hacer, pero yo no le quito la vista a la instructora, por lo que voy dos o tres segundos atrasada respecto de los demás, que ya conocen la rutina. La instructora es muy animada y enérgica. Grita "¡Izquierda!", "¡Derecha!", "¡Una vuelta!" y "¡Un paso atrás!" para ayudarnos. Estoy tan absorta en tratar de hacer bien los movimientos que (por suerte) apenas tengo tiempo de mirarme en el espejo.

Jen tiene razón en que al menos la música es buena. Ella no es buena bailando y se ríe de eso, lo que me ayuda a tranquilizarme. Somos prácticamente almas gemelas en la zumba.

Por fin pasan, no sin dificultad, los cuarenta y cinco minutos. Al final del entrenamiento estoy sudada y asquerosa, y me alivia que hayamos terminado.

—¿Ves? ¡Ha sido divertido! —dice Becca, radiante.

—Sí. Fue divertido.

Bebo un gran trago de agua. Luego mamá me da una toalla de su bolso.

—Gracias —le digo.

—¿Te gustó? —pregunta.

—Fue agotador —digo, todavía sin aliento—. No puedo creer que hagas esto tres veces a la semana.

Jen se ríe mientras salimos del salón.

—A veces hacemos yoga. Es mucho más relajante.

—Tengo que ir al baño. ¿Puedes cuidar mis cosas? —me pregunta mamá.

Asiento con la cabeza y tomo su bolso. Ella sale corriendo.

—Me alegra que hayas venido, Charlotte —dice Jen—. Tu madre siempre habla de ti.

—¿Sí?

—¡Sí! Supimos que fuiste al baile de la Escuela Preparatoria George Washington con el chico más popular de la escuela. ¡Me alegro por ti!

—Me muero de envidia —dice Becca—. Yo fui a la Escuela

Preparatoria George Washington, ¡y habría *matado* por ir a ese baile! Tu madre dice que eres una escritora increíble, además.

—Oh, no me siento tan segura de eso —digo, sonrojándome.

Intento pensar qué pudo haber leído mamá de lo que escribo y lo único que se me ocurre son los cuentos que escribía de niña con papá y, quizás, los reportes de lectura que tengo que hacer para la escuela.

Eso debe haber sido hace mucho tiempo... pero aun así.

—¡Tonterías! Tu madre dice que eres maravillosa. ¿Qué escribes? —pregunta Becca.

—En realidad, nada. Un poco de ficción —digo, pero sonrío.

No puedo creer que mi mamá haya hablado de mí, y de forma positiva, al parecer. Ni siquiera sabía que le gustaba lo que escribía, mucho menos que pensaba que era bueno.

—Bueno, estoy impresionada. Gran estudiante y escritora, fantástico —dice Jen.

Mamá está de regreso. La miro y sonrío, y ella me devuelve la sonrisa.

—¿Lista para irnos? —pregunta.

Asiento con la cabeza y ella mira a Jen y a Becca.

—Las veo el lunes, entonces —les dice.

—Hasta el lunes. Me alegro de conocerte, Charlotte —dice Becca.

—Sí. ¡Regresa uno de estos días! —dice Jen—. Nos gustará mucho.

—Lo haré. Encantada de conocerlas.

Mamá y yo nos dirigimos hacia su auto. Aunque no hablamos mucho en el camino a casa, escuchamos la radio y cantamos cuando suena una vieja canción de Mariah Carey. (Nos sigue cautivando Mariah. Solíamos poner sus discos una y otra vez cuando salíamos en el auto, hasta que papá nos rogaba que cambiáramos la música).

En cuanto llego a casa me ducho, y cuando salgo del baño mi teléfono está en la mesita de noche. Lo llevo a la habitación de mamá. Ella está doblando la ropa. Le muestro el teléfono, sonriendo.

—¿Ya no estoy castigada? —le pregunto.

—Ya puedes usar tu teléfono. Y volver al trabajo. Pero no presiones —dice, aunque sonríe.

Progreso.

* * *

—¡Ella ha vuelto!

Así me recibe Brian cuando me ve en el estacionamiento, el día que regreso al trabajo.

—¡He vuelto! —le digo, sonriéndole.

Él también sonríe, y me doy cuenta de lo mucho que he echado de menos verlo fuera de la escuela.

En la escuela tienes que tener en cuenta muchas normas sociales. Me siento demasiado cohibida para ser yo misma cuando estoy rodeada de gente que me conoce desde que tenía cinco años, que ya tiene una idea de quién soy y de dónde encajo, y que puede ser bastante criticona. Sé cómo tratan a quienes no encajan, y no quiero darle argumentos a nadie para que me margine, así que solo muestro una versión pulida de mí y de mi vida.

Pero, como veo a Brian fuera de la escuela, le doy más entrada en mi vida que al resto de mis compañeros. Él sabe cosas sobre mí que no he compartido con nadie, excepto con Amelia. Por ejemplo, sabe que *La casa en Mango Street* fue el primer libro con el cual me identifiqué. Sabe que lloro cuando escucho la banda sonora de *Hamilton*. Sabe que la vida con mi mamá a veces puede ser difícil, y sabe lo dura que soy conmigo misma. Brian sabe esas cosas, y aun así le gusta estar cerca de mí.

Yo también sé cosas sobre él que no sabría si solo lo conociera de la clase de Arte. Sé que piensa que es un mal escritor, pero le gusta escribir de todos modos. Sé que uno de los sueños de su vida es ver la *Guerra de las Galaxias* en el "orden machete" que se centra en la historia de Luke en lugar de la de Vader, pero aún no lo ha hecho porque no quiere decepcionarse. Sé que le gustan mucho los videojuegos, que juega con sus amigos, y hasta me dijo con un poco de vergüenza que a veces juega *Dungeons & Dragons*.

—No creo que hubiera podido soportar otro día sin ti —dice, abriéndome la puerta de la oficina.

Al oír eso, sonrío aun más mientras cruzo el umbral.

—Entonces, me alegro mucho de haber vuelto.

—Yo también —dice, entrando detrás de mí—. ¿Nos vemos luego?

—Sí. Seguro —digo.

En la oficina me reciben con alegría, y me siento un poco mal por no haberlos echado más de menos, sobre todo teniendo en cuenta lo amables que han sido todos conmigo.

—Me alegro de volver a tener esa sonrisa por aquí —dice Dora, dándome un abrazo—. Espero que las cosas hayan mejorado —añade en un susurro.

Asiento con la cabeza.

—Están mucho, mucho mejor, gracias.

Pero no todo el mundo se emociona al verme. Mi enemiga natural, Sheryl, se limita a señalar la gigantesca pila de archivos que no han sido procesados durante mi ausencia.

—Cuando termines con eso, puedes comenzar los preparativos para la próxima feria —dice.

—Con gusto —digo, aunque en realidad quiero ponerle los ojos en blanco a ella y a su cara de tonta.

El trabajo me mantiene ocupada, pero me da por repetir la conversación que tuve con Brian una y otra vez. Me ha echado de menos. Al oír eso se me acelera el pulso y me encuentro soñando con la hora de la salida del trabajo, solos él y yo, y yo preguntándole si le gustaría salir alguna vez conmigo.

Creo que podría hacer eso. Tal vez.

Por desgracia, no puedo averiguarlo. Para cuando termino mi trabajo y me apresuro a ir al almacén, Brian ya se ha ido.

Quizás sea mejor así. Sé lo que pasó la última vez que me dejé llevar por mis sueños.

Pero, cuando llego al auto, veo una nota adhesiva debajo del limpiaparabrisas. La tomo. Brian se dibujó a sí mismo, y puso sobre su cabeza una burbuja de diálogo. "¡Hoy te he echado de menos!", dice.

Sonrío para mis adentros. Entonces me doy cuenta: puede que me esté enamorando.

Capítulo diecinueve

Sé que las cosas con mamá vuelven a ir bien cuando dice, como quien no quiere la cosa, que hará una fiesta por mi decimoséptimo cumpleaños.

Bromeo diciendo que será un poco difícil que me haga una fiesta estando yo castigada, a lo que ella pone los ojos en blanco y me dice que está bien, que ya no estoy castigada. ¿Se le olvidó mencionarlo?

Estoy tan contenta por la libertad reconquistada que acepto. Mamá dice que debería empezar a pensar a quiénes invitaré, que ella se encargará del resto, pero yo decido centrarme primero en algo más importante: ¿Qué me pondré?

Quiero algo menos formal que el vestido del baile, por supuesto, pero quiero estar guapa. Así que recurro a la comunidad #fatfashion en Insta en busca de inspiración.

Desde que peleé con mamá me he esforzado todavía más por pertenecer a la comunidad de aceptación de la gordura, tanto en Instagram como en Twitter. Considerando que ella y yo siempre tenemos la misma pelea una y otra vez, sobre la dieta, los cuerpos y la felicidad, he llegado a la conclusión de que necesito con urgencia pensar en todo eso de una forma diferente. No puedo dejar que me altere como lo ha hecho, y creo que parte de la razón por la cual me acaloro tanto es porque en el fondo mi madre tiene algo que anhelo. Así que, tal vez sea más feliz si aplico algunos de los principios del movimiento de aceptación de la gordura a mí misma. Si el cuerpo de mi madre deja de ser algo a lo que aspiro, tal vez no se convierta en un arma en mi contra.

He empezado a seguir a un montón de mujeres que publican

fotos de ellas en Instagram, orgullosas de cómo lucen sin los filtros de Facetune. No están avergonzadas de sus cuerpos, ni se esconden bajo un millón de capas. Algunas se ponen bikinis y blusas cortas que dejan ver la barriga. Otras no es que enseñen mucho, pero se ponen la ropa glamorosa y de alta costura que siempre me ha gustado. Yo trato de participar. Les comento a otras personas que son muy activas en el movimiento y, animada por una de ellas, he tratado de publicar más fotos mías en mi Insta, con la esperanza de normalizar la manera en que luce mi cuerpo. Me he sentido bien siguiendo a otras personas que tienen cuerpos parecidos al mío, y estas a menudo han sido las primeras en dejar un comentario alentador en mis publicaciones.

Es un proceso lento. Pero lo estoy intentando.

Un día, en el turno de estudio independiente, estaba tan concentrada viendo publicaciones con la etiqueta #fatfashion que no vi que Amelia se acercó a husmear la pantalla de mi teléfono.

—¿Qué estás mirando? —me pregunta.

Escondo la pantalla del teléfono con el pecho, por instinto, como si me hubiera pillado haciendo algo indebido. Entonces me doy cuenta de que quizás debería compartir eso con ella. Mi cuerpo no es un secreto, ¿no?

—No es de buena educación mirar los teléfonos de los demás —bromeo.

Amelia me saca la lengua. Le muestro la pantalla.

—Estoy buscando inspiración para mi fiesta de cumpleaños.

—Oh, ¿qué estás pensando?

Abro la carpeta con las publicaciones que he guardado, y le paso el teléfono para que las revise.

—No estoy segura. Estoy buscando algo que me quede bien.

—Me parece que todo te queda bien —dice Amelia sin dudar.

—Oh, por favor.

—¿Con el color de tu piel y esas curvas? Por favor —bromea.

Me ruborizo ante el cumplido. Quizás sea la primera vez que ella y yo tenemos una conversación sobre mi cuerpo, lo cual es...

raro. Pero no me causa vergüenza. Se siente normal. ¿Por qué no lo había hecho antes?

—¡Oh, esto!

Amelia me devuelve el teléfono y señala la foto que ha abierto. Es una encantadora mujer morena, un poco más pequeña que yo, que lleva una falda a media pierna, ajustada y de talle alto, combinada con una sencilla camiseta blanca y tacones de color amarillo mostaza.

—¡Ese también es uno de mis favoritos! —exclamo.

Nuestro profesor me manda a callar y me lanza una mirada severa.

Le hago un gesto de disculpa con la mano.

—Te quedaría muy bien —dice Amelia—. ¿Cuándo vamos a comprarlo?

Leo la descripción del conjunto y me doy cuenta, con tristeza, de que la mayoría de las piezas son muy caras.

—Nunca. Es caro, carísimo.

—Bueno, sigamos buscando. No tienen que ser las mismas piezas. Pero, si ya sabemos el *look*, podemos conseguir prendas similares, ¿no?

Asiento con la cabeza, aunque no estoy tan segura. Ir de compras puede ser muy frustrante. Ojalá tuviera tantas opciones como los demás.

—Pero, supongo que antes de lanzarme a comprar lo que voy a llevar, debería hacer la lista de invitados.

Amelia apunta hacia mí con la mano.

—Sí, eso ayudaría. Eso ayudaría.

Guardo el teléfono y saco una libreta de apuntes. La abro sobre mi escritorio, para que ella pueda verla. En la parte superior de la página escribo a mano:

Lista de invitados para una fiesta de cumpleaños que no me interesa

—¿A quién invito?

Miro a Amelia, buscando la respuesta. Ella lee lo que he escrito en la página y pone los ojos en blanco.

—Parece que *sí* te interesa la fiesta, teniendo en cuenta el tiempo que acabas de dedicar a buscar un atuendo.

Arrugo la nariz.

—Quizás es que me gusta la ropa bonita.

—Bueno, eso ya lo sabemos —dice Amelia con una sonrisa—. Entonces podrías comprarte ropa bonita y decirle a tu mamá que prefieres saltarte la fiesta.

—¿Y arriesgarme a que me quite el teléfono otra vez? Sí, claro —digo—. Seamos sensatas y concentrémonos en la lista de invitados.

—De acuerdo. Bueno, deberías invitarme a mí, por supuesto —dice.

—Vaya, gracias por tu ayuda. ¿Qué haría sin ti?

—¡Escríbelo!

—Está bien, está bien —digo, escribiendo el nombre de Amelia y luego el mío.

—Me gusta que seas la segunda en la lista de tu propia fiesta de cumpleaños.

Ambas nos reímos de eso. Yo *ni siquiera* estaría en la lista si pudiera evitarlo.

—Deberíamos invitar a tus primos, tal vez —sugiere.

—Tú lo que quieres es que invite a Junior —digo.

—¡Dios, no! —dice Amelia, y añade—: Quiero decir, no te ofendas. Estuvo bien para una salida, pero ya.

Me río.

—Está bien. No puedo creer que hayas salido con él. ¿A quién más?

—Este... quizás a Liz y a todos los demás: Jessica, Maddy, John, Khalil, Tyler. Creo que lo pasarían bien.

Esos son los amigos más cercanos de Amelia, después de mí, deportistas que están en el equipo de atletismo o de voleibol con ella. Y sí, son quienes formaron parte de aquella traumatizante charla sobre sexo en octavo grado, pero en realidad son muy buenos. Siempre son muy amigables y amables conmigo, pero no son mis amigos... y no estoy segura de que su amabilidad incluya "estar dispuestos a asistir a la fiesta de cumpleaños de una amiga de una amiga".

—No sé, Amelia... —digo.

—¿Por qué no? —pregunta Amelia—. Te caen bien, ¿no?

Evito poner los ojos en blanco. A veces no lo entiende.

—Sí, claro que me caen bien. Quiero decir, casi todos. Tyler me da lo mismo.

Amelia asiente.

—A todos nos da lo mismo Tyler.

—Es que... ¿tú crees que quieran venir a mi fiesta? Son... ya sabes, tus amigos.

—No empieces con eso. No otra vez. —Amelia sacude la cabeza—. ¡También son tus amigos, Charlie!

—En realidad, no. *Tú* eres quien les cae bien, Amelia.

—Y *tú*. Venimos en paquete.

Sonrío.

—De acuerdo. Los añadiré —digo, y escribo sus nombres.

—¿Y Marcia? —pregunta Amelia.

Arrugo la nariz.

—Habla sin parar del campamento de estudio de la Biblia. Paso.

—Buen punto.

—Pero *es* simpática —añado.

—Sí, mucho. Pero tienes razón.

Amelia golpea con las uñas sobre la mesa. Luego se anima.

—¡Oh! ¡Benny! El de tu clase de Biología.

La miro.

—¿Qué? Te cae bien Benjamin.

—Sí...

—Agrégalo.

Lo hago. No tengo que invitarlo si escribo su nombre en la lista. También añado a Kait, una chica tranquila, pero muy dulce, que está en mi clase de Inglés, y a la mejor amiga de Kait, Alexis, porque, ¿por qué no? Ya añado nombres por añadir.

Entonces pienso en Brian. Quiero invitarlo, de verdad. Pero, si soy honesta, tengo miedo de que diga que no y me dé cuenta de que nuestra amistad es solo algo que he construido en mi cabeza. No es que no haya ocurrido antes.

Amelia me lee la mente.

—¿Qué hay de Brian?

—No sé.

—Siento que no debería ni preguntarte. Es tu amigo. Debes invitarlo.

Me encojo de hombros.

—Quizás esté ocupado.

—No te consta, y no te constará si no le preguntas. —Amelia hace una pausa—. Añádelo. Siempre puedes cambiar de opinión.

—De acuerdo.

Escribo su nombre, seguido de un pequeño signo de interrogación.

—Tengo uno más.

—¿Sí?

—Sí —dice Amelia—. Kira.

—¿Kira?

Amelia asiente. Ha mencionado a Kira unas cuantas veces en las últimas semanas. Kira está en su clase de Inglés. Se sienta justo detrás de ella, y siempre han sido amigas (Kira practica atletismo, así que están en los mismos círculos sociales). Sin embargo, en los últimos tiempos el nombre de Kira ha salido en un número exponencial de conversaciones.

—*Kira* —digo con énfasis y sonrío—. ¡*Por eso* no quieres a Junior allí!

Kira O'Connor es buena gente, no tengo dudas de ello. Es una chica atlética, rubia y pecosa, con unos ojos verdes envidiables.

Y aunque es una estrella del atletismo, siempre es amable con todo el mundo. Cuando una vez se me olvidó llevar dinero para el almuerzo en una excursión, me prestó lo que necesitaba sin el menor aspaviento. Es dulce y de gran corazón, mucho mejor para Amelia de lo que nunca fue Sid.

Oh, por *eso* a Amelia ya no le molesta tanto estar en atletismo. Qué bonito.

—¡Solo escribe su nombre!

—Ya voy, de acuerdo.

Escribo Kira en letras gigantes, y dibujo corazones a ambos lados. Luego se lo enseño a Amelia.

—¿Así?

—¡No!

Pero Amelia sonríe.

Y yo también. ¿Amelia y Kira? Me ilusiona esa pareja.

Capítulo veinte

Mi auto no arranca.

Tal vez se deba a que es un Toyota Corolla de 1999 medio destartalado.

Pero es *mi* Toyota Corolla de 1999 medio destartalado.

Por desgracia, el aprecio que le tengo a mi auto no sirve para nada. Estoy varada en el estacionamiento del trabajo, sin un alma alrededor. El resto de mis compañeros se ha ido a las cinco de la tarde en punto, pero yo me he quedado para terminar de editar una carta para Nancy.

Le envío un mensaje de texto a Amelia, pidiéndole ayuda. Ella responde enseguida. Se ofrece a venir a buscarme. Cuando le digo que no tengo forma de llegar a casa en mi auto, me dice que no me preocupe, que cuando termine el atletismo pasa a recogerme, y que ya resolveremos.

Antes de que me dé tiempo de responder y aceptar su oferta, llaman a mi ventana. Me sobresalto tanto que se me cae el teléfono.

Es Brian, y se está riendo cuando lo miro. Me agacho para coger el teléfono y bajo la ventanilla.

—¡No hagas eso! —le digo.

Él sigue riéndose.

—¡Perdón! No sabía que fueras tan asustadiza.

Mi corazón sigue latiendo con fuerza, pero yo también suelto una pequeña carcajada.

—¡Estoy sola en el estacionamiento y está anocheciendo! ¡Date cuenta!

—Tienes razón. Lo siento. Quería saludar —dice Brian, sonriendo con timidez—. Es que apenas te he visto hoy.

—Lo sé. Estaba trabajando en un escrito para Nancy.

Brian silba.

—Eres una chica importante, ¿no?

Pongo los ojos en blanco, pero me siento halagada.

—No fue nada. ¿Qué estabas haciendo *tú* aquí a esta hora?

Ahora es él quien pone los ojos en blanco.

—Terminando un gran pedido, porque el príncipe Dave no podía quedarse después de las cuatro. Típico.

—Los príncipes no se mezclan con los bufones, así que no me sorprende.

—Espera, ¿yo soy el bufón? ¡Charlie!

—¿Qué? —pregunto, haciéndome la inocente.

Brian sacude la cabeza, riendo.

—Bueno, *traidora*, me voy. Que tengas buen fin de semana.

—Tú también, Brian.

Brian se despide con la mano, y comienza a alejarse. Todavía estoy mirándolo cuando se me ocurre algo.

—¡Oye, espera!

Brian se da la vuelta.

—¿Qué pasa?

—¿Puedo pedirte un favor?

—¿Me insultas y luego me pides un favor? —Brian me mira con solemnidad—. Vamos, Charlie. Caramba.

—Ya en serio. ¿Sabes de autos? —pregunto.

Brian levanta una ceja, intrigado.

—No arranca. ¿Me puedes ayudar?

Lo veo meter las manos en los bolsillos, y tengo la certeza de que no sabe nada.

—Dios, ojalá pudiera. La verdad es que no sé mucho de autos.

Se ruboriza al decirlo, como si estuviera avergonzado por eso.

—No pasa nada —digo—. Ya se me ocurrirá algo. Gracias de todos modos.

—Espera. Que yo no pueda ayudar no significa que no conozca a alguien que puede hacerlo. Mi mamá podría echarle un vistazo.

—Eso es muy amable de tu parte, pero no quiero importunar a tu mamá. Ni a ti. —Le enseño mi teléfono—. Estaba justo mandándole un mensaje de texto a Amelia, que se ofreció a recogerme.

—No es ningún inconveniente. A mi mamá le *encanta* ayudar con este tipo de cosas.

—No sé...

—Vivimos a dos minutos de aquí —dice Brian—. En serio, Charlie. Déjame al menos preguntarle.

Me encantaría no tener que gastar dinero en una grúa... y Brian parece tan seguro de poder ayudar. Además, pasar más tiempo de lo normal con él no sería nada malo. Acepto.

—Bueno, gracias.

—Y si mi mamá no puede ayudar, te llevo a casa. No es gran cosa.

—Eso sería maravilloso.

Brian se aleja para llamar a su mamá, y de repente me siento un poco nerviosa. Brian y yo estamos solos todo el tiempo en el trabajo, pero por alguna razón ahora se siente diferente. ¿Y por qué tengo de repente mariposas en el estómago? ¿Es mi cerebro de persona ansiosa o algo más?

Mi teléfono zumba. Es Amelia para saber si todavía estoy aquí. ¡Se me había olvidado! Le envío un mensaje para decirle que estoy bien y que no necesito que me recoja, que después le contaré.

Cuando levanto la vista del teléfono, Brian se acerca. Está sonriendo, así que deben ser buenas noticias.

—Estará aquí en un momento.

—¡Súper! —digo—. Muchas gracias.

—No hay problema. Mi mamá sabe mucho de autos. Una vez restauró un Thunderbird convertible de 1954.

—¡Vaya! No tengo ni idea de lo que eso significa, pero suena impresionante.

Brian se ríe.

—Ojalá yo tampoco tuviera ni idea de lo que es. Mamá hablaba de ese auto todos los días.

—¿Quieres sentarte? —pregunto, señalando el asiento del pasajero. Se me hace un poco raro estar sentada en el auto y no ofrecerle asiento a Brian—. Deberías sentarte.

—Claro —dice Brian mientras me acerco a la puerta del copiloto y la desbloqueo.

Entra.

—Lindo auto —se burla Brian, y yo le dirijo una mirada juguetona.

—Ni se te ocurra. Sé que es viejo. —Miro las botellas de agua vacías que tengo en el asiento trasero y frunzo el ceño—. Y está un poco sucio.

—Como si el mío fuera mejor.

Brian hace un gesto con el pulgar, en dirección a su auto. Mis ojos lo siguen. Es un descapotable negro.

—A mí me parece muy bonito —digo—. ¡La capota se baja!

—Sí, pero está bastante estropeado por dentro. Es un Sebring. Lo compramos de segunda mano y mi ma lo restauró —me explica—. Además, no quiero parecer desagradecido, pero ¿quién quiere conducir un descapotable en Connecticut? La capota gotea... durante todo el invierno. Me alegro de que haya durado toda la temporada.

—Bueno, se ve bastante impresionante por fuera, si eso te hace sentir mejor. En cuestiones de estética, los descapotables no tienen competencia. Parecen... No sé, son *cool*.

—*Cool*, ¿eh? —Brian sonríe—. Sí, supongo. Cuando hace calor, al menos. Es agradable bajar la capota en verano y conducir.

—Te encanta sentir el viento en el pelo, ¿verdad?

—Me descubriste, Charlie. Sabes lo mucho que me gusta sentir el viento despeinar mi largo y hermoso cabello.

Brian sacude su pelo con dramatismo, pero es corto y apenas se mueve. Me río.

—Oye, deberíamos dar un paseo algún día. Cuando haga mejor tiempo. A ti sí que te gustará la sensación del viento en *tu* precioso cabello.

Siento que mis mejillas se calientan y mi mano busca un rizo, al que le doy un pequeño tirón.

—Sí, podría ser divertido.

—Sí. —Brian me mira fijo—. Podría serlo.

Estoy nerviosa y me subo los lentes. Para apartar la vista de él, miro por la ventana delantera. Mi corazón late rápido. Tengo que cambiar de tema, *ya.*

—Mi mamá es un fastidio —digo.

—¿Otra vez? ¿Está todo bien?

Me río, tal vez de forma un poco exagerada.

—O sea, no es que me esté fastidiando, pero quiere que yo celebre una fiesta de cumpleaños. Le he dicho que soy demasiado mayor para hacer una fiesta de cumpleaños, que ya nadie lo hace, pero...

¿Por qué le estoy contando esto?

—Pero ¿quiere organizar juegos como el de ponerle la cola al burro? —pregunta Brian—. En ese caso, sí, creo que ya estás grande para eso. Pero si es una fiesta de cumpleaños a donde puedes invitar a algunos amigos a hacer algo divertido, no está tan mal.

Me encojo un poco de hombros.

—Sí. No sé...

Cuando me callo, veo que Brian me mira, como si esperara más.

—Bueno, Amelia y yo estuvimos haciendo una lista de invitados. La mayoría son sus amigos. Yo solo... —dudo en decir lo siguiente—. Yo no tengo muchos amigos.

Brian sacude la cabeza.

—Le gustas a todo el mundo, Charlie. Eres la persona más simpática de la escuela.

—No me siento tan segura de eso —digo.

—Bueno, creo que mucha gente te quiere. Y, si no, yo soy tu amigo.

Mis labios se curvan en una sonrisa.

—¿Sí?

Una agradable sensación de alivio me invade al oír eso, como cuando tienes los dedos de los pies muy fríos y de repente empiezan a descongelarse con el calor. Llevo semanas dándole vueltas en la cabeza a si somos en realidad amigos, temerosa de mi propio juicio después del lío con Cal. Pero esta confirmación, aunque sea pequeña, me tranquiliza. Qué amable ha sido Brian conmigo sin siquiera saberlo.

—¿Qué? ¿No lo soy?

—¡Por supuesto! —digo con entusiasmo—. ¿Y? —agrego después de un rato.

—¿Y? —pregunta Brian.

—¿Te estás invitando a mi fiesta de cumpleaños?

—No —dice Brian, y mi corazón se desploma—. Tú me estás invitando a tu fiesta de cumpleaños.

Me río, relajándome.

—Me encantaría ir —continúa—. Gracias por invitarme.

—De nada —le digo—. ¿Ves qué considerada soy?

—Mucho. ¿Puedes asegurarte de que juguemos a ponerle la cola al burro?

—Veré lo que puedo hacer.

Entonces Brian señala un auto que entra en el estacionamiento.

—Ahí está mi mamá. Ah, para que sepas, no me parezco en nada a ella.

Hago una mueca.

—Yo tampoco me parezco a mi mamá. Saqué los genes de mi papá.

—Claro, pero yo me parezco a mi *otra* madre, que fue quien me gestó y todo eso. Algunas personas se sorprenden mucho, y quería decírtelo para que no te sintieras rara.

Me doy cuenta de que eso es algo que quizás haya tenido que explicar antes. Lo entiendo. Cuando no te pareces a uno de tus padres, a veces te miran raro o te hacen preguntas incómodas. En el mejor de los casos no reaccionan. Espero estar en esta última categoría.

—No tenías que decírmelo —digo con suavidad—. Pero lo entiendo.

Brian sonríe. Parece aliviado.

—Vamos.

Salimos del auto y le hacemos señas a su mamá para que se acerque, aunque el estacionamiento está vacío y estoy muuuuy segura de que nos habría encontrado. Ella estaciona junto a mí y se baja.

La madre de Brian es alta y un poco regordeta, como él, pero las similitudes terminan ahí. Es pelirroja y su pelo está cortado en un *bob*, tiene la piel pecosa y los ojos azules. Brian tiene razón: ella no se parece en nada a él, que tiene el pelo oscuro, la piel clara y los ojos negros. Pero es encantadora.

—Hola, Ma —dice Brian.

—Hola. He oído que tenemos problemas con el auto. —La madre de Brian me mira y me regala una dulce sonrisa—. Soy Maura.

—Yo soy Charlie. Encantada de conocerla.

Le tiendo la mano para que la estreche, y me siento mayor de edad.

Maura sacude mi mano cuando me la estrecha.

—Igual. ¿En qué puedo ayudarte?

Le digo que mi auto no arranca, y me hace algunas preguntas. Luego me dice que entre, baje la ventanilla y arranque el motor. No arranca. Me pide entonces que abra el capó.

—¿Cómo hago eso? —pregunto apenada.

Maura sonríe.

—Hay una palanca en la parte inferior izquierda, debajo del volante. Debe tener el dibujo de un auto con el capó abierto. Tira de ella.

Busco la palanca y, cuando la encuentro, tiro. Pero se abre el maletero.

—Esa no —dice Brian, riéndose.

—¡Uy!

Yo también me río. Alargo la mano hasta encontrar otra palanca, y tiro. Esta vez, el capó hace un sonido como si se desenganchara.

—¿Ya está?

—¡Ya está!

Maura levanta el capó. Tras inspeccionarlo, se acerca a mi ventana.

—Buenas y malas noticias.

—Oh, Dios. No tiene arreglo, ¿no? —pregunto con ansiedad. Ella se ríe.

—No. La buena noticia es que solo necesitas cargar la batería para que puedas ir a casa.

—¡Oh! ¡Qué bien! —digo.

—La mala noticia es que necesitarás una batería nueva más adelante —dice Maura—. Esta ya casi está agotada. La nueva debe costar menos de cien dólares. Yo te la instalo.

—¿Sí? ¿No le causaría mucho problema?

Ella agita la mano.

—En lo absoluto. Será un placer. Ponte de acuerdo con Brian y lo hacemos. ¿Te parece?

—¡Maravilloso! —digo, agradecida de no tener que pagar un mecánico, además de los cien dólares que me costará la batería—. ¡Gracias!

Brian sonríe.

—¿Ves? Te dije que ella podría encargarse de esto sin ningún problema.

—¿Puedes alcanzarme los cables de arranque del maletero? —le dice Maura a Brian. Luego me mira y dice—: Lo conectamos y ya.

Solo toma unos minutos conectar ambos autos y conseguir que el mío arranque. Estoy tan emocionada cuando el motor enciende que me bajo y le doy un abrazo a Maura.

—Pero no te olvides de comprar la batería, ¿sí? —me dice—. ¡Y déjame instalarla!

—Lo dice en serio —dice Brian.

—Lo haré, seguro. Gracias. —Miro a Brian—. A ambos. Muchas.

Me meto en el auto para irme, y siento una pequeña sacudida de emoción dentro de mí.

Ahora tengo una razón para ver a Brian fuera del trabajo o de la escuela.

Capítulo veintiuno

Le gustas. Releo el mensaje que me ha enviado Amelia. Estoy en la clase de Inglés y debería estar prestando atención, pero Amelia no deja de enviarme mensajes de texto... y, bueno, yo le respondo.

Cuando llegué a casa después de que Brian y su madre me ayudaran, mamá me pidió que la acompañara al gimnasio. Sus amigas estarían allí, me dijo. Acepté. Lo pasamos bien, y después del entrenamiento ella estaba de tan buen humor que aproveché para preguntarle si podía llevarme a comprar una nueva batería para el auto.

En la tienda de piezas de automóviles mamá coqueteó tanto con el vendedor que él nos hizo un descuento de empleado del *cincuenta por ciento*. Tengo que reconocerlo: la mujer sabe cómo conseguir lo que quiere.

Entre todas esas cosas y mis tareas, apenas he tenido tiempo de contarle a Amelia los detalles, así que lo hago. Ella está convencida de que el hecho de que Brian (1) me haya ayudado con el auto, (2) haya dicho que tengo un pelo bonito y (3) me haya invitado a dar una vuelta con él, todo el mismo día, significa que le gusto.

Es tan obvio. ¿Te gusta a ti también?, me escribe.

Sé que la respuesta es sí, porque dejó todo para ayudarme con mi auto, por el regalo de San Valentín, por la forma en que me hace reír, porque me hace sentir escuchada, porque mi pecho late con fuerza solo de pensar que yo también podría gustarle.

Pero no estoy segura de estar preparada para que alguien más lo sepa.

No sé, respondo.

Vamos a averiguarlo.

Está bien, pero no en clase. La señora Williams no es boba. ¿Café después de clases mañana?

¡¡¡Sí!!!

Suena el timbre y mis compañeros salen corriendo del aula.

Como no estaba prestando atención, no me di cuenta cuándo habían empezado recoger sus mochilas. Cuando me dispongo a guardar mi libreta, la señora Williams se dirige hacia mí. Mi teléfono está a la vista, en mi escritorio, y me preocupa que me regañe (o, peor aún, que esté molesta porque no he participado hoy). Extremo la amabilidad con ella.

—¡Hola, señora Williams! —le digo.

—Hola, Charlie. —Se detiene frente a mi mesa y pone las manos en la cadera—. Hoy no hemos sabido mucho de ti. ¿Todo bien?

Asiento con la cabeza.

—Sí. Seguro.

Sonríe.

—Bien. Escucha, tengo algo que me gustaría enseñarte. ¿Puedes quedarte un segundo?

Miro el reloj de mi teléfono. Si me quedo, llegaré tarde a mi próxima clase.

—Te escribiré un pase —me dice, como si hubiera leído mi mente.

—Perfecto —digo.

—Estupendo.

La señora Williams se dirige a su escritorio. La sigo, colgándome la mochila al hombro.

—Me ha impresionado mucho lo que has escrito este semestre —me dice.

—Gracias, señora Williams. —Mi cara se sonroja—. Eso significa mucho para mí.

La señora Williams extiende la mano hacia su escritorio para coger una hoja de papel.

—Me alegra oírte decir eso, porque quería enseñarte algo

—dice, y me extiende la hoja impresa—. Es un concurso de escritura para estudiantes de preparatoria. Creo que deberías participar.

Es un *tremendo* cumplido. Al principio del semestre busqué en Google a la señora Williams, y supe que había escrito un libro de poesía que había ganado un premio. Así que sabe de lo suyo, y me siento más que halagada. ¿Una autora publicada que reconoce mi potencial? ¡¡¡Es grandioso!!!

—¡Guau! ¡Gracias por pensar en mí, señora Williams! —Miro el papel, tratando de leer los detalles, tan emocionada y abrumada que apenas puedo procesarlo—. ¡Cuénteme más!

—Es un concurso bastante abierto, así que en realidad depende de ti y de lo que te sientas cómoda escribiendo y presentando. No hay límites en relación con el género, pero sí en cuanto al número de palabras y esas cosas. Me han cautivado algunos de los escritos de ficción que has presentado. Me encantan los fragmentos del cuento sobre las brujas de color jóvenes que has estado revisando durante el semestre.

—¡Uno de mis favoritos! —digo, emocionada—. ¡Creo que podría ser una novela!

Ella asiente.

—Yo también. Pero hay algo muy crudo y emocional en las relaciones familiares que has explorado en otras obras: la pérdida, las relaciones disfuncionales entre madres e hijas. Ese tipo de cosas pueden resonar en la gente, y pueden ser de especial interés para el jurado. Algunas de las cosas que has escrito en el tiempo de escritura libre podrían servirte de punto de partida.

Me emociona mucho que la señora Williams haya estado pensando en esas cosas, y que haya sido tan receptiva a lo que he volcado de mi corazón. Ni siquiera ha visto mis escritos en línea, que están repletos de otros pasajes, escenas y conceptos. Me siento llena de ideas.

—Estoy tan emocionada que desearía poder saltarme el resto de las clases para dedicarme solo a esto —digo con entusiasmo—. O sea, ¿por dónde empiezo? ¿Cómo lo selecciono?

La señora Williams se ríe.

—Bueno, no puedo escribirte una excusa para eso, pero me alegro mucho de que estés entusiasmada, Charlie. Yo te aconsejaría que te lleves el diario a casa y lo hojees para ver qué te inspira. He marcado algunos de mis párrafos favoritos, pero debes escoger lo que más se conecte contigo. Yo estaré encantada de revisar el borrador.

—¿Cuándo hay que entregarlo? —pregunto.

—Buena pregunta. —La señora Williams señala la parte inferior de la página—. El plazo de entrega vence en mayo, así que hay tiempo, pero no mucho. Piénsalo, ¿sí?

Asiento con entusiasmo.

—Empezaré esta noche. ¿De verdad no puede excusarme por el resto del día?

La señora Williams sonríe, negando con la cabeza.

—Segura.

Escribe una nota rápida para excusar mi retraso en la siguiente clase y me la entrega.

—Avísame en qué puedo ayudarte, ¿sí?

—Sí —le digo—. ¡Gracias de nuevo!

En la escuela, me paso el resto del día pensando sobre qué puedo escribir. Averiguo sobre el concurso durante el almuerzo y leo los ganadores de los dos últimos años. Sus textos son buenos, pero sé que los míos también lo son. O pueden serlo, si consigo decidirme sobre qué escribir.

Esa noche hago las tareas tan rápido como puedo para poder dedicarme a pensar en lo que voy a presentar.

Cuando escribo, me gusta crearme un ambiente. No creo que todos los escritores necesiten tener un lugar especial, una libreta, un bolígrafo o algo así para tener éxito, pero no está de más. Apago la luz del techo de mi habitación, dejando solo las luces blancas parpadeantes de mi escritorio, y enciendo con una cerilla una de mis velas aromáticas favoritas (huele a "libros viejos" y la compré en Etsy). Saco mi libreta grande, donde he garabateado docenas y docenas de ideas a lo largo de los años, y mi juego de bolígrafos favorito, y los coloco al lado de mi computadora portátil, que está cargada y enchufada. A veces escribo mejor en papel, a veces en la computadora, depende de cuán rápido funcione mi cerebro.

Por último, creo un documento en Google Docs. Estoy lista para empezar a escribir.

Pero... no se me ocurre nada.

No sé sobre qué voy a escribir. ¿Desarrollo el cuento de las brujas? ¿Empiezo algo nuevo? Tengo ideas para un cuento sobre dos chicas que se hacen amigas en los años noventa a través de la antigua versión de internet, America Online, pero tendría que investigar mucho para eso. También podría escribir un cuento sobre una sociedad donde las personas nacen sabiendo cuándo van a morir, y entonces celebran el día de la muerte en lugar del nacimiento, una idea con la cual he estado jugando. Pero aún no he resuelto todos los problemas de esa historia. ¿Escribo sobre mi mamá? ¿O sobre papá?

Me siento y pienso y pienso, hasta que tengo la certeza de que el cursor parpadeante de mi documento se está burlando de mí. Entonces se me ocurre una idea.

La señora Williams dice que necesito inspiración, así que decido empezar leyendo un cuento que me ayude a desbloquear la mente. (A veces, mis mejores ideas surgen después de haber leído). Cierro la computadora y busco debajo de la cama un viejo cuadernillo hecho con hojas de papel de colores mal grapadas, y me acomodo en el acolchonado asiento de la ventana, que me sirve de rincón de lectura e inspiración.

Hacía tiempo que no le hincaba el diente a "Charlie y los zapatos de arcoíris", pero ahora me parece un buen momento.

Capítulo veintidós

Mientras espero a que Amelia llegue a Jake's, leo *Yo sé por qué canta el pájaro enjaulado*. Las cafeterías son muy buen lugar para leer. El tintineo de las tazas, la música ambiental, el olor de los granos de café molido, la espuma del café, la conversación de fondo... son muy relajantes. Suelo concentrarme tanto en lo que leo que me olvido de todo lo demás.

Pero esta vez no. He releído la misma frase al menos diez veces. Mi cerebro parece rebotar entre el concurso de escritura, mi cumpleaños y Brian.

Ya tengo una idea de lo que escribiré para el concurso. Bueno, dos. Voy a empezar con las brujas y a ver cómo va. La segunda opción se basa en una serie de ideas intrincadas pero reflexivas, que escribí en la clase de la señora Williams, sobre mi relación con mamá. Sé que quizás me decida por eso, pero es mucho más difícil de abordar, así que... las brujas me sirven de calentamiento. Y eso es bueno.

En cuanto a mi cumpleaños, los preparativos avanzan despacio. He enviado algunos mensajes de grupo con los detalles de la actividad. Al final invité a mis primos, al grupo de amigos de Amelia, a Benjamin y a Brian (lo siento por los conocidos que se quedaron fuera). Mis primos vendrán, por supuesto, y gracias a la entusiasta respuesta de Amelia al mensaje grupal parece que la mayoría de la gente de la escuela también.

Gracias a Dios por Amelia.

La veo entrar en la cafetería y le hago señas para que se acerque. Cuando llega a la mesa deja caer su bolso sobre la silla, como agotada.

—Siento llegar tarde.

—No te preocupes —le digo—. ¿Estás bien?

—Oh, sí. Es que no encontraba mi teléfono. —Pone los ojos en blanco—. ¿Comida?

Asiento con la cabeza y nos acercamos al mostrador, dejando nuestros bolsos en la mesa.

Pedimos y volvemos a nuestros asientos, donde nos acomodamos.

—Quiero mostrarte una cuenta de Insta con la cual estoy obsesionada —digo.

—¿Estás retrasando el asunto? —pregunta Amelia.

—Puede ser, pero ¡te va a gustar! Son fotos de Barbies que recrean escenas icónicas de películas y programas de televisión. Acaban de publicar un tríptico...

—Mírate, usando palabritas de artista —me interrumpe Amelia—. El señor Reed estaría muy orgulloso.

—En serio, es un tríptico de *Stranger Things*.

—¡¿Qué?! Enséñamelo ya.

Amelia hace un dramático gesto con las manos para que se lo enseñe. Saco el teléfono y busco la publicación. Me lo quita para verlo mejor y lo amplía.

—¡Hasta tienen Eggos en miniatura! —dice.

—¿Viste qué divertido?

Amelia asiente en señal de aprobación.

—*Súper* divertido —dice, y me devuelve el teléfono—. Ahora, vamos a lo bueno.

—El pollo —repito.

—Sí, basta de secretos, señorita. Cuéntame de Brian.

Revuelvo mi bebida con la pajilla, en parte por costumbre, en parte para continuar alargando la cosa.

—¿Qué quieres que te cuente? —pregunto con indiferencia.

Amelia me acorrala.

—¡Oh, *vamos!* Se están viendo mucho y él es muy amable contigo, y se ofreció a ayudarte con el auto...

—Porque es *amable* y es mi *amigo* —insisto—. Tú también me ibas a ayudar. Él estaba cerca por casualidad.

—Sí, ¡y parece que cada vez está más cerca! Como que se ha hecho costumbre que en cada clase de Arte venga a nuestra mesa a hablar contigo. Y pasa tiempo contigo en el trabajo. Y te dice que tienes un pelo precioso y te invita a cosas.

—Tú también me dices que tengo un pelo precioso y me invitas a cosas.

Amelia suspira con dramatismo.

—Está bien, pero es que tienes un pelo precioso y eres mi mejor amiga. Cuando yo hago esas cosas, es porque soy tu amiga y te apoyo. Cuando Brian las hace, es porque le *gustas* —insiste—. Pero no quieres admitirlo.

Mi estómago da vueltas ante la mera idea de que yo le pueda gustar a Brian y alguien que no sea yo se haya dado cuenta.

—No estoy segura.

—Bueno, hay algo más importante que necesito saber —dice Amelia—. ¿A *ti* te gusta él?

No la miro. Le doy un largo sorbo a mi bebida. Luego levanto la vista.

—Quizás —digo, encogiéndome de hombros.

Está claro que sí. Amelia da un gritito.

—¡Pero eso no significa que tengamos que hacer un lío de eso!

—¡Claro que sí! —grita Amelia.

—No —digo yo—. Quiero actuar con ecuanimidad. Ya viste lo que pasó con Cal.

—Pero Brian no es Cal. Ni por asomo.

—Lo sé, pero quiero... no sé, disfrutar de ser amigos. No quiero arruinarlo. Al menos por ahora. —Trago saliva—. Necesito estar segura. ¿Me entiendes?

Amelia parece decepcionada, pero asiente.

—Sí, te entiendo. Intentaré no presionar. ¿Vas a aceptar que su mamá te arregle el auto?

—Creo que sí —digo—. Ya compré la pieza. Así que...

Amelia parece satisfecha, y aprovecho la ocasión para cambiar de tema.

—¿Y tú? ¿Qué pasa con *Kira*?

A Amelia se le ilumina el rostro al escuchar su nombre y una sonrisa se dibuja en su cara. Ha pasado de negar que tuvieran algo a admitir que "hablan". Todas las noches.

—Ya sabes. Lo mismo, lo mismo... —dice, evasiva.

—Suéltalo. *Ahora.* No es justo.

Amelia sonríe, y es una sonrisa tonta, así que sé que lo que va a compartir va a ser bueno.

—Bueno, ya que preguntaste: Kira y yo somos novias.

Es mi turno de dar un gritito.

—¡¿Novias, novias?!

—Novias, novias —confirma Amelia, incapaz de borrar la enorme sonrisa de su cara.

Es contagiosa, y siento que yo también sonrío.

—¡Amelia! Me lo estabas ocultando. Me alegro mucho por ti —digo, estirándome sobre la mesa y dándole un abrazo—. ¿Por qué no me lo dijiste antes?

—¡*Acaba* de ocurrir anoche! Te lo juro. Nunca te ocultaría nada —dice Amelia—. Estábamos trabajando de voluntarias en ese refugio de animales. ¿Sabes? El del centro.

—Sí. Espera, ¿trabajas ahí de voluntaria? —pregunto.

—No, no. Quiero decir, por lo regular no. Pero Kira sí, además de todo lo que hace. Es increíble, Charlie. Fuimos al refugio y le dimos de comer a los cachorros. Fue increíble.

—¡¿Tienes fotos?! —pregunto—. No es que eso sea lo importante —añado.

—Claro que tengo fotos —dice, y busca su teléfono en el bolso, lo desbloquea y me lo da.

Paso las fotos y, por supuesto, hago sonidos de ternura junto a Amelia con cada uno de los cachorros. Le devuelvo el teléfono y suspiro.

—¡Cachorros! ¡Y una novia!

—¡Lo sé, lo sé!

—Pero ¿cómo fue? ¿Sucedió antes o después de que alimentaran a los cachorros?

—Después. Salimos del refugio y caminamos un poco. Terminamos en un pequeño parque. Anoche no hacía tanto frío, así que nos sentamos en unos columpios a conversar.

—¿Y a besarse? —pregunto, ganándome una mirada de Amelia—. Lo siento, pero me las imagino besándose. Es la escritora que hay en mí, ¿eh?

Amelia le da un sorbo a su bebida.

—Bueno, la escritora que hay en ti tiene razón. Fue muy dulce, en realidad, estar bajo las estrellas, solas ella y yo. Fue, no sé, mágico. Y sé que no ha pasado mucho tiempo desde Sid, pero... me siento diferente de alguna manera. Le había dicho a Kira que quería tomarme las cosas muy, muy despacio, teniendo en cuenta todo, pero anoche no pude evitarlo. Le pedí que fuera mi novia.

Aplaudo con alegría y luego me llevo, totalmente emocionada, las manos al corazón.

—¡Dios mío! ¡Me encanta un buen romance!

Amelia sonríe.

—Sí. Bueno, me alegro de que te guste porque claramente es lo que te espera con Brian.

—No empieces —digo, apuntándole con un dedo.

—¿Quién, yo? —pregunta Amelia, moviendo las pestañas—. Pero... las cosas dieron un giro cuando llegué a casa.

—¿Cómo? —pregunto.

—¡Llegué un poco tarde y mamá me estaba esperando! Y empezó a preguntarme con quién estaba y dónde. Ya sabes, como todas las madres. Así que, por supuesto, ¡se lo solté!

Por un instante trato de imaginarme soltándole los detalles de cualquier cosa de mi vida a mi madre, y no puedo siquiera pensarlo. Pero eso es lo que me gusta de Amelia y su mamá, que comparten esas cosas.

—Entonces mamá quiso saber quién era la chica —continúa

Amelia—. Y si, dado que iba en serio, ella y mi papá podían conocerla. Así que ahora mamá quiere invitar a cenar a Kira.

Amelia le da vueltas en un dedo a un mechón de su pelo rizado.

—¿Por qué mis padres no pueden ser normales y no meterse en mi vida? —pregunta.

No puedo imaginarme a ninguno de los padres de Amelia no metiéndose en la vida de ella o de su hermana Tess. Son su sol y su luna.

—Tal vez no sea tan malo —digo—. Tus padres son muy buenos. Saben que eres pansexual, ¿verdad?

Amelia asiente.

—Esa es la cosa. Es la primera chica a quien invito, y van a estar tan entusiasmados que se van a pasar de rosca. ¡Van a asfixiar a mi primera novia!

—¡Novia! —digo, extasiada—. Me encanta como suena.

—A mí también —admite Amelia—. Pero ¿podemos concentrarnos?

—Claro, claro. Lo siento. Bien, la cena. Creo que saldrá bien. Si comes rápido, tal vez puedas lograr que no dure más de treinta minutos.

—Lo dudo. Ya sabes cómo son mis padres. Van a hacer un millón de preguntas, y después querrán sentarse en la sala a conversar. Y Tess seguro es una pesadilla. Molestará a Kira, y ella llegará a la conclusión de que no valgo la pena.

—No lo hará —digo—. ¿Y si voy yo también? ¿Ayudaría?

La cara de Amelia se ilumina. Eso me alegra el corazón. Es bueno sentirse necesitado.

—¿Lo harías?

—¡Claro! Lo que quieras.

Amelia se levanta para darme un abrazo.

—¡Gracias! Gracias, gracias, gracias.

—No tienes que darme las gracias —le digo—. Eres mi mejor amiga. Haría cualquier cosa por ti.

Capítulo veintitrés

Mi mamá me lleva a la escuela al día siguiente porque mi auto sigue sin funcionar. Por el camino hablamos sobre mi fiesta de cumpleaños y me dice que le gustaría invitar a algunas de *sus* amigas. No me gusta mucho la idea, pero en aras de la paz le digo que sí.

Hemos tenido algunos desencuentros en relación con la fiesta. Yo quería que fuera algo pequeño, algo así como invitar a unos pocos amigos y a la familia a una buena comida en el patio. Ella quiere algo más grande, más llamativo, y eso no me inspira nada. Creía que las fiestas de cumpleaños se hacían para la persona que cumple años, pero parece que no.

Lamento no haber podido ir hoy a la escuela con Amelia, para así no tener esa conversación con mi madre, pero Amelia tiene una excursión con su clase de Oratoria, y eso significa que estaré sola todo el día.

Es una sensación extraña. Amelia y yo somos amigas desde hace tanto tiempo que la mayoría de la gente espera vernos juntas. Siempre somos Amelia-y-Charlie, como una sola palabra, o como si fuéramos gemelas unidas por la cadera. Hacemos tantas cosas juntas, desde ir al comedor hasta caminar a clases, que Amelia se me hace más una extensión de mí que otra persona. O más bien yo siento que soy una extensión de ella más que yo misma.

No diría que vivo a la sombra de Amelia, pero su vida a menudo parece mucho más grande que la mía. Cuando estoy sola, es como si estuviera un poco expuesta. Y... sin nadie con quien sentarme a almorzar.

Así que, en Biología, cuando nos dividimos en grupos para

estudiar el material de nuestro próximo examen, me acerco a mi amigo Benjamin, que confirmó que vendría a mi cumpleaños (¡súper!).

—Aunque estoy muy emocionada por sumergirme en la mitosis y la meiosis, antes de hacerlo me gustaría pedirte un favor —le digo.

Benjamin me lanza una mirada.

—¿Qué clase de favor?

—Bueno, ¿conoces a mi mejor amiga, Amelia?

—Sé quién es, sí —dice Benjamin.

Casi me río. *Sabe quién es.* Benjamin quizás sea la única persona en la escuela que no está cautivada por ella.

—Bueno, por desgracia no vino hoy y no tengo con quién almorzar. No me entusiasma la idea de sentarme en una mesa sola, así que me preguntaba...

Benjamin levanta una mano para detenerme.

—Charlie, mis amigos y yo nos relajamos durante el almuerzo. No hablamos mucho.

—¿Qué crees que voy a hacer yo? ¿Preguntarte sobre la mitosis? —le digo.

Se encoge de hombros.

—No sé, pero no me gustaría que hicieras eso.

—A mí tampoco. Solo necesito un lugar donde sentarme. Por favor, no me hagas lucir como una perdedora.

Benjamin me mira por un momento, sopesando mi proposición. Yo hago el mohín más patético que puedo.

—¿Por favor? Ni siquiera sabrás que estoy allí.

Él sonríe.

—De acuerdo.

—No te molestaré. Solo me sentaré ahí. ¡Te lo prometo! —le digo, tendiéndole el meñique

Benjamin mira a su alrededor, como si estuviera un poco avergonzado por lo que va a hacer, y luego entrelaza el meñique conmigo.

—Nos sentamos en el lado este de la cafetería. Ahí nos encontrarás. Ahora, ¿podemos concentrarnos en esta guía de estudio, por favor?

Al mediodía, me complace haber hecho un plan para almorzar y no tener que preocuparme por dónde me voy a sentar o con quién.

Quizás debería almorzar con Kira, Liz, Jessica, Maddy, John y Khalil, que han aceptado con amabilidad ir a mi cumpleaños en unas semanas. (Por suerte, Tyler ya tenía planes para esa noche). Debería ser amable con ellos, conocerlos mejor, mostrarles que también soy una persona.

Pero, al igual que Benjamin, a veces solo quiero un poco de tranquilidad, así que me dirijo hacia donde están él y sus amigos. Nos saludamos con cortesía, me siento sin decir nada y saco mi teléfono para leer un libro.

Antes de que empiece a cogerle el hilo, una bandeja de comida se planta frente a la mía. Levanto la vista. Es Brian.

—Hola —digo, sorprendida.

—Hola —responde él—. ¿Cómo está el auto?

—Más muerto que nunca.

—Bueno, si alguien aceptara mi oferta...

Agito la mano para detenerlo.

—Lo sé, lo sé. Iba a hacerlo. Pero no tenía forma de ponerme en contacto contigo —digo—. Ayer no trabajé.

—¿Instagram? ¿Snapchat? ¿Twitter? Diablos, ¿hasta Facebook?

Brian enumera todas las formas mediante las cuales pude haberlo contactado. Lamento ser demasiado tímida para eso.

—Quise decir que no tenía cómo enviarte un mensaje de texto.

—Ah. En ese caso —Brian coge mi teléfono, que está desbloqueado—. ¿Te importa?

Niego con la cabeza y él toca la pantalla varias veces, concentrado. Oigo vibrar su teléfono en el bolsillo mientras me devuelve el mío.

—Ya está.

Miro la pantalla y veo que se ha enviado un mensaje de texto desde mi teléfono. En la libreta de contactos ha escrito su nombre, Brian, seguido de un pequeño emoji con un brazo flexionado.

Me río.

—¿Qué? —pregunta.

Pero en lugar de responder le envío un mensaje de texto.

Hola. Si la oferta sigue en pie, ¿tienes tiempo para ayudarme con el auto?

Brian saca su teléfono y sonríe cuando ve el mensaje.

Me responde: **Por supuesto. ¿Esta noche?**

Sí, escribo. **Esta noche.**

Capítulo veinticuatro

Brian y su madre quedaron en estar en mi casa a las cinco de la tarde. Desde las 4:30 empiezo a mirar por la ventana cada pocos minutos para ver si llegan. Espero, egoístamente, que el arreglo no tome mucho tiempo. No quiero que mamá llegue a casa cuando Brian y su madre estén aquí. A ella no le gustan las visitas inesperadas. Y a mí en los últimos tiempos no me está gustando *ella,* así que...

Brian llega a las cinco en punto, cosa que agradezco porque no aguantaba un segundo más mirando de manera obsesiva por la ventana. Creo que tendremos tiempo suficiente para terminar antes de que se ponga el sol. (Al menos, eso espero).

Salgo a recibirlos.

—Hola, Brian. Hola, señora Park.

—No tienes que llamarme señora Park —dice la mamá de Brian—. Maura está bien.

Asiento con la cabeza y sonrío. Antes de que llegaran le había preguntado a Brian por mensaje de texto cómo debía llamarla, y me había dicho que ella prefería Maura a señora Park, pero yo no quería parecer atrevida. (Técnicamente, ella y su esposa son, *ambas*, señora Park, y eso me parece encantador). Me cuesta llamar a los adultos por sus nombres de pila. Todavía llamo a los padres de Amelia señor y señora Jones, y hace años que los conozco.

—Maura, gracias por venir. Estoy muy agradecida.

—No hay problema. ¿Dónde está la batería? —pregunta Brian.

—Voy a buscarla —digo.

—Te ayudo —se ofrece él, y va detrás de mí hasta el garaje.

Entramos y, cuando voy a coger la batería, él se me adelanta.

—Puedo cargarla —digo.

—Lo sé. Pero ¿quieres hacerlo?

Brian me acerca la batería. Arrugo la nariz en respuesta.

—Lo suponía.

Cuando regresamos, Maura está de pie junto a mi auto, con las mangas arremangadas y el pelo recogido. Hay una caja de herramientas abierta ante sus pies, organizada con meticulosidad.

—Charlie, ¿te importaría abrir el capó? —me pregunta.

—¡Claro! Ya soy súper buena haciendo eso.

Agarro la palanca que abre el capó y veo que Maura me hace un gesto para que me acerque a la parte delantera del auto.

—Ven, cariño —dice—. Te enseñaré qué más debes hacer para abrirlo. Por si alguna vez necesitas hacerlo.

Me acerco a Brian y su madre. Ella me explica que hay que meter la mano debajo del capó, con la palma hacia arriba, y buscar un pestillo y tirar de él. Una vez abierto el capó, me muestra cómo apuntalarlo para mantenerlo abierto, y coloca una toalla manchada de aceite sobre la parte delantera del auto.

—Esto es para protegerlo del ácido de la batería, por si gotea —me explica.

Mientras habla sobre un negativo y un positivo a tierra, tornillos y llaves, Maura se inclina hacia adelante. Intento escuchar, pero no me entra en la cabeza. Asiento, aunque en secreto pienso: "Oh, Dios, ¿qué?". Brian está mirando con atención, pero en silencio, y eso me hace sentir un poco mejor.

Sin mucho esfuerzo, Maura saca la batería vieja, me muestra el lugar donde va y dice que está en buen estado, por lo que se dispone a instalar la nueva.

Termina en cuestión de minutos. Al final, me pide que arranque el auto, que enciende de inmediato. Estoy asombrada, y se me debe notar en la cara.

—Es buena, ¿eh? —me dice Brian.

—Este... siento que es como un hada madrina. De los autos, claro.

Brian asiente.

—Por supuesto.

Maura me dedica una sonrisa.

—Si quieres, puedo deshacerme de esta batería, Charlie. Hay que reciclarla.

—¿No será mucho problema? —pregunto.

—En absoluto —dice.

—En serio, no hay problema —repite Brian.

—Es tan maravilloso que sepan hacer estas cosas.

Brian señala a su madre.

—Ella.

—Tig podría aprender si quisiera —dice Maura.

—*Ma* —dice Brian, lanzándole una mirada que conozco bien; quiere decir "Madre, hemos discutido esto un millón de veces, ¿puedes comportarte?"—. Así me decían de niño —me dice.

Sonrío.

—¿Por qué? —le pregunto.

—Te lo cuento en otro momento —responde, poniéndose un poco colorado.

—Lo siento —dice Maura, encogiéndose de hombros. Luego intenta desviar la conversación—. Como decía, yo podría enseñarle, pero él dice que es aburrido.

Brian baja la mirada.

—Aburrido no. Pero... no... es divertido.

Intento rescatarlo.

—¡Bueno, no sé cómo decirte lo mucho que aprecio tu ayuda! Por cierto, ¿pueden esperar aquí un minuto? Tengo que ir a buscar algo a la casa.

Sin darles tiempo a responder, salgo corriendo, cojo un plato de la encimera de la cocina y regreso. Le entrego el plato a Brian.

—Toma.

Él mira y sonríe cuando se da cuenta de lo que hay bajo el envoltorio de plástico transparente.

—¿Galletas?

—De chocolate. Con tocino.

Los ojos de Brian se abren de par en par.

—¡¿Con tocino?!

—¡Sí! En la fiesta del trabajo me dijiste que nadie nunca rellenaba las galletas dulces con cosas saladas. Así que busqué esta receta —digo, y siento las mejillas un poco calientes—. La probé y no está nada mal, ¿sabes?

—Increíble —dice Brian. Luego mira a su madre—. *Galletas con tocino*, Ma.

Maura solo se ríe, sacudiendo la cabeza.

—Es muy amable de tu parte, Charlie.

Justo en ese momento veo acercarse el auto de mamá. Qué manera de arruinar un momento, mamá.

—Es solo un pequeño gesto de agradecimiento —digo, tratando de concentrarme en Brian y Maura y de ignorar el hecho de que el auto de mamá está a punto de detenerse frente a la casa.

La veo entrecerrar los ojos, tratando de averiguar con quiénes estoy.

—Eres muy amable, Charlie —dice Maura—. Gracias.

Oigo que el motor del auto de mamá se apaga y la veo salir, cerrando la puerta tras de sí. Todos la miramos, pero ella no sonríe.

—Hola, mamá —le digo.

Ella ignora el saludo.

—¿Qué pasa?

—Mi amigo Brian y su madre se han ofrecido a ayudarme con el auto. ¿Te acuerdas?

—Hola, soy Maura.

La madre de Brian extiende una mano para estrechar la de mamá. Ella le da la mano y sonríe.

—Jeanne. Encantada de conocerte —dice.

—Igualmente —dice Maura.

—Este es Brian, mamá —digo, y hago un gesto hacia él.

Los ojos de mamá recorren a Brian de pies a cabeza. Luego sonríe y le tiende la mano.

—Encantada de conocerte.

—Encantado de conocerla también, señora Vega —dice Brian—. Espero que no le moleste que hayamos venido.

—En lo absoluto. Solo me sorprendió verlos. Mi querida Charlie olvidó decirme que tendríamos visita —dice mamá, al tiempo que se acerca y me da una palmadita en el hombro.

Sonrío tensa.

—Lo siento, mamá. Ya estábamos despidiéndonos —digo, y me vuelvo hacia Brian y Maura—. Gracias por ayudarme. Lo han dejado como nuevo —les digo.

—De nada, Charlie. Y si tienes algún otro problema con el auto, llámame, ¿sí? —dice Maura.

Sé que lo dice en serio.

—Lo haré.

—Gracias por las galletas, chiquilla —dice Brian para hacerme sonreír.

Funciona.

—Nos vemos pronto —les digo mientras suben al auto.

—Y no te olvides de devolver el plato —añade inesperadamente mamá.

—No se preocupe. Se lo prometo —dice Brian antes de cerrar la puerta.

Les digo adiós con la mano, y una vez que se pierden de vista me vuelvo hacia mamá.

—¿"No te olvides de devolver el plato"?

Ella resopla.

—¿Qué? Es un buen plato.

—No creo que quiera quedarse con nuestro plato, mamá. Y tampoco es tan grave.

—¡Solo se lo recordé!

Pongo los ojos en blanco y empiezo a caminar hacia la casa.

—Está bien —digo.

Mamá viene detrás de mí.

—Debiste haberme dicho que tendríamos visita.

—Lo siento, fue un plan de última hora. Nos pusimos de acuerdo en la escuela.

Empujo la puerta y me dirijo a la cocina.

—Y sí te lo anuncié cuando fuimos a buscar la batería. ¿Cuál es el problema?

—Hubiera ordenado la casa —dice mamá.

—No entraron.

—Pero ¿y si lo hubieran hecho?

Tengo la impresión de que mamá está buscando una pelea, y no estoy de humor para discutir.

—No sé, mamá. Supongo que habrían visto que no somos perfectas.

Me dirijo a la cocina y me pongo a lavar los platos que ensucié.

—Una respuesta con mala actitud no es lo que quería.

Cuando mamá está de ese humor, sé que nada de lo que diga le parecerá bien, así que no respondo.

—¿Quién es el chico?

—Un amigo, mamá. Brian, como te dije.

—Brian —repite, mirándome lavar los platos—. Mmm.

—¿Qué?

—Nada. ¿Necesitabas hornearle galletas, Charlie? —dice después de una pausa—. ¿De verdad? Ahora todo está desordenado y no tengo tiempo para limpiar.

—Yo estoy limpiando —digo—. Ese fue siempre el plan, mamá.

—Pero sabes que odio que hornees.

Habla como si yo horneara a menudo, cosa que no hago, y actúa como si la cocina fuera un desastre, cosa que tampoco es verdad. Debe de estar contrariada porque, como a mí, le encantan las galletas de chocolate. Y las galletas que quedaron no tienen tocino, solo tienen las clásicas y deliciosas chispas de chocolate semidulce.

—Han sobrado unas cuantas galletas. Las he puesto en un recipiente ahí. Come las que quieras —le digo.

—Sabes que no puedo —dice.

—Oh, sí —digo—. Se me olvidó.

Mamá empieza a revisar la correspondencia que he traído y puesto en la encimera, pero la sorprendo mirando de vez en cuando el recipiente. Cuando termino de secar los platos y guardarlos, abro el recipiente, tomo una galleta y me la meto en la boca.

Capítulo veinticinco

No es que mis padres vayan a conocer a *mi* novia por primera vez, pero también estoy preocupada por la próxima cena en casa de Amelia.

Sin embargo, escondo mi preocupación y durante toda la semana, cada vez que Amelia me pregunta si creo que saldrá bien, le digo con énfasis que sí, y le cuento cómo se desarrollará la noche. El escenario es diferente cada vez, pero siempre termina con todos saltando y cogidos de la mano, porque la imagen de su novia cogida de la mano con sus padres asquea y hace reír a Amelia.

Y entonces, antes de que nos demos cuenta, llega por fin la muy esperada noche. Amelia y Kira pasan por mi casa a recogerme para repasar el plan.

Me sorprendo cuando subo al asiento trasero del auto de Amelia y veo cómo va vestida Kira. Suele vestirse bastante informal para la escuela: pelo recogido en un moño, una camiseta, *leggings,* tenis, ese tipo de cosas. Cómo no darme cuenta de que su larga melena está rizada con pericia y de que tiene puesto un vestido.

—¿Te parece demasiado? —me pregunta.

Me doy cuenta de que debo haberla mirado de arriba abajo. Odio cuando hago eso.

—¡En absoluto! Estás muy guapa.

—Gracias —dice, tocándose el pelo.

—Sí que lo estás —dice Amelia, mirándola amorosa.

Luego vuelve a la carga. Da marcha atrás en la entrada de autos de mi casa y se dirige a la suya.

—Entonces, repasemos el plan.

—Lo más importante es no salirnos del tono informal. Yo

intervengo si noto que empieza a ponerse incómodo —digo—. Y trataremos de que la conversación gire en torno a la escuela y lo bien que nos va a todas en lo académico, cosa que les gustará a tus padres.

—Yo trataré de hablar del atletismo, para conquistar a tu madre-estrella-del-atletismo, o de deportes en general, lo que tu padre-estrella-del-fútbol-americano agradecerá —dice Kira.

—Sobre todo, nos esforzaremos por mantener un ambiente ligero —decimos Kira y yo al unísono.

Todas nos reímos.

—Perfecto. Se lo aprendieron bien —dice Amelia—. ¡Solo quiero asegurarme de que nada salga mal!

—Así será. No sé qué te ha contado Amelia sobre sus padres, Kira, pero son unos ángeles —digo—. Son, sin exagerar, las personas más dulces que conocerás.

—¡Eso no es lo que me ha dicho Amelia!

—Charlie exagera —interviene Amelia.

Sacudo la cabeza.

—¡No! Amelia y Tess son las niñas de sus ojos. Nada de lo que ellas hacen les parece malo. Les gustarás, Kira.

—Eso es lo que vengo diciendo —dice Kira—. Suelo gustarles a los padres.

—Ya veremos —dice Amelia cuando llegamos a su casa.

Kira no se inmuta.

—Me encantan los retos.

Salimos del auto y entramos a la casa. Tess está sentada en el sofá viendo la televisión. Es idéntica a Amelia hace unos años. A sus diez años, Tess es más baja que Amelia, por supuesto, pero se parecen tanto que ni siquiera es gracioso: la misma piel oscura, los mismos ojos encantadores, el mismo pelo precioso. La única diferencia es que Tess suele llevar el pelo recogido en dos coletas, de las cuales espero que no se aburra, pero sé que tienen los días contados.

Cuando entramos, levanta la vista.

—¡Hola, Charlie!

—Hola, Tess. Me alegro de verte.

Tess y yo siempre nos hemos llevado bien. Amelia solía echar a Tess de su habitación cuando queríamos relajarnos, y a menudo yo discutía con ella para que la dejara. En secreto, siempre he deseado tener una hermana pequeña, así que no me importaba tanto como a Amelia que su hermana anduviera con nosotras.

—Amelia —dice Tess.

—Tess —dice Amelia apretando los dientes. Luego se relaja, mira a Kira y sonríe—. Kira, esta es mi hermana pequeña, Tess. Tess, esta es Kira, *con quien serás amable.*

—Cálmate —dice Tess, poniendo los ojos en blanco—. Hola, Kira.

—Hola, Tess. Encantada de conocerte.

Kira se acerca a Tess para estrecharle la mano.

Tess no puede ocultar lo emocionada que está por eso, sin duda se siente una adulta, y le estrecha la mano a Kira con entusiasmo.

—¡Encantada de conocerte a ti también! —dice.

—Amelia, ¿eres tú? —grita la señora Jones.

—¡Sí! ¡Somos nosotras! —responde Amelia.

Su mamá, Beth, también conocida como la señora Jones, entra al salón y sonríe. Alta, delgada y llamativa, está más guapa que nunca con sus trenzas recogidas en una coleta baja y suelta. Lleva una sencilla chaqueta de punto, unos pantalones y tenis. Es fácil ver de dónde ha sacado Amelia su buen gusto.

Cuando sea mayor, me gustaría ser como la señora Jones. Siempre equilibrada y serena, además de muy inteligente y decidida. Pero lo primero que me gustó de ella fue su amabilidad. Cuando me quedé a dormir por primera vez en casa de Amelia, cuando éramos niñas, se dio cuenta de que estaba nerviosa y a la hora de acostarme me arropó y me dio un beso en la frente como si fuera su propia hija. Eso significó mucho para mí.

La señora Jones se acerca y me da un abrazo que me transmite su calidez casi hasta la médula.

—Me alegro de verte, Charlie.

—Yo también, señora Jones.

—Tú debes ser Kira.

Antes de que Kira responda, la señora Jones ya la ha envuelto en un abrazo también.

—Es maravilloso conocerte por fin.

—Es maravilloso conocerla a usted también, señora Jones —dice Kira.

La señora Jones se aparta y mira a Amelia con anhelo, y veo que los bordes de los labios de Amelia dibujan una pequeña sonrisa. Es un momento tierno que creo que no debo ver, pero lo veo, y no puedo evitar sentirme envidiosa y conmovida al mismo tiempo.

—Bueno, ¿están listas para cenar? Papá ha preparado su famosa *piccata* de pollo.

La señora Jones se dirige al comedor. Nosotras la seguimos, excepto Tess, que se adelanta y se sienta en su puesto en la mesa del comedor, y tiene el tenedor y el cuchillo en la mano cuando nosotras llegamos.

—Eli, ya llegaron nuestras estimadas invitadas —dice la señora Jones en dirección a la cocina.

El señor Jones, más alto que la señora Jones, de piel oscura, musculoso y con ojos amables, asoma la cabeza al comedor.

—Ah —dice—. Ahí están.

Entonces repara en la nueva cara que hay en la mesa y se acerca a ella.

—Tú debes ser Kira —dice. Luego, poniéndose las manos en las caderas e inclinándose hacia ella, pregunta—: ¿Y cuáles son tus intenciones con mi hija?

Amelia casi se ahoga.

—¡*Por Dios*, papá!

El señor Jones se ríe, como si hubiera contado el chiste más divertido de la historia. Hasta se golpea la rodilla.

—Estoy bromeando, Mimi —dice, llamando a Amelia por su apodo—. ¡Relájate!

—Sí, Mimi, relájate —se burla Kira.

El señor Jones se ríe de nuevo.

—Me caes bien —dice, señalando a Kira—. Espero que tengan apetito, chicas —agrega, dirigiéndose a la mesa.

—¡Yo sí, papá! —dice Tess.

El señor Jones se acerca para tirarle del pelo, pero Tess se aparta. Entonces suspira, como si ella le hubiera hecho un desaire.

—Está bien. Ahora vuelvo con la comida.

—¿Necesitas ayuda, Eli? —pregunta la señora Jones.

—Todo está listo, Beth, gracias —dice el señor Jones, desapareciendo en la cocina.

El señor Jones entra y sale del comedor varias veces, cada vez con un nuevo plato. Pone sobre la mesa una ensalada sencilla, tazones con puré de papas al ajo y espinacas salteadas y una fuente de *piccata* de pollo, mientras la señora Jones se ocupa de servirnos a cada uno un vaso grande de agua helada.

—Kira, Amelia nos ha dicho que tú también haces atletismo —dice la señora Jones.

Miro a Amelia y sonrío desde el otro lado de la mesa. Sé lo que se avecina. Amelia me devuelve la sonrisa.

—¿Sabías que yo era atleta cuando iba a la preparatoria? Fui una de las más destacadas de mi escuela.

Amelia mira a Kira y pone los ojos en blanco. Yo sonrío. A la señora Jones le encanta hablar de cuando estaba en el equipo de atletismo. Ya hemos escuchado esas historias unas cien veces. ¿Qué importa una vez más?

—¿De qué estamos hablando? —pregunta el señor Jones mientras se acomoda en su asiento en la mesa.

—De cuando yo era la corredora más rápida de la preparatoria Wakefield.

—Ah, sí. Uno de mis temas favoritos. ¡Más rápida que un guepardo, esta! —dice el señor Jones con una carcajada—. Puede que tengamos una larga noche si toma la batuta con el tema, mejor empezamos a comer.

La señora Jones le da una palmada a su marido. Él sonríe.

Comenzamos a comer, entretenidos con las historias de la señora Jones, quizás un poco embellecidas. La forma en que ella cuenta las anécdotas siempre me ha recordado a papá, así que no me importa. Y, desde que Amelia ha vuelto a hacer las paces con el equipo de atletismo, esas historias ya no le parecen una forma sutil de presionarla sino, más bien, una graciosa manera de asumir el rol de padres. Además, la comida es impecable. El señor Jones no es chef, sino pediatra, pero siempre le digo que podría ser chef si quisiera, cosa que lo hace reír como si hubiera dicho algo hilarante.

Cuando por fin la señora Jones ha terminado de contarnos sobre sus días de gloria, conversamos cómodamente. Hablamos de la obra en que Tess será segunda protagonista, de la excursión de Amelia con su clase de Oratoria, de la competencia de atletismo bajo techo en la que Kira quedó finalista, de los planes para mi cumpleaños.

El señor y la señora Jones se miran de vez en cuando, hablando entre ellos sin decirse una palabra. Es de ensueño.

Por fin la conversación gira en torno a cómo se conocieron Kira y Amelia. Resulta que Kira se cayó durante una competencia y había pensado que se había torcido el tobillo, y Amelia insistió en llevarla a la enfermería y quedarse con ella hasta que la madre de Kira pudiera pasar a recogerla. La forma en que Kira mira a Amelia mientras cuenta esta historia hace que *mi* corazón dé un vuelco.

Es la cena perfecta, con lo que yo considero la familia perfecta. Ni siquiera importa cuando Tess pone a prueba la paciencia de la señora Jones suplicándole que la deje tener un gato, cruzada en la que lleva desde hace meses y ante la cual siempre obtiene la misma respuesta: "No". Se siente como cualquier otra noche en casa de Amelia. Es decir, Kira encaja como si fuera la pieza que faltaba en el rompecabezas.

Me voy satisfecha de haber podido participar de una velada así. Cuando Amelia y Kira me dejan en mi casa, las abrazo, felicitándolas por el buen trabajo. Hasta me regodeo un poco de haber tenido razón en cuanto a que el señor y la señora Jones eran maravillosos.

Sin embargo, de vuelta en mi tranquila habitación, sabiendo que mamá está fuera en una cita, y rodeada del silencio más profundo, no puedo evitar sentirme un poco sola.

Capítulo veintiséis

Falta menos de una semana para mi cumpleaños.

Mamá está convencida de que tenemos que ir a comprar ropa nueva, y se ofrece a pagar. No voy a decir que no, sobre todo porque he comprado algunas cosas online y no me gustaron. Al final, han ido a parar al fondo de mi clóset. RIP. Así que todavía no tengo ropa para la fiesta y el reloj sigue corriendo.

Vamos al centro comercial que nos queda más lejano, donde todavía la mayoría de las tiendas están abiertas, a diferencia del triste centro comercial que está cerca de nuestra casa, un cascarón vacío, el fantasma de lo que alguna vez fue (es demasiado deprimente comprar allí). Después de revisar por última vez la etiqueta #fatfashion en Insta en busca de inspiración, decido salir de mi zona de confort y probarme algunas cosas que nunca me he puesto.

Me siento un poco decepcionada cuando nuestra primera parada es en la tienda favorita de mamá. Ella sabe que nada de lo que hay allí me queda. En cuanto entro, siento que todas las dependientas me miran.

Mamá se pone a revisar una percha de blusas, y yo me dirijo hacia la sección de accesorios.

—¿A dónde vas? —pregunta.

—Voy a la sección de bolsos.

—No hemos venido a comprar un bolso —me recuerda.

—Lo sé, pero...

—Pero ¿qué? —pregunta.

No quiero decirlo, sobre todo con gente alrededor.

—Ya sabes —digo.

Mamá se pone una mano en la cadera.

—¿Saber qué? Estamos tratando de encontrar un atuendo bonito para que te pongas para tu fiesta.

Suspiro y finjo buscar en los estantes de ropa.

—Así. Avísame si ves algo que te guste.

No sé si mamá está tratando de hacerme sentir mal, o si no se da cuenta de que ninguna de esas prendas me queda bien. Pero no vale la pena discutir. Intento no pensar en el hecho de que cada chirrido de la percha de alambre contra el perchero es una prenda más donde no quepo. Una, dos, tres, cuatro, cinco. Mamá ya tiene una pila de ropa colgada del brazo y se dirige hacia el vestidor para la primera ronda. Cuando se aleja, una empleada se me acerca.

—¿Puedo ayudarte en algo? —me pregunta.

Es pequeña y hermosa, y la odio porque siento que sé lo que va a pasar.

—No. Solo estoy mirando.

—Ah, está bien. Para que sepas, la talla más grande que tenemos aquí es la doce.

Empiezo a calentarme.

—De acuerdo. Estoy aquí con ella. Así que... —señalo hacia mi mamá, que se ha detenido cerca de los probadores para mirar un vestido—. Es ella quien está comprando, no yo.

—Ah, claro. Bueno, si tu hermana necesita ayuda, ¡solo dínoslo!

Creo que voy a morir. ¿Cómo voy a sobrevivir a esta tarde?

Después de pasar por otras tiendas (sin encontrar nada para mí), mamá sugiere que probemos en Old Navy. Siento alguna esperanza. A veces quepo en su ropa. Seleccionamos algunas prendas y nos dirigimos a los probadores. Llevo una falda a media pierna entallada (parecida a la falda que Amelia y yo vimos hace unas semanas), una camiseta de cuello en V que hace juego con la falda, un vestido de línea A, varios pares de vaqueros y una blusa.

Mamá entra a un probador y yo al de al lado. Decido probarme primero los vaqueros y dejar la falda para el final.

—Entonces —dice mamá en voz alta mientras me quito la ropa.

—¿Sí? —respondo, levantando el primer par de vaqueros y tirando de ellos para ver si son elásticos.

Lo son. Bingo.

—Te dije que Jen y Becca vendrán a tu fiesta de cumpleaños, ¿verdad?

Hago una mueca, feliz de que mamá no pueda verla.

—¿Jen y Becca, las del gimnasio? —pregunto mientras me quito el primer par de vaqueros.

Me quedan bien, pero las perneras se arrugan en los tobillos. Son demasiado largos. ¿Por qué los diseñadores de moda nunca aciertan con las proporciones de los vaqueros?

—Sí. Pensé que te caían bien.

Me quito los vaqueros de un tirón.

—Me caen bien —digo, metiéndome a duras penas en el siguiente par.

—Solo quieren pasar a saludar. También les caes bien.

—De acuerdo. Me parece bien.

—Y por supuesto que invité a titi Lina, tío José, titi Isabel y Roxy. Y a tus primos, claro. También al tío Armando.

Hace años que no lo vemos.

—Y a su esposa, Amanda. Te acuerdas de Amanda, ¿verdad?

¿Cómo no voy a acordarme de Amanda? Una vez hizo un comentario sarcástico sobre cómo mi madre no debería darme mal ejemplo. Si ella perdiera peso, dijo, quizás yo haría lo mismo. No tengo ningún deseo de ver a Amanda.

—También vendrán Eva, Sarah y Lynn —dice mamá.

—¿Quiénes?

—¡Las conoces! Las chicas. ¿Te acuerdas? Solía salir con ellas.

—Las chicas —repito.

—Sí. De... ya sabes. El grupo con que solía reunirme.

Tardo un momento en darme cuenta de que se refiere al grupo de autoayuda para perder peso al que ella solía asistir. Eva, Sarah y Lynn también iban. Mamá hablaba de ellas a veces cuando volvía de su reunión.

—Oh —es todo lo que digo.

—Sí. Será fantástico.

El tercer y último par de vaqueros tampoco me queda bien, así que los dejo amontonados en el suelo y cojo una blusa.

—Son muchas personas, mamá.

—Lo sé, lo sé. Me he dejado llevar un poco —dice—. No te importa, ¿verdad?

¿Acaso puedo responder con algo que no sea "No, está bien"? Pienso lo que voy a decir mientras me pruebo la blusa. Me queda bien, pero me hace parecer muy cuadrada. Paso.

—No —digo.

Me quito la blusa y la dejo caer al suelo junto a los vaqueros, aunque eso significa que después tendré que recogerla y colgarla.

—Está bien —agrego.

—Bien. Será muy agradable verlos a todos. Ha pasado mucho tiempo.

Me pruebo el vestido con cuidado. Me queda un poco ajustado en las axilas. Uf.

—¡Oh! —continúa mamá—. Fernando también vendrá. Quiero que lo conozcas.

Fernando es el hombre con quien mamá ha estado saliendo en los últimos tiempos. De pronto, entiendo de qué va todo.

Mamá quiere presumir delante de sus viejos amigos. Hombre nuevo, cuerpo nuevo... todo es inútil si no lo ven los demás.

Me quito el vestido de un tirón, sin decir nada. No voy a responder. No dejaré que me afecte.

Respiro profundo y trato de probarme con calma la combinación de camiseta y falda. Que me queden ya es un milagro, pero cuando me viro de lado para ver el efecto, mi corazón se desploma. No luce como me lo había imaginado. Y eso se siente como un puñetazo en la boca del estómago.

Cuelgo a regañadientes toda la ropa en sus perchas, salgo del probador y golpeo la puerta del cubículo de mamá.

—¿Terminamos? —le pregunto.

—Me asustaste —dice cuando abre—. Sí. Nada me queda bien.

—Qué bien.

Pongo la ropa en el estante de devolución y salgo a toda velocidad de la tienda.

—Espera —dice mamá.

La ignoro y sigo caminando. Estoy harta de fingir que puedo encontrar algo que me sirva en esas estúpidas tiendas. Y estoy harta del viaje de compras.

Camino hacia la salida del centro comercial y escucho a mamá correr detrás de mí, con sus bolsas de compra.

—¡Charlie! Espera.

Me detengo y me vuelvo hacia ella.

—¿No me has oído llamarte?

—Sí, te oí —digo.

Una mueca de molestia aparece en su cara.

—Entonces, ¿cuál es el problema?

—¿Qué te da derecho a invitar a toda esa gente a la fiesta, mamá? Se supone que es mi fiesta de cumpleaños, no la tuya.

Mamá parece sorprendida. Se endereza.

—Yo soy quien paga la fiesta, y es mi casa, así que invitaré a quien me den la gana.

—*Quien me dé* la gana.

—¡Lo que sea! —grita mamá—. Eres muy desagradecida a veces, Charlotte, lo juro por Dios. Estoy tratando de hacer algo bueno llevándote de compras.

—¡Sí, a tiendas donde nada me queda!

—¡Bueno, no sabía!

No me lo creo. Cuando *ella* estaba gorda siempre decía que comprar ropa para las ocasiones especiales era muy estresante. Se lamentaba de que era duro ver que algunas personas podían entrar en cualquier tienda y comprar cualquier cosa, sabiendo que les quedaría bien, mientras ella tenía que ir a tiendas especializadas y probárselo todo. Pero quizás hace tanto tiempo de eso que no lo recuerda. De todos modos, estoy cansada.

—Bueno, ya lo sabes —le digo.

Su cara se suaviza, al igual que su voz.

—¿Quieres seguir buscando? Podemos probar en otra tienda.

Niego con la cabeza.

—De acuerdo —dice—. Podemos irnos.

Camino a la salida tengo la impresión de ver a Brian saliendo de una tienda de videojuegos. Siento mariposas en el estómago. El chico levanta la vista y, sí, es él.

—¡Brian! —le digo, con un poco más de entusiasmo de lo que hubiera querido.

Él rompe en una sonrisa.

—¡Hola, Charlie! ¡Hola, señora Vega!

—Hola, Bryant —dice mamá.

—Es Brian, mamá —corrijo, intentando no sonar demasiado ofendida.

—Oh. Lo siento.

No parece que lo diga en serio. Le lanzo una mirada de disculpa a Brian, que solo se ríe.

—¿Buenas compras? —pregunta, señalando las bolsas de mamá.

—Sí —dice ella, y lo deja así.

—Mamá hizo buenas compras —digo—. Yo, no tanto. Estábamos buscando un atuendo para mi fiesta de cumpleaños, pero no encontré nada. Parece que tú sí has tenido suerte —le digo a Brian, señalando la bolsa que tiene en la mano.

Brian saca el juego y me lo enseña.

—¡Sí, es el nuevo videojuego que estaba esperando! Me alegro de haber esperado, porque el primero fue *perfecto*: estaba ambientado en la era medieval, pero con un tono apocalíptico y una invasión alienígena súper espeluznante. A la historia, el combate y el diseño les daría diez de diez. En este, ayudas a la protagonista del primer juego, pero ya ella es mayor. —Brian se detiene y me mira apenado—. Estoy divagando. Llevo meses leyendo sobre este juego y por fin ha salido. Compré la edición de colección.

—Por supuesto —bromeo—. Suena divertido.

No me gustan mucho los videojuegos, pero la emoción en la voz de Brian es suficiente para intrigarme.

—Tenemos que irnos, Charlie —dice mamá.

La miro.

—Oh, claro —dice Brian—. Bueno, me alegra haberte visto, Charlie. Nos vemos en la escuela el lunes.

Brian le dice adiós con la mano a mamá.

—Me alegro de verla, señora Vega.

Ella asiente en respuesta y comienza a caminar hacia la salida.

—Nos vemos en la escuela, Brian —digo, sonriendo y caminando detrás de mamá.

—Mencionaste tu cumpleaños —dice mamá cuando ya Brian no nos puede escuchar.

—Así que *sí* puedes hablar.

—¿Qué? —pregunta ella, irritada.

—No dijiste ni una palabra delante de Brian.

—¡Estaba hablando de videojuegos!

—¿Qué importa que haya mencionado mi fiesta de cumpleaños? —le pregunto, ignorando lo que dijo.

—Es de mala educación hablar de cosas a las cuales los demás no están invitados.

—Él está invitado —digo.

Mamá parece sorprendida.

—Ah, ¿sí?

Me doy cuenta de que a mamá no le gusta, aunque no sé por qué, así que sonrío.

—Sí —digo.

Y por primera vez me siento un poco emocionada por mi fiesta de cumpleaños.

Capítulo veintisiete

—¿Estaría mal que fuera a mi fiesta en pijama? —pregunto.

Amelia y yo estamos sentadas en su cama. Esta noche es mi fiesta de cumpleaños y deberíamos estar preparándonos.

Amelia está haciéndolo. Yo no.

Deja de aplicarse rímel y me mira, examinándome y a lo que llevo puesto: un pijama con estampado de cachorros.

—Sabes que soy partidaria de salir en pijama. Pero esta es tu primera fiesta de cumpleaños como casi adulta.

Abro los ojos de par en par.

—Suena aterrador cuando lo dices así.

—¡Lo es! No vamos a hacer una pijamada. Solo vendrá gente a pasar un buen rato.

—Supongo.

Amelia arruga la nariz.

—Déjate de excentricidades.

—Bueno, ¡ahora sí me *siento* una excéntrica! Es demasiada presión. Claro que no puedo vestirme así. Necesito ponerme algo como lo que tú llevas.

Es posible que la haya mirado con envidia. Es difícil no hacerlo. Yo no he encontrado la ropa adecuada para esta noche, pero Amelia, que no celebra su cumpleaños hoy, luce increíble. Su cuerpo tonificado está envuelto en un vestido negro, sus rizos son perfectos y la línea de sus ojos es tan precisa que parece más matemática que arte. Quiero ser así. Sobre todo esta noche, cuando todas las miradas estarán puestas en mí, al menos mientras canten "Feliz cumpleaños".

—¿Qué hago? —pregunto, sintiéndome de pronto desesperada.

—¡No puedo creer que todavía no hayas elegido lo que te vas a poner! ¿Qué pasó con toda esa ropa que habíamos estado mirando en internet? No aceptaste ninguna de las mil ofertas que te hice para ir de compras.

Tiene razón. Antes de la desastrosa aventura de compras con mamá, estaba demasiado nerviosa, y después, demasiado desanimada. Amelia termina de aplicarse el rímel. Entonces se le ilumina la cara.

—¿Por qué no buscas en mi clóset? Puedes ponerte lo que quieras. Lo que es mío es tuyo.

Es amable de su parte, pero me sudan las palmas de las manos ante la sugerencia. Tendría suerte si me cupiera una pierna en cualquiera de sus vestidos. ¿Por qué no se da cuenta? Me dice cosas así todo el tiempo, ofreciéndome un jersey si tengo frío, o una camiseta y *leggings* si me quedo a dormir. Una vez olvidé mi traje de baño me dijo que usara el suyo. Siempre con amabilidad y buenas intenciones, pero me hace sentir avergonzada de mi talla. ¿En serio no ve lo diferentes que son nuestros cuerpos?

Tal vez antes hubiera dejado pasar ese comentario y no le habría hecho ver la diferencia de nuestras tallas. Pero la nueva yo no cree que deba dejar pasar el momento.

—Eres la mejor, Amelia. Gracias —digo—. Pero debes saber que no me sirve nada de tu clóset.

Amelia me mira con el ceño fruncido.

—Oh —dice—. Bueno...

—Probemos con el mío —le digo—. Sé que podrás ayudarme a encontrar algo. ¡Mírate! Te ves espectacular.

Amelia se muerde el labio inferior.

—¿De verdad? ¿Tú crees?

—De verdad. Lo sé.

—Es la primera fiesta oficial adonde voy con Kira como novia —dice Amelia—. Quiero lucir bien.

Ah.

—Bueno, estás perfecta.

Amelia sonríe.

—Gracias, Charlie. Ahora, vamos a tu casa a ver qué te pones. —Amelia mira su teléfono—. Tenemos una hora. Vamos, vamos.

Nos dirigimos a mi casa. Amelia empieza a buscar entre la ropa de mi clóset. Hace una pila en mi cama con lo que tal vez pudiera servir. Cuando termina, miramos el montón. Nada encaja.

—¿Tal vez el jersey con unos *leggings?* —sugiere.

Amelia coge el jersey y me dice que me lo pruebe. Me lo pongo por encima de la ropa que llevo y la miro para saber qué le parece. Su cara me dice todo lo que necesito saber.

—Horrible, ¿no? —le pregunto.

—No, en absoluto. Pero no es el estilo que buscamos, ¿no? Está bien para la escuela y esas cosas, pero para tu fiesta de cumpleaños, es un poco...

—Aburrido —termino—. Totalmente.

—No te preocupes. ¡Creo que uno de estos vestidos podría funcionar!

Amelia señala los vestidos que ha colocado sobre mi cama: uno de flores, estilo imperio; uno envolvente con lunares, y uno muy bonito (aunque de aspecto juvenil) con cuello estilo Peter Pan.

—Son todos muy bonitos —dice.

—Pero todo el mundo me ha visto con ellos antes —protesto—. No es lo que quisiera ponerme para celebrar los diecisiete años.

Amelia suspira, examinando mi habitación.

—Bueno... —Sus ojos se posan en algo, y se pone en pie de un salto—. ¿Me escondiste algo? ¿Ese es un paquete de ropa nueva?

Amelia coge un paquete postal del suelo de mi clóset, donde he puesto la ropa que he comprado y que aún no he alcanzado a devolver.

—No hay nada bueno ahí —protesto.

—Eso lo juzgaré yo —dice, sacando la ropa y extendiéndola sobre mi cama.

Amelia se pone a buscar entre las prendas.

—¡Oh! ¿Qué tal esto?

Me muestra una minifalda plisada de color vino. La compré con la esperanza de que me quedara mejor que la falda ceñida al cuerpo, donde no estaba preparada para meterme. El lado bueno es que se ajusta muy bien a mi cintura. El malo, que no estoy segura de tener las agallas para ponérmela, por lo que, enfadada, decidí devolverla (junto con todo lo demás que había pedido).

—¿Con? —le pregunto.

Amelia va a mi clóset y elige una camiseta negra de mangas cortas y cuello en forma de V.

—Esto —dice, y me da ambas piezas—. Pruébatelo.

Cojo un sujetador y me meto en el baño. Me quito el pijama y me visto. Al final, meto la camiseta por dentro de la falda. Aprieto los ojos antes de mirarme en el espejo. Temo decepcionarme.

Pero, cuando miro, me veo... ¿guapa? Amelia llama a la puerta.

—¿Y bien? —pregunta.

—No sé —digo, abriendo.

Amelia suelta un pequeño grito.

—¡Charlie! ¡No seas tonta! Estás increíble.

—¿De verdad?

Me muerdo el labio, caminando hacia la cama un poco más feliz.

—¡Sí!

Amelia se pone a buscar entre mis joyas y me da un collar largo y unas argollas grandes, que añado al conjunto. Amelia da unas palmadas.

—¡Sí! ¡Charlie! No puedo creer que hayas estado escondiendo esta preciosa ropa todo este tiempo. Dios, a veces me haces enojar.

—No estaba segura de que me quedara bien —admito.

Amelia sacude la cabeza.

—Ya está bueno con eso. Ahora deja que te peine y te maquille y estarás aún más bella. Vamos. Se nos acaba el tiempo.

Escuchamos música mientras Amelia me riza el pelo.

Las canciones me ayudan a olvidar las mariposas que siento en el estómago.

Amelia me está poniendo un poco de iluminador en los pómulos cuando suena el timbre.

Abro los ojos de par en par. Pensé que tenía más tiempo.

—Oh, Dios —digo.

—Ya terminamos, de todos modos —dice Amelia, dándome el espejo para que me vea la cara—. ¿Y bien?

Me sorprendo un poco al verme. El maquillaje es muy preciso, como el de Amelia, y el pelo quedó precioso: los rizos sueltos caen en cascada alrededor de mi cara y sobre mis hombros. No por nada digo que el pelo es lo más lindo que tengo. ¿Y el iluminador? ¿Y el rubor? ¿Y el nítido delineador de ojos? Todos divinos.

Sonrío.

—Has hecho un gran trabajo. Gracias.

—¡*Charlie!* —grita mamá desde el fondo del pasillo.

—¿Lista? —pregunta Amelia.

Respiro profundo.

—Más lista que nunca.

Capítulo veintiocho

Mamá exhibe a su pareja, Fernando, ante todos en mi fiesta, que por supuesto está llena... de gente que ella ha invitado. Se ha tomado algunas copas. De hecho, ya se había tomado algunas cuando me llamó para que fuera a ver quién había llegado.

—Nervios —me susurró mientras levantaba su copa de vino.

Solo sentí el olor a alcohol de su aliento.

Se ha tomado al menos dos copas desde entonces, y ahora tiene ambos brazos alrededor de uno de los de Fernando, sonríe y lo mira con los ojos muy abiertos, aunque él parece un poco distante y tiene las manos metidas en los bolsillos. Lo elogia ante cualquiera que la escuche. Presume de su trabajo, es *profesor*, ¿sí?, y le pasa las manos por el pecho.

Amelia y yo nos miramos. Amelia finge unas arcadas y yo le regalo una pequeña sonrisa. Siento que *de veras* podría vomitar. Quiero ser tolerante con la nueva pareja de mamá, pero... la forma en que ella actúa es demasiado.

Mamá lleva un vestido ceñido que presume delante de sus amigas del grupo de autoayuda para bajar de peso. Ellas expresan admiración por su cuerpo y le ruegan que les comparta sus secretos. No es nada, dice, ¡solo dieta y ejercicio!

La miro con envidia. Las madres no deberían ser más guapas que sus hijas. No es justo.

Luego mamá le dice a todo el mundo lo maravillosa que es su hija, que tiene una cara tan bonita y que es tan inteligente en la escuela... pero no me mira cuando habla porque no estoy ahí, no desde su perspectiva. Sus amigos repiten lo inteligente que soy, lo impresionantes que son mis logros académicos, el gran trabajo que hizo al criarme y cómo, gracias a ella, me convertí en alguien especial.

Hago lo posible por sonreír. Dejo que nos exhiba a Amelia y a mí ante todos. Trato de ignorar el modo en que ella y todos los demás adulan la sorprendente belleza de Amelia ("¡Oh, eres una cosita delicada!", le dijo alguien), pero de mí solo celebran mi cerebro y mis resultados escolares, nunca mi aspecto.

Sigo mirando la hora. No avanza.

Amelia me aprieta la mano.

—No tardarán en llegar —me dice, pensando que miro el reloj porque me preocupa que las personas que he invitado no aparezcan.

En realidad, me pregunto cuánto tiempo tendré que seguir soportando esta pesadilla.

Cuando voy a coger otro puñado de papas fritas, mamá me hace una seña delante de todos. Retrocedo.

Me alejo de ella y me dirijo a la salita, donde Fernando está mirando con atención las fotos familiares que cuelgan de la pared. Él también debe necesitar un descanso. Mamá puede ser demasiado.

Fernando, el Profesor, es un tipo de aspecto decente, de piel clara, musculoso, con ojos oscuros y barba recortada en perilla. Pienso que debería dejarse crecer la barba, porque no estamos en 1992, pero luego me reprendo por ser tan maliciosa cuando él no ha hecho nada malo.

—Eh, aquí está la chica del cumpleaños. Feliz cumpleaños —me dice, y sonríe.

Vaya, vaya.

—¿Hablas español? —pregunta.

—No —digo.

—¿No? —dice con cara de asombro—. ¿No eres puertorriqueña? Eso me dijo tu madre.

—Sí, pero no hablo español. Mi papá no me enseñó —respondo.

Enseguida me siento una idiota por haber hecho quedar mal a mi papá. Ante el nuevo novio de mamá. Lo siento, papi.

—Qué pena —dice Fernando—. Pero puedes aprender. Deberías.

—Sí, tal vez —digo—. Lo siento, con permiso.

Corro al baño y me encierro. Dios, ¿me han querido hacer sentir mal en mi fiesta de cumpleaños por no hablar español? Me gustaría poder decir que es la primera vez que pasa, pero me sucede todo el tiempo. Muchas personas que hablan español, sobre todo los puertorriqueños, se decepcionan cuando se enteran de que no conozco ese idioma, como si fuera un pecado grave o estuviera *mintiendo* sobre mi condición de puertorriqueña. Mis primos *todavía* se burlan de mí.

Y luego siento escalofríos con solo pensar en que mis primos y tíos pronto llegarán y le dedicarán toneladas de atención a mi madre. La alabarán, ella se regodeará y yo tendré que intentar no vomitar. Respiro profundo y exhalo despacio.

Veo en el espejo que mis mejillas están sonrosadas y mi delineador de ojos está un poco emborronado. Me froto las esquinas de los ojos con el dedo para arreglarlo. Mi aspecto mejora, pero no me hace sentir mejor.

—No puedo hacerlo —le digo a mi reflejo.

Entonces decido que no lo haré. Le envío un mensaje de texto a Amelia.

Nuevo plan, escribo. **Vamos a salir.**

¿Ahora?, me responde. Entonces escucho un suave golpe en la puerta del baño.

—Soy yo —dice Amelia, y la dejo entrar—. Yo tampoco la estoy pasando bien, pero no podemos irnos así como así. Tus primos no han llegado.

Sacudo la cabeza.

—No llegarán hasta dentro de unas horas. Siempre llegan muy tarde. Así que deberíamos irnos. Esto es verdaderamente *horrible.*

—Pero ¿y los invitados que aún no han venido? ¿Y Brian?

—Podemos citarlos en otro lugar. Es mi cumpleaños, ¿no? Y

esto —señalo la locura que se despliega en la sala y la cocina— no es lo que quería.

—¿A dónde querrías ir? —me pregunta Amelia, observándome.

—Vamos a enviarles un mensaje para vernos en Jake's —le digo—. Solo quiero pasar el rato. Lejos de todo esto. ¿Qué te parece?

Amelia se queda callada un momento.

—Creo que eso suena mucho mejor que quedarse en lo que a todas luces se ha convertido en la fiesta *de tu mamá*.

Cuando Amelia dice que la fiesta se ha salido de control, siento una oleada de alivio. A veces me preocupa pelearme con mamá por cosas que debería dejar pasar, pero cuando otros ven lo mismo que yo y perciben que mi madre *se equivoca,* siento que no estoy loca. Tengo ganas de abrazar a Amelia solo por eso.

La abrazo.

—Tú sí me entiendes.

Le pido que les envíe un mensaje de texto a sus amigos. Yo les escribo a Brian y a Benjamin. Luego salimos a hurtadillas del baño, nos escabullimos por la puerta trasera de la casa, entramos a mi auto y nos vamos.

* * *

Cuando llegamos a la cafetería, Brian ya está allí, esperándonos afuera.

—¡Feliz cumpleaños! —dice cuando me ve.

Lo veo examinar lo que traigo puesto, y noto que sus labios dibujan una sonrisa.

—Estás... increíble.

Sonrío. Después de su lenta y prolongada mirada, me *siento* muy bien.

—Gracias, Brian. ¿Cómo has llegado tan rápido?

—Iba de camino a tu casa cuando me mandaste el mensaje.

Mis ojos se agrandan.

—¡¿Leíste mi mensaje mientras conducías?!

—¡Estaba en un semáforo! —dice.

—No hagas eso —digo, seria.

—Podrías morir, ¿sabes? —dice Amelia—. Y no queremos eso.

Brian levanta las manos en señal de derrota.

—Está bien. Lo entiendo. Tienen razón. Entonces, ¿qué está pasando? ¿Por qué el cambio de ubicación?

Me encojo de hombros.

—Queríamos hacer las cosas interesantes.

—Yo creo que querías, de una forma inteligente, traerme por fin a Jake's. Podías habérmelo pedido, Charlie, aunque de esta forma también está bien —se burla.

Caminamos hacia el lugar y Brian sostiene la puerta para que Amelia y yo entremos. Amelia junta algunas mesas para acomodar a nuestro grupo. Brian se ofrece a buscar unos cafés. Le digo lo que quiero, e intento ponerle unos dólares arrugados en la mano, pero él se niega a cogerlos.

—La cumpleañera no paga —dice.

Cedo.

Me siento, todavía tratando de sacudirme la mala sensación de la fiesta de mamá. Entonces veo a nuestros amigos entrar en la cafetería. Cuando me ven, me saludan con alegres "Feliz cumpleaños". Kira me dice que estoy muy guapa, Liz elogia mi ropa y yo me dejo llevar por la oleada de saludos y el alivio de que todos hayan venido. Nadie menciona que es raro que mi fiesta de cumpleaños se haya trasladado a última hora a la cafetería local.

Todos se sientan, y nos burlamos de Khalil por lo dulce que se toma el café.

—Es leche con azúcar y un chorrito de café, de verdad —dice Maddy. Ella y Khalil llevan un tiempo saliendo y lucen adorables.

Khalil se encoge de hombros.

—Me gusta así. Sabe bien.

Liz arruga la nariz.

—Es demasiado dulce. ¡Basta con verlo! ¿No ves lo claro que luce?

—¡Es que no me gusta el sabor del café! Es amargo.

—Para ser justos, cuesta acostumbrarse a ese sabor —media Brian.

—¡Gracias, socio! Alguien que me apoya.

Entonces entra Benjamin.

—¡Benjamin! Ven —lo llamo.

Amelia parece sorprendida.

—¡Ha venido! —susurra.

Sonrío y le hago un gesto para que se acerque.

—Somos amigos —le digo a Amelia.

—¡Benjamin! —grita John.

Amelia le lanza una mirada incrédula.

—Me cae súper bien —le explica John—. Es divertidísimo. Estamos juntos en la clase avanzada de Cálculo.

—¿*Tú estás* en la clase avanzada de Cálculo? —pregunta Jessica.

John hace un gesto como para quitarle importancia, y yo me levanto para darle un abrazo a Benjamin. No somos el tipo de amigos que se abrazan, pero de repente estoy de buen humor y quiero que se sienta bienvenido.

—Ven, siéntate. —Agarro una silla vacía y la coloco junto a la mía—. ¡Gracias por venir!

Benjamin sonríe y se acomoda los lentes. Parece un poco avergonzado por el recibimiento.

—Gracias por invitarme.

—¿Conoces a todo el mundo?

Benjamin niega con la cabeza. Hago una rápida ronda de presentaciones.

—Ahora sí —digo.

—No puedo prometer que recordaré los nombres de todos, pero lo intentaré. Ojalá no hubiera pasado tanto tiempo memorizando la tabla periódica y hubiera dejado algo de espacio en mi cabeza para este tipo de cosas, pero hay que asumir las consecuencias de las decisiones que uno toma —dice Benjamin.

Todos nos reímos.

De repente, siento una patada bajo la mesa y miro a Amelia,

que con la cabeza señala a Brian. Se ha levantado de nuestra mesa y está de pie cerca del mostrador, mirando desanimado la vitrina donde se exhiben los productos de panadería. Miro a Amelia, confundida, y ella me dice, dibujando la palabra con la boca: "*¿Celoso?*".

Mientras los demás charlan a mi alrededor, le envío un mensaje de texto a Amelia.

¿Qué?, escribo.

Me responde: **Brian parecía un auténtico cachorro triste cuando le diste un abrazo al pequeño Benny**, e incluye un emoji de encogimiento de hombros, uno con pelo revuelto y otro de esmalte de uñas.

Me muerdo el labio, intentando ocultar una sonrisa. ¿Celoso? ¿De verdad?

Me excuso de la mesa y me acerco a Brian.

—Esa mantecada de arándanos se ve deliciosa. Creo que dice mi nombre.

Se le escapa una sonrisa cuando me ve.

—Yo le tenía echado el ojo a la tarta de manzana. ¿Te ordeno la mantecada? Es tu cumpleaños.

—Voy a ordenar algo de picar para llevar para la mesa. ¿Me ayudas? —pregunto.

Entre los dos seleccionamos una serie de productos de pastelería, y mientras el camarero los prepara en una bandeja, Brian se vuelve hacia mí.

—Así que Benjamin, ¿no?

—¿Qué quieres decir?

—Nada. Es un buen tipo.

Me encojo de hombros.

—Claro, es un buen amigo.

Brian no oculta su sonrisa.

—Amigo. Qué bien.

Sonrío, mirando al suelo y mordiéndome el labio de nuevo.

—Sí. Qué bien.

Entonces el camarero me entrega la bandeja de golosinas y nos dirigimos a la mesa. Brian camina. Yo, no puedo evitarlo, floto.

—¿Alguien tiene hambre? —pregunto.

—¡Comiiiiida! —grita Khalil, y se dispone a comer.

Al igual que todos los demás.

Comemos un montón y hablamos tonterías entre bocado y bocado: el drama de la escuela (lo último es que Casey Stiles va a dejar los estudios); la universidad y cómo ni siquiera estamos preparados para pensar en ella (pero es de lo único que hablan *todos* los profesores); el nuevo y atractivo profesor sustituto, el señor Brown (a los chicos no les interesa el tema); los programas de televisión que no es posible que no hayamos visto (como *Breaking Bad*, ¡que John no ha visto!).

Kira no puede creer esto último.

—¿Cómo es posible que aún no hayas visto esa serie?

—Hace *años* que se estrenó —dice Maddy.

Benjamin abre mucho los ojos.

—Hasta yo la he visto, y eso que no me gusta la televisión. Pero Bryan Cranston es increíble, y la serie es un buen comentario sobre la necesidad de que exista un seguro médico universal.

—¡Está en mi lista, gente! —se excusa John.

Nos reímos y hacemos bulla, y por primera vez en mi vida siento que no estoy mirando desde afuera. Entonces, sin que me dé cuenta, Amelia trae un pastelillo a la mesa y fingimos que tiene una vela y todos me cantan "Feliz Cumpleaños" y yo soplo la llama imaginaria.

Es la primera vez que no desperdicio mi deseo pidiendo estar más flaca. Pido más momentos felices como ese.

Después todos me dan sus regalos. Recibo una generosa tarjeta de regalo de los amigos de Amelia, que quizás ahora son un poco también mis amigos. Benjamin me regala una taza con tapa que tiene escrito un juego de palabras que nos hace reír a todos. Amelia me regala una preciosa bufanda de color jade en la cual me había fijado una vez que la acompañé a Macy's. Estoy radiante.

Brian dice que hay una sala de videojuegos de *arcade* al otro lado de la calle y de repente, ¡todos queremos ir! Lograr que un grupo de diez personas cruce una calle muy transitada es cosa difícil. Parecemos tontos cuando cruzamos corriendo sin esperar la señal ni molestarnos siquiera en usar el paso peatonal, por lo que algunos autos nos pitan. Si estuviera observando, pensaría "estos chicos son odiosos", pero como soy parte de la diversión, me río y me alboroto y pienso que por fin lo entiendo.

Jugamos un rato, hasta que casi me quedo sin dinero. Queda demostrado que soy muy buena jugando al billar, y que Brian está obsesionado con los videojuegos de antes. Siento que me he pasado la noche riendo, y me entristezco cuando me doy cuenta de que es casi medianoche y debemos volver todos a casa.

Mientras nos despedimos, me aseguro de abrazar fuerte a Amelia.

—Gracias por ayudar a que mi cumpleaños sea especial —le susurro.

—Siento que haya empezado tan mal —me susurra ella.

Sacudo la cabeza.

—No importa. Terminó muy bien.

Amelia me agarra del brazo.

—Te lo merecías. ¿Quieres que vayamos a mi casa y te quedas esta noche, para que así no tengas que volver a la tuya?

Pienso en ello un momento, pero decido que no. Prefiero ir a casa y lidiar con el enfado de mamá. Mejor ahora que después.

—No, está bien. Gracias.

Veo a Kira merodear junto a su auto y señalo en esa dirección.

—Parece que *alguien* te está esperando,.

Amelia sonríe y vuelve a abrazarme.

—Feliz cumpleaños, Charlie. Mándame un mensaje, ¿sí?

Amelia se sube al auto de Kira. Voy de camino al mío cuando escucho una voz.

—Hola —dice.

Me doy la vuelta. Es Brian. Sonrío.

—Hola.

—¿Tienes un segundo, cumpleañera? —me pregunta.

Asiento con la cabeza y él me hace un gesto para que lo siga. Caminamos hacia su auto.

—Estas son las fiestas que me gustan —dice.

—¿Raras y en una cafetería?

No sé por qué lo digo, porque en realidad no fue nada anormal. Me encantó. Pero me preocupa que a él no le haya gustado y esté siendo sarcástico.

—No, no fue nada raro. Sabía que tú y yo vendríamos a Jake's en algún momento. Y me divertí mucho —dice Brian, sosteniendo mi mirada—. Me gustó que vinieran todos. Me gustan tus amigos.

—Apenas son mis amigos.

Brian me mira.

—Parecen tus amigos. ¿Por qué no iban a serlo? Es divertido estar contigo. Te han dado regalos y todo. —Brian señala la bolsa de regalos que llevo en la mano.

—Sí —digo, bajando la vista—. Es fabuloso.

—Es una pena que el idiota de tu amigo Brian no se haya acordado de sacar su regalo y dártelo junto a todos los demás. —Brian entra a su auto y sale con un rectángulo muy bien envuelto y me lo entrega—. Para ti.

—Brian, no tenías que...

—Quería hacerlo. Siento no habértelo dado antes —dice, un poco cortado—. No tienes que abrirlo ahora. A algunas personas les da pena que las vean abrir sus regalos.

En lugar de responderle, me cuelgo la bolsa de regalos en la muñeca, para así tener ambas manos libres, y quito con cuidado el lazo y el papel de regalo. Me encuentro una elegante libreta de apuntes con forros de piel. No puedo evitarlo, se me corta la respiración.

—Es preciosa —susurro.

—¿Sí? —pregunta, y por el tono de su voz sé que está satisfecho—. Una buena escritora se merece una buena libreta de apuntes.

Lo miro. Tengo ganas de llorar.

—Es el regalo más considerado que haya recibido, Brian.

—Me alegra que te guste —dice.

—Me encanta —digo—. Gracias.

—Solo quería que tu cumpleaños fuera especial.

Lo miro. Miro su sonrisa de medio lado, que hace que mis rodillas se sientan un poco débiles. Miro la forma en que su pelo oscuro cae sobre sus ojos. Su nariz perfecta. Sus labios suaves y besables.

Brian me devuelve la mirada, con tanta intensidad que se siente como si, tal vez... hubiera algo. Mi corazón late con fuerza. Puedo sentirlo en mis oídos. Por un momento, todo parece mágico.

Entonces rompo el silencio.

—Así que... debería irme —digo. Para no hacer algo estúpido. Como besarlo.

—Oh, sí —dice Brian—. Feliz cumpleaños.

Lo dice cargándolo de sentido, como si yo pudiera leer algo más en las palabras "feliz cumpleaños". Debería.

—A ti también. Quiero decir, gracias. —Me río mientras me alejo—. ¡Conduce con cuidado! Y no envíes mensajes de texto.

Me apresuro a ir a mi auto, todavía riéndome y sin dejar de pensar que ha sido el mejor cumpleaños de mi vida.

* * *

Cuando llego a casa, encuentro a mamá borracha. Sus amigos y Fernando ya se han ido, y la casa está hecha un desastre.

Se pone furiosa cuando entro por la puerta. Me pregunta dónde he estado. Antes de que pueda explicarle "Hola, mamá, acabo de celebrar el mejor cumpleaños de mi vida y creo que, tal vez, tengo algunos amigos y que, quizás, de alguna manera, le gusto a un chico", se pone a sollozar y a decir que no la aprecio, que he arruinado mi cumpleaños y que nunca hago nada de lo que ella quiere que haga.

Aún gritando la ayudo a ir a su habitación, le pongo un pijama, le ofrezco agua y la acuesto.

Limpio un poco la casa para que mañana mamá esté menos enfadada, y me voy a mi habitación, donde no puedo dejar de pensar en Brian.

Y no puedo dejar de mirar la preciosa libreta de piel que me ha regalado. Paso los dedos por la suave tapa, abro y cierro la correa de cuero, hojeo las páginas de color marfil, lo abrazo contra mi pecho. Intento imaginármelo en la tienda, examinando con detenimiento las libretas finas, hasta dar con una que cree me va a gustar. Es la imagen más dulce que puedo evocar, y me duermo con una sonrisa en el rostro.

Capítulo veintinueve

Cuando me despierto, tengo un mensaje de Brian.

Buenos días, niña.

Vuelvo a recordar los acontecimientos de la noche anterior y mi corazón da un pequeño vuelco.

Buenos días. Gracias de nuevo por ese regalo perfecto, le respondo.

Miro fijo mi teléfono hasta que aparecen esos tres puntitos grises.

De nada. Te servirá cuando escribas la próxima gran novela americana. O *Los juegos del hambre.* O lo que sea.

Si escribo algo, será la próxima *A todos los chicos de los que me enamoré*, respondo.

Brian tarda un minuto en responder, y comienzo a temblar. Por fin escribe: **Claro.**

Luego me envía otro mensaje: **¿Alguna vez has visto la película *Ladybird*?**

No, escribo. **¿Debería?**

La verdad, sí. La acaban de poner en Netflix. Es muy buena.

Y a continuación: **¿Quieres venir a verla más tarde?**

Se me corta la respiración. Me pellizco, literalmente. Sí, estoy despierta. Pero de alguna manera estoy viviendo una versión romántica de mi vida. Porque Brian me está invitando a ver una película. Así es mi vida ahora, parece.

Le respondo con un casual **¡Claro!** antes de que me asuste y diga "no", o antes de que lo piense demasiado y escriba lo que en realidad siento en mi corazón, que es *¡¡¡¡¡¡¡¡¡¡¡¡¡SÍ!!!!!!!!!!!!!!!*

Entonces me envía por mensaje de texto su dirección, y me sugiere que nos veamos a las siete.

Es oficial: Brian y yo veremos una película más tarde.

Cuando estoy a punto de enviarle un mensaje a Amelia, algo me detiene. Nunca he salido con un chico sola, algo que ella hizo por primera vez en quinto grado. Y por alguna razón me da vergüenza admitirlo, aunque ella lo sabe. Me preocupa que sin querer diga algo insensible, como: "Ya era hora" o "¡Bienvenida al club!". Y que refuerce lo sola que me percibo, lo inexperta que soy, lo avergonzada que me siento por tener dieciséis años, uf, *diecisiete* ya, y no haber sido besada nunca.

Así que tal vez sea una mala amiga, pero decido no decirle nada a Amelia. Solo le envío un mensaje para agradecerle por un cumpleaños estupendo, y cuando me invita a salir hoy le digo que mi madre está enfadada conmigo (que lo está, y lo estará) e intento convencerme de que es normal mentirle a mi mejor amiga.

Me ducho y me visto. No con la ropa que me pondré para visitar a Brian más tarde, sino con la ropa con que me voy a sentar a pensar en visitar a Brian más tarde, porque una necesita planificar.

Llevo todos los regalos que me dieron a la cocina, y me sirvo un tazón de cereales. Mientras como, me maravillo de que la noche anterior haya sido *real* y de que las cosas hubieran *ocurrido* en realidad como ocurrieron. Hasta tengo las fotos en mi teléfono.

El ruido parece haber despertado a mamá, porque oigo que abre la puerta de su habitación. Espero que entre de un momento a otro en la cocina, enfadada. Uno no se escapa de su fiesta y hace quedar mal a su madre delante de sus invitados sin que eso tenga consecuencias.

Imagino qué le voy a decir cuando discuta con ella sobre por qué no puedo estar castigada esta noche en que algo tan importante va a ocurrir. No le diré qué. Inventaré algo. Que estoy trabajando en un proyecto escolar o algo así.

Y escucharé su sermón sobre lo descortés que es abandonar una fiesta que alguien ha organizado para ti y lo decepcionada que está conmigo. Intentaré no ponerme sentimental (excepto para aparentar que me arrepiento de haberme escapado de la fiesta). Le diré que lo pasé muy mal después de irme y que debí haberme quedado. Me arrastraré y me disculparé un millón de veces, y quizás logre que todo vaya bien.

Pero no necesito hacer ninguna de esas cosas porque mamá entra en la cocina y me saluda con tranquilidad, como si no hubiera pasado nada.

Luego empieza a prepararse el desayuno. Un desayuno de verdad, no un batido.

—¿Quieres comer algo? —me pregunta mientras echa unos huevos en una sartén que chisporrotea.

Dudo antes de responder.

—Ya comí, pero gracias.

—Como quieras —dice, añadiendo un poco de adobo y revolviendo—. ¿Te gustó tu cumpleaños?

Pienso mucho lo que voy a decir.

—Fue muy bonito.

Con la espátula, mamá señala los regalos que están sobre la mesa.

—Te ha ido bien.

—Sí —digo.

—Bien.

Mamá saca los huevos de la sartén y los sirve en un plato. Nos quedamos en silencio.

—Mamá, sobre lo de anoche...

Mamá levanta la mano.

—Vamos a olvidarlo.

Parpadeo.

—¿De verdad?

—Estoy cansada.

Mamá se sienta en la mesa de la cocina y estudio su cara. Parece agotada.

—¿Eh?

Mamá asiente.

—Sí. No necesito que me sermonees sobre cómo no debí perder el control. Soy muy consciente, gracias a todos los mensajes de texto de Fernando. Ni siquiera recuerdo haberme peleado con él, y ahora tengo que lidiar con eso, así que ahórratelo, Charlie. En serio.

—No iba a decir nada.

Mamá me mira.

—Ya. ¿Pierdo la consciencia en tu fiesta y no tienes *nada* que decir?

De repente, entiendo. Puede que mamá ni siquiera se haya dado cuenta de que me fui de mi fiesta de cumpleaños.

—No.

Sus hombros se desploman un poco, relajada.

—Está bien. Bueno, supongo que me excedí. Estaba demasiado estresada por todo. Me pasé mucho tiempo eligiendo el vestido, coordinando la comida y tratando de que todos los invitados estuvieran felices. Solo quería que todo saliera perfecto, ¿entiendes?

—Sí. Que saliera perfecto. Para mí.

—Por supuesto que para ti. He estado dando vueltas como un tornado durante semanas tratando de arreglarlo todo para tu fiesta. Y ni siquiera me has dado las gracias.

Mamá suspira y come un bocado.

Qué audacia.

—Lo siento —digo, sin quererlo—. Gracias.

Mamá agita la mano con desgano.

—Al menos todo el mundo parecía estar disfrutando. A las chicas les encantó lo que le hice a la casa. Y Lynn dijo que casi tuvo un ataque al corazón cuando me vio. Así que, aparte de todo lo relacionado con Fernando, estoy contenta. Me perdonará. Espero. —Luego me mira y agrega—: Fue una buena fiesta, ¿verdad?

Asiento con la cabeza.

—Sí.

—¿Tu mejor cumpleaños?

Me vienen a la mente los recuerdos de la noche anterior: Jake's, la sala de videojuegos de *arcade*, Brian. Sonrío.

—Sí, la verdad es que sí. Mi mejor cumpleaños.

Capítulo treinta

Paso el tiempo entre No estar en casa de Brian y Estar en casa de Brian pensando en todas las interacciones que he tenido con él, tratando de dilucidar si me ha invitado a ver una película porque le gusto o porque somos amigos, y pensando en lo que debería ponerme (me decido por un top morado de cuello redondo y una falda negra de línea A), lo que debería decir (tengo una larga lista de temas para sacar si hay un silencio incómodo, como "Oye, ¿qué opinas del cambio climático?") y lo que debería hacer (eso todavía no lo he resuelto).

Por fin llega la hora de salir a su casa. Llego temprano y espero en mi auto. *Justo* a las siete en punto llamo a la puerta principal.

En el tiempo que transcurre desde que llamo hasta que se abre la puerta, pienso en salir corriendo unas setenta veces.

De pronto, una mujer aparece en el marco de la puerta, sonriéndome.

—Bueno, ¡hola!

Su voz es dulce y se parece a Brian, si Brian fuera una chica. Es más baja de estatura que él, pero tiene el mismo pelo negro, los mismos ojos negros y los mismos pómulos salientes.

—¡Hola! —le respondo, tratando de igualar su entusiasmo.

—Eres Charlie, ¿verdad?

—Sí. Usted debe ser la madre de Brian.

—¡Una de ellas! —dice, dejando escapar una risita—. Soy Susan. Pasa, pasa.

Susan abre más la puerta para que yo pueda pasar.

—He oído hablar mucho de ti —me dice.

—Cosas buenas, espero —digo.

—Oh, sí. Muy buenas. —Susan casi sonríe—. ¿Puedo ofrecerte algo de beber? ¿De comer? ¿Alguna otra cosa?

—Mamá, cálmate —dice Brian cuando llega al vestíbulo.

Me doy cuenta de que se ha sonrojado, tal vez de vergüenza. Es adorable.

—Solo quiero que tu amiga se sienta bienvenida —dice Susan.

—Y lo ha logrado —digo—. Gracias.

—Bueno, salgamos, ¿sí? —dice Brian.

Brian hace un gesto hacia la puerta trasera de la casa, y me dirijo hacia allá. Él me sigue.

—¡Gracias, mamá! —grita por encima del hombro.

Salimos al patio trasero. El sol está empezando a ponerse en este hermoso día de abril, y es un placer sentir la brisa. Afuera estamos solos, y entonces reparo en Brian: lleva una camisa negra, un lindo par de vaqueros oscuros y tenis Converse nuevos. Me muerdo el labio y siento que mis entrañas tiemblan de alegría. ¡Es *cien por ciento* una cita!

—Entonces, ¿quieres comer o beber algo? —pregunta—. Será un placer traerte lo que quieras. Es que, si le hubieras dicho que sí a mi mamá, ella habría empezado a hablar sin parar y no habría terminado hasta que te mostrara las fotos de cuando yo era bebé por lo menos.

Me río.

—No lo creo.

—No conoces a mi mamá.

—¿Es así con todo el mundo?

—No. Pero estaba un poco celosa de que Ma te hubiera conocido antes. No ha dejado de hablar de eso.

Entonces noto que sus mejillas se vuelven a sonrojar. Y las mías *también*.

Me pregunto cuántas veces se habrá mencionado mi nombre. Suficientes como para que Susan y Maura sepan quién soy. Suficientes como para que Susan desee conocerme. Eso me hace sentir bien.

—Hay algo que quería mostrarte —dice Brian, dirigiéndose al garaje—. Creo que te gustará esto.

Se agacha, agarra el pomo de la puerta del garaje y le da un buen tirón para abrir la puerta. Al subir las manos, su camisa se levanta y deja ver por un instante parte de su estómago, con lo que me siento un poco escandalizada. Como si hubiera visto algo que no debía.

—¿Y bien? —me pregunta.

Me doy cuenta de que ni siquiera he mirado lo que hay detrás de la puerta del garaje, así que miro de prisa y veo que no es un garaje.

Es un estudio de arte. Hay un caballete con un cuadro sin acabar, una mesa con pinturas dispersas, un montón de cuadernos y pinceles, algunos estantes con materiales de arte: reglas, tijeras, carboncillo, lápices...

—¡Vaya!

Entro y lo examino todo. En una de las paredes hay unos cuantos cuadros terminados: un *trompe l'oeil* de las manos de Brian trabajando en una naturaleza muerta de materiales de arte; un niño pintado en el estilo manga, con la parte superior de la cabeza abierta dejando ver el contenido de su cerebro, incluido un dragón con una armadura, un montón de libros de texto manoseados, un camino que va a ninguna parte y un corazón sonrojado; y una pieza conmovedora en la cual el rostro de una mujer aparece iluminado solo por la luz de su teléfono.

—¿Los has pintado tú?

Por el estilo, creo que sí.

Brian sonríe.

—Sí. ¿Qué te parece el estudio? Lo acabamos de hacer.

—Ah, ¿sí?

Brian asiente con la cabeza.

—Mis madres querían que tuviera un estudio donde trabajar, pero creo que el hecho de que mis materiales de arte estaban regados por toda la casa también ayudó.

—Pero no te habrían dado este espacio si no apreciaran tu talento —digo—. Me caen muy bien. Bueno, una de tus madres me arregló el auto.

—Sí. La verdad es que son maravillosas —dice Brian.

Puedo darme cuenta de que lo dice en serio.

Recorro el garaje y veo unos cuadernos de bocetos amontonados.

—¿Puedo mirar?

Brian asiente con la cabeza. Yo empiezo a hojear un cuaderno. Está lleno, sobre todo, de viñetas de líneas angulosas y líneas grandes y en picada, y algunas letras. Miro a Brian.

—Estos son muy buenos.

Brian tiene las manos en los bolsillos y se encoge de hombros.

—Están bien.

—No, eres muy bueno. En serio.

Brian vuelve a encogerse de hombros.

—Bueno, tú también.

Arrugo la nariz y devuelvo el cuaderno de bocetos a su sitio.

—La verdad es que no. Soy... decente, digamos.

—Aprecias el arte, Charlie, lo sé. Hiciste una crítica muy reflexiva de mi tríptico hace tiempo en la clase de Arte. Eso no sale de la nada.

—En realidad disfruto del arte. Pero he estado trabajando en la misma pintura en clase durante semanas.

—¿Y qué? El arte no es una carrera.

—Es cierto, pero no es una buena pintura. Se supone que es un caballo en Central Park, pero mi "caballo" parece un perro. Y, la verdad, ¡ni siquiera me gustan los caballos! Lo elegí porque vi un video de un caballo mimando a un conejo en YouTube. Me pareció adorable y me inspiré —digo, riendo, lo que hace reír también a Brian—. De todos modos, no tengo que ser buena en arte. Me gusta, pero sé cuáles son mis puntos fuertes. Se me da mucho mejor escribir. Tú lo sabes. Me regalaste una hermosa libreta de apuntes.

Brian parece complacido al escuchar eso.

—¿La has usado ya? —me pregunta.

—Todavía no. No te rías, pero me lo pienso dos veces para escribir en las libretas más bonitas. Se siente como algo permanente, como si no pudiera cambiar de opinión. Si fuera una libreta de un dólar o algo así, no habría problema. Pero esa hermosa libreta forrada en piel es importante. Quiero que lo que escriba en ella también lo sea.

—Lo será porque lo habrás escrito tú —dice Brian—. Me encantaría leer algo alguna vez, si me dejas.

—¿De verdad? —pregunto.

—¡Sí, de verdad! Es lo que más te gusta hacer, así que claro que me interesa.

—No sé... —digo—. Tal vez.

—¡Oye! —protesta Brian—. ¡Yo te dejé ver mi cuaderno de bocetos! —dice después y sonríe.

—Y te lo agradezco, pero toda chica tiene su misterio —digo, y le devuelvo la sonrisa—. Algún día espero escribir un libro sobre una chica que se parezca a mí.

Me refiero a un libro que trata *en particular* sobre una chica puertorriqueña gorda y que usa lentes. Nunca he leído una historia con una protagonista así, y eso me ha hecho sentir sola. Pero omito esta parte. Una protagonista morena. Los personajes centrales femeninos aún no son mayoría, y una mujer de color es mucho más difícil de encontrar.

—Suena espectacular. Se necesita algo así. Como si las personas de color no fueran casi la mitad de la población de Estados Unidos —dice Brian.

—¡Amelia y yo hablamos todo el tiempo de eso! Es muy frustrante —digo—. No les presto atención a los medios donde no aparece al menos una persona de color. No me interesa.

Brian asiente con énfasis.

—Lo sé. ¿Los blancos no se cansan de ver películas donde solo aparecen blancos?

—¡Así es! Y no me hagas hablar de lo incómodos que se sienten algunos cuando incluyen personas de color en las franquicias conocidas. Como si fuera más realista vivir en el espacio con un gigante peludo de nombre Chewbacca que tener un protagonista negro.

Nos reímos. Es agradable hablar de estas cosas con Brian. Es fácil hablar con él, y siento que me escucha. Suficiente para embelesarse. Creo que lo estoy.

—¿Y tú? —le pregunto—. ¿Qué quieres hacer?

Brian exhala.

—Por favor, no la pregunta de qué quieres hacer con tu vida. Siento que es lo único que me pregunta la gente estos días. "¡Oh, Brian, pronto vas a estar en el último año y luego te vas a la universidad! ¿A dónde irás? ¿Qué vas a estudiar?" —dice, cambiando la voz—. Lo siento, *Linda*, no tengo ni idea, y si la tuviera no querría compartirla contigo. No te he visto desde que tenía diez años.

—¡Caramba! Toqué una fibra sensible, ¿no? —pregunto.

—Un poco. Es que es implacable. A ti también te deben preguntar lo mismo todo el tiempo, ¿no?

—Sí. Pero siempre digo que quiero ser escritora, con lo que desaparecen todas las esperanzas de la gente de que alguna vez gane dinero o tenga una carrera sólida. Me los quito de encima de una vez por todas.

Nos reímos. Brian sacude la cabeza.

—Odio eso. Le he dicho a unas cuantas personas que estoy interesado en hacer una carrera de arte y es como si les hubiera dicho que quería salir corriendo y actuar en el circo.

Me encojo de hombros.

—Para algunos es lo mismo, a menos que digas que quieres ser médico o dedicarte a los negocios.

—Que no es el caso —suspira Brian—. Creo que quiero ser diseñador gráfico. Es una carrera artística práctica. Es lo mejor que puedo hacer.

—Creo que serías muy bueno.

En clase he visto algunos de sus trabajos de diseño, y siempre me impresionan.

La puerta trasera de la casa se abre y la mamá de Brian, Susan, sale al porche.

—Siento molestarlos, pero he preparado algo de comida por si tenían hambre.

Al escuchar hablar de comida, me doy cuenta de que tengo hambre. Apenas comí porque estaba demasiado nerviosa. Pero no digo nada, esperando a ver qué dice Brian.

—¿Tienes hambre? —me pregunta en voz baja.

—Podría comer —digo.

—¡Está bien, vamos! —le grita Brian a Susan.

Ella parece complacida.

—Nos vemos adentro.

Cerramos el garaje y Brian me conduce al comedor, donde está puesta la mesa. Nos sentamos justo cuando Susan entra con un pollo asado. Maura viene detrás con las manos llenas. Trae una ensalada de espinacas y una cazuela de macarrones con queso. Está claro que no preparó cualquier cosa para cenar. Ha hecho un festín. Para nosotros. Qué amable.

—¡Eso se ve y huele riquísimo! —digo entusiasmada.

Brian mira a su mamá con timidez.

—No tenías que hacer todo esto, mamá.

Susan pone el plato en el centro de la mesa.

—¿Qué bobería es esa, Tig? Lo preparé en unos minutos.

Maura pone la ensalada y los macarrones, cada uno a un lado del pollo, y sonríe.

—Me alegra verte de nuevo, Charlie.

—A mí también —digo—. Pero me intriga ese apodo. ¿Por qué Tig?

Las madres de Brian se acomodan en ambos extremos de la mesa, pero Brian tiene cara de querer salir corriendo, y por un segundo deseo no haber dicho nada.

—No tienen que decírmelo —digo.

—No, está bien. Mis queridas madres insisten en llamarme con ese apodo mortificante —dice Brian, mirándolas a una y a otra.

—¿Qué es lo que no te gusta del apodo? Es bonito —dice Susan.

—Y es un hábito difícil de romper —dice Maura—. Le hemos dicho Tig desde que era un bebé.

—*Parece ser* que una noche no me prestaron *la más mínima* atención —dice Brian con dramatismo.

Susan toma aire.

—¡No fue así!

—¡Claro que sí! Fíjate que el pequeño Brian de dos años se las arregló para abrir la puerta del sótano y rodar escaleras abajo hasta caer al suelo. Y al parecer *reboté* de escalón en escalón. Boing, tig, poing, tig.

—Estábamos devastadas, pero a él no le pasó nada —asegura Maura—. Susan pensó que lo habíamos matado. Solo fueron cuatro peldaños, pero igual.

—¡Me alegra saber que el accidente donde *casi me muero* fue "lindo" para ustedes!

—Tenía que encontrar alguna manera de hacer reír a tu madre —insiste Maura.

—El horrible apodo se me ha quedado —dice Brian, haciendo una mueca.

No puedo evitar reírme.

—Eso es... adorable —digo.

Susan asiente.

—¡Eso creemos nosotras también!

—¿Podemos cambiar el tema, por favor? —pregunta Brian—. A estas alturas, casi prefiero hablar de la escuela.

—Bien, bien —dice Maura.

Hablamos un poco de la escuela, y luego Maura y Susan me preguntan qué me gusta hacer para divertirme, y sobre mi familia y mis amigos. Lo normal. Luego me cuentan de Brian y su infancia: de cómo una vez no sabía bajar de un árbol y lloró hasta que Maura fue a rescatarlo, de cómo solía fingir estar enfermo los días en que salían sus videojuegos favoritos para poder jugar en casa, y, una vez más, de cuando rebotó escaleras abajo y casi se muere, para que Susan pueda contar la historia *justo* como sucedió.

—Creo que es suficiente por hoy —dice Brian después de escuchar el cuento por segunda vez y ver a sus madres disputar sin malicia los detalles de lo que sucedió.

Luego se levanta de la silla y va a tomar mi plato, pero Maura lo aparta.

—No te preocupes —dice—. Ve a ver tu película.

—Gracias por esta maravillosa cena —digo, mirándolas a una y a otra.

—Todo el crédito es de Susan —dice Maura, mirándola cariñosamente.

—De nada, Charlie —dice Susan—. Es un gusto conocerte.

Salgo con Brian del comedor a la sala.

—Lo siento —dice.

—Dios mío, no lo sientas. He disfrutado cada minuto.

—No tienes que mentir.

—No estoy mintiendo. Tu familia es tan... normal —digo—. Tus madres son muy dulces, Tig.

Brian me lanza una mirada.

—¡No te atrevas!

—¿Tú no me dices "niña"? Ahora tengo algo mejor para ti —le digo con tono burlón mientras me siento en el sofá.

—Eres mala, Charlie —dice Brian.

Nos reímos mientras toma el control remoto y se sienta a mi lado.

Brian enciende el televisor y busca Netflix. Entonces me doy cuenta de lo cerca que estamos sentados. Nuestras piernas casi se tocan. Puedo sentir el calor de su cuerpo junto al mío. Por un momento me preocupa no haberme afeitado bien las piernas (¡las rodillas son tan difíciles!), pero decido relajarme.

Pero no puedo. Porque prácticamente nos estamos tocando.

—Entonces, *Ladybird*, ¿no? —pregunta Brian.

Creo que no le respondo de inmediato porque se voltea para

mirarme. Es lo más cerca que he estado de él, y huele muy bien. Pienso que se ha puesto colonia para mí, y sonrío.

—Sí —digo, intentando ignorar el hecho de que siento la piel en ebullición.

Brian encuentra la película, deja el control remoto y se acomoda en el sofá. Ahora sí que nuestras piernas se tocan.

Si está nervioso, no me entero. *Yo* estoy nerviosa. Oh, Dios mío. ¿Cómo es que estoy aquí? ¿Con Brian? ¿En su sofá? ¿Viendo una película? ¿En la oscuridad? Él mira hacia delante, pero yo apenas puedo enfocar la pantalla. Mis manos están apoyadas en mis piernas y sudan un poco. Me las limpio en la falda, tratando de que Brian no se dé cuenta.

Intento concentrarme.

Brian me preguntó si había visto la película. Debe de gustarle. Y estoy segura de que a mí también me gustará.

Así que debería prestar atención.

Pero estamos sentados tan cerca. ¿A quién le importan las películas cuando puede sentarse tan cerca de Brian?

Entonces su meñique toca el mío. ¿Fue intencional? Lo miro, pero está mirando la televisión. Quizás fue un accidente. Pero Brian no aparta la mano.

Trato de mantener la calma. Vuelvo a mirar la película. Hasta presto un poco de atención. Necesito concentrarme en algo, y espero que esta película me distraiga. Lo hace durante un rato.

Hasta que su mano está sobre la mía.

Su *mano* sobre mi *mano*.

Doy un respingo, pero no retiro la mano. Lo miro y él me mira, y ambos sonreímos.

¿Esto? Esto sí fue intencional.

Y eso me ayuda a tranquilizarme, aunque no puedo evitar que los pensamientos revoloteen en mi cerebro: *un chico (¡!) guapo (¡!) me está (¡!) tocando (¡¡¡!!!).*

Durante la película lo miro a hurtadillas: su cara, su cuello, su mano sobre la mía. Me fijo en lo pequeña que parece mi mano en la suya, en las dos minúsculas pecas de su muñeca. En sus hombros anchos. En la curva de sus labios. Me fijo en todo, como si mis sentidos se hubieran aguzado a otro nivel, concentrada en cualquier cosa menos la película. De hecho, apenas me doy cuenta cuando termina y Brian me pregunta si quiero ver otra.

Cualquier cosa con tal de seguir tomándonos de la mano.

Vemos otra. En silencio, sentados uno al lado del otro, cosa que agradezco pues no creo que sea capaz de conversar. Además, así puedo saborear lo que está sucediendo.

Antes de que me dé cuenta, aparecen en pantalla los créditos de la segunda película (¿de qué trataba?, ¿qué estábamos viendo?). Siento que mi teléfono vibra. Es mamá. Me manda un mensaje para preguntarme si voy a estar fuera mucho tiempo. Miro la hora: es más de medianoche. Generalmente ya estoy en casa para estas horas.

—¿Todo bien? —me pregunta Brian.

—Oh, sí. Es mamá.

Brian mira la hora en su teléfono y frunce el ceño.

—Sí. Creo que es tarde.

Yo también frunzo el ceño.

—Sí.

Brian se levanta del sofá y le envío de prisa un mensaje de texto a mamá diciéndole que llegaré pronto. Cuando levanto la vista, Brian me tiende la mano para ayudarme a levantarme, y me alegro porque eso significa que podré seguir tocando su mano.

La casa está a oscuras y en silencio. Sus madres se han ido a la cama hace horas. Le digo que no tiene que acompañarme a la salida (aunque yo quiero que lo haga), pero él insiste. Caminamos hacia mi auto.

Afuera, el aire es fresco. La calle está tan silenciosa que parece que somos las únicas dos personas despiertas en el mundo.

—Ha sido divertido —digo, tratando de mantener la voz calmada.

Brian me aprieta la mano, pero también habla calmado.

—Sí. La he pasado muy bien.

Sonrío.

—Yo también.

Llegamos a mi auto y se supone que nos soltemos las manos. Pero Brian no me suelta, así que me doy vuelta para mirarlo. Bajo la luz de la luna, se ve extra lindo. O tal vez es que me gusta mucho.

—Me gustaría que volviéramos a salir —dice.

Asiento con la cabeza.

—Sí. Pronto.

—¿Cuándo?

—¿Mañana? —sugiero.

Brian dibuja una amplia sonrisa.

—Esperaba que dijeras eso.

Mi corazón late súper rápido. Esta es la parte de la noche donde se supone que debemos besarnos. Pero nunca lo he hecho. Me ajusto con nerviosismo los lentes.

Estoy aterrorizada.

—¿Vas a besarme? —suelto de pronto.

Me mortifican las palabras que salen de mi boca, pero no puedo detenerlas. He metido la pata.

Brian se ríe y se inclina hacia mí. Vacila un momento, y entonces sus labios besan mi mejilla, dulces, suaves, maravillosos, y me siento ligera, cálida, delicada.

—Gracias —digo.

Brian se ríe y me aprieta la mano una vez más antes de soltarla.

—Buenas noches.

Capítulo treinta y uno

¿*Cómo se transformó* mi vida?

En serio. ¿Cómo? ¿Se transformó? ¿Mi vida?

Estoy embelesada, y *embeleso* no es una palabra que use a menudo, pero es la única que describe la forma en que me siento.

Estoy embelesada cuando llego a casa. Estoy embelesada cuando me pongo el pijama y Brian me manda un mensaje de texto que dice: **¿Llegaste bien a casa?** Estoy embelesada cuando le respondo que sí, que buenas noches y que hasta mañana. Estoy embelesada cuando me doy cuenta de que mañana voy a ver a un chico. Estoy embelesada cuando intento dormir (tanto, que suelto un pequeño grito en la almohada, que espero que mamá no haya escuchado). Y todavía estoy embelesada cuando me despierto al día siguiente.

Es agotador estar embelesado, y siento gran alivio cuando un mensaje de texto de Amelia me distrae.

Te echo de menos. Vamos a pasear, me escribe.

Te echo de menos. No puedo. Hoy voy a salir con... Brian, escribo.

Mi teléfono suena de inmediato.

—¿Hola? —digo en tono casual.

—¿QUÉ ESTÁ PASANDO, PERRA?

Si no puedes llamar perra a tu mejor amiga, ¿puedes decir que es tu mejor amiga?

—¿Te viste ayer en secreto con Brian cuando me dijiste que no podías salir? —su voz suena entusiasmada.

Empiezo a reírme y se lo cuento todo de un tirón: El mensaje con la invitación. El estrés. El estudio de arte. La cena. La película.

La otra película. Dejo fuera la parte de las manos y los besos en la mejilla, para no parecer demasiado inmadura.

—¡Ah! ¡Te gusta un chico! ¡Te gusta un chico! —canta Amelia.

Siento que me ruborizo, pero no puedo dejar de sonreír.

—*No* me gusta —digo, aunque está claro que sí.

—Charlie, me alegro mucho por ti —dice, y me doy cuenta de que realmente está contenta.

—Gracias, Amelia. Yo también estoy muy feliz.

—Pero no puedo creer que no me lo hayas dicho —su voz suena un poco herida.

—Lo siento —digo—. Sí quería, pero estaba... nerviosa, supongo.

—Sí, pero para eso estoy aquí. Si me dices que estás nerviosa yo te aseguro que todo saldrá bien.

—Lo sé, lo sé. Lo siento.

Amelia suspira.

—Más te vale —dice y hace una pausa—. ¿Y? —pregunta luego.

—¿Y? —repito.

—¡Cuéntame de hoy! Te vas a encontrar con él. ¿Dónde?

—En el festival de Primavera en el centro. Me dijo por mensaje de texto que sus madres tienen un stand. Lo veré allí.

Amelia da un grito de alegría, y me siento a la vez agradecida de poder compartir eso con ella y un poco arrepentida por no haberle dicho nada antes.

—Quiero verte allí. No quiero decir ir contigo, pero sí toparme de casualidad contigo. Llevaré a Kira para que no sea un problema. Yo solo... quiero verlos juntos. Juntos, juntos.

—De acuerdo, pero no nos mires como bichos raros.

—Te lo prometo —dice.

—Nos vemos allí como a las dos. ¿Te parece bien?

—Sí. Te mando un mensaje cuando llegue.

* * *

Estoy con un chico en el festival de Primavera.

Ahora puedo decirlo. Si me encuentro con alguien de la escuela y me pregunta: "Eh, Charlie, ¿cómo estás?", puedo decirle: "Oh, bien, ¿conoces a este chico que viene conmigo?".

Y presentarle a Brian, que se las arregla para estar sexy y lindo a la vez. ¡Que tiene unos ojos en los cuales te puedes perder! ¡Y una estructura ósea que las celebridades envidiarían! Y unos músculos en los brazos que te hacen pensar que podría levantar un auto si quisiera. Y una sonrisa de medio lado que parece dirigida solo a mí.

Suspiro. No me voy a desmayar. *Me estoy desmayando.*

Brian se ve súper adorable de pie en el stand de sus madres, que venden casitas para pájaros. *Yo* ayudo a manejar la mesa. Soy "la chica con quien vino". No hemos tenido tantos clientes, pero muchos se han parado a mirar. Por detrás de la mesa, Brian juega a buscar con su dedo meñique el mío, y cada vez que chocan siento como una sacudida de electricidad que me hace preguntarme una y otra vez: ¿Cuándo nos besaremos?

Ni siquiera me importa que Amelia y Kira se acerquen a la mesa a observarnos, siendo obvio que están ahí solo para vernos juntos. Trato de espantarlas con señas, pero, a decir verdad, me gusta.

Brian dice que no nos quedaremos mucho tiempo, que pronto daremos una vuelta por el festival. En realidad, no me importaría que nos quedáramos en la mesa todo el día, porque eso significa que estaría sentada junto a él.

—Y, ¿cómo empezó el negocio de las casas de pájaros? —les pregunto a las madres de Brian.

—Oh, Dios —dice Susan, y mira a Maura—. De toda la vida.

Maura asiente.

—Cuando empezamos a salir.

—Como en nuestra tercera cita, ¿no? —pregunta Susan—. Empezamos a construirlas juntas y se convirtió en algo que hacíamos.

—Para ser sincera, fue una sugerencia mía. Me aterraba que nuestra segunda cita no fuera bien y quería tener algo concreto que hacer —dice Maura. Una mirada melancólica se apodera de su rostro, como si recordara los inicios de la relación de ella y Susan.

Susan se ríe.

—¡Nunca me lo habías dicho! Y, ¿por qué casas para pájaros?

Maura la mira y sonríe.

—Era algo que sabía hacer y quería impresionarte.

—Pues funcionó —dice Susan, y agrega, dirigiéndose a mí—: Nos unió aún más. Sobre todo, cuando me enterraba una astilla y necesitaba que Maura me la sacara.

—¡Y cómo se enterraba astillas! —se burla Maura.

Brian pone los ojos en blanco, pero solo para que yo lo vea. Sin embargo, creo que la historia es bonita y sonrío.

Todavía me siento embelesada, y el efecto se multiplica por el hecho de que hace un día precioso. La fiesta es un acontecimiento anual que trae siempre buenas vibras, sobre todo porque se celebra durante el primer fin de semana de la temporada en que hace buen tiempo. Después de un largo invierno de nieve, frío y encierro, no hay nada como pasar un rato al aire libre, mirando el cielo azul y sabiendo que los árboles pronto estarán en plena floración.

El festival sirve para recaudar fondos para la ciudad y algunos de sus pequeños comerciantes, que ponen mesas y venden sus productos, como Maura y Susan. Los residentes pagan una pequeña cuota por poner una mesa, y se quedan con todas las ganancias.

La mayoría de los chicos de mi escuela piensan que el festival de Primavera es anticuado. Van al final de la noche, quizás cuelan algunas bebidas y se burlan de todos los presentes. Pero a mí me gusta. Es un derroche de colores, hay flores por todas partes y se siente como la bienvenida a una nueva estación llena de posibilidades. Además, me gusta ir y ver todas las cosas que las personas del pueblo han hecho con mucho cariño, como estas casitas para pájaros.

—Me encanta esa historia —les digo a las madres de Brian—. Y me gustaría comprar una.

Susan parece emocionada.

—¿Sí?

—No tienes que comprarla, Charlie. Puedes tomar la casa que más te guste —dice Maura.

Brian interviene.

—En serio, Charlie. Escoge una.

Sacudo la cabeza.

—Quiero pagar. Es su trabajo.

Me tomo mi tiempo para examinar cada casita antes de seleccionar una bonita casa suburbana con cerca de madera pintada de blanco y todo.

—Esta.

Susan sonríe.

—Es bonita.

Son treinta dólares, pero siento que no que podría haberlos gastado en nada mejor en el festival.

—Vamos a dar un paseo —dice Brian, señalando hacia la calle principal.

—De acuerdo —digo.

Me despido de sus madres y tomo la casa para pájaros que he comprado.

Caminamos por la calle, observándolo todo: los stands de artesanías, los puestos de comida, las mesas de las organizaciones que tratan de reclutar miembros y de los grupos de voluntarios que promueven sus causas.

—¿Sabes...? —le digo a Brian—. Una vez, cuando era niña, mis padres me trajeron y había una mesa que vendía marcadores personalizados para libros, hechos con palitos de helado. Le dabas tu nombre a la vendedora y ella lo grababa con bella caligrafía en el palito pintado. Costaba como diez dólares, pero le rogué y le rogué a mi papá, y me lo compró. Todavía lo tengo.

—¿Diez dólares por un palito de helado? Eso es un robo, niña —dice Brian.

—Pero tenía mi nombre y un pequeño girasol pegado en el

extremo. Me pareció que lo valía. —Lo miro, para darle más efecto cuando le pregunto.— ¿No, Tig?

Brian arruga la nariz al escuchar su apodo.

—Si significó mucho para ti, creo que valieron la pena los diez dólares —dice.

Sonrío. Y sonrío aún más cuando Brian me toma la mano.

—¿Está bien? —me pregunta.

Después de toda una tarde de jugar a casi agarrarnos de las manos, es la sensación más agradable del mundo.

—Por supuesto.

Caminamos por la calle principal tomados de la mano. Me siento como en un cuento de hadas. Excepto por la casa para pájaros. Creo que nunca me imaginé tomada de la mano de un chico y sosteniendo en la otra una casa para pájaros. Pero es perfecto.

—Ayer me divertí mucho —dice Brian.

—Sí, yo también. Fue una gran idea.

—¿Te gustó la película?

Por un momento pienso mentir y decir que sí.

—Estuvo bien, pero... me costó concentrarme —digo.

Brian sonríe de oreja a oreja.

—Ah, ¿sí? ¿Por qué?

Me río un poco, avergonzada.

—Bueno. Me estabas agarrando la mano.

Lo miro. Sonríe más.

—¿Te gustó? —pregunta.

—No —me burlo—. ¡No empieces!

—¿Qué? ¿No puedo interesarme en el hecho de que te interesara que te cogiera la mano? —Brian sigue sonriendo.

Levanto nuestras manos entrelazadas.

—Ahora te tomo de la mano y me comporto como una perfecta dama, sin distraerme.

No quiero decir en voz alta que me gusta la naturalidad con que se sienten nuestras manos juntas. Nuestros dedos se entrelazan y es como si estuvieran destinados a encajar los unos con los otros.

Brian se detiene y pone cara de estar tramando algo.

—Sígueme —dice, y empieza a caminar muy rápido, arrastrándome con él.

—¿A dónde vamos? —le pregunto cuando salimos de la calle principal.

—Ya verás —dice.

Giramos a la izquierda y luego a la derecha. Lo sigo entusiasmada, sin importarme donde acabemos, feliz de que él quiera estar conmigo y solo conmigo.

—Aquí —dice por fin.

Estamos detrás de la biblioteca, que está cerrada por el festival, por lo que se encuentra desierta. Nunca me he fijado mucho en cómo luce, pero hoy miro la intrincada mampostería del edificio, sus ventanas arqueadas y el campanario del tejado, que le da un aire de iglesia. Me doy cuenta de que ese edificio, que he visitado literalmente cientos de veces, es muy hermoso, sobre todo visto desde donde estamos Brian y yo, en el césped delante de la entrada trasera.

—¿Qué hay aquí? —pregunto, mirando a mi alrededor.

Observo el banco de madera desgastado y los árboles que retoñan y se mecen con la brisa primaveral.

—Nosotros. —Lo dice con tanta sencillez que casi me deja sin aliento.

Mis ojos se encuentran con los suyos.

—Nosotros —susurro.

—Sí.

Está frente a mí, mirándome a los ojos. Ojalá pudiera ver lo que él ve. Sé lo que yo veo: un chico precioso, un poco más alto que yo, de modo que tengo que mirar hacia arriba, tan lleno de bondad y risas que poco a poco empieza a ocupar un espacio dentro de mi corazón. Me aparta un mechón de pelo rizado de la cara y sus dedos me rozan, poniéndome la piel de gallina.

—Oh —digo en voz baja, apenas audible.

Brian se acerca a mí.

—Oh —susurra.

Estamos más cerca que nunca. El ambiente está cargado.

Entonces... se inclina hacia mí.

Es ese momento. El momento. El momento antes del beso que he estado esperando. Se me corta la respiración.

Siento mi corazón latir dentro del pecho. Siento que la sangre bombea por mis venas. Siento el calor de su aliento antes de sentir sus labios en los míos. Siento, siento, siento... y luego siento que nuestros labios se encuentran. Y mi corazón estalla.

Es el beso más dulce y delicado. El más suave.

Me han besado. La primera vez. Es solo... *Oh*.

Lo es todo, aunque solo sea un momento.

Brian se aleja un poquito, dejando que nuestras narices se toquen. Tengo los ojos cerrados. Tengo miedo de abrirlos por si todo no hubiera sido más que mi imaginación, por si mis sueños hubieran mejorado tanto que *parecieran* reales, incluso cuando no lo son.

No puedo evitarlo, suspiro.

Brian me acaricia la mejilla.

—Debí haberlo hecho ayer —dice suavemente.

—La espera ha valido la pena —susurro.

Quiero vivir este momento para siempre. Con la casita para pájaros en la mano y todo.

Capítulo treinta y dos

Me he dado cuenta de que estaba equivocada.

El momento previo al beso no es la mejor parte de un beso. Quiero decir, es maravilloso, pero tras estar toda una tarde besando a Brian en el festival de Primavera, ahora sé que *el beso* es la mejor parte.

Me paso casi todo el día pensando en lo mucho que hubiera preferido estar besando a Brian antes que hacer cualquier otra cosa, como ir a la escuela.

Pero está bien, porque Brian está esperándome junto a mi casillero el lunes por la mañana cuando Amelia y yo llegamos a la escuela. Como si él y yo fuéramos pareja o algo así. Su cara se ilumina cuando me ve, y estoy segura de que la mía también se ilumina cuando lo veo. ¿Cómo podría no hacerlo?

—Hola —le digo.

—Hola —dice él, inclinándose para darme un beso rápido en los labios.

Ahora tenemos diferentes tipos de besos: largos, cortos, picoteos rápidos en los labios. Los colecciono todos. Podría escribir un libro sobre ellos.

—*Hola* —dice Amelia, moviendo las manos para recordarnos que ella también está ahí.

—Hola, Amelia —responde Brian—. ¿Qué tal el viaje? —me pregunta.

Quizás sea una pregunta rara, pero me encanta que no siempre diga lo más apropiado, como si tal vez yo también lo pusiera un poco nervioso.

—Estuvo bien —respondo, intentando abrir mi casillero.

Me equivoco con la combinación, porque no dejo de echarle miradas furtivas a Brian. Por fin consigo abrirlo y me inclino para poner mi mochila en el suelo y sacar algunos libros. Brian me pregunta si quiero que él me la sujete. Es algo que se hace en pareja.

Le digo que sí.

—Me voy a clase —dice Amelia—. ¿Nos vemos luego?

—Sí, seguro —digo.

Agradezco que me deje a solas con Brian. Una vez que Amelia se ha ido, miro a Brian y le regalo mi mejor sonrisa tímida.

—Anoche la pasé muy bien —digo.

Brian me acerca a él y sonríe.

—Sí, yo también. ¿Quieres que salgamos otra vez esta noche?

—Sí —digo, pero recuerdo que he hecho planes—, pero no puedo. Voy a casa de Amelia.

Brian parece un poco decepcionado, pero no dice nada.

—¿Mañana?

Asiento con entusiasmo.

—Sí. ¡Mañana!

—¿Puedo acompañarte a clase?

—Por favor —digo, tendiéndole la mano.

Brian toma mi mano, entrelazando sus dedos con los míos. Caminamos así por el pasillo.

—La gente va a pensar que estamos juntos.

—Estamos juntos, ¿no? —pregunta Brian.

Mi corazón se estremece, y entonces pienso en esa frase, "mi corazón se estremece", porque hasta ahora solo había vivido romances a través de la escritura y quiero saborear los sentimientos sobre los cuales he escrito. Me siento un personaje de una novela romántica, y me gusta, mucho.

Le aprieto la mano.

—Solo quería oírte decirlo.

En la clase de Inglés, apenas puedo concentrarme. Es el embeleso, *otra vez*. Pero al menos puedo desahogarme durante el tiempo de escritura libre.

El resto de la clase me siento a la deriva, y paso la mayor parte del tiempo mirando por la ventana. No es que vaya a ponerme a escribir "señora de Brian Park" o algo así, pero pienso en Brian todo el tiempo. En sus labios. En sus ojos. En su pelo. En los besos.

La voz de la señora Williams me trae de vuelta a la realidad.

—¿Cómo estás, Charlie? —me pregunta.

Cuando vuelvo la vista, me doy cuenta de que soy la única que queda. No escuché el timbre.

—Bien. Un poco despistada, por lo visto.

Suelto una carcajada, avergonzada, y me dispongo a guardar la libreta en la mochila. La señora Williams sonríe. "Por favor, no me pregunte por el concurso de escritura. Por favor, no me pregunte por el concurso de escritura. Por favor, no...".

—¿Has tenido la oportunidad de empezar a escribir para el concurso?

Mierda.

He empezado, claro. Pero no he trabajado mucho, sobre todo estas últimas semanas. He estado preocupada. Y posponiéndolo.

—Comencé —digo—, pero me cuesta terminar.

—¿Sí? Bueno, tal vez pueda ayudarte —dice la señora Williams—. ¿Por qué no me enseñas lo que tienes y te hago comentarios?

—¿De verdad? —pregunto.

—Claro. Tienes mi dirección de correo electrónico. Mándamelo antes del viernes y lo reviso este fin de semana.

—Eso sería increíble, señora Williams —digo, poniéndome de pie y colgándome la mochila al hombro—. Lo haré. Gracias.

Me digo que tengo que trabajar en el texto para el concurso. Durante una clase de Historia, demasiado lenta, reviso lo que tengo en mi teléfono y lo intento, pero necesito concentración y mi rincón de escritura, que por desgracia no tendré hasta más tarde esta noche cuando regrese de casa de Amelia. Ella y yo hemos quedado en vernos, y es una promesa que no quiero romper.

Entre clases me dedico a buscar a Brian, a quien no he visto desde la mañana. Pero no doy con él hasta la tarde, en la clase de Arte.

—Hola, tú —me dice cuando entro en el aula.

Está sentado en su mesa, ya con su cuadro, varios materiales y una paleta de pinturas.

—Hola, desconocido —le digo—. ¿Dónde estabas durante el almuerzo?

—A veces vengo a trabajar al aula de Arte durante el almuerzo —dice, y una sonrisa se extiende despacio por su cara—. ¿Por qué? —Brian extiende la mano y me tira de la manga de la camisa—. ¿Me has echado de menos?

Tiro de la manga, juguetona, pero desearía que volviera a agarrarla.

—No. Solo me preguntaba.

—Bueno, señorita Solo Me Preguntaba, deberías venir conmigo mañana a la hora de almuerzo. Estaría bien.

—¿Sí? —finjo que me lo estoy pensando—. Supongo que me vendría bien un poco de tiempo extra para terminar mi cuadro del caballo. Llevo como cien años trabajando en él.

—Oye, eso lo has dicho tú. Yo no.

El señor Reed entra al aula y me doy cuenta de que todavía no tengo mi pintura y mis materiales. Amelia está sentada en nuestra mesa, trabajando en su obra.

—¿Y? —pregunta Brian—. ¿Almuerzo mañana?

Sonrío.

—Sí. Seguro.

Después de clases estoy un poco molesta porque no tengo trabajo. Habría estado bien ver a Brian y ponernos a bobear en la parte de atrás. Y besarnos. Por supuesto que besarnos. Pero estoy con Amelia en su casa, y tengo que convencerme de que eso también es maravilloso.

Las libretas con las tareas están desplegadas delante de nosotras, como si fuéramos a hacerlas. Pero por supuesto que lo que vamos a hacer es hablar.

—¿Se divirtieron Kira y tú en el festival de Primavera? —pregunto.

Amelia sonríe.

—Sí.

Saca de su bolso una foto Polaroid y me la enseña. Son ella y Kira, ambas con coronas de flores.

No puedo evitar sonreír mientras la veo.

—Se ven felices —digo—. Muy felices.

Amelia mira la foto.

—Bueno, no puedo hablar por ella, pero... yo sí me siento feliz —dice, y me mira—. ¿Puedo ser sincera? Creo que... Creo que tal vez lo que sentí con Sid no era lo que pensaba. O sea, estaba encaprichada con él, por supuesto, pero no creo que fuera amor. Con Kira, sin embargo, creo que podría enamorarme. De verdad.

—Oh, *Dios* mío —casi grito mientras me acerco a ella y la abrazo—. Estoy tan feliz por ti, Amelia. —La suelto y le aprieto los hombros—. ¿Eso significa que estás enamorada?

Kira se echa a reír y sacude la cabeza.

—Dios, no. Todavía no. Pero siento que voy camino a eso, más rápido de lo que pensé. Y es aterrador y estimulante a la vez.

—¿Se lo has dicho?

—Sí y no. Hablamos de lo mucho que nos gustamos. Por ahora está bien así.

La mirada de éxtasis en su rostro me llena de felicidad.

—En el *minuto* en que algo cambie me lo dices. En el mismo instante, en realidad. Como que me puedes mandar un mensaje de texto mientras le dices a Kira que la amas.

Amelia se ríe.

—Por supuesto. Pero háblame de *ti*. ¿Te gustó el festival de Primavera? ¿Y *Bri*-an?

Amelia pronuncia su nombre cantando, y me gusta.

—Oh, ya sabes... estuvo bien.

—¡Ni se te ocurra! ¡No te lo vas a guardar! Así que suéltalo. Cuéntamelo todo. Se veían muy cómodos el uno con el otro.

—Lo estábamos, creo —digo—. Puede que nos hayamos besado un montón.

Ahora le toca a Amelia gritar y agarrarme por los hombros. Me sacude de un lado a otro.

—¡OhDiosMíoDiosMío! Lo sabía. Ese besito casual en el casillero esta mañana *te delató.*

—Lo sé. Lo sé —digo—. ¡No puedo creerlo! Con él tuve mi primer beso.

Amelia junta las manos y me mira con anhelo, como si estuviera orgullosa y nostálgica a partes iguales.

—Tu primer beso —repite.

—Me siento tonta por haber tardado tanto...

—¡Pues no te sientas así! No importa cuánto te tardes. Todos tenemos nuestros tiempos —dice Amelia—. Y, ¿puedo decir algo importante?

—Por supuesto.

Amelia se aclara la garganta.

—*Charlie y Brian sentados en un árbol, ¡B. E. S. Á. N. D. O. S. E!* —canta.

—¡Oh, Dios mío! —grito más alto.

—*Primero llega el amor, terminan casándose, y después verás a Charlie con un cochecito de bebé paseándose.*

Ambas estallamos en carcajadas, hasta que Tess entra, pisando fuerte, en la habitación de Amelia.

—¿Pueden *callarse, por favor?* Me están molestando.

—¡Sal de aquí, Tess!

—¡Cuando te calles!

—¡Si no te vas de aquí, voy a llamar a mamá! —grita Amelia—. ¡Vete!

Tess se va, pero antes le saca la lengua a su hermana y me mira con desprecio. Amelia cierra la puerta cuando Tess sale de la habitación. Luego suspira.

—Lo estropea todo.

—¿Quieres decir que arruinó que te burlaras de mí empujando

el cochecito del bebé de Brian? —digo—. Y, por cierto, nunca me había dado cuenta de lo sexista que es esa canción.

—¿Verdad? Mientras estaba cantando pensaba: "Cielos, ¿por qué tiene que ser Charlie quien empuje el cochecito?".

—¿Y por qué hay que tener bebés? ¿Y si lo que quiero es empujar un cochecito de cachorros? —pregunto.

—Estás en tu derecho —dice Amelia, y luego rompe a reír—. ¡Míranos! Las dos mejores amigas tenemos pareja. ¡Oh, Dios mío! ¡¿Y si salimos los cuatro?!

Me río.

—¿Estás hablando en serio?

—¡Claro que sí! —dice, y empieza a corear—: *¡los cuatro, los cuatro, los cuatro!*

—Lo pensaré —digo, todavía riendo—. ¿Ahora podemos hacer la tarea?

No estoy segura de que quiera que salgamos los cuatro. Quiero a Brian solo para mí mientras todo sea tan nuevo, emocionante y lleno de posibilidades. Pero, por Amelia, lo consideraré.

Capítulo treinta y tres

Regreso tarde de casa de Amelia. El auto de mamá no está, así que tengo la casa para mí sola. El ambiente perfecto para escribir.

Me pongo un pijama, me acomodo en mi escritorio y pongo música de café para inspirarme. Tal vez sea la oscuridad, o el hecho de que está lloviznando y puedo escuchar la lluvia por detrás de la música, o que las estrellas por fin se han alineado... pero me está saliendo bien.

Mi historia va tomando forma. He decidido escribir sobre la complicada relación madre-hija. Sigo el consejo de la señora Williams y busco inspiración en pasajes de mi diario (aunque los dramatizo, por supuesto).

Se trata de un cuento sobre una madre y una hija que (sorpresa) no coinciden en casi nada, desde el peso corporal hasta los enamorados, incluida la carrera y la forma de educar a los hijos. A lo largo de sus vidas han tenido episodios de unión y de distanciamiento, que aparecen planteados en escenas breves que tienen lugar en momentos cruciales de sus vidas. La historia termina con la celebración del Día de las Madres en la cocina de la casa. No tiene un final feliz, sino ambiguo, pero se siente real, como si anticipara mi futuro, donde la relación con mamá nunca mejora como yo desearía, pero es lo que hay. Siento que es un cuento duro, y espero que resuene.

Sin darme cuenta, paso horas escribiendo, dándole forma a un primer borrador. Cuando reparo, ya es tarde en la noche. Espero leerlo de nuevo por la mañana y mandárselo a la señora Williams.

Satisfecha, me voy a la cama con la computadora portátil. No tengo muchas ganas de dormir. Abro un cuento en que he estado trabajando, no para enviar al concurso. Trata de una joven morena que conoce a un guapo chico coreano.

Lo sé. *Lo sé.* Pero quiero escribir sobre personajes como Brian y yo. No se llaman como nosotros, pero se parecen. Son mayores, pues estudian en la universidad. Y la protagonista, Selena (nombre inspirado en Quintanilla, no en Gómez), es casi perfecta. Estudia mucho porque quiere ser astrofísica, pero se enamora de Jae, que la desvía de sus planes. Me encanta ese tipo de tramas románticas.

He esbozado algunas partes de la historia, pero no voy a trabajar en la trama. Es tarde y solo quiero escribir una escena de amor.

Que quede claro, no he pasado a segunda base con Brian. Pero desde que lo besé solo pienso en el sexo.

Y si todavía no estoy preparada para eso, al menos puedo escribirlo.

Pongo manos a la obra. Selena y Jae se quedan en la biblioteca hasta tarde y comienza a llover. Van corriendo hasta el dormitorio de ella, y cuando llegan ambos tienen la ropa empapada. Se gustan tanto que no pueden evitar besarse.

Cuando estoy escribiendo que, apenas entra al cuarto de Selena, Jae la besa en la nuca y sus manos recorren el cuerpo de ella, mi teléfono vibra contra mi pierna y me saca de la escena.

Es un mensaje de Brian.

Holaaaa.

¡Qué puntería!

Holaaaa, respondo.

¿Qué estás haciendo?, leo.

Bueno, no le voy a decir la verdad. ¿Mejor coqueteo?

Escribo: **¿Quieres saber?,** pero enseguida lo borro y escribo:
No puedo dormir. ¿Y tú?

Tampoco puedo dormir.

Me sentí bien hoy. Como pareja.

Disfruté mucho tomarte de la mano mientras caminamos por el pasillo. Siempre había querido hacerlo.

Siento que el corazón me da un vuelco. Me acomodo los lentes en la nariz. Ni siquiera tenía idea de que Brian quería que fuera su amiga. ¿Cómo iba a pensar que quería tomarme de la mano? ¿Que lo anhelaba? ¿Que me quería a *mí*?

¿De verdad?

Por supuesto. Me alegra muchísimo que por fin te hayas fijado en mí.

Escribo: **Yo también me alegro de que te hayas fijado en mí.**

Eres la única chica en quien vale la pena fijarse, escribe.

No se me ocurre nada bonito o inteligente que decirle, así que me limito a insertar un emoji de sonrojo tres veces seguidas. A veces, las palabras se les escapan incluso a los escritores.

. ✳ .

Bueno, resulta que el segundo día que voy de la mano de Brian en la escuela es mejor que el primero. Y el tercero es todavía mejor. El cuarto día es el mejor de todos, solo porque cada día que pasa se siente un poco más normal, un poco más como si fuera *yo* quien le toma la mano y no un personaje de uno de mis cuentos. Esto es la vida real.

En el trabajo, me cuesta concentrarme en mis tareas. Nancy me pide que le escriba unas cartas de agradecimiento, pero me la paso buscando excusas para trabajar en la parte de atrás con Brian. No les hemos dicho a nuestros compañeros de trabajo que estamos saliendo, y eso lo hace más emocionante.

En lugar de escribir cartas, apilo cajas con Brian en el almacén. Brian busca mi mano con la suya, y yo no lo detengo.

Él tampoco me detiene cuando empiezo a apilar cajas para construir un muro entre el cubículo de Dave y el almacén. Ni cuando el muro es tan alto que nos oculta. Ni cuando empiezo a besarlo.

Nos detenemos por un segundo para tomar aire, y la sonrisa de Brian es tan amplia que la siento en el pecho.

—Podrían vernos, ¿sabes? —dice, cogiendo mis manos entre las suyas.

Entrelazo nuestros dedos.

—Es parte de la diversión —digo—. ¿Quién nos va a ver? Dave nunca ha puesto un pie en esta parte del edificio.

—Buen punto. —Brian me hala hacia él. Huele bien, como la colonia de nuestra cita—. Estaba pensando... —dice.

—¿Qué? —pregunto.

—Deberíamos tener una cita formal.

—¿Una cita formal? —repito.

Él asiente con la cabeza.

—Sí, me gustaría llevarte a un sitio bonito.

—No necesito ir a ningún sitio bonito.

—Te *mereces* ir a un sitio bonito —insiste.

—Lo bonito me pone nerviosa —digo—. Hagamos algo divertido. Algo que nos guste a los dos.

—Esto nos gusta a los dos —dice Brian, inclinándose para besarme.

Me río cuando nos separamos.

—Sí. ¿Y qué más?

—A ambos nos gusta la música —dice Brian, y a continuación frunce la nariz—. Pero no la misma música. No voy a escuchar a Beyoncé.

Aparto las manos de él, como si me hubiera lastimado. (Quizás lo esté, un poco. Es BEYONCÉ. ¿Cómo puede no gustarle?).

—¡Ni se te ocurra decir eso! Vas a escuchar a Beyoncé y te va a gustar.

Brian pone los ojos en blanco.

—Ya veremos —dice. Luego se le ilumina la cara—. Ya sé.

—¿Qué? ¿Te acabas de dar cuenta de la magnificencia de la reina Bey?

—No. Nuestra cita. Ya sé.

—¿Y bien? —pregunto.

Brian mueve la cabeza.

—No. Es sorpresa. ¿Estás libre el sábado?

Es bonito que lo pregunte, como si alguna vez hubiera tenido planes para el sábado, más allá de pasar tiempo con Amelia.

—Estoy libre el sábado —digo.

—Súper. Te recojo a las dos.

Sonrío. De acuerdo. Me gusta cómo suena eso.

Capítulo treinta y cuatro

Soy feminista, que quede claro.

Pero también soy el tipo de chica que se cambia de ropa un millón de veces antes de una cita. Se puede ser ambas cosas, ¿está bien?

No sé a dónde me va a llevar Brian, así que le mando un mensaje de texto para que me dé una pista sobre cómo debo vestirme. Mientras espero su respuesta, termino de editar el borrador del relato que escribí para el concurso de escritura, y se lo envío a la señora Williams por correo electrónico para que me dé su opinión. Había quedado en mandárselo la noche anterior (¡uy!), así que me disculpo, con la esperanza de que, a pesar de que es sábado por la mañana, todavía tenga tiempo de echarle un vistazo. En cualquier caso, me siento muy bien al poder quitarme eso de encima.

Brian me responde que ropa informal está bien, y yo suspiro. Chicos. ¿Qué *tipo* de ropa informal?

Me decido por un sencillo vestido camisero ceñido a la cintura, y unas ballerinas. Bonito e informal, ese atuendo se presta lo mismo para una aventura al aire libre que bajo techo. También llevo una chaqueta, por si acaso.

Brian me recoge a la hora acordada.

—Así que... —le digo al cabo de un rato—. ¿A dónde vamos?

—Eh...

—¿Me puedes dar una pista?

—No.

Suspiro con dramatismo y me hago la intrigada durante todo el viaje, sin preocuparme por si estoy siendo pesada. Creo que a Brian le gusta que esté intrigada, porque me sigue el juego, y eso se siente bien porque es como bailar al mismo ritmo. Al fin llegamos al estacionamiento de un museo de arte. Desde afuera, el edificio no parece gran cosa. Tiene solo dos pisos, con grandes ventanales que dejan entrar mucha luz natural, pero sé que adentro se exhibe una impresionante colección de arte moderno y clásico que debería apreciarse más.

Miro a Brian. Parece satisfecho.

—¿Y bien? ¿Qué te parece? —pregunta.

—¡Estoy feliz! Solía venir aquí de niña. Hace años que no vengo.

—Te lo has estado perdiendo, entonces. Es increíble.

Estacionamos y entramos en el edificio. Pagamos la entrada del museo, que Brian intenta pagar por mí, pero yo insisto en pagar por mí misma, y nos dirigimos a la primera sala.

Los museos de arte son lo mejor. Silenciosos e ideales para la contemplación y la reflexión, perfectos para una persona introvertida como yo. Me gusta mucho tomarme mi tiempo y apreciar cada obra de arte. Hasta me gusta leer las descripciones junto a los cuadros. (Quiero decir, no es que sea pretenciosa ni nada por el estilo, es que me encantan los buenos museos de arte).

A Brian le pasa lo mismo. Permanecemos casi todo el tiempo en silencio, señalando solo las cosas que nos gustan o nos disgustan de ciertos cuadros, o los artistas que nos gustan y aquellos que creemos están sobrevalorados. Brian no es fan de Andy Warhol. Cuando vemos una de sus obras, se burla.

—Totalmente sobrevalorado —dice.

Parpadeo.

—¡Pero si es *Andy Warhol*!

—¿La lata de sopa Campbell's? ¿Marilyn Monroe? Por favor. Es arte fácil, *aburrido*.

—Es uno de los artistas más importantes de todos los tiempos —digo.

—Le doy crédito por su impacto, que es enorme. Y porque su arte es una crítica al consumismo y bla, bla, bla. Pero no veo su talento. Le falta corazón. Cuando Warhol estaba en su apogeo, ¡ni siquiera hacía las obras él! Tenía una cadena de producción con trabajadores que imprimían las serigrafías *para* él. Me quedo con uno de los hermosos cuadros de Bob Ross antes que con una de las supuestas obras maestras de Warhol.

—¡Ya veo que te entusiasma el tema!

Brian asiente con énfasis.

—¡Sí! El tipo es un perdedor.

Me vuelvo hacia el cuadro de Warhol.

—¿Oyes eso, Andy? Brian Park piensa que eres un perdedor.

Ambos reprimimos nuestras risas, y enlazo mi brazo con el suyo mientras caminamos hacia el siguiente cuadro.

—¿Sabes?, tienes algunos puntos —admito.

—Claro que sí —dice Brian con una sonrisa.

—¡Me ha convencido! Lo siento, Andy —digo, volteando la cabeza hacia el cuadro mientras nos alejamos.

—Andy lo superará.

—¿Tú crees? —me burlo—. Oye, creo que hay un Monet por aquí. Por favor, te lo ruego, dime que no vas a ensañarte con él también.

—No —responde Brian—. Monet es mi amigazo.

Hablamos un poco sobre las pocas obras hechas por mujeres que se suelen exponer, y cuando Brian dice que hay otras pintoras además de Georgia O'Keeffe que merecen reconocimiento, siento ganas de besarlo. No estoy entre quienes piensan que los hombres se merecen un aplauso, ovaciones y una fiesta cada vez que muestran su lado sensible, pero mentiría si dijera que no me complace que el chico con quien salgo esté al menos un poco al tanto de cómo son las cosas.

Sonrío para mis adentros cuando noto un cuadro de Pieter Paul Rubens.

Lo descubrí en Instagram, en un hilo que sigo, dedicado a promover la aceptación de todos los tipos de cuerpos a través del arte, y desde entonces he aprendido a apreciar su obra.

—¿Eres fan? —me pregunta Brian.

Asiento con la cabeza.

—No es el estilo que más me gusta, que es el impresionismo, pero me encanta que pinte mujeres de cuerpos voluminosos. Es precioso —digo.

Brian examina el cuadro, sus labios se extienden en una sonrisa.

—Sí, lo es.

Me resulta difícil entender cómo puedo mirar cuadros como ese, cuerpos como ese, y darme cuenta de que son hermosos, y aun así no verme a mí misma bajo la misma luz. Pienso en mi cuerpo, en todas sus imperfecciones, y no encuentro la belleza... todavía. Pero estoy trabajando en ello.

—Me gustaría que mi madre pensara que ese tipo de cuerpos también son bellos —digo.

—¿No piensa así? —pregunta Brian.

Sacudo la cabeza, sin apartar la mirada del cuadro.

—No. Desde que era niña me han enseñado que la grasa es mala, incluso cuando mamá estaba gorda, antes de que perdiera un montón de peso. Se la pasa tratando de que yo pierda el peso que ella cree que me sobra.

—La mía también —dice Brian en voz baja.

—Pero tú eres perfecto —digo, sin pensar.

Brian se ríe.

—Para nada. Quiero decir, me esfuerzo —dice, señalando su estómago—, pero tengo que hacer ejercicios para bajar esto. Al menos, según mamá. Ma siempre intenta calmarla, pero... mamá es testaruda.

Intento imaginarme a Susan, la mamá de Brian, de otra manera que no sea siendo agradable, pero no puedo. De igual forma, cualquier otra persona diría que mi madre es maravillosa.

—Lo siento —digo.

—Yo también lo siento por ti —dice Brian y me tiende la mano—. Pero se equivocan con nosotros.

Le doy la mano. Él la toma y me acerca hacia él. Apoyo la cabeza en su hombro, miro los hermosos cuerpos del cuadro que tengo delante y pienso: "Sí. Se equivocan con todos nosotros".

Capítulo treinta y cinco

Justo un día después de nuestra visita al museo, aprovecho que estoy sola en casa para invitar a Brian. No vamos a hacer nada. Quizás un poco.

—No puedo creer que esta vez pueda entrar —se burla Brian cuando abro la puerta.

—A mamá ni siquiera le gustó verte en la entrada cuando me ayudaste con el auto. No había forma de invitarte a entrar ese día —digo, riendo.

—Está bien —dice Brian, entrando y cerrando la puerta.

Es una hermosa mañana de mediados de abril.

Con la cabeza le indico el pasillo.

—Por aquí.

Brian me sigue hasta mi habitación. Sus ojos revolotean, observándolo todo: mi tocador, repleto de productos de belleza; mi librero, repleto de libros; mi clóset, repleto de ropa; mi rincón de lectura. Me avergüenzo un poco al verlo a través de sus ojos. Demasiadas cosas. Reguero. ¿Tal vez fuera de lo común? ¿Tengo una habitación rara?

Pero Brian no dice nada de eso.

—Niña, *de verdad* te gusta Beyoncé —dice, señalando una foto enmarcada de Beyoncé que tengo en mi librero.

—¿No tienes una foto enmarcada de Beyoncé en tu habitación?

—Sí, pero la tuya es más grande.

—Rezo ante ella cada mañana.

Nos reímos.

—Quiero enseñarte algo —digo, dirigiéndome hacia el ventanal.

Aparto las cortinas y señalo al exterior.

—Ahí.

Brian se acerca a la ventana y se asoma. Sonríe cuando ve lo que le muestro y se vuelve hacia mí.

—La casita de los pájaros.

—La casita de los pájaros —digo, mirándolo—. La primera vez que nos besamos.

—Lo recuerdo —responde con voz suave.

Brian se inclina hacia mí, y yo cierro los ojos para saborear el momento justo antes del beso. Luego, por supuesto, cuando sus labios se encuentran con los míos, saboreo el beso.

Cuando nos separamos, aprieto mi frente contra la suya.

—La primera vez fue buena. Pero ha mejorado mucho.

Brian asiente, pero algo le llama la atención y, de repente, se aleja de mí y se dirige hacia mi tocador.

—¿Es Mjölnir? —pregunta.

Coge el martillo que está sobre la cómoda y finge usarlo para romper mi lámpara. No puedo evitar reírme un poco al ver lo mucho que le ha llamado la atención el arma de Thor.

—¡Por supuesto! —le digo—. Me encanta *Thor*.

—*Iron Man* es mejor, pero lo entiendo —se burla Brian, sentándose en mi cama.

—Te equivocas, pero está bien. —Tomo el martillo y lo pongo en su sitio—. ¿Entonces Mjölnir es la razón por la cual dejamos de besarnos? —pregunto.

Brian se ríe.

—Es que me he emocionado. Ya hablaremos de las fanaticadas. Pero antes ven aquí —dice, dando unas palmadas en la cama.

Me siento a su lado.

Estamos juntos, y nuestras rodillas se tocan, nos vemos a la cara. Siento un cosquilleo en la piel cada vez que estoy cerca de él.

—¿Quién fue tu primer amor? —pregunto para romper el silencio.

Brian me mira.

—No es lo que esperaba que dijeras. —Se queda pensando un momento—. Me enamoré de una de las chicas de mi barrio cuando tenía cinco años. Jugábamos videojuegos. Era maravilloso. ¿Y tú?

— Aaron Cyr, cuando estaba en preescolar —digo.

Brian hace un gesto.

—¿*Aaron Cyr*?

Asiento con la cabeza.

—Fue amor a primera vista. Hasta le escribí una carta de amor.

Brian se burla.

—¿A él le escribes cartas de amor y a mí no? —dice.

—¡Tú tampoco me has escrito una carta de amor!

—¡Por supuesto que sí! —protesta—. ¿Y la tarjeta que te regalé el día de San Valentín?

Pienso en la tarjeta de San Valentín, que está en mi cartera. La guardé ahí cuando empecé a sentir algo por Brian porque... bueno, porque me gustaba.

—No me malinterpretes. La tarjeta de San Valentín es preciosa y la guardo como un *tesoro*, pero no estoy segura de que cuente como una carta de amor. Éramos amigos cuando me la diste.

—Claro, pero yo quería ser más.

Siento que mis mejillas se ruborizan. ¿Es posible que Brian hubiera estado interesado en mí desde febrero? Y si fue así, ¿qué hacía yo perdiendo el tiempo en lugar de interesarme en él?

—Pero le diste una tarjeta de San Valentín a todas las chicas de la clase —digo.

—Sí, porque habíamos hablado de que mucha gente puede sentirse mal consigo misma el día de San Valentín. No quería que nadie pasara por eso —dice Brian—. Pero si hubiera tenido que regalar solo una tarjeta de San Valentín a alguien de la clase, habría sido a ti. La tuya fue la única un poco romántica.

—No me enteré —digo.

Me inclino para coger mi mochila, que está colgada de una de las columnas de la cama, y saco la tarjeta de San Valentín.

Brian parece sorprendido.

—¿La llevas encima? —pregunta.

—Por supuesto. Es la única felicitación de San Valentín que he recibido —le digo—. Y es tuya.

Brian sonríe. Yo también.

—Esto es lo que dice —digo, y me aclaro la garganta con dramatismo antes de leer en voz alta—: "Eres mi tipo, al pie de la letra. Para quien hace que mi día de trabajo sea maravilloso. Feliz día de San Valentín, Charlie. -Brian". ¿Lo ves? No hay sentimientos románticos subyacentes.

—¿Qué *dices?* Dibujé una máquina de escribir porque te *encanta* escribir y habías dibujado una a carboncillo a principios del semestre, y escribí que eras mi tipo, al pie de la letra... que eras *tú* con quien quería estar —dice Brian, fingiendo que se molesta—. ¡Es uno de mis trabajos más finos, Charlie!

Me echo a reír y vuelvo a meter con cuidado la tarjeta en mi cartera.

—¡No sabía! Pensé que todo el mundo había recibido algo así.

—No, los juegos de palabras de los demás eran mucho menos personales. Creo que la tarjeta de Layla solo decía "¡Hay que mantener la frescura!" junto al dibujo de un pingüino, porque no quería que dedujera que sentía algo por ella —dice, riendo.

(Creo que hizo bien, pues todos en la clase de Arte saben que Layla está enamorada de él).

Brian me mira.

—Desde entonces me gustabas —dice, mientras extiende la mano para tocarme la mejilla.

—¿De verdad? —pregunto.

—Sí —dice Brian—. Y ahora me gustas más.

Mi corazón se acelera. Me inclino hacia él.

—Tú también me gustas mucho —le digo en un susurro.

Brian me besa, al principio despacio, que creo es como me gusta más, y después con más ansias, y pienso que no, que así me gusta más.

—Eres bueno en eso —le digo cuando nos separamos, casi sin aliento.

—Tú también.

Brian me agarra la mano y la acaricia con el pulgar.

—Tus besos son como los he soñado. Como los he descrito en mi escritura.

Brian deja escapar una sonrisa diabólica.

—Ah, ¿sí? ¿Escribes sobre nuestros besos?

—Bueno, no sobre los nuestros, pero sí sobre los de la gente en general.

—Nosotros también somos gente, ¿no?

—A veces, tal vez —digo—. Tampoco es que escriba sobre besos *todo* el tiempo.

—Claro, por supuesto.

Le empujo el brazo, juguetona.

—¡Lo juro!

—Te creo —dice, y me parece que sigue jugando, pero no importa—. Me encantaría leer una de tus historias algún día.

Me da vergüenza siquiera pensar en eso. Como ya he dicho, compartir mis escritos me hace sentir vulnerable, expuesta. Pero la escritura es una parte tan importante de mí que pienso que debería compartirla con Brian.

—Creo que puedo enseñarte algo —digo al fin.

—¿De verdad? —pregunta.

Asiento y Brian sonríe.

—Y el protagonista será un coreano guapo, ¿verdad? —me dice.

No me atrevo a mencionar que uno de los personajes principales de mis últimas historias está inspirado en él.

—Y hay una chica puertorriqueña inteligente y maravillosa, ¿verdad? —continúa—. Y están muy interesados el uno en el otro. Y tal vez haya un perro. Un *golden retriever*.

Pongo los ojos en blanco.

—Por Dios.

—Bueno, está bien, no tiene que ser un *golden retriever,* pero tiene que haber un perro.

—¿Qué puedo hacer para que te calles? —me burlo.

Brian me mira.

—Tú sabes —dice.

Entonces lo beso de nuevo, acariciando su nuca.

Brian alarga el beso, acariciándome una mejilla con una mano y con la otra rodeando mi cintura y atrayéndome hacia él. Siento que tiemblo, pero no lo detengo cuando se recuesta en la almohada. Hago lo mismo, recostándome también. Me pierdo en la sensación de su boca en la mía, sus dedos en mi piel, sus brazos alrededor de mi cuerpo.

Entonces siento un ruido. Empujo a Brian y me incorporo de prisa, pero es demasiado tarde: mamá está en la puerta de mi habitación, y luce iracunda.

—¡Mamá, hola!

Tiene los ojos entrecerrados y las manos en las caderas.

—¿Qué crees que estás haciendo? —me dice.

—*Nada* —le digo.

—Eso no parecía nada —dice, señalándonos a Brian y a mí.

—Solo estábamos...

—¿*Qué?* —Su voz es cortante—. ¿Jugueteando en tu *cama?* ¿En mi casa? ¿Bajo mi techo? ¿Cómo se te ocurrió?

—Solo fue un beso —digo.

Brian se pone de pie.

—Señora Vega, le pido disculpas.

—¿Quién eres tú? —le pregunta mamá.

—¡Es Brian, mamá, lo conoces! —la interrumpo.

—Me da igual quién sea. ¡En mi casa no! —grita—. A veces, te lo juro, Charlie, te comportas de una manera que da pena. Deberías estar avergonzada.

Lo que estoy es furiosa.

—¡Bien! —grito—. Si te parece vergonzoso, entonces nos vamos.

—¿Perdón?

Miro a Brian y lo tomo de la mano.

—Vamos.

Me dirijo a la puerta de la calle, ignorando los gritos de mamá que quiere seguir discutiendo. Pero yo no tengo que hacerlo. Y no lo haré.

Capítulo treinta y seis

No dejo de disculparme en el auto de Brian.

—Lo siento mucho —le digo por vigésima vez.

—*Por favor*, no te preocupes —dice él, tranquilizándome por vigésima vez también—. No estábamos haciendo nada.

—¡Lo sé!

—Quiero decir, no técnicamente. Aunque quizás se pueda ver un poco mal —admite.

Me muerdo las uñas.

—Sí —digo—. Tal vez. Pero ¿enloquecer así? ¿Fingir que no te conoce? Se pasó.

—Lo siento —dice Brian.

—Está bien, no es tu culpa.

Permanecemos en silencio por un minuto.

—¿Estarás bien cuando regreses a tu casa más tarde? Quiero decir, ¿tu mamá se habrá calmado?

—Sí —digo—. Estaré bien. Para entonces se le habrá pasado y todo irá bien.

Es una mentira piadosa, pero no quiero asustar a Brian. No quiero que mi drama familiar lo aleje.

Y, a decir verdad, tal vez me pasé de la raya. No es que haya un libro de reglas sobre cómo comportarte en casa de tu madre con tu primer novio. Pero ¿de verdad está mal besarte un poco con tu novio?

No lo sé. Tengo diecisiete años y voy a hacerlo de todas maneras. Si ella no quiere que suceda bajo su techo, lo haré en otra parte.

—¿Tu mamá siempre te habla así? —pregunta Brian.

—Bueno, no siempre —digo.

—No debería. Nadie debería comunicarse a gritos, ni siquiera cuando está enfadado —dice—. Era como si tratara de humillarte.

—¿Estás diciendo que tus madres no intentan humillarte todo el tiempo? —bromeo.

—No juegues, Charlie —dice Brian—. Hablo en serio. No está bien.

Asiento con la cabeza.

—Te lo agradezco. Pero ella es así.

Brian sacude la cabeza.

—No está bien.

—Amelia piensa igual, pero ¿qué se supone que haga? Es mi mamá.

Brian se muerde el labio, pensativo.

—No sé, no tengo una respuesta para eso. Pero quiero que sepas que te mereces algo mejor. ¿Sabes? —dice al cabo de unos minutos.

Le regalo una pequeña sonrisa. Escuchar eso es maravilloso y doloroso a partes iguales. Es algo que necesito oír de vez en cuando, y a la vez es un recordatorio de que mi relación con mi madre es... un desafío.

—Gracias —digo.

Conducimos un rato en silencio y, de repente, Brian detiene el auto.

—¿Qué pasa? —pregunto, asustada.

—Me acabo de dar cuenta de que por fin hace buen tiempo.

Brian mira el techo de su descapotable, pulsa un botón y la capota empieza a plegarse despacio hacia el asiento trasero. No puedo evitar sonreír cuando nos da la brisa.

—Hace tiempo te dije que podría gustarte sentir el viento en el pelo. Así que... ¿Estás preparada para dar un paseo?

—¡Sí!

—¿A dónde quieres ir?

—A algún lugar lejano. Como... —Una idea cruza mi mente—. ¿Te acuerdas cuando fuimos al museo de arte? —le pregunto.

Brian asiente.

—Bueno, aquel era uno de tus lugares favoritos, así que ahora creo que toca ir a uno de *mis* lugares favoritos.

Introduzco la dirección en mi teléfono.

—¡Vamos! —le digo.

Nos ponemos en marcha. Disfruto los rayos de sol sobre mi piel y el viento que azota mi pelo (tal como anticipara Brian una vez). Miro al cielo y suelto una carcajada.

—¡Esto es increíble! —grito.

—¡Sabía que te iba a gustar! —me grita Brian.

Disfrutamos del sol, subimos el volumen de la música y cantamos al ritmo de los Smiths mientras avanzamos por la carretera. Es un viaje alegre y me siento más ligera tras saborear su dulzura y sencillez.

Cuando llegamos a nuestro destino, un bello pueblo de Nueva Inglaterra, Brian baja el volumen de la música y busca dónde estacionar. Me arreglo el pelo, que el viento alborotó, en una trenza, en lo que Brian perfecciona sus habilidades de estacionamiento en paralelo.

—¿Listo? —pregunto.

Brian asiente con la cabeza.

Salgo del auto y le tiendo la mano.

Es un pueblo muy hippie. Hay tiendas que venden *kombucha* y camisetas teñidas con la técnica de *batik*. La mayoría de los restaurantes son veganos, y se respira un persistente olor a aceite de pachuli. Pero no me molesta, porque hay una bandera de arcoíris en el centro del pueblo, y en los escaparates de las tiendas hay carteles que proclaman que EL FEMINISMO ES PARA TODOS. También tienen las mejores tiendas de segunda mano, como comprobamos cuando pasamos caminando por delante de varias, además de una tienda de discos y una de marihuana. Por fin llegamos a una tienda de libros usados, Page Against the Machine.

Miro a Brian, que sonríe y me toca la mejilla, un gesto que he llegado a anticipar y amar.

—Va con tu personalidad —me dice.

—¿Verdad que sí? —digo—. Entremos.

Cuando abro la puerta, me recibe el olor a libros usados, un viejo amigo. Muchas mañanas, tardes y noches, tras pelear con mamá, me he refugiado aquí a lamerme las heridas y regalarme un montón de nuevas adquisiciones (como si mi colección necesitara más).

—Los mejores libros tienen notas escritas en la página del título o en los márgenes —digo, mientras deambulamos por uno de los pasillos—. Algunas personas piensan que escribir en los libros es como profanarlos, pero yo creo que es algo lindo. Puedes ver lo que piensan los demás. Es como compartir la lectura con otra persona.

—Eso es muy lindo —me dice Brian mientras coge un libro—. ¿Cuáles son las probabilidades de que este tenga algo escrito?

—Es un poco presuntuoso de tu parte creer que el primer libro que tomes va a tener algo escrito. Son como los tréboles de cuatro hojas.

Brian agita el libro frente a mí con dramatismo antes de abrir la primera página. Y la segunda. Y la tercera. Después hace un mohín.

—Sin anotaciones. —Brian devuelve el libro a la estantería—. Inténtalo tú —dice.

Miro la estantería y recorro con los dedos algunos de los lomos de los libros antes de decidirme por un ejemplar de *Mujercitas*. Lo tomo y lo abro. Luego me aclaro la garganta.

—"A mi querida Marilyn: eres mi Jo. Te quiero siempre" —leo.

Los ojos de Brian se abren de par en par.

—¿De verdad? ¿Has encontrado un trébol de cuatro hojas así de fácil?

Le doy la vuelta al libro y le enseño la página, vacía.

—No. Pero te he hecho *creer* que he tenido suerte, ¿eh?

Brian me quita el libro de las manos y lo cierra con un chasquido. Luego lo devuelve a la estantería.

—¡Tú! —dice, agarrándome por la cintura y acercándome a él.

Nos reímos. Luego Brian me da un beso.

—Sí que soy afortunado.

—No, la afortunada soy yo —digo, en serio, y le doy otro beso—. Oye, ¿te dije que hay una sección de cómics allá arriba?

La cara de Brian se ilumina.

—¿En serio?

—¡Sí!

Brian me da un beso en la mejilla.

—Te adoro, pero la sección de cómics me llama. Tú haz lo tuyo.

Brian desaparece en el piso de arriba, y yo tomo de nuevo el ejemplar de *Mujercitas*, que pienso comprar.

Entonces siento vibrar mi bolso. Saco el teléfono y veo un mensaje de Amelia.

Hola, dice. **¿Qué estás haciendo?**

Le tomo una foto al libro que tengo en la mano y le envío un mensaje. **En mi lugar feliz.**

Habría ido contigo, escribe Amelia.

¡La próxima vez!, escribo. **Estoy con Brian.**

Disfruta, me responde. Luego guardo mi teléfono en el bolso.

Paso un rato recorriendo los pasillos y seleccionando más y más libros: *Lotería*, *Alex & Eliza*, *El libro de los americanos desconocidos*, *La casa de los espíritus*, *Poet X*, otra libreta de apuntes (con carátula holográfica) para mi colección. Ya me siento mucho más tranquila en cuanto a la pelea con mi madre. Cuando termino, subo al segundo piso y encuentro a Brian sentado en el suelo con una pila de libros de cómics a su lado. Tiene uno abierto sobre su regazo. Sonrío para mis adentros, complacida de que se esté divirtiendo en un lugar que a mí también me gusta.

Me acerco a él y me siento.

—Hola.

Brian me mira con los ojos muy abiertos.

—Este. Lugar. Es. Impresionante.

Brian tiene dos cómics, uno en cada mano.

—No tienes idea del tesoro que he desenterrado aquí —me dice.

—¡Te lo dije!

—Te quedaste *corta*. ¡Hay incluso un gato! ¡¿Has visto el gato?! Asiento con la cabeza.

—Se llama Cap.

—¿Cap?

—Abreviatura de "Capítulo".

—Abreviatura de Capítulo, claro —repite Brian. Luego pregunta—: ¿Cómo encontraste este lugar?

—Papá solía traerme aquí. ¿Me enseñas lo que encontraste?

—Por supuesto —dice Brian, haciendo un gesto para que me acerque más a él.

Me acerco y nuestras piernas se tocan.

—Debes saber que vamos a estar aquí un largo rato.

Al oír eso, sonrío. ¿Una tarde con libros y con Brian? Sí, no me importa.

Capítulo treinta y siete

Es una suerte haber pasado una tarde feliz con Brian, porque cuando llego a casa mamá está molesta. Por supuesto.

Está sentada en el sofá con el teléfono en la mano, pero lo pone a un lado cuando entro.

—Ya era hora —dice antes de que alcance a sentarme, mirándome a los ojos—. No puedes irte así como así.

—No quería que Brian presenciara una escena.

Mamá pone los ojos en blanco.

—No seas dramática.

—¿Estoy siendo dramática? Entraste a mi habitación y empezaste a dar gritos.

—¡Casi estabas teniendo sexo con un chico que ni siquiera conozco, en mi casa!

—¿Quién está siendo dramática? Estábamos vestidos —protesto—. ¡Y sí lo conoces, lo has visto!

(No estoy mejorando las cosas).

—¡Sabes lo que quiero decir, Charlie!

—¡La verdad es que no lo sé! Solo nos estábamos besando, mamá, y él no es "un chico". Es mi no...

Casi digo *novio*, pero me detengo. No obstante, mamá palidece.

—¿Tu novio? —pregunta, con una voz mucho más dulce de lo que esperaba.

—Quiero decir, no hemos concretado esa parte, pero estamos, ya sabes, saliendo. O lo que sea.

—¿Desde cuándo?

—Hace un tiempo —digo.

—Oh.

Mamá aparta la mirada de mí.

Lo admito: estoy perpleja. No sé hacia dónde va esta conversación. Esa suele ser la táctica de mi madre cuando peleamos, pero ahora parece genuino.

—Mamá, estoy segura de que debe haberte molestado ver eso, sobre todo porque no lo esperabas. Pero ya tengo diecisiete años. Quiero decir...

—¿Por qué no me habías hablado de él?

—Iba a... —digo, pero me detengo. Es mentira. No lo iba a hacer.

—¿Pero...?

—Pero no fuiste muy amigable con Brian cuando lo conociste aquella vez que me ayudó con el auto. Ni cuando nos encontramos con él en el centro comercial hace unas semanas. Y pareció no gustarte que lo invitara a mi fiesta de cumpleaños, algo que, por cierto, no acabo de entender. ¿Por qué no querías que viniera?

—Él es... —Mamá comienza a hablar, pero se detiene.

—¿Él es qué? —pregunto—. Porque si la cosa es que es coreano, mamá, *te juro que...*

—¡No! No es eso. En absoluto —dice—. Es que no es alguien con quien te imaginaba, eso es todo.

—¿Con quién me imaginabas? —le pregunto.

No responde.

—¿Mamá?

—Alguien... diferente, supongo. Menos... nerd. —Luego, en voz baja, añade—: Tal vez más delgado.

—¿Qué?

—No te alteres, Charlie —dice—. No puedes culparme por querer lo mejor para ti.

—¿De qué estás hablando, mamá? ¿Cómo puede ser mejor para mí que Brian esté *más delgado*?

—Pensaba que te vendría bien encontrar a alguien que te ayudara a entrar al camino correcto.

Siento como si me hubieran abofeteado.

—¡Dios mío!

—No te pongas *así*, Charlie —dice.

—¿No te pongas así? ¡¿No te pongas *así?!* ¡Eres increíble! Me acabas de decir que has sido grosera con un chico que me gusta porque piensas que es gordo. ¿Sabes qué? ¡Yo también soy gorda!

—Oh, ya basta. —Mientras habla, mamá se frota las sienes, como si la estuviera agotando—. Siento preocuparme por ti, Charlie. Lo siento muchísimo.

—¡Dios, eres imposible! ¿Quieres saber por qué no te hablé de Brian, mamá? ¡Por *esto!* Porque te importa una mierda lo que me hace feliz, la verdadera yo, no quien te inventas en tu cabeza, quien te gustaría que fuera, en quien esperas que me convierta un día. No te importa la persona real que está frente a ti. ¡No te importa nadie más que tú misma!

—Charlie...

No la escucho. Corro a mi habitación, cierro la puerta tras de mí y rezo para que no me siga.

No lo hace. Es lo más bonito que ha hecho por mí en las últimas semanas.

Capítulo treinta y ocho

Después de una noche de llanto e insomnio, sé que debo lucir fatal al día siguiente en la escuela, pero Brian no dice nada cuando llego a mi casillero.

—¿Estás bien? —me pregunta.

Le respondo que sí y él no insiste.

Mamá y yo no hemos hablado, así que no estoy castigada ni nada por el estilo (todavía), pero las cosas no van bien. Pensé llamar a Amelia para contarle lo que había pasado, pero estaba demasiado cansada incluso para eso.

Le envié un mensaje de texto para decirle que la echaba de menos. Ella me respondió que también me echaba de menos, y lo dejé así.

Por la mañana hice todo lo posible para evitar ver a mamá. Incluso esperé hasta el último momento para prepararme para la escuela. Cuando salí ya se había ido, pero apenas tuve tiempo de cepillarme los dientes, mucho menos de asegurarme de que mi pelo estuviera bien peinado.

Así que sí, me siento mal cuando llego a la escuela. No estoy muy comunicativa.

—¿Sigues queriendo que almorcemos juntos hoy? —me pregunta Brian mientras caminamos por el pasillo.

—¿Qué?

—Habíamos quedado en que hoy volverías a almorzar conmigo en el salón de Arte, ¿no? ¿O me lo he imaginado?

Nos detenemos frente a la puerta del salón de clases. Sé que hemos hablado de eso, pero me siento demasiado cansada para recordarlo.

—Oh, sí.

Brian se encoge de hombros.

—No tenemos que hacerlo. No es gran cosa.

—Sí, nos vemos —le respondo, y me esfuerzo por sonreír.

Brian me devuelve la sonrisa.

—Bien. ¿Nos vemos luego?

—Sí. Nos vemos luego —le digo.

No participo en casi nada durante la mayor parte del día, pero me reúno con Brian en el salón de Arte durante el almuerzo. Me olvidé de empacar algo por la mañana, así que llego con las manos vacías y él se ofrece a compartir su comida conmigo.

Pico un poco, pero no tengo hambre. Saco mi proyecto de arte y mis materiales, y me siento a su lado. Trabajo en el cuadro del caballo, pues solo queda un día para entregarlo y todavía luce fatal. Pero no hablo mucho.

Brian elige algo de música y se esfuerza por sacar conversación. Me cuenta sobre un maratón de videojuegos en que él y sus amigos piensan participar. Lo escucho con atención, agradecida por poder pensar en otra cosa.

Durante la última clase del día, Amelia me pregunta si quiero cenar con ella después del trabajo, pero no me apetece. Le pido dejarlo para otro día. Me pregunta qué me pasa. Le digo que me he vuelto a pelear con mi madre y me mira con simpatía, pero no dice nada.

A la salida de la escuela, Brian me alcanza y caminamos juntos hacia el estacionamiento.

—Hola —me dice—. ¿Trabajas esta noche?

—Sí. ¿Y tú?

—Sí.

Nos dirigimos a mi auto. Cuando meto la llave en la puerta, Brian me toca el brazo.

—¿Está todo bien, Charlie? Te ves distraída.

Miro a Brian y veo que tiene los ojos grandes y las cejas fruncidas.

—Sí, lo siento. Peleé con mi mamá cuando llegué a casa anoche. Fue grave. Realmente malo.

Le cuento una versión resumida de lo que sucedió, omitiendo algunas partes porque no quiero de ninguna manera hacer sentir mal a Brian a causa de los problemas corporales de mi madre. Él me escucha.

—Lo siento, Charlie —dice, acercándome a él para abrazarme.

Le devuelvo el abrazo, con fuerza, y me doy cuenta de que es justo lo que necesitaba.

—Ojalá pudiéramos saltarnos el trabajo hoy —gimoteo.

Brian se separa de mí y sonríe.

—¿Y por qué no podemos? —Me pone el dorso de la mano en la frente—. Estás caliente. ¿Te sientes bien?

Sonrío.

—Mmm... Supongo que tengo un poco de fiebre, ahora que lo mencionas. Y tú suenas un poco ronco, ¿no?

Brian se toca la garganta.

—La verdad es que me duele hablar.

—Supongo que no tenemos más remedio que faltar al trabajo.

—Supongo que sí —dice Brian—. ¿Nos vemos en mi casa en diez?

De repente, me siento mucho mejor.

Capítulo treinta y nueve

Cuando por fin mamá me habla, es para decirme que estoy castigada, por supuesto. Pero es solo por una semana, que pasa rápido y (la verdad) tranquila, ya que mamá y yo no nos hablamos. Paso todo el tiempo libre trabajando en mi texto para el concurso, al que la pelea con mi madre añade fuego y sentimiento.

De repente ya es viernes, sin que me diera cuenta. Por desgracia, Brian me manda un mensaje de texto para decirme que está enfermo (cree que tiene gripe, **Karma por fingir,** me escribe), y me veo sola en mi casillero.

Entonces me doy cuenta de que apenas he visto a Amelia en los últimos días.

Me siento fatal por ello. No quiero ser la chica que se olvida de sus amigas por culpa de un chico, para nada. Pero soy tan feliz con Brian que se me hace difícil no querer sentirme así de bien todo el tiempo.

Me regaño a mí misma y me juro que seré mejor amiga a partir de este instante.

Intento encontrarme con Amelia en su casillero, pero no está allí. (Nuestra rutina matutina se ha estropeado porque, en lugar de caminar con ella al salón de clases, ahora lo hago con Brian). No la *veo* hasta el tercer turno de clases, pero ella llega tarde y tenemos examen, así que no podemos hablar.

Durante el almuerzo me siento aliviada cuando veo a Amelia, Kira y sus amigos comiendo afuera, en una mesa de picnic.

—¡Hola, gente! —digo cuando me acerco.

Liz y Maddy sonríen y me saludan.

—¡Hola, Charlie! —dice Liz.

—Hace tiempo que no te veía —dice John.

—¿Almuerzas con nosotros hoy? —pregunta Jessica.

Miro el espacio junto a Amelia. Luego la miro a ella.

—Si no les importa, me encantaría. Los echo de menos. ¿Puedo?

Amelia responde sin levantar la vista.

—No tienes que pedir permiso.

—Gracias —respondo mientras me siento.

Los amigos de Amelia reanudan su conversación sobre lo emocionados que están por las vacaciones de verano, que ya se acercan. (Liz trabajará como socorrista. Maddy estará de viaje con su familia la mayor parte del verano, y sufre porque estará separada de Khalil. Jessica asistirá a un campamento de voleibol. Tyler solo quiere salir de fiesta).

Sonrío, asiento con la cabeza y participo cuando puedo, pero no aporto mucho. Intento hablar con Amelia, pero cuando le pregunto: "¿Cómo estás?", "¿Qué has hecho?", "¿Qué te pareció el examen que acabamos de tomar?", ella responde con monosílabos. De hecho, en un momento dado juro que aparta su cuerpo de mí y se acerca a Kira.

Cuando suena el timbre del almuerzo y Amelia se pone de pie, la tomo del brazo.

—¿Está todo bien?

Amelia intercambia una mirada con Kira, que asiente con la cabeza y le hace un gesto al grupo para que se vayan.

—No. En realidad, no lo está —me dice Amelia cuando estamos solas.

—¿Qué pasa? —pregunto.

Amelia baja la vista, pero no dice nada.

—En serio, Amelia. ¿Qué pasa?

—No sé, Charlie. Dímelo tú.

—¿Qué quieres decir?

—Parece que me has estado evitando. Apenas te he visto —me dice—. Parece que *siempre* estás con Brian.

—No es verdad —insisto, aunque tiene razón.

Amelia me lanza una mirada.

—¿De verdad? —dice.

Suspiro.

—De acuerdo, admito que he pasado mucho tiempo con Brian. Pero esta noche estoy libre. ¿Quieres salir? —digo.

—Liz, Jess y Maddy vienen a dormir a mi casa.

—Oh.

—Sí —dice Amelia. Se hace una larga pausa—. ¿Quieres venir? —me pregunta al fin.

Me llevo la mano al corazón.

—Dios mío, pensé que me ibas a dejar fuera.

Amelia sonríe.

—Bien. Quería hacerte sufrir un poco.

—Entonces, ¿nos vemos en tu casa después de la escuela? —pregunto.

—Hecho —dice Amelia.

El resto del día pasa lento, pero solo porque estoy entusiasmada con la pijamada. Estará bien pasar un rato con las chicas, y hace una eternidad que no me quedo a dormir en casa de Amelia. Cuando suena el timbre de la última clase, corro a mi auto para ir rápido a casa a preparar una bolsa con lo esencial: un pijama, la ropa para el día siguiente, productos de belleza y el cargador del teléfono. Luego le envío un mensaje de texto a Brian para decirle que estoy pensando en él y que espero que se sienta mejor, y me dirijo a casa de Amelia.

La señora Jones me abre la puerta.

—¡Me alegra verte, Charlie! —dice. Luego me da un abrazo—. Hace tiempo que no venías.

—Sí —asiento, sintiéndome culpable.

Hasta ella ha notado mi ausencia.

—Las chicas están abajo en el sótano —dice—. La cena estará lista pronto. ¿Quieres que suba tu maletín?

—¡Claro! Muchas gracias.

Le entrego el maletín y bajo las escaleras. Amelia, Liz, Maddy y Jessica me reciben.

—¡Hola, Charlie! —dice Maddy.

—¡Charlie está en la casa! —grita Liz.

Amelia y Jessica se ríen y me saludan. Amelia me da un abrazo y lo tomo como una buena señal.

—Bueno, bueno, Liz iba a contarnos la mierda que Wren Bellamy ha comido hoy en el gimnasio —dice Jessica—. ¡Sigue!

—¡Exacto! Bueno, *todas* sabemos lo mucho que le encanta a Wren mostrar sus habilidades gimnásticas cada vez que puede —dice Liz.

Jessica pone los ojos en blanco.

—No puedo con ella. Sí, Wren, eres rica y has tomado clases de Gimnasia desde que tenías tres años y por eso te crees que eres mejor que todo el mundo. Maravilloso.

—Es una pesada —dice Amelia—. Una vez me dijo que yo era como el emoji de la caca, imagínate.

—¿*Qué*? —pregunta Maddy—. ¿Qué quiso decir?

—¡No tengo idea! —dice Amelia y se ríe—. Charlie estaba ahí. ¿Te acuerdas, Charlie?

—Cómo me voy a olvidar —digo—. Fue una conversación súper extraña. Amelia y yo estábamos hablando de los emojis que más usábamos o una estupidez parecida, y por alguna razón Wren se metió.

—¡De la nada! —dice Amelia—. Y me dijo "Bueno, Amelia, si fueras un emoji, serías el de la caca".

Todas empezamos a reírnos.

—¿Qué le respondiste?

Jessica sacude la cabeza.

—¡Nada! Wren es tan maleducada que ni siquiera merece la pena que uno le responda. En la clase de Economía se dirigió a mí una vez, sin que nadie se lo pidiera, y dijo que no comía en la cafetería porque solo había comida de pobres: maíz, pan y tacos.

—¿*Perdón*? —digo, horrorizada.

—Eso es muy *insensible* —agrega Maddy.

Me he dado cuenta de que Maddy tiende a quedarse callada cuando hablamos de otras personas, así que si hasta ella interviene debe ser algo muy malo.

—Incluso si fuera cierto, ¿qué tiene de *malo?* —añade.

—Olvídense de *eso* —dice Liz—. Esto les va a gustar.

—¡Te escuchamos! —dice Amelia, frotándose las manos.

En la cara de Liz se dibuja una mirada de placer al vernos enganchadas con la historia antes de comenzar a contárnosla.

—Pues bien, teníamos un maestro sustituto en la clase de Gimnasia, así que era como un turno de gimnasia libre. Algunos alumnos estaban caminando por la pista, otros jugando al burrito, en fin. Estábamos todos relajados. Pero a *Wren* se le ocurre sacar la barra de equilibrio del almacén. Y convence a otros alumnos para que la ayuden.

—¿Y qué hacía el maestro sustituto mientras todo eso pasaba? —pregunta Amelia.

—No sé, metido en su teléfono, supongo, medio supervisando el caos de la clase. Mientras, Wren y compañía se demoran una eternidad en sacar la viga de equilibrio. Cuando al fin lo consiguen, Wren decide hacer lo que le da la gana y prescindir del observador y de las colchonetas debajo de la barra.

—Oh, ¡no! —dice Maddy.

—Oh, ¡sí! —dice Liz.

Jessica mira a Amelia.

—Dios, ojalá tuviera palomitas de maíz ahora mismo.

Liz sonríe y se dispone a continuar con la historia.

—Así que Wren se sube a la barra de equilibrio, empieza a contar cómo ganó las competencias regionales el año anterior con la rutina que va a hacer, a decir que es una campeona y que todos deberíamos prestarle atención... y por fin comienza a dar unas difíciles volteretas. Pero, a *mitad* de la rutina, ¡su pie resbala fuera de la viga!, y cae al suelo.

Liz imita el sonido con las manos: "PUN".

Todas nos estremecemos al pensar lo que debe doler una caída sobre el tabloncillo de madera del gimnasio, desde unos metros de altura.

—¡Dios, qué horrible! —digo yo.

—Creo que le dolió —asiente Liz.

—Qué humillante —dice Maddy

Todas asentimos.

—Pero... también fue un poco divertido, ¿no? —pregunta Jessica, con una sonrisa pícara en los labios.

Liz no puede evitarlo y sonríe también.

—¡Porque no le pasó nada! —dice.

—Sí, por supuesto —dice Amelia.

—Por supuesto —dice Maddy.

Todas intercambiamos miradas y empezamos a reírnos.

—¡Dios, somos terribles! —digo yo.

—Lo peor —coincide Maddy.

Entonces suena el teléfono de Maddy. Ella lo mira y una enorme sonrisa se extiende por su cara mientras lee el mensaje en la pantalla.

—Debe de ser Khalil —dice Liz con conocimiento de causa.

Maddy pone el teléfono boca abajo, con timidez.

—¿Cómo sabes?

—Tu sonrisa —se burla Amelia—. No hay que avergonzarse. Todos sonreímos como bobos cuando la persona a quien queremos nos manda un mensaje.

—Solo quería saber cómo estaba yo antes de irse con los chicos. No puedo evitarlo; todavía me emociono cuando él me escribe —dice Maddy.

—Lo entiendo —digo, emocionada, porque en realidad lo entiendo.

Jessica asiente.

—Oh, sí. ¡Tú y Brian! Se ven *súper* lindos.

Mi sonrisa es resplandeciente.

—¡Gracias! Sí, de verdad es maravilloso —digo.

—¿También salió con amigos esta noche? —pregunta Maddy.

—No, esta noche no —digo—. Por desgracia está en casa con gripe.

—Qué pena —dice Liz.

—¿En casa con gripe? —pregunta Amelia cortante—. Ya entiendo por qué estabas libre.

—Oye, no —atino a decir, pues Amelia me ha tomado desprevenida—. No es cierto.

Pero tal vez lo sea. Al menos un poco.

—Por supuesto —dice Amelia, cruzando los brazos.

Veo que Jessica levanta las cejas e intercambia una mirada con Maddy y Liz.

—Estoy muy feliz de estar aquí —insisto—. Y muy contenta de que me hayan invitado.

—Nosotras también estamos contentas de que estés aquí, Charlie —dice Maddy con una sonrisa.

La señora Jones me rescata cuando nos llama a comer.

—¡Chicas, a cenar!

Amelia se dispone a subir, pero la agarro por el brazo.

—Espera —le digo.

Maddy, Liz y Jessica suben, dejándonos a solas.

—¿Qué? —me pregunta Amelia.

—No te pongas así.

Amelia resopla.

—Estoy molesta porque pensé que de verdad querías salir conmigo esta noche.

—¡Sí quiero! —le digo—. Estoy aquí, ¿no?

—Sí, pero porque Brian no está disponible —dice Amelia, llevándose las manos a las caderas—. Como quieras, Charlie, pero eso es una mierda.

—No quiero que sientas que vine porque no tenía otra cosa que hacer. No es así. Estoy feliz de estar aquí. Y estoy súper emocionada de conocer a tus amigas un poco mejor.

—¿Sí? —pregunta Amelia, un poco más animada.

—¡Sí! No arruinemos la noche, por favor —le ruego. Y, como no parece convencida, añado—: Por favor, por favor, por favor, ¡por favor!

Por fin Amelia cede, y hasta sonríe.

—Está bien. Vamos a pasarlo bien entonces.

Enlazo mi brazo con el suyo, aliviada.

—Vamos.

Capítulo cuarenta

No quiero que me dé gripe, pero echo de menos a Brian. A la mañana siguiente, cuando salgo de casa de Amelia, compro un poco de sopa de pollo con fideos y se la dejo a su mamá, Susan. Brian me saluda patéticamente desde la ventana de su habitación.

Nos pasamos el fin de semana enviándonos mensajes de texto y de Snapchat. Por suerte, el lunes vuelve a la escuela y lo abordo en el estacionamiento como si hace años que no lo hubiera visto.

—Te he echado de menos —le digo.

Brian me envuelve en un gigantesco abrazo de oso. Echaba de menos el calor de su cuerpo sobre el mío. Acurruco mi cara en el pliegue de su cuello y ni siquiera me importa que nos hayamos convertido en *esa* pareja.

Brian me besa la cabeza.

—*Yo* te he echado de menos. Gracias de nuevo por impedir que me volviera loco durante el encierro.

—Por supuesto —digo. Luego me separo y lo miro—. Me aburría tanto sin ti.

—Yo también —dice Brian. Luego chasquea los dedos—. ¡Ay, dejé una cosa ahí! —Brian señala su auto —. ¿Puedes ayudarme a buscarla?

Brian abre el auto y entramos. Cerramos las puertas. Yo pongo mi mochila en el suelo, delante de mí.

—¿Qué estamos buscando? —pregunto.

Brian esboza una sonrisa mientras pulsa el botón que bloquea las puertas.

—Esto —dice, tirando de mí hacia él y besándome con fuerza, como si hace días que no lo hiciera, *cosa que es cierta.*

No sé por cuánto tiempo nos besamos, pero no me importa porque eso es mucho mejor que, literalmente, todo lo demás.

—Me alegro de que te sientas mejor —es lo único que digo cuando por fin nos separamos.

Brian me besa de nuevo, y entonces el guardia del estacionamiento toca en la ventanilla para decirnos que tenemos que entrar porque ya ha sonado el timbre.

Valió la pena no haberlo escuchado.

La escuela está bien, el almuerzo está bien, todo está bien, pero lo único que quiero es ir a casa de Brian a pasar un rato con él. De modo que fue una gran decepción recibir al mediodía un mensaje de texto de mamá diciéndome que teníamos que hablar cuando llegara a casa.

Paso de estar de buen humor a sentirme como si de repente hubiera cogido la gripe. Sin embargo, le digo que sí y pospongo mis planes de la tarde con Brian.

Una vez en casa, me pongo ropa cómoda, voy a la habitación de mamá y llamo a la puerta. Es mejor acabar con eso de una vez.

—Entra —me dice.

Abro la puerta de un empujón. La habitación no se parece en nada a aquella que compartía con papá. Es como si hubiera borrado su recuerdo, cosa que entiendo (debe ser duro recordar todo el tiempo al hombre que amabas y que ya no está) y a la vez me molesta (a veces lo echo mucho de menos). Solo una cosa se mantiene igual: de una de las columnas de la cama cuelga el sombrero favorito de papá.

Siempre me gustaba estar en su habitación cuando mi papá vivía. Veíamos películas o leíamos libros. A veces, cuando yo estaba enferma y no iba a la escuela y él tenía que cuidarme, jugábamos juegos de mesa todo el día (si yo prometía no decírselo a mamá). Ahora apenas entro.

—¿Querías hablar? —le pregunto.

—Sí —dice mamá, dando una palmada en la cama—. Ven, siéntate.

Me siento con las piernas cruzadas.

—Entonces —me dice.

—Entonces —le respondo.

—He estado pensando mucho.

—¿Sí? —le digo.

—Me doy cuenta de que tal vez lo que dije fue... duro.

—Duro —repito.

—Sí. Quiero lo mejor para ti, Charlie, pero ya sabes. Tienes diecisiete años.

Lo tomo como un reconocimiento de que he crecido y puedo tomar mis propias decisiones. ¡Progreso!

—¡Sí! ¡Exacto! Estoy viviendo nuevas cosas.

—Quiero decir, que vas a hacer lo que vayas a hacer, y yo no puedo detenerte. —Por fin explota la burbuja—. Y si es Brian, pues... es lo que es.

Una chispa de rabia se enciende en mi pecho, pero sé que es inútil dejarla arder. Me imagino echándole agua, y casi puedo oír el sonido que hace al extinguirse. Mi madre no lo entiende; no *me* entiende. Y... no lo hará.

—Sí, es lo que es —digo con frialdad.

—Pero, quiero decir, habría sido bueno que al menos me hubieras dicho que estabas saliendo con alguien. Las hijas les cuentan a sus madres esas cosas, ya sabes.

Una parte de mí quiere gritar: "¡Pero por esto es por lo que no lo hice! ¡Y tú me restregaste en la cara un poco que habías tenido razón después de lo de Cal! ¡Y todo el tiempo estás juzgando mi peso! ¡Y no has podido decir nada amable sobre Brian! ¡Y nunca preguntas cómo me va, ni te interesas por lo que me gusta, ni, ni, ni!".

Pero no lo hago. Porque la principal razón por la cual no le conté a mamá lo de Brian es que estoy tan acostumbrada a *no* compartir cosas con ella que ni siquiera me pasó por la cabeza. Y tal vez eso sea lo peor.

—Bueno, al menos ahora sabes de él, aunque te hayas enterado de una manera incómoda. Lo siento por eso.

—Está bien —dice mamá—. Pero, ya sabes. Cordura.

Esa es su manera de decirme "no tengas sexo aquí".

—Sí, por supuesto. Cordura.

—Bueno.

Asiento con la cabeza.

—Bueno.

Mamá mira un mensaje de texto que ilumina la pantalla de su teléfono, lo que indica que la conversación ha terminado, así que me escabullo fuera de la habitación. Ahora sé que tal vez nunca nos llevemos bien, ni tengamos esa relación madre-hija que tanto anhelo... pero no peleamos, y tal vez eso sea todo lo que pueda pedirle.

Capítulo cuarenta y uno

Si hace unos meses me hubieran dicho que muy pronto estaría frente al espejo viendo cómo me quedaba un sexy sujetador de encaje que compré para presumir ante un chico con quien estoy saliendo, no lo habría creído en lo más mínimo. Tal vez incluso habría empujado a esa persona por mentirosa. Sin embargo, heme aquí.

Después de la intensa sesión de besos en el auto de Brian el otro día, compré unos cuantos sujetadores bonitos. Siento que pronto haremos algo más que acariciarnos. Dentro de poco me va a ver el sujetador, y quisiera que no fueran los sujetadores de señora vieja que suelo usar.

No es que vayamos a hacerlo, no todavía. Apenas llevamos un mes de relación, ¡hoy! Pero dado que hemos empezado a llamarnos novio y novia, supongo que sí, que van a pasar cosas. Incluso pienso ir a Planned Parenthood para comenzar a tomar la píldora, porque *no* es que quiera quedar embarazada.

Mi teléfono vibra. Cuando miro, es un mensaje de Brian que dice: **Estaré allí en 10.**

No tengo mucho tiempo para terminar de vestirme para nuestra cita. Vamos a ir a cenar a un lugar elegante para celebrar nuestro primer mes de relación. Apenas lo puedo creer. Un mes oficial de estar juntos, de tomarnos de la mano, de besarnos y de estar ahí el uno para el otro. Ha sido increíble.

Por fin hay alguien que se interesa por mí y *solo* por mí, no porque quiere acercarse a Amelia.

Me pongo un vestido rojo de hombros caídos que se abre en la cintura. Me hace sentir mucho mayor y más sofisticada de lo que en realidad soy, y con el nuevo sujetador de encaje que me levanta un poco los pechos me siento bastante sexy. Espero que Brian piense lo mismo.

Esta noche celebraré un mes con mi primer novio. Presiento que será una noche memorable.

Otra vibración en mi teléfono me avisa que Brian está aquí. Me miro por última vez en el espejo antes de salir corriendo hacia el auto y saludarlo. Hace dos días que no lo veo, ha tenido que viajar para asistir a una boda familiar, y estoy muy emocionada.

Brian camina hacia mi casa, y me encuentro con él a mitad de camino. Lo abrazo, cosa que lo toma por sorpresa, pero me devuelve el abrazo con fuerza. Creo que podría quedarme así para siempre.

Pero tenemos que ir a cenar.

—Hola —le digo, separándome para mirarlo.

—Hola —dice él, recorriendo mi cuerpo con la vista—. Maldita sea, Charlie.

Me subo los lentes.

—¿Qué? —pregunto.

—Estás muy guapa —dice, inclinándose para besarme.

Luego se separa, pero mantiene su cabeza cerca de la mía.

—Muy sexy —agrega.

—Tú también —digo, devolviéndole la mirada.

Brian lleva una camiseta ceñida, de cuello redondo y mangas largas, con unos vaqueros negros. Puedo ver el contorno de sus fuertes brazos, nada mal. ¿Por qué los chicos se ven *tan* bien con la ropa más sencilla?

—Bien. ¿Estamos listos? —pregunta Brian, sacudiéndose cualquier otro pensamiento.

Asiento con la cabeza, muy, muy complacida, y nos vamos.

Camino al restaurante le cuento lo que he hecho en los últimos días, que es un montón de nada. Pero al fin envié mi escrito al concurso, y Brian es todo sonrisas cuando, sentados a la mesa, se lo digo.

—¿Sí? ¿De verdad? —pregunta.

—Sí. *Por fin*, quieres decir.

—No. Lo hiciste, y eso es lo que importa —dice.

A pesar de haber escrito lo que creía que era una historia corta convincente y cruda, me costó mucho pulsar el botón de enviar. Me consumía la preocupación de que no fuera del todo buena, a pesar de que la señora Williams me había ayudado a mejorarla a través de varias rondas de edición y excelentes sugerencias. Pero cada vez que la leía me parecía demasiado emotiva. Cuando se lo dije a Brian, se ofreció a leerla. Le envié una copia por correo electrónico. Su respuesta fue un simple texto: **Guau**.

Entre eso y la franca perspectiva de la señora Williams (tipo "Charlie, decide si lo envías o no"), por fin me armé de valor y lo envié.

Sonrío.

—Yo también me alegro. Gracias por leerlo.

—Por supuesto. Llevo toda la vida queriendo que me dejes leer algo tuyo —dice Brian, y se ríe—. Pero la espera ha valido la pena. Eres una escritora increíble, Charlie.

—Tú eres un artista increíble —le digo.

—¿Qué tiene que ver una cosa con la otra?

—No lo sé. Pero parece que encajamos bien.

Brian sonríe.

—Entonces —digo, un poco sonrojada—. ¡Cuéntame de la boda!

—Demasiadas canciones de Ed Sheeran.

—¡Oh, no!

—Incluso fue suya la canción de los novios.

—¡*No!* —digo en voz baja.

—¡*Sí!* —responde Brian en voz baja.

Nos echamos a reír. Lo siento, Ed Sheeran.

El camarero vuelve a preguntar si estamos listos para ordenar la comida. Ordenamos.

—Habría sido mejor si hubieras estado allí.

—A mí también me hubiera gustado estar allí —digo, sonriendo.

Mi teléfono, que está sobre la mesa, vibra. Es Amelia.

—¿Te importa? —le pregunto a Brian.

—Adelante.

Antes de abrir el mensaje veo que Amelia me está invitando a salir esta noche, y siento una pequeña puñalada de culpabilidad. A pesar de que me prometí ser mejor amiga, no he pasado mucho tiempo con ella. He estado muy ocupada con Brian, el concurso, el trabajo y todo lo demás, y cuando he estado con Amelia la he notado entre cercana y apartada. Es frustrante, así que me he alejado, tal vez de manera intencional, tal vez no. Creo que ni siquiera le dije que esta noche celebrábamos nuestro primer mes de relación.

¡Oye, lo siento! De hecho, esta noche salgo con Brian. ¡Cumplimos un mes juntos!, escribo.

Veo los tres puntos grises aparecer durante un rato antes de desaparecer. Luego aparecen de nuevo y vuelven a desaparecer. Los vuelvo a ver, y entonces me llega un mensaje que dice **Feliz cumple mes**, pero sin signos de puntuación ni emojis ni nada.

¿Por qué Amelia no puede alegrarse por mí?

—¿Todo bien? —pregunta Brian.

Apago la pantalla del teléfono y lo alejo de mí.

—No —suspiro—. Amelia ha estado actuando muy raro.

Brian frunce el ceño.

—¿Qué pasa?

—Creo que está algo molesta porque tú y yo hemos estado saliendo mucho —digo con cautela—. Pero es injusto. Ella siempre ha estado saliendo con gente, y yo nunca le he dicho nada al respecto, ¡ni siquiera cuando me ha echado a un lado o me ha hecho sentir como el mal tercio!

—Eso suena un poco hipócrita.

—¿Verdad? ¿Por qué tiene que ser malo que salga con mi novio algunas veces? Además, anda insistiendo en que salgamos las dos parejas y yo no quiero. Solo quiero estar contigo, Bri.

—No suena tan mal —sugiere.

—Eso es muy dulce de tu parte. Pero creo que me estaría comparando con Amelia toda la noche, o comparando nuestra relación con la de ella y Kira, y no quiero eso. Creo que Amelia está molesta conmigo por posponer esa salida.

Brian se acerca a la mesa y me da un pequeño apretón en la mano.

—De todos modos, no voy a dejar que arruine nuestra celebración.

Sonrío.

—¡Es nuestro primer mes de relación! —digo.

—Un mes entero. ¿Cómo me has aguantado tanto tiempo?

—Me ha parecido bastante fácil.

—Sí —dice—. Para mí también ha sido fácil. De veras siento que... no sé tú, pero siento que *funcionamos*. Que me entiendes. Y me encanta estar cerca de ti.

Mi estómago da un pequeño vuelco.

—A mí también me encanta estar cerca de ti. Es decir, he pensado mucho en cómo sería estar con alguien, pero esto es mucho mejor de lo que jamás imaginé. Sé que suena súper cursi, pero es verdad.

Brian sonríe y yo no puedo evitar devolverle la sonrisa.

—Feliz primer mes de relación, niña —dice.

—Feliz primer mes de relación, Tig —digo, levantando mi vaso de agua.

Él choca el suyo con el mío justo cuando llega la comida.

Brian y yo le damos las gracias al camarero y celebramos lo bien que luce la comida, pero yo solo pienso en lo feliz que soy y en lo feliz que me siento esta noche. Eso me da fuerzas para acercarme a él.

—Te tengo un secreto —digo.

—Ah, ¿sí? —pregunta Brian.

—Me he comprado un sujetador nuevo —susurro.

Brian comienza a toser y toma un gran sorbo de agua.

—¿Perdón?

—Lo que oíste —digo.

No sé de dónde he sacado de repente toda esa confianza, pero me gusta. Quiero aferrarme a ella, cultivarla y dejarla salir siempre que pueda.

—Maldita sea, Charlie —dice Brian.

Sus ojos bajan hasta mi pecho y luego vuelven a mirarme. Luego vuelven a bajar y de nuevo me mira.

—*Maldita sea* —repite.

—Tal vez podamos salir después de la cena.

Brian levanta el dedo como si estuviera llamando al camarero.

—La cuenta, por favor —dice.

Me hace reír.

—¡No, no! Vamos a terminar nuestra comida. Tomémonos nuestro tiempo. Es mejor así, ¿no?

—Eso dices tú.

Como despacio a propósito, deleitándome en el número de veces que sorprendo a Brian mirando mi escote. Cuando el camarero pregunta si queremos postre, finjo que medito sobre ello, y Brian deja escapar un pequeño suspiro de alivio cuando por fin digo que no. Paga la cena, me toma de la mano y me lleva hasta el auto, caminando rápido.

Cuando llegamos, en lugar de soltarme utiliza mi mano para acercarme a él, y me besa, con urgencia, pasión, necesidad.

El beso me deja un cosquilleo.

—Deberíamos entrar en el auto —susurro—. ¿Buscamos un lugar más privado?

Mi corazón late con fuerza mientras digo eso. Brian asiente. Entramos en el auto y nos ponemos en marcha. Brian conduce por un rato, de regreso al centro, entra en un parque y se detiene en un estacionamiento desierto. Cuando apaga el motor, se vuelve para mirarme.

—Hola —le digo.

—Hola —dice él, con una sonrisa en los labios.

Brian me mira fijo durante un momento, mientras su mano descansa en mi mejilla.

—Dios, eres preciosa —me dice.

—¿Sí? —pregunto, mordiéndome el labio inferior.

Brian se inclina y me besa. Es un beso más dulce y delicado que el anterior, como si con él tratara de mostrarme, no de decirme, que soy hermosa. Puedo *sentirlo*.

Dicen que no puedes estar de verdad con alguien si no te amas a ti mismo, pero estoy aprendiendo que a veces también es importante la admiración y el apoyo de otra persona para ayudarte a conseguirlo. Yo estaba en camino de aprender a valorarme, pero Brian me tomó de la mano e hizo que el camino fuera menos solitario. Si eso está bien o mal, no lo sé; lo único que sé es que me siento hermosa y deseada cuando estoy con él.

Eso me hace profundizar el beso. Le acaricio la parte posterior del pelo, atrayéndolo hacia mí y cerrando la brecha entre nosotros. Una de sus manos me acaricia la nuca, mientras la otra está sobre mi rodilla.

Me olvido de lo que se supone que debo sentir *respecto de* mi cuerpo para concentrarme en disfrutar lo que *en realidad* siente mi cuerpo. No me preocupa lo que piense Brian mientras me toca; solo dejo que me toque. Que toque mis manos, mi espalda, mi cuello, mi pecho.

Hasta ahora nos habíamos acariciado por encima de la ropa. Pero cuando siento la mano de Brian tirar suave del tirante de mi vestido y bajarlo despacio por el hombro, no lo alejo. Lo dejo hacer.

Porque me gusta y confío en él, y me hace sentir que no tengo que avergonzarme de mí misma ni de mi cuerpo.

Y porque no me he comprado ese sujetador para nada.

Capítulo cuarenta y dos

Después de una increíble noche con Brian, tengo que contárselo a Amelia. Le pregunto si quiere ir a comer al día siguiente y acepta.

Vamos a nuestro lugar, Jake's, pero no hablamos de nada importante, solo de cosas insignificantes, y de algunos chismes de la escuela, no mucho más. No encuentro el momento adecuado para hablarle de Brian, así que... no lo hago. Por suerte me invita a su casa, donde espero que el entorno familiar ayude a restablecer algo de normalidad entre nosotras.

Nos sentamos en su cama, y enseguida Amelia saca su teléfono. A veces lo hacemos juntas y compartimos cosas divertidas y tontas de internet, pero hoy prefiero hablar. Le pregunto cómo van las cosas entre ella y Kira y me dice que están bien, pero nada más. Así que supongo que es un momento tan bueno como cualquier otro para contarle.

—Brian y yo celebramos nuestro primer mes de relación anoche. Fue increíble —le digo—. Me dijo que le encanta pasar tiempo conmigo, que yo lo entiendo. No sé, Amelia, se siente como algo, ¿sabes?

Ella no levanta la vista.

—Eso es bonito.

—Sí, lo es —digo, tratando de ignorar lo mucho que sus respuestas me están molestando—. Se siente grande, maravilloso y aterrador al mismo tiempo. Después de la cena, hicimos cosas. *Cosas*, cosas.

—Súper —dice Amelia.

—¿Súper?

Amelia levanta la vista de su teléfono y me mira.

—Sí. Súper.

Luego vuelve a lo que estaba haciendo.

—¿Eso es todo lo que tienes que decir?

—Sí. Todos hacemos cosas con nuestras parejas, Charlie —me dice Amelia—. No es nada especial.

Siento que mis mejillas se ruborizan. Sé que está siendo hiriente a propósito, pero lo dejo pasar. Por *cosas como esa* es que a veces me siento insegura.

—Lo sé, Amelia. Lo siento por intentar compartirlo con mi mejor amiga.

—No sé por qué te molestas.

Me burlo.

—¡Me molesto porque estoy intentando hablar contigo de cosas importantes y no quieres ni levantar la vista del teléfono!

Amelia pone el teléfono en la cama con dramatismo y me mira fijo, cruzando los brazos.

—Ya está. ¿Mejor?

—No, no está mejor. ¿Cuál es tu problema? Apenas me hablas.

—¿Apenas *te* hablo? Muy bonito, viniendo de ti.

—¿Qué significa eso?

Amelia se levanta de la cama.

—Que ya nunca te veo. *Siempre* estás con Brian. Me sorprende que estés en mi casa ahora mismo.

—¡Vine a tu pijamada!

—Porque Brian estaba enfermo y no podías estar con él.

—¿Otra vez con eso? ¿En serio, Amelia?

Amelia se cruza de brazos.

—¡Sabes que tengo razón! Ya no tienes tiempo para mí.

—Puf, qué drama, en serio, Amelia. Dios me libre de querer pasar tiempo con Brian, mi *novio* —digo—. ¡También pasas mucho tiempo con Kira! No actúes como si no lo hicieras.

—Y aun así hago tiempo para verte. Tú, en cambio, no puedes decir lo mismo —replica.

Amelia empieza a limpiar con rabia su librero, una extraña costumbre que tiene cuando está enfadada. Su madre hace exactamente lo mismo.

—¡Yo saco tiempo para ti! Pero las cosas cambian cuando sales con alguien. Bien que lo sabes —le digo—. Siempre he sido comprensiva con todos tus novios, sobre todo con Sid.

—Oh, ¿así que siempre los he antepuesto a ti? Muy bonita opinión de tu mejor amiga.

—*No* he dicho eso, Amelia. Solo digo que, cuando ha ocurrido, porque ha ocurrido, siempre he sido paciente y nunca me he quejado de hacer mal tercio. ¡Te he dejado hacer lo tuyo!

—¡Claro, ahora la culpa es mía! —grita.

—No es eso. Pero creo que estás siendo muy injusta. Admítelo: ¡te molesta que por fin tenga novio!

Amelia tira algunos de sus libros sobre su escritorio y se vuelve hacia mí.

—¡Eso es absurdo! Me alegro de que tengas novio.

—¡Sí, claro! Te cuento que estamos de cumple mes y ni siquiera te importa.

—¡Porque cuando no estás con Brian lo único que haces es hablar de Brian! Dios, Charlie, ¿en quién te has convertido? —pregunta—. ¡Siento que ni siquiera te conozco!

—¡Bueno, *perdona* por haber hecho mi vida y que no puedas con eso! Hasta Brian dice que eso es hipócrita.

Amelia levanta los hombros y me frunce el ceño.

—¿Estás hablando mal de mí con Brian?

—Oh, por favor. Como si no hablaras de mí con Kira —digo, poniendo los ojos en blanco.

Amelia resopla.

—*No*, no lo hago.

—Bueno, da igual —digo. Pero siento que mis mejillas enrojecen de vergüenza.

—No puedo creer que me haya pasado semanas molesta por no ver apenas a mi mejor amiga y que, mientras, ella haya estado con su novio hablando de mí como si nada —dice Amelia—. Y diciéndome hipócrita. Eso es una mierda, Charlie.

—Bueno, en realidad no te llamó hipócrita —digo, pero ella me corta.

—Ni siquiera me importa. Adelante, habla mal de mí. Seguro que Brian está molesto conmigo porque lo rechacé cuando me invitó a salir.

Eso me golpea como un puñetazo en la barriga.

—¿Qué? —pregunto.

—Oh, ¿el charlatán de Brian no te lo dijo? Me invitó a salir antes de invitarte a ti —dice Amelia, mirándome fijo—. Supongo que *me prefería*. Por *eso* nunca debes poner a un chico por encima de tu mejor amiga, Charlie. Como sea. No me importa.

Amelia sale furiosa de la habitación hacia Dios sabe dónde, dejándome de pie, con los ojos adoloridos por el escozor de las lágrimas.

Respiro mal, débil. Estoy... aturdida.

Solo quiero salir de ahí. Busco a tientas el bolso y las llaves, y corro hacia el auto. Mi corazón late con fuerza mientras me alejo de la casa de Amelia.

No creo que Amelia y yo hayamos discutido nunca así, diciéndonos cosas hirientes de las cuales luego podríamos arrepentirnos.

Pero ¿sería cierto que Brian la invitó a salir? ¿Cuándo? ¿Cómo? ¿Por qué yo no lo sabía?

Mi mente no puede evitar sacar las peores conclusiones: que ninguno de los sentimientos de Brian hacia mí es real, que todo ha sido un plan para acercarse a Amelia, que poco a poco he ido entregando partes de mí a un chico al que no le importo en absoluto.

Capítulo cuarenta y tres

Mi mundo gira tan rápido que tengo ganas de vomitar.

No sé qué pensar de la pelea con Amelia, *mucho menos* de lo que ha dicho sobre Brian. Me dirijo a mi casa, pero sé que allí no podré llorar en paz, así que cambio el rumbo y conduzco hasta el triste y desierto centro comercial, donde estaciono y lloro.

Había creído que lo que sentí después de lo de Cal era malo, pero esto es mucho peor. Es como si hubiera perdido a mi mejor amiga y a mi novio a la vez. Como si hubiera parpadeado mal y, *de repente*, todas las personas importantes en mi vida se hubieran ido. Me siento mal de solo pensarlo. Es como si el dolor que arde dentro de mi pecho se metiera en mis venas y circulara por todo mi cuerpo.

Amelia *sabe* que mi relación con Brian significa mucho para mí. *Sabe* que he estado en un estupor de amor, experimentando muchas cosas por primera vez. *Sabe* lo feliz que me ha hecho sentir todo eso. Y, sin embargo, hizo estallar una granada en mis manos, sin importarle las consecuencias.

Que no me hubiera dicho antes que Brian la había invitado a salir, que hubiera elegido un momento delicado para decírmelo, que lo hubiera hecho con la intención de herirme... nada de eso me parece justo.

Y Brian. ¿*Mi* Brian? Bueno, está claro que nunca fue mi Brian, no si lo que dice Amelia es cierto, no si ella le gustó primero. Por muy enfadada que esté Amelia conmigo, nunca me mentiría.

Sin embargo, ¿cómo se supone que voy a volver a una vida donde Brian es solo Brian, un chico de la clase de Arte, y no mi Brian, el chico de quien estoy enamorada? ¿Se supone que debo olvidar cómo mi mano encaja en la suya? ¿Cómo reímos hasta llorar, hasta que nuestros pulmones no pueden más, y luego estallamos de nuevo en carcajadas? ¿Cómo disfrutamos hasta los silencios que se abren entre nosotros cuando estamos juntos? ¿Cómo se siente como si siempre viviéramos una aventura y compartiéramos un secreto? ¿La forma en que me abraza y me hace sentir que estoy en mi lugar? ¿La forma en que sus ojos se arrugan cuando sonríe? ¿La forma en que me toca la mejilla? ¿Su sonrisa torcida? ¿El olor de su colonia? Se me escapa un sollozo al pensar que tengo que despedirme de todo eso.

No es justo. No está bien. Por fin tenía una persona a mi lado, que se deleitaba en mí, a quien podía llamar mío. Tenía algo *bueno*. Pienso en nuestra relación, en cómo creció como un fuego, despacio al principio, para luego envolverme y calentarme los dedos y la punta de la nariz hasta abarcar todo mi cuerpo y hacerlo sentir cálido, seguro y feliz como nunca pensé que podría llegar a estar.

Brian era mi persona. *Mi* persona. Mío. Y yo era suya.

Y ahora.

Ahora tendré que volver a mi vida de antes, vivir a la sombra de los demás, intentando no ser borrada del todo por su luz. Tendré que dejar la comodidad, devolverla, como si la hubiera tomado prestada y nunca hubiera sido mía.

Porque a Brian le gustó primero Amelia. Y eso confirma mis peores temores. Cava en las trincheras de mi cuerpo y saca una inseguridad abrasadora que expone a la vista de todos.

La vergüenza me hace arder, y mi cerebro no deja de pensar en una cosa: "Hemos terminado. Tiene que ser así".

Brian y yo hemos terminado.

Y, por el momento, Amelia y yo también.

Mi cara se contrae. *Así* se siente perder a todas las personas que te importan de una sola vez.

Brian trata de contactarme. Me envía fotos bonitas de un perro, un enlace a un divertido post de Reddit y algunos mensajes donde me dice cuánto me echa de menos.

Los ignoro todos y pongo sus mensajes en modo "No molestar" para no recibir notificaciones cada vez que entra uno.

Si lo mantengo en el limbo, no tengo que lidiar con el duelo de despedirme de él.

Hago lo mismo con los mensajes de Amelia, aunque ella todavía no se ha puesto en contacto. Quizás ni siquiera le importe haberme hecho daño.

A pesar de haber desactivado las notificaciones, sé que pasaré buena parte de la noche revisando con obsesión mi teléfono, así que lo apago para evitar la tentación. Intento leer, pero no puedo concentrarme. Trato de dormir, porque hay clases al día siguiente, pero apenas descanso. Doy vueltas en la cama, lloro y miro al techo.

Por la mañana, me demoro con toda intención cuando me preparo para la escuela. Llego tarde para evitar a Brian y a Amelia en los casilleros, e ignoro a Amelia en clases. Me concentro en mis apuntes, la pizarra y el teléfono, sin mirarla.

Entre clase y clase, me concentro en mis mensajes. Veo el pequeño punto azul que indica que hay mensajes no leídos junto a los nombres de Brian y Amelia.

No puedo mirar los de Brian, no en la escuela. Pero sí leo los de Amelia. Son dos.

Siento que las cosas se me hayan ido de las manos anoche. Lo siento mucho, dice uno.

El otro dice: **¿Podemos hablar, por favor?**

Pero no estoy lista para hacerlo. Todavía no. Así que guardo mi teléfono, paso el resto del día evitando tanto a Amelia como a Brian, me salto la clase de Arte y me voy a casa cuando termina el último turno.

No sé qué hacer conmigo. He creado una rutina tan cómoda con Brian que, de repente, no hacer nada, cosa que he perfeccionado por años, me resulta extraño.

Llega un momento en que no puedo evitar mirar sus mensajes. Hay *muchos*. Y aunque los primeros eran divertidos y encantadores, el tipo de cosas que intercambian dos personas que se quieren y se sienten felices, van tomando un tono cada vez más preocupado y alarmado.

Te eché de menos en el almuerzo. ¿Nos vemos en Arte?

No te he visto ni he sabido nada de ti en todo el día, niña.

Mmm... no estás en Arte. Me estoy preocupando. ¿Estás enferma?

¿Te han abducido los extraterrestres? ¿Vienen en son de paz? Nota para mí: robar una nave espacial, rescatar a la novia.

No quiero molestarte, pero me estoy preocupando. ¡Responde cuando puedas!

Siento una punzada de culpa al leer los mensajes.

Una parte de mí quiere responder y actuar como si no supiera lo que sé. Podríamos seguir nuestra relación como si nada. No tengo que reconocer que le gusta más Amelia. Podemos fingir que no es así.

Pero la otra parte de mí quiere gritar. Se siente traicionada. Odio, odio, *odio* con cada fibra de mi ser que Brian haya invitado a salir a Amelia antes que a mí. Que la haya preferido a ella, como todo el mundo. Se me revuelve el estómago. Me siento vil, usada, tonta.

Daría lo que fuera por sacar esa información de mi cabeza, por olvidarla. Por primera vez en mi vida me gusta una persona y yo le gusto a ella, y éramos felices.

Pero yo no fui su primera opción. Fui su medalla de plata. ¿Así será mi vida siempre?

Lo que me mata es que Brian nunca, nunca me hizo sentir inferior a Amelia. Siempre me escuchó y valoró, y me hizo sentir que yo podía ser yo, la mejor versión de mí, cuando estaba con él. Me escuchaba, luchaba por mí, se preocupaba por mí.

Cuando me cortejó sin complejos y en público, cuando me apoyó cada vez que peleé con mamá, cuando creyó en mí y en mi escritura, Brian me demostró, una y otra vez, que yo le importaba. Yo. Solo yo.

Cuando pienso en él siento un dolor en el pecho tan profundo que solo puedo describirlo como *gutural*.

Admito que imaginé un futuro con Brian. Fue mi primer novio, mi primer beso, mi primer todo, y ahora tengo que vivir con el hecho de que el primer y único chico al que he querido así hubiera preferido a Amelia, como tantos otros que me han decepcionado.

Creo que podría haberlo amado. Y ahora no estoy segura de querer volver a amar a alguien otra vez.

Capítulo cuarenta y cuatro

A la mañana siguiente hago como si saliera para la escuela y cuando mamá se marcha doy media vuelta y vuelvo a casa.

Llueve, y me gusta. Me frustra que el tiempo no coincida con mi estado de ánimo. La lluvia es bienvenida.

Vuelvo a revisar los mensajes de Brian, pero solo hay uno nuevo.

¿Estás bien, Charlie? Por favor, devuélveme el mensaje. Estoy muy, muy preocupado.

Cedo y le escribo: **Estoy bien, pero ocupada,** lo que hace que me llame. Debe haberse escabullido de la clase para hacerlo. No contesto.

Reviso los mensajes de Amelia. Hay uno largo.

Entiendo que no quieras hablar. Lo entiendo. He estado pensando mucho y me siento muy, muy avergonzada por mi conducta el otro día. Sé que te hice daño y lo siento mucho. Espero que podamos hablar y que puedas encontrar en tu corazón el perdón hacia mí por las cosas que dije. Pero también entiendo si no quieres volver a hablar conmigo. Quiero que sepas que estoy dispuesta a hablar cuando tú quieras.

Empiezo a escribir una respuesta, considerando lo que podría decirle... pero me detengo. Guardo el teléfono y saco mi diario.

Hace años que no escribo en él, así que empiezo por leer entradas antiguas. Son tristes: los pensamientos de una chica que no se quiere lo suficiente. Al leer mis sentimientos más profundos me doy cuenta de lo mucho que he confiado en los demás para construir la persona que soy, de que gran parte de mi validación provenía del mundo que me rodeaba y no de mi interior. Pensé que había dejado eso atrás, pero ¿no es así como me he sentido con Brian todo el tiempo? ¿Volando porque él sostenía un ventilador que soplaba bajo mis alas? Cojo un bolígrafo y escribo.

Estoy decidida a que, pese a todo lo que está pasando, la nueva entrada en mi diario no sea tan triste y solitaria como las demás. Quiero que sea esperanzadora, algo de lo cual la futura Charlie pueda sentirse orgullosa.

Así que escribo sobre cómo encontraré fuerza para respetarme a mí misma. Y valor para aguantar el dolor.

Escribo que me pondré en primer lugar.

Escribo que no sucumbiré a los sentimientos de mi madre sobre mí, ni les daré valor.

Escribo que reuniré la fuerza para decir adiós a quienes no me merecen.

Escribo que a pesar de mi tristeza encontraré la luz del sol.

Escribo que no sé cómo, pero estaré bien.

* * *

Cuando llega la noche, decido salir de casa; necesito algo, cualquier cosa, que me distraiga. Es martes y quedarme en casa es, de pronto, lo último que quiero hacer.

Pero no puedo enviarles un mensaje de texto a Brian o a Amelia.

Considero la posibilidad de llamar a Maddy, o incluso a Jess o Liz, pero me preocupa que puedan estar con Amelia y no quiero arriesgarme.

Entonces hago algo que no he hecho en mucho tiempo. Le envío un mensaje de texto a mi prima Ana.

¡Hola!, le escribo. **¿Cómo has estado?**

Ella me responde: **¡¡¡Charlie!!! Muy bien. ¿Y tú?**

Estoy bien. ¡Te echo de menos! ¿Estás libre esta noche?, pregunto.

Estoy con Carmen en Los patines locos. ¡Deberías venir!, dice.

Entonces me llega un mensaje, de Carmen: **¡VEN AHORA!** Me

manda también una foto de ella y Ana, muy bien maquilladas, en la pista de patinaje.

Me cambio de ropa de prisa, me pongo un poco de maquillaje, me hago un gran moño y salgo. Esta noche fingiré estar bien, hasta que lo consiga.

Cuando llego, les envío un mensaje de texto a Ana y a Carmen: **Voy a la fila para alquilar los patines.**

Alquilo un par de patines y un casillero para guardar mis zapatos y mi bolso. Mientras me cambio los zapatos, Ana y Carmen me flanquean y me dan un abrazo.

—¡Estás aquí! —grita Carmen mientras termino de atarme los patines.

—¡Estoy aquí! —digo, tratando de igualar su emoción.

Me pongo de pie, sin mucho equilibrio.

—Estás muy guapa —dice Ana.

Sonrío.

—Ustedes dos también.

Carmen hace como si modelara con sus patines, y nos reímos.

—*Siempre* estoy guapa.

—Cierto —digo, observando su atuendo.

Lo guardaría al instante si lo viera en Insta: una camiseta *vintage* ajustada, con un cárdigan extragrande, que lleva abierto, y unos vaqueros con los bajos enrollados. Su pelo oscuro y grueso está recogido en una coleta, y su flequillo despuntado acentúa el dramático delineador de ojos que siempre lleva puesto. Ana, por su parte, lleva su larga y ondulada melena negra partida al medio, y viste una fabulosa blusa corta con vaqueros de talle alto.

—Déjenme decirles que estoy un poco oxidada. No he venido desde que era niña.

—¡Dios mío! ¿De verdad? —pregunta Ana.

—¡De verdad!

—De acuerdo, iremos despacio —dice Carmen, enlazando su brazo con el mío mientras nos dirigimos hacia la pista oscura, donde suena la música.

—Y no nos reiremos si te caes —añade Ana.

Carmen echa la cabeza hacia atrás y suelta una carcajada dramática.

—Habla por ti.

Tardo un poco en sentirme cómoda sobre los patines, pero tras unas cuantas canciones me siento más segura, incluso bailo un poco mientras las tres le damos vueltas a la pista, como todos los demás, y cantamos al ritmo de la música. No suelo bailar, pero no tengo nada que perder. Me siento bien moviéndome y gastando un poco de energía.

—¿Te acuerdas de cuando vinimos a la fiesta de Carmen cuando cumplió ocho años? —grita Ana por encima de la música.

—¿La de la piñata? —grito.

—¡Dios mío, sí! La piñata de gatito —dice Carmen, y son-ríe—. Mateo me decía que nunca iba a ser una chica quien lograra romper la piñata y se quedara con los caramelos. ¡Pero le demostré que sí!

Ana se ríe.

—¡Y bien que lo hiciste! ¡Había caramelos por todas partes, y le seguiste dando golpes al pobre tío Armando, que sostenía la piñata en la mano!

Yo también me echo a reír.

—¡Dios mío! ¡Me había olvidado de eso!

—Todos los niños nos lanzamos por los caramelos, mientras Carmen le daba una paliza al tío Armando, ¡y a ninguno de los adultos le importó!

—¡Al final apenas conseguí caramelos! —Carmen finge un mohín—. Todavía me molesto cuando lo pienso.

—¡Oh! ¡Oh! ¿Y la vez que estuvimos aquí y había un tipo que quería lucirse y se tropezó con sus propios pies y su peluca salió volando?

—¡El peluquín! —gritamos al unísono.

Luego empezamos a aullar. Seguimos hablando de cuando éra-mos niñas, de las cenas, las parrilladas, las vacaciones, los partidos de béisbol en el patio, y me doy cuenta de cuánto tiempo ha pasado desde la última vez que conectamos de verdad.

Cuando salimos de la pista de patinaje para tomar un descanso en el salón donde venden comida, las miro, seria.

—Las he *echado de menos*.

Ana sonríe.

—Nosotras también te hemos echado de menos.

—Sí, pero nosotras no nos hemos ido a ninguna parte —aclara Carmen mientras se mira las uñas bien cuidadas—. Seguimos haciendo cosas juntas. Tú eres quien no viene.

—Carmen... —Ana intenta detenerla, pero Carmen la interrumpe, clavando los ojos en mí.

—Solo digo que *tú* has dejado de salir con *nosotras*. No quiero ser mala, pero nos sorprendió que escribieras esta noche.

Siempre me ha gustado la franqueza de Carmen, pero es duro cuando tú eres la víctima. Aun así...

—Tienes razón —digo, y frunzo un poco el ceño—. Después de lo de papá, no sé, me encerré en mí, supongo. Y las cosas con mamá nunca han ido bien, así que es más fácil estar sola. Aunque no es una excusa.

La expresión de Carmen se suaviza. Ana asiente.

—Me imagino —dice Carmen.

—Después de perder a tu padre, fue duro perderte a ti también.

Siento una pequeña punzada en el pecho al escuchar a Ana decir eso. Sin embargo, me dedica una suave sonrisa.

—No sé qué te impulsó a llamarnos esta noche, pero me alegro mucho, muchísimo, de que lo hayas hecho. Lo que importa es que hayas vuelto.

Carmen arquea una ceja.

—Has vuelto, ¿verdad? —dice.

Sonrío.

—He vuelto. Como que van a necesitar mucha suerte para deshacerse de mí de nuevo. Como que van a hartarse de mi mierda.

Nos reímos. Carmen ofrece traernos algo de beber. Yo

aprovecho para ir al baño y, bueno, pasar por los casilleros y revisar mi teléfono.

Hay un mensaje de Brian que solo dice: **¿Charlie?**

Ana me pilla merodeando junto al casillero.

—¿Estás bien, mami? —me pregunta—. Si es por lo que dijimos, espero que sepas que todo está bien con nosotras.

—Sí, claro, no es nada —digo, metiendo el teléfono de nuevo en el casillero.

—No me creo eso. Acabas de meter el teléfono en tu casillero como si fuera veneno.

Suspiro.

—Es un chico.

Ana también suspira.

—¿No es así siempre? —dice, y me tiende la mano—. Vamos.

Nos dirigimos al salón de comer, donde Carmen nos espera en una mesa con nuestras bebidas.

—Es un chico —dice Ana, como si continuara una conversación anterior con Carmen.

—Oh —dice Carmen, con conocimiento de causa. Me mira y da una palmadita en el asiento de al lado—. ¡Siéntate!

—Cuéntanos —insiste Ana.

Niego con la cabeza.

—No he venido a Los patines locos a agobiarlas con mis problemas. No después de que ustedes me han dejado estropearles la noche.

—¿Acaso la familia no es para eso? —pregunta Carmen—. Además, dijiste que nos ibas a hartar de tu mierda. Tienes que cumplir tu promesa. Un pequeño drama sobre chicos es la mejor manera.

Miro a Carmen y a Ana.

—¿Están seguras? —pregunto.

Ellas asienten. Y entonces les cuento.

No todo, habría mucho que explicar, sino las partes importantes. Brian y nuestra relación. La pelea con Amelia. Lo que me dijo. Cómo no he hablado con ninguno de los dos.

Ana aspira aire entre dientes cuando le explico que he estado evitando a Brian.

—No puedes hacer eso —me dice—. Tienes que ser sincera con él, aunque te duela.

—No lo sé. Los chicos se desaparecen siempre —dice Carmen—. Tal vez deberían probar un poco de su propia medicina. Vamos a olvidarnos de ellos por una vez, de verdad.

—Sí, pero Brian nunca se desaparecería —digo con un suspiro—. Él no es así.

—Entonces termina con él —insiste Ana—. No lo mantengas en el limbo. Es lo más justo, creo, si ya te has decidido.

Lo que dice tiene sentido y, de repente, la música, los patines y las luces de discoteca de la pista me parecen una tontería. No sé cómo salir de ahí, por mucho que lo desee.

—¿Por qué siempre tienes que ser tan racional, Ana?

Carmen me mira, derrotada.

—Quizás Ana tenga razón —dice.

Asiento con la cabeza.

—Yo también lo creo.

Ana mira el reloj de la pared, y luego a Carmen. Después hace una mueca.

—Se está haciendo tarde, deberíamos irnos. ¿Estás bien? —me pregunta.

—Lo estaré.

Carmen me da una palmadita en el brazo. Nos levantamos y patinamos hacia los casilleros.

—Muchas gracias por dejarme acompañarlas —digo—. Y por sus consejos. Los necesitaba, de verdad, verdad.

Ana sonríe.

—Para eso estamos.

—¡Y podríamos estar todavía más si estuvieras, ya sabes, más cerca! —se burla Carmen—. ¡Así que mantente en contacto! ¿De acuerdo?

—Sí, lo haré —les prometo.

Nos quitamos los patines, los devolvemos, nos abrazamos y nos vamos por caminos distintos.

Cuando llego a casa son casi las once, pero le envío un mensaje a Brian de todos modos: **¿Podemos hablar?**

Brian me responde casi al instante. **Apareciste. Me he vuelto loco. ¿Estás bien? ¿Puedo llamar?**

Estoy bien. No llames, escribo.

Hace DÍAS que no te veo ni sé nada de ti, Charlie.

Le escribo: **Lo sé. Lo siento.**

En serio, ¿qué pasa? ¿¿¿Está todo bien???, me pregunta.

Siento una oleada de dolor en mi corazón. A pesar de lo que ha pasado, Brian es tierno y amable. Es atento y cariñoso. Es una buena persona. Y una parte de mí no quiere admitir que lo que teníamos se ha acabado. Pero no puedo seguir con él. No quiero ser la segunda opción de nadie. Necesito ser la primera y la única, al menos una vez en mi vida. Así que tengo que terminar con él.

Escribo mi respuesta y la miro hasta que las palabras se confunden con las lágrimas. Es simple. Es clara. Y la odio.

Le doy a "enviar" antes de arrepentirme: **Creo que deberíamos terminar. Lo siento.**

Aparecen los tres puntos grises y me preparo para su respuesta. Pero no llega, y creo que es mejor así.

Capítulo cuarenta y cinco

Al día siguiente, me preparo para ir a la escuela. Antes de la primera clase me encuentro con Amelia en su casillero. La echo de menos, y luego de haberle enviado el mensaje de ruptura a Brian puedo enfrentarme a cualquier conversación que me espere, por difícil que sea.

Sonrío.

—Hola.

—Charlie —Amelia respira y dibuja una sonrisa compungida—. ¿Cómo estás?

Me encojo de hombros.

—He estado mejor.

—Sí. Apuesto a que sí. —Amelia hace una pausa—. ¿Has visto los mensajes de texto que te he enviado?

Saco algunos libros de mi mochila y los coloco en mi casillero, sin mirarla.

—Sí.

De reojo, veo a Amelia asentir con la cabeza.

—Bueno. Te repito, lo siento mucho, Charlie. —Amelia habla en voz baja—. Y, siendo egoísta, espero que hagamos las paces pronto. Cantar la banda sonora de *Hamilton* sin Hamilton es muy aburrido.

Sonrío mientras cierro mi casillero.

—Me imagino.

—No te voy a presionar. Piénsalo, ¿sí? Sería bueno hablar. Igual te deseo que tengas un buen día.

—Gracias —respondo—. Tú también.

No volvemos a hablar durante el día. Almuerzo sola, en la

mesa de Benjamin (al menos hay una persona en este mundo con quien las cosas no se complican). Pero al final del día me encuentro con Amelia en el estacionamiento.

—No podemos seguir encontrándonos así —le digo.

Amelia se ríe, jugando con las llaves de su auto.

—Al menos nos estamos viendo.

—Sí. Quizás deberíamos volver a hablarnos también —digo.

—Me encantaría —dice Amelia—. Siento mucho lo que dije.

—Yo también lo siento.

Suspiro, liberando algunos de los sentimientos revueltos que he estado arrastrando.

—¿Café? —pregunto.

—Nos vemos allí.

Llego a Jake's primero que ella y me siento en nuestra mesa junto a la ventana luego de recoger nuestras bebidas. Amelia llega poco después. Es ella quien rompe el silencio.

—¿Está bien si hablo primero?

—Por favor —le digo.

—He estado ensayando en mi cabeza lo que voy a decirte, pero podría salirme mal. Lo siento mucho, Charlie. Dije algunas cosas muy crueles. *Hice* algunas cosas inconcebiblemente crueles, en un momento muy especial de tu vida.

Los ojos de Amelia están llenos de lágrimas. Yo también me pongo sentimental al recordar nuestra pelea.

—Sí, fue... difícil. Quería compartir la emoción de mi primer mes de relación contigo, Amelia —digo—. Y me dolió que no te importara.

—¡Lo sé! Lo sé. *Siempre* me has escuchado y apoyado mucho, y lo he estropeado todo —dice—. Me da vergüenza admitirlo, pero creo que estaba acostumbrada a recibir toda tu atención. Cuando eso cambió... supongo que no lo supe llevar. Sé que es una estupidez y que no está bien, y tengo el corazón roto por no poder echar el tiempo para atrás.

—Yo también estoy triste por eso —digo, frunciendo el ceño—.

Y no toda la culpa es tuya. No he sido la mejor amiga. No, tacha eso, *he sido* una mala amiga, y tenías razón al sentir que te había abandonado. ¡Lo hice! He estado poniendo a Brian primero, comportándome como el tipo de persona que nunca he querido ser. No quise dar por sentado ni a ti ni a nuestra amistad. Y nunca debería haberme quejado de ti con Brian. Eso no estuvo nada bien, y no quiero que pienses que soy así.

—Yo sé que no eres así. No te preocupes por eso. Y ahora que he tenido tiempo para pensar, reconozco lo imbécil que he sido. Sí, estabas un poco desaparecida, pero llevaba semanas dejándote de lado porque sentía que no me dedicabas tiempo, y eso solo empeoró las cosas. —Amelia suspira—. Lo siento. Yo *sé* la emoción que provoca una nueva relación.

—Mucha —digo.

Amelia me dedica una pequeña sonrisa.

—¡Sobre todo si es la primera! Esos sentimientos se amplifican un millón de veces.

—No dejan vivir —admito.

—Pero eso no justifica el modo en que me comporté. —Amelia baja la mirada—. Tengo tantos remordimientos. Nunca debí haber dicho... bueno, ya sabes.

Trago saliva y miro hacia otro lado.

—Sí, lo sé.

Nos quedamos calladas. Cuando hablo, mi voz es un susurro.

—Pero... es verdad, ¿no?

Por la forma en que Amelia juguetea con la taza de café en lugar de responder a la pregunta, sé que es cierto. Y que no quiere decirlo.

—Amelia, es verdad, ¿no? —vuelvo a preguntar.

Amelia me mira a los ojos.

—Sí, es verdad —dice, suspirando—. Ojalá no hubiera dicho nada. Brian me invitó a salir el año pasado, cuando tomábamos la misma clase de Inglés, y no fue para tanto. Incluso lo había *olvidado*, pero esa noche me dejé llevar por la ira y me acordé y... lo dije para herirte. Lo cual es la peor cosa que podía haber hecho.

Me doy cuenta de que Amelia se avergüenza de decir eso en voz alta.

—Está bien, Amelia. Es mejor que lo sepa.

—No está bien. De ninguna manera.

—Está bien. Después de Cal, decidí que nunca más iba a mezclar nuestra amistad con cosas de chicos. Necesito protegerme a mí y a mi corazón. Así que rompí con Brian.

Lo digo con naturalidad, como si de verdad hubiera querido hacerlo.

Amelia parpadea.

—¡¿Qué?! Estás bromeando.

Sacudo la cabeza.

—No estoy bromeando.

—Pero *¿por qué?*

Me muerdo el labio. ¿Cómo explicarle que esa cosa en apariencia insignificante es en realidad un indicador de algo mucho más grande? ¿Que una vez más en todos estos años Amelia ha estado primero para los amigos, los chicos, mi propia madre?

¿Cómo le explico que, a veces, al lado de ella me siento eclipsada? ¿Y que no es culpa suya?

Elijo las palabras.

—Quiero que me elijan primero. Necesito ser la primera opción de alguien.

—¡Pero tú eres su primera opción! —Amelia insiste—. ¡Te ha elegido a ti!

Sacudo la cabeza. No lo entiende.

—Es más que eso. Llevo *toda la vida* quedando en segundo lugar detrás de ti, Amelia. No es tu culpa, pero es así. Tú eres tú. Yo soy yo. Y el mundo me ha dicho más de una vez que soy inferior a ti. Así que estar con alguien a quien le gustaste primero... solo reafirma esos miedos. Como si no pudiera tener nada solo para mí. Como si no lo mereciera.

Amelia parece horrorizada, tal vez traicionada, confundida.

—¿Qué? ¿De dónde viene esto?

—Lo siento si suena terrible —digo—. ¡Pero es difícil no sentirse así contigo a veces!

Sus ojos vuelven a llenarse de lágrimas.

—En serio, no puedo creer que te sientas así, que te hayas sentido así todo este tiempo. Y que nunca hayas dicho nada. Y ahora yo soy la razón por la cual te estás privando de estar con alguien que te gustaba... a quien quizás amabas.

—No lo entiendes.

—No, no lo entiendo. —Amelia se seca los ojos—. ¿Podemos dejar de hablar de esto, por favor?

—Amelia... —empiezo a decirle, pero no sé cómo seguir.

—Estaré bien. ¿Estamos bien?

Hay mucho más que debería decirle. Pero no lo hago.

—Estamos bien.

Capítulo cuarenta y seis

He recuperado a Amelia, así que debería estar feliz.

Pero las cosas siguen siendo un poco raras entre nosotras desde que le conté lo de la ruptura.

Y está ese gran vacío donde solía estar Brian.

Me he vuelto bastante buena evitándolo en la escuela, y me imagino que él también me evita, lo cual entiendo, pero admito que me lo tomo como algo personal. Me duele. Me duele aun más cuando encuentro una nota suya en mi casillero.

Charlie:

Sé que prefieres escribir cuando se trata de cosas como esta. Solo quiero que hablemos. No quiero presionarte o exagerar, pero estoy muy confundido. Pensé que teníamos algo muy, muy bueno, y no sé qué pasó. No sé lo que hice. Por favor.

Brian

Para tocar una cuerda sensible basta con ser demasiado amable, demasiado gentil, demasiado... Brian. No puedo contener las lágrimas y corro hacia el baño, donde me encierro en un cubículo.

Momentos después se abre la puerta.

—¿Charlie?

Es Amelia.

—Aquí —digo temblando.

—¿Estás bien? —me pregunta, con voz suave.

—No.

—¿Qué ha pasado?

Le entrego la nota por encima de la mampara. Amelia la toma. Pasado un minuto, abro la mampara y la veo leer. Luego me mira con cara de preocupación.

—Esto es muy triste. Está claro que Brian está alterado. Y mírate, tú también. Sé que has tratado de ocultarlo, pero... no eres tú misma.

—No soy la misma porque me duele —digo—. Lo que está pasando es una *mierda*.

—¿Tiene que ser así?

—¿Qué quieres decir?

—Quizás deberías hablar con él —dice Amelia, como si fuera la cosa más sencilla del mundo.

—No puedo.

—¿Por qué no?

No tengo una buena respuesta para eso.

—Porque no.

Amelia me devuelve la nota.

—Parece desconcertado. ¿No has hablado con él ni una palabra?

—¿Además de romper con él? No.

—Siento que se merece al menos una conversación.

Me froto un ojo.

—No sé si pueda.

—Pero ¿qué pasa con él? Si *yo* tengo la impresión de que rompiste con él sin motivos... ¿te imaginas cómo se sentirá él? —pregunta Amelia—. Se veían tan felices juntos, Charlie. Tan felices. La forma en que te miraba...

Eso me hace empezar a llorar de nuevo.

—Estaban bien —insiste Amelia, con suavidad.

—*Sé* que lo estábamos, pero no era verdad —digo.

Amelia se pone tensa. Puedo sentir que lo que compartí con ella, mis sentimientos de celos e inseguridad, está sin resolver. Burbujea. Persiste.

—Tu relación no era una mentira —dice—. Y me parece injusto contigo, con Brian.

Se hace un silencio pesado al final de su frase.

—¿Y contigo? —pregunto.

—Un poco —responde, tranquila, y levanta la vista hacia mí—. Pero no se trata de eso. Al menos no ahora. En realidad, no creo que el hecho de que me haya invitado a salir significara nada. Fue hace mucho. Él y yo apenas hemos hablado desde entonces. Pero ustedes... Él ha soltado pistas de que le gustas desde que empezó el semestre, por lo menos.

—No sé —digo.

Y no lo sé. Porque la escucho y creo que una parte de mí piensa que tiene razón.

—Se hace tarde para clases.

Amelia parece querer decir algo más, pero no lo hace. Me da un abrazo.

—Te quiero, Charlie. Y te lo digo con toda la amabilidad y el cariño que puedo reunir: creo que estás cometiendo un error.

Miro la nota y la arrugo en mi mano con un resoplido.

—Todos los cometemos.

* * *

Dicen que nada bueno sucede después de medianoche. Y quienquiera que lo haya dicho, quizás tenga razón. De todos modos, le envío un mensaje de texto a Brian.

¿Has invitado a salir a Amelia?, le escribo. Y de repente suena mi teléfono.

—Hola —respondo, como si estuviéramos a punto de empezar la conversación más casual de la historia.

—No tengo idea de lo que estás hablando, Charlie. No, no he invitado a Amelia a salir. ¿De eso se trata? ¿De un chisme? No lo he hecho; te juro que no lo he hecho.

Su voz suena salvaje, desesperada.

—Ella me dijo que la habías invitado.

—No sé por qué diría eso, pero *no* la he invitado, Charlie.

—El año pasado —digo, y sé que quizás parezca obsesiva—. En la clase de Inglés.

Hay un silencio. No sé si es porque está tratando de hacer memoria o porque lo he descubierto.

—Ah —dice al fin, con voz suave.

—Sí —digo.

—¡Pero eso fue hace mucho tiempo! Ahora no me interesa en absoluto. Me gustas *tú*, Charlie. Me gustas mucho, de verdad.

Me duele oírlo decir eso porque siento que no es verdad. O tal vez me duele porque puede ser verdad y no importa.

—No puedo —susurro.

—¿No puedes qué? —pregunta Brian—. ¿Estar conmigo?

—Sí.

—¿Por *eso*?

—Sí.

—¿Entonces se acabó? —pregunta Brian.

—Se acabó —digo—. Lo siento.

Capítulo cuarenta y siete

La idea de trabajar con Brian al día siguiente me asusta. No quiero verlo, y estoy segura de que él no quiere verme.

Nancy me pide que me encargue de un gran envío para la próxima campaña de donaciones de la empresa, en el verano. Tengo que llevar a la oficina de correos un montón de cajas, cada una con docenas y docenas de cartas que deben llegar a tiempo.

Nancy me dice que vaya con Brian, y me hace un guiño. Intento protestar, pero ella insiste. Cree que me está haciendo un favor. Ni siquiera me preocupo por cómo se ha dado cuenta de que Brian y yo tenemos algo, porque me enfrento a dos opciones: decirle la verdad, que Brian y yo hemos terminado antes de empezar, o fingir que no pasa nada e ir a buscarlo.

Me decido por la tercera opción: no decirle nada a Nancy, no buscar a Brian en el almacén y ocuparme del proyecto sola.

Pero, cuando me dirijo a la furgoneta blanca de la empresa, Brian ya está cargando cajas. Nancy debe haberle dicho a Dave que lo enviara. Por supuesto que me va a ayudar, a pesar de que acabo de romper con él. Brian es así de bueno.

—Gracias —digo, acercándome a la furgoneta.

—Sí —dice.

—¿Necesitas ayuda con las cajas? —le pregunto.

—No.

—Está bien. Yo conduzco.

Me dirijo al asiento del conductor y me subo. Me tomo mi tiempo ajustando el asiento y los retrovisores, mientras espero por Brian. Cuando él se sienta en el asiento del copiloto, me aclaro la garganta.

—¿Listo? —pregunto.

Brian asiente con la cabeza, pero no me mira. Conducimos. No habla, y yo no dejo de echarle miradas furtivas, pero no digo nada. Se me hace el viaje más largo a la oficina de correos, y agradezco las conversaciones incidentales que rompen el silencio. La entrega no toma mucho tiempo y pronto estamos de regreso, camino a la oficina.

—Ha hecho mucho calor en estos últimos días, ¿no? —le digo.

—Sí. Hace calor —dice Brian, mirando por la ventana.

—Me gusta el verano, pero también la primavera. No me gusta saltar del invierno al verano, ¿sabes?

—Sí.

—Pero supongo que prefiero el calor al hielo —digo con una risa incómoda.

Brian me mira.

—Charlie, ¿qué estás haciendo?

Lo miro y luego vuelvo a mirar la carretera.

—¿Qué quieres decir?

—Sabes lo que quiero decir —dice—. Estás actuando como si no hubiera pasado nada.

—¿Cómo se supone que debo actuar?

—No sé, pero no así. No puedo soportar que actúes como si todo estuviera bien. No está bien. *Mierda*, estoy muy herido.

Lo miro. Su cara está roja, como si estuviera luchando contra las ganas de llorar. Lo que *me hace* querer llorar. Pongo las intermitentes y me aparto a un lado de la carretera, porque sé que no puedo manejar y llevar esta conversación al mismo tiempo.

Apago la furgoneta.

—Lo siento.

—No tiene sentido. Sé que no depende de mí, que no tiene que tener sentido y que tengo que aceptarlo. Pero no puedo dejar de pensar en por qué me tratas así por algo que hice hace un año, mucho antes de que tuviéramos algo. ¿Qué importa que hubiera tenido un extraño y estúpido enamoramiento con otra persona?

Está claro que ha estado aguantando eso, y no lo culpo.

—No es que te hayas enamorado antes de otra persona. Eso lo entiendo. Claro. Sé que tu vida no empezó en el momento en que entré en ella. —Trago saliva y termino atropelladamente—: Es que el enamoramiento fue con *Amelia*, mi mejor amiga, la única persona con quien siento que nunca podré estar a la altura. ¿Te parece motivo suficiente?

—¡¿*Qué* es esa obsesión con Amelia?!

Su exabrupto me coge por sorpresa.

—No es una obsesión —protesto.

—Obsesión, fijación, llámalo como quieras, Charlie, pero no dejas de compararte con ella. Y eso no te permite ver las cosas en su justa medida.

Los orificios nasales de Brian se abren. Toma aire.

—¿Después de todo lo que hemos construido juntos? —pregunta, más tranquilo.

A pesar de mis intentos desesperados por permanecer imperturbable, empiezo a llorar.

—Lo siento —vuelvo a decir, con voz entrecortada y lágrimas en los ojos.

Brian se pasa la mano por las mejillas para limpiarse de prisa unas lágrimas.

—No estoy seguro de que lo sientas. Me pides que mueva montañas, sabiendo muy bien que no puedo. No puedo arreglar tus sentimientos hacia Amelia, Charlie, y estoy seguro de que no puedo volver atrás y desinvitar a salir a Amelia. Pero "a la mierda", porque, ¿a quién le importa? ¿No?

—A *mí* me importa.

—¿Entonces por qué haces esto?

Me tiembla el labio.

—Porque toda mi vida he sentido que nunca he sido tan buena como Amelia. Toda mi vida, Brian. Nunca he sido tan bonita ni tan carismática ni *nada*. He visto cómo los chicos la persiguen una y otra vez, o me utilizan para acercarse a ella. O fingen que yo les gusto solo para estar cerca de ella. Ella siempre ha sido mejor que yo.

—No vuelvas a decir eso.

—¡Pero es verdad! —insisto, enjugándome los ojos. Siento que empiezo a ponerme nerviosa—. ¿Y ahora también forma parte de mi relación contigo? No puedo soportarlo. Siempre estoy en segundo lugar en comparación con ella. Ante mi madre. Ante Cal. Ahora ante ti.

—Ante mí, no —dice Brian—. *Nunca*, Charlie.

—Muy bien, ahora estás invalidando mis sentimientos, ¡además! No sabes lo que he vivido. No *puedes* saber; no eres una chica. La forma en que se nos compara, y cómo nos tratan a las gordas y toda esa presión asfixiante. ¿Te imaginas lo que es que tu madre prefiera *a tu mejor amiga*? No, porque en realidad tienes dos madres que se preocupan por ti. Así que no tienes idea. No lo has vivido.

Me cuesta recuperar el aliento. La furgoneta se siente pequeña y caliente, e *inhalo* y *exhalo* hasta que estoy lista para hablar de nuevo. Cuando lo hago, mi voz suena más tranquila.

—Tenga sentido para ti o no, no creo que pueda superarlo.

—¿Estás segura? —pregunta Brian pasado un minuto.

—Sí —digo—. Estoy segura.

Brian me mira durante un largo momento, con las cejas fruncidas, como si le estuviera costando mucho trabajo entender. Luego respira profundo, traga con fuerza, se acomoda en su asiento y mira hacia delante.

—Bueno —dice.

Asiento con la cabeza y miro también al frente.

—Bueno —repito.

Pero sé que nada de esto es bueno.

* * *

Me cuesta trabajo volver al trabajo. Pero no tengo derecho a irme, no después de que Nancy ha sido tan amable, así que entro y me dispongo a comenzar a archivar para tratar de olvidar esa tarde tan dolorosa. Es una suerte poder trabajar en silencio, pero cuando levanto la vista veo a Dora dirigirse hacia mí.

Deseo que no me hable, que siga adelante y vuelva a su trabajo, pero...

—Oiga, *usted* —me dice, moviendo un poco las cejas—. ¿Cómo estuvo el viaje a la *oficina de correos?*

Así que todo el mundo en la oficina parece que sabe de lo mío con Brian.

Se me hace un nudo en la garganta y trato de volver a concentrarme en la enorme pila de papeles que tengo delante y que hay que archivar.

—Bien.

—¿Solo bien?

—Sí, bien.

Intento leer el expediente que tengo delante.

—¡Oh, vamos! Me has estado ocultando cosas, Charlie —dice Dora, riendo—. ¡No me has contado lo tuyo con Brian! Tuve que enterarme por *Sheryl.*

No digo nada.

—No seas tímida, cariño. —Dora se acerca a mí y me pone una mano en el hombro—. Me parece lindo. Biran es un buen chico, Charlie. Has escogido bien. Te lo mereces.

Miro a Dora. Veo la sinceridad en su rostro. Sus palabras resuenan en mis oídos. Pero siento que mi cara me traiciona.

—¡Oh, cariño, lo siento! No quería avergonzarte —dice, frotándome la espalda.

—No es eso —consigo decir entre lágrimas.

Antes de que pueda decir algo más, Dora me lleva al baño y cierra la puerta con llave.

—¿Qué pasa?

Su voz es maternal, amable, preocupada, con un toque de "le haré daño a quien te haya hecho daño". Y eso me reconforta, aunque gran parte del daño me lo he hecho yo.

—Brian y yo hemos roto —digo, y estallo en llanto—. Ha sido

horrible y muy, muy duro. Pero no quiero que nadie lo sepa, ni él. Es, no sé... demasiado.

—Oh, cariño.

Dora me abraza en silencio.

—Lo siento. ¿Quieres que hable con él?

—¡No, no! Fui yo quien terminó con él.

Dora se separa.

—Estoy segura de que tenías tus razones. No tienes que decir una palabra más, y me aseguraré de que nadie más lo haga tampoco.

—¿Todo el mundo lo sabe? —pregunto.

Dora duda en responder, y sé que sí.

—¿Cómo se han enterado?

Se hace silencio. Luego Dora se ríe.

—Dos jóvenes enamorados digamos que no son nada discretos —dice en voz baja—. Además, Dave y su bocaza.

Gimoteo.

—¿Por qué no te vas? Creo que has tenido un día largo.

Asiento con la cabeza, moqueando.

—Sí.

Con la barbilla, Dora señala hacia la puerta.

—Vete. Me ocuparé de todo.

—¿Estás segura? —pregunto, aunque quiero salir corriendo y no mirar atrás.

—Por supuesto. Ve, cariño —dice con una sonrisa amable.

—Te lo agradezco.

Me limpio los ojos, respiro profundo y extiendo la mano para abrir la puerta. Luego me vuelvo a mirarla.

—Dora, no le digas a nadie lo de la ruptura, ¿sí? Es muy reciente.

Dora se cierra los labios con los dedos y yo sonrío con alivio.

—Gracias.

Dentro del auto, me permito sollozar. Me avergüenzo de haberme dejado llevar por la emoción en el trabajo, y me avergüenza la idea de que Brian y yo pensáramos que estábamos siendo tan discretos cuando era obvio que no.

Pero, sobre todo, me duele no poder siquiera enviarle un mensaje de texto para reírnos de lo mortificante que es todo. Y la única persona a quien puedo culpar de eso es a mí.

Capítulo cuarenta y ocho

Cuando llego a casa, le mando un mensaje a Amelia. **¿Quieres ver unas películas malas?**

Sí, siempre, pero ¿estás bien?, me responde.

¿Vienes?

Voy para allá, me escribe.

Cuando llega, Amelia va directo a mi habitación. Al ver mis ojos hinchados y mi cara manchada, me abraza.

—Todo es un desastre —sollozo, dejando que me abrace por un segundo.

—¿Qué ha pasado? —pregunta.

Nos sentamos en la cama y le cuento los acontecimientos de la tarde. Eso hace que aflore toda una serie de emociones que me hacen sentir débil y vulnerable, como si el más mínimo pinchazo pudiera provocar otro tsunami de lágrimas.

Amelia me escucha con atención, frotando mi espalda aquí y allá.

—Es que ha sido un día muy, muy largo —digo, moqueando—. Una semana muy larga, en realidad.

—Me imagino.

—Y encima, no voy a mentir, Amelia, las cosas todavía no se sienten bien entre tú y yo.

Ella busca mi mirada y encoge un poco los hombros.

—Bueno, porque no lo están.

—Dijimos que estábamos bien.

—Sí, eso es lo que dijimos. Queríamos que fuera verdad. Quiero decir, no es que peleemos. Pero, la verdad, me tiraste una bomba. He estado haciendo todo lo posible para manejarlo, pero no soy Olivia Pope. Dijiste que te sentías inferior a mí. Yo no tenía la menor idea. Quiero decir. *Mierda.*

—Sí —digo—. Mierda.

—Es como si estuvieras resentida conmigo.

—*No* lo estoy.

—Tal vez un poco, ¿no? —insiste.

No digo nada, lo cual lo dice todo.

—Nunca quise hacerte sentir así, Charlie. Quiero que lo sepas.

—A veces es difícil estar cerca de ti, Amelia —empiezo a decirle—. Eres tan... tú. Hermosa, flaca, cariñosa, segura y, lo siento, también perfecta. Así me lo han hecho saber un millón de veces todas las personas que nos rodean, de forma dolorosa.

A Amelia se le cierran los puños.

—*No* soy perfecta. No lo soy. —Luego se suaviza un poco—. Cuando dijiste algunas de esas cosas el otro día, mi reacción instintiva fue, y tal vez todavía sea, pensar que cómo te atreves. Pero he pensado mucho en eso. Y por mucho que odie admitirlo, tal vez sea cierto que a veces siento una extraña satisfacción cuando me sé codiciada. Y no estoy orgullosa de eso.

Le dedico una media sonrisa.

—Siendo alguien que rara vez es codiciada, puedo entenderlo.

Amelia levanta una mano para detenerme.

—No, no hagamos esto. No nos autodespreciemos. Seamos honestas.

Su voz tiene una firmeza que tal vez necesito.

—Tienes razón. No desviemos la atención.

Amelia asiente.

—Mira, sé que el mundo puede ser una puta mierda para las chicas, y aún más para las chicas de color, y para, ya sabes...

—Las chicas gordas como yo —la interrumpo—. Puedes decirlo.

—Sí, para las gordas como tú —repite Amelia—. Pero me identifico contigo más de lo que crees. No digo que entienda a pies juntillas tus luchas. No sé lo que es ser una mujer gorda y morena.

Pero sí sé lo que es ser una mujer negra *queer*, y también es jodido, muy jodido a veces. Es *imposible* no sentirse insegura, ¿sabes?

—Supongo que no había pensado en eso. —Me muerdo el labio—. Puede parecer una tontería, pero rara vez te imagino como alguien con conflictos o dudas.

—¡Exacto! Me ves como un ser superior. Eso sí que es presión —dice Amelia, riéndose—. A veces se siente bien, por supuesto, que a la gente le guste cómo luzco o actúo. Pero a veces es demasiado. Tengo la presión de mis padres y la mía, ¿y ahora tú? Tú y yo somos *iguales*. Iguales en nuestra imperfección. Y tú has *visto* mis luchas y has estado a mi lado en el camino. He dudado sobre si debía tener sexo con Sid. No podía enfrentarme a mis padres en una cena con mi nueva novia. A veces no tengo el valor de enfrentarme a la gente o a mí misma.

—Pero esas son cosas normales.

—¡*Exacto*! ¡Ese es mi punto! Me miras y me ves luchar por las cosas, y me apoyas a pesar de todo, y crees que estoy acabando con el mundo, pero cuando eres tú no te das ninguna oportunidad y te machacas. Pero yo soy una persona normal, y tú también —dice—. Una campeona, además. Eres buena en *todo*. Sacas unas notas asombrosas, eres una escritora increíble y eres tan inteligente que a veces los profesores asumen que yo también lo soy solo porque ando contigo. Cuando casi reprobé el examen de Biología a principios del semestre, el señor O'Donnell me dijo que debía tratar de ser como tú. Y, ¿sabes qué? Tal vez sea una mierda decirle eso a un estudiante, pero *quisiera* ser más como tú. No porque crea que soy una persona inadecuada, sino porque los seres humanos nos la pasamos queriendo ser lo que no somos. Queremos ser mejores. Sentimos envidia. Y creo que está bien que a veces quiera parecerme a ti. ¿Quién no querría? Eres inteligente, divertida, chic y valiente, y harías cualquier cosa por las personas que quieres. Soportas un montón de mierda y dejas que se encienda un fuego en ti, y eso lo admiro mucho, nena.

Oír esas cosas me corta el aliento un poco, porque, ¿quién no se emocionaría si su mejor amiga la adula de esa manera? Nunca pensé que Amelia pudiera querer parecerse a mí en algo, y saberlo me deja boquiabierta.

—¡Guau! Eso es quizás lo más bonito que me has dicho, Amelia. Y tú me has dicho toneladas de cosas bonitas. Pero esto significa mucho para mí.

—Bueno, todo es verdad.

—Nunca he querido presionarte para, no sé, que seas mejor o lo que sea. El mundo es duro como es. No necesitas a nadie más para eso. —Miro a Amelia—. Lo siento.

—Yo también lo siento. Pero, ya sabes. Las hermanas se pelean. A veces meten la pata. Sienten celos. Quieren parecerse una a la otra. Pero no pueden dejar que eso las consuma.

Tomo la mano de Amelia y la aprieto.

—Tienes razón.

—Y... *como* tu hermana, tengo que ser sincera contigo. Creo que tienes que ser más tolerante —me dice—. Por tu propio bien. Deja a un lado toda esa mierda con Brian. Tienes que relajarte contigo misma. Sé más amable contigo. Permítete ser humana. Y tal vez deja de perseguir la perfección. Porque, de todas formas, ¿qué coño es la perfección?

—Espera, ¿podemos volver a la parte de los cumplidos?

Amelia sonríe.

—Podemos, pero aún no me he bajado de la tribuna. Solo digo que, a veces, tal vez te esfuerzas tanto por alcanzar la perfección que se te escapa el panorama general. Tal vez, si hubiera dependido de ti, Brian no me habría mirado. Si hubieras sido la autora de esa historia la habrías escrito de otra manera. Pero esta es la vida real, y no deberías tirar algo por la borda solo porque no salió justo como esperabas. Entiendo lo que puedas pensar del hecho de que me haya invitado a salir, te juro que ahora lo entiendo. Pero necesito que sepas que eso no significa nada en realidad, porque él te ama a *ti*, no a mí. Es a *ti* a quien quiso conquistar, Charlie. —Amelia me pone una mano en el hombro—. Pero ¿sabes qué? Olvídate de Brian. Tienes que *creer* en tu valor, incluso si no eres un ser etéreo e impecable, incluso si no todo el mundo ve lo que te hace especial, incluso si tu historia es un poco caótica. Todos somos un *desastre*, Charlie. Así que cuando todo parece descompuesto, tienes que darte espacio para respirar.

Me quedo callada. Amelia acaba de decir tantas cosas que mi cerebro está zumbando y no sé si puedo procesarlo todo.

—¿Puedes hacerlo? —me pregunta—. ¿Puedes intentar ser más amable contigo?

Parece sincera y esperanzada.

Respiro hondo.

—Está bien. Puedo intentarlo.

Amelia se acerca a mí y me pasa un brazo por los hombros.

—Eso es todo lo que pido.

Capítulo cuarenta y nueve

¿Qué haces cuando tu mejor amiga te pone la cabeza al revés y sientes que, maldita sea, ya no puedes ni siquiera confiar en tu propio cerebro?

Así me siento.

Le escribí un largo texto de agradecimiento a Amelia, y se lo envié cuando me desperté. Pero ¿se supone que debo levantarme e ir a la escuela? Como si no tuviera un montón de cosas en las cuales pensar. Por Dios.

Sin embargo, mamá no parece entenderlo. Abre la puerta de mi habitación y me pregunta si no pienso levantarme y vestirme.

—No me encuentro bien —le digo con toda sinceridad, tapándome la cabeza con la colcha.

—¿Otra vez? —pregunta.

—Sí. Mi cerebro ha dejado de funcionar.

Oigo sus pasos acercarse a mi cama, y luego siento el peso de su cuerpo sobre una esquina del colchón. Mamá me quita la colcha de la cabeza y me mira.

—Últimamente te has sentido mal muchas veces. Vamos a tener que ir al médico —dice, ignorando mi comentario.

—Creo que se me quitará durmiendo.

Intento parecer lo más patética posible, lo cual no es muy difícil.

—Y yo creo que tenemos que ir al médico —dice—. No puedes seguir faltando a la escuela.

—Pero no es nada que un médico pueda arreglar —digo mientras me muevo para alejarme de mi mamá—. Como te dije, es el cerebro. No me funciona.

—Mmm —dice. Luego me ofrece—: Puedes hablar conmigo, ya sabes.

Considero si decírselo o no. Me vendría bien la opinión de otra persona. Y... antes de que me dé cuenta le estoy contando lo que pasó.

—He roto con Brian.

Su cara se suaviza.

—Oh. Bueno, eso es bastante.

—Y tuve una gran pelea con Amelia. Pero luego nos reconciliamos. No sé, han sido muchas cosas que procesar, y ahora estoy confundida.

Mamá frunce el ceño.

—¿Qué pasó?

—Pensarás que es una estupidez.

—No lo haré —dice—. Cuéntame.

Miro mi edredón y juego con él delante de mi cara para no tener que ver a mi mamá mientras le cuento.

—Es que ha sido... No sé, han pasado muchas cosas. Amelia y yo nos peleamos porque yo la estaba ignorando porque pasaba mucho tiempo con Brian. Lo cual es cierto. Y durante esa pelea me dijo que Brian la había invitado a salir el año pasado. Ella lo dijo solo para herirme. Pero igual rompí con él. Me pareció un gran problema que ella le hubiera gustado primero.

—Eso no fue muy amable de parte de Amelia —dice mamá.

—No —admito, un poco sorprendida de que mamá piense lo mismo—. Pero se disculpó. Y hablamos. Fue duro, pero le dije que estaba herida y que era muy difícil estar cerca de ella sabiendo que todo el mundo, incluido Brian, la prefería antes que a mí.

Mamá frunce las cejas.

—¿Cómo sabes eso?

—Vamos. Hasta tú prefieres a Amelia.

Mamá me mira como si la hubiera abofeteado.

—¿Por qué dices eso? —pregunta.

Percibo una emoción en su voz que no puedo identificar, pero que me hace desear no haberle dicho eso, uno de mis temores más profundos y ocultos. Mucho menos tan a la ligera.

—No debería haberlo dicho así, mamá. Lo lamento. Pero es lo que siento... más a menudo de lo que me gustaría admitir. No eres la única. Pero sí, creo que a veces la prefieres a ella. Por muchas razones, supongo. Siempre la animas a que te llame mamá, para empezar. Y veo cómo la miras y cómo me miras a mí, como si ella fuera todo lo que desearías que fuera yo. Siempre alabas su belleza, pero en mí destacas la inteligencia o cualquier otra cosa, ¡hasta en mi propia fiesta de cumpleaños! Y siempre la invitas a todas las cosas que hacemos. Nunca estamos solas tú y yo, sino las tres. Por eso siento que no quieres pasar tiempo a solas conmigo. —Se me hace un nudo en la garganta mientras hablo, pero se siente bien sacar eso—. A veces siento que ella es la hija que hubieras querido tener. Pero te toqué yo.

Mamá se queda callada. Cuando levanto la vista, veo que ella también está un poco llorosa.

—Eso no es cierto, Charlie. Eres mi hija, mi única hija —dice, y una lágrima rueda por su mejilla—. Siempre he intentado ser acogedora y cariñosa con Amelia, porque la quiero. Es la mejor amiga de mi hija. Por supuesto que me preocupo por ella. Y me he desvivido por invitarla a cosas porque he pensado que sería bueno que tuvieras una compañera... sobre todo después de que tu padre... —Se le corta la voz cuando menciona a papá, pero enseguida recupera la compostura—. Tal vez me he excedido un poco a veces, y tal vez puedo ser un poco dura contigo. Veo muchas cualidades en Amelia, pero veo cualidades *maravillosas* en ti. Nunca preferiría a otra persona antes que a ti. Jamás. ¿Me oyes?

Asiento con la cabeza, enjugando algunas de mis lágrimas.

—Y si hay algo que puedo decirte, algo que deberías de mí, es que no puedes pasarte la vida comparándote con otras personas. ¿De acuerdo?

—Está bien —digo, dándome cuenta de que me acaba de decir más o menos lo mismo que me dijo Amelia, de manera más sencilla.

—Está bien —repite. Luego me da una palmadita en la pierna y dice—: Ahora vete a la escuela.

Mamá sale de mi habitación y yo me siento en la cama.

Tal vez el mayor problema de mi vida no haya sido que el mundo pensara que yo estaba en segundo lugar después de Amelia, sino que yo lo pensara.

Capítulo cincuenta

Me toma tiempo procesarlo todo.

Pero me doy cuenta de que tengo que dejarlo pasar. Todo. Tengo que deshacerme de esos sentimientos de inferioridad. No puedo ser Amelia, ni quiero. Al menos ya no. Quiero ser Charlie... sin pedir perdón por eso, absolutamente Charlie.

Con los hombros hacia atrás y la cabeza en alto. Un cuerpo gordo y hermoso y todo lo demás.

Deshacerme de esos pensamientos me hace sentir más ligera que nunca.

Por fin.

La charla entre Amelia y yo nos sirvió para volver a ser, no como antes, sino mejores y más honestas. Hizo mucho más fácil que retomáramos el ritmo de nuestra amistad, que volviéramos a nuestras viejas costumbres. Agradezco la normalidad.

Esa semana invito a Amelia a casa después de la escuela, y me pide permiso para traer a Kira. Nos instalamos en la cocina para hacer las tareas, en las cuales estoy retrasada. Estamos trabajando, yo en las de Historia, Amelia y Kira en la de Matemáticas, cuando mamá entra por la puerta principal. Es un poco más temprano de lo normal, así que me sorprende verla.

—Hola, mamá —le digo.

—Hola, chicas —dice ella.

—Esta es Kira —digo, señalándola—. Kira, esta es mi mamá.

—Oh, así que *esta* es Kira —dice mamá con una pequeña sonrisa.

Kira, la persona más educada que Amelia y yo conocemos, se levanta y le extiende la mano.

—Es un placer conocerla.

Mamá aún sonríe cuando le da la mano.

—Es un placer conocerte —dice.

Siento una pequeña punzada de celos, porque ha sido más acogedora con Kira que con Brian. Pero lo dejo pasar.

—¿Qué haces en casa tan temprano? —le pregunto, frustrada por no haber tenido un poco más de tiempo a solas con mis amigas.

—Oh —dice mamá, un poco avergonzada—. Vine a prepararte la cena. ¿Arroz con gandules?

Mamá me mira a los ojos, y me doy cuenta de que está intentando tener un gesto amable. Me ablando.

—Sería estupendo, mamá. Gracias.

Sonrío. Ella asiente.

—¿También se quedan a cenar, chicas? —pregunta.

Amelia y Kira intercambian una mirada.

—Nos encantaría —dice Amelia.

—Muy bien. Voy a empezar. Sigan en lo suyo.

Mamá comienza a sacar ingredientes de la alacena mientras nosotras volvemos a la tarea.

—Estoy trabada con esta pregunta de historia. Amelia, ¿ya hiciste la número tres?

Amelia revisa sus apuntes y me pasa su libreta, señalando unas líneas en medio del papel.

—Ahí tienes.

—No estamos copiando las tareas, ¿verdad? —pregunta mamá.

—No. Solo estoy mirando lo que escribió Amelia para formarme mis propias opiniones —digo, inocente.

—Sí, eso —dice Amelia.

Mientras leo lo que Amelia escribió sobre el verdadero Alexander Hamilton, no el de nuestra adorada versión de Lin-Manuel Miranda, noto que Kira le da un codazo a Amelia y empiezan a susurrar, pero no puedo escuchar lo que hablan.

—No está bien que hablen de mí —me burlo, levantando la vista de la libreta de Amelia.

—Está bien —dice Amelia—. No te enojes, pero me encontré con Brian hoy.

Me pongo tensa.

—¿Qué?

—Le he dicho que tenía que decírtelo —dice Kira.

Miro fijo a Amelia.

—No puedo creer que *no* fueras a decírmelo.

—Lo *iba* a hacer, pero todavía no —dice Amelia, y le lanza una mirada a Kira—. Fue de casualidad, en el clóset de materiales de arte. No fue nada, solo nos saludamos. Y le pregunté si las cosas iban bien. Dijo que estaban bien, pero parecía... muy triste. No sé, Charlie.

—Amelia —gimoteo.

—Bueno, ¿qué iba a hacer? ¿No hablarle?

Suspiro.

—No, *claro* que está bien que le hayas hablado. No se merece otra cosa. Pero duele escucharlo.

—Tomamos una clase de Química juntos —dice Kira—. Qué tipo más dulce.

Asiento con la cabeza.

—Sí, lo es. El más dulce de todos. Eso es lo que apesta de tener que encontrarse con él. O escuchar hablar sobre él. O pensar en él.

Mamá suspira desde el otro lado de la habitación.

—Oh, Charlie.

—¿Qué? —pregunto.

—Qué testaruda eres —dice.

—No lo soy —digo yo.

Mamá sonríe mientras añade especias al caldero que está sobre la hornilla.

—Está bien. Como quieras. Pero me parece que todavía te gusta el chico.

Amelia me mira, tratando de adivinar mi reacción. Sabe que me gusta Brian, pero nunca lo diría si yo no lo hago primero.

—Es lo que parece, Charlie —dice Kira.

—*Claro* que me sigue gustando —digo a la defensiva—. Pero rompí con él y no hay vuelta atrás.

—No es verdad —dice Amelia.

—No lo escuchaste ese día —insisto—. Estaba muy, muy herido.

—Pero no puedes saberlo con seguridad si no lo intentas —dice mamá.

—No vamos a hablar de esto —digo—. ¿Podemos concentrarnos en las tareas, por favor?

Amelia y Kira se miran con una sonrisa.

—Bien —dicen.

—Bien —asiente mamá.

Pero no está bien, porque no puedo dejar de pensar en que tienen razón: solo quiero estar con Brian.

* * *

He intentado no pensar en Brian.

No lo he logrado.

La verdad es que la vida es mucho más solitaria sin él. Lo veo a veces, claro, pero no es lo mismo, y eso es lo que más duele.

Me había acostumbrado a mandarle mensajes de texto a lo largo del día, un hábito contra el cual ahora tengo que luchar. Odio conducir por los lugares donde hemos tenido citas. No me gusta ir al trabajo y tener que evitarlo. Detesto ir a la clase de Arte. Ni siquiera me complace ver los estúpidos sujetadores que compré.

Sobre todo, porque hay un pensamiento persistente en la cabeza de la Nueva Charlie. Si quiero librarme de ciertas cosas... ¿no debería librarme de esa idea de la traición también? ¿Perdonar a Brian? ¿Decir lo siento?

No sé.

Prefiero fingir que esa no es una opción, y hago lo posible por sonreír a pesar de todo, por el bien de la Nueva Charlie. Me recuerdo a mí misma las cosas buenas: Amelia y yo no estamos peleadas; mamá se ha portado amable; recibo un correo electrónico que me informa que mi texto está entre los finalistas del concurso de escritura al que me presenté (la señora Williams casi da un brinco); por fin he terminado de pintar el cuadro del caballo para la clase de Arte; tengo amigos por primera vez; vuelvo a ver a mis primas.

Pero la soledad me golpea el fin de semana, cuando mamá sale, Amelia está con Kira, no tengo ningún plan y estoy sola en casa.

Por la noche me dedico a buscar perros que están en adopción. Los perros no te juzgan. Te quieren y ya, y eso es lo que necesito.

Cuando mamá llega a casa, he seleccionado unos tres. Le caigo encima en cuanto entra.

—¿No crees que deberíamos comprar un perro? —le pregunto. Levanto mi teléfono y se lo pongo ante la cara—. ¿No es una monada este salchicha? ¡Se llama Tiny! Deberíamos adoptarlo.

—Déjame llegar, ¿quieres? —Mamá cierra la puerta y se quita los zapatos. La sigo a la cocina mientras se sirve un vaso de agua y toma un largo sorbo—. Ahora sí, dime.

—Un perro. Necesitamos un perro. Si no te gusta este, puede ser otro, pero creo que Tiny es perfecto, y es justo lo que necesitamos.

Mamá hace un gesto de desestimación con la mano.

—No vamos a tener un perro, Charlie.

—Por favor. ¿Por favor? —le ruego—. Lo pasearé. Y lo entrenaré. ¡Este sitio dice que fue abandonado al lado de la carretera! ¿Cómo puedes decir no?

—¡No me leas eso! La respuesta es no. Ningún perro.

Suelto un largo suspiro y mamá pone los ojos en blanco.

—Supongo que no te importa mi felicidad —digo.

—Dios mío, Charlie. —Mamá sonríe y sacude la cabeza mientras camina hacia su dormitorio—. Te juro...

La sigo por el pasillo.

—Si no podemos adoptar un perro, ¿qué tal un conejo?

—Nunca. No quiero roedores en casa —dice.

Mamá saca su pijama de la gaveta y lo pone sobre la cama.

—¡Un conejo no es un roedor!

—¿Por qué no vas a ver a Amelia? —Mamá se lleva la mano a la oreja—. Creo que te está llamando.

La miro con el ceño fruncido.

—Ja, ja. Amelia salió con Kira.

Jugueteo con mi teléfono mientras mamá se suelta el pelo y empieza a quitarse el maquillaje.

—Bueno, tienes que hacer algo —dice—. Estás aburrida.

—Lo sé. Echo de menos a Brian —digo.

Mamá me mira, y su cara dice "Oh, cariño" sin necesidad de decir "Oh, cariño".

—No me mires así.

—¿Recuerdas la conversación con Amelia y Kira el otro día?

—No.

—¿No? —pregunta mamá—. Yo me acuerdo bien.

Me dispongo a salir de su habitación.

—Me ha dado sueño —digo.

—¡Ya sabes lo que pienso!

Corro por el pasillo.

—¡No estoy escuchando! —le grito.

—¡Envíale un mensaje a tu novio! —dice a mis espaldas.

Cierro la puerta de mi habitación y hago como si no la escuchara. Tengo tantas ganas de mandarle un mensaje a Brian en ese momento que lo que menos necesito es que otra persona me anime. Puede que lo haga.

Capítulo cincuenta y uno

Lleno mis días con la escritura, los amigos, la familia, las tareas y las cosas de la vida normal. Estoy trabajando en eso de darme valor a mí misma. Estoy activa en las redes sociales, sobre todo con la etiqueta #fatfashion. Ayudo más en casa. En general, las cosas van bien. Sin embargo, sé que podrían ir mejor. Si...

No.

"Déjalo, Charlie", me digo.

Salgo a hacer la compra en el supermercado. Aunque mamá sigue con su dieta, me ha permitido preparar algunas de las comidas que me gustan. Pequeñas victorias. Y pequeñas cosas que me mantienen ocupada.

Conduzco hasta el supermercado del pueblo vecino. Es una tienda más bonita, y aunque me toma más tiempo llegar sé que allí no existe la posibilidad de que me encuentre con Brian. Además, me encanta su sección de productos de panadería y quiero regalarme una galleta. Porque es #sábado.

Cojo un carrito afuera y lo empujo hacia la entrada, donde veo una mesa. Pienso que debe ser para vender galletas de las Girl Scouts. Ahora las venden por todas partes, y, si bien me he resistido a comprarlas, me dan ganas de comprar una caja de Thin Mints ahora que he decidido regalarme una galleta.

Cuando me acerco a la mesa, veo que no es galletas de las Girl Scouts lo que venden, sino casitas de pájaros. Y Susan y Maura, las madres de Brian, están sentadas del otro lado.

—¡Charlie! —exclama Susan, y sale corriendo de detrás de la mesa para darme un abrazo—. Hace tiempo que no te vemos. ¿Cómo estás?

—Bien —digo, nerviosa—. ¿Cómo están ustedes?

—Maura y yo estamos bien, gracias. Te hemos echado de menos —dice—. ¿Verdad, Maura?

Maura me regala una sonrisa.

—Sí.

—No sabemos qué pasó contigo y Brian...

—¡Sue, por favor! —la interrumpe Maura.

Susan le hace un gesto con la mano.

—Solo te voy a decir una cosa —dice, volviéndose hacia mí—. Como decía, no sabemos qué ha pasado, pero espero que nos veamos en la inauguración de la exposición de arte la semana que viene. Brian tiene toda una sección con su obra.

—¡Sue! —dice Maura, con voz un poco más severa.

—Lo sé, lo sé —dice Susan, y luego se vuelve de nuevo hacia mí—. Quizás no debería meterme, pero creo que significaría mucho para Brian que vinieras. Piénsalo, ¿sí? La información está en la página de Facebook de la escuela.

—Lo haré. Gracias —digo, con el estómago apretado—. Ahora debo irme. Ha sido un placer verlas.

Les digo adiós con la mano y entro al supermercado, nerviosa.

Le envío un mensaje a Amelia. **Acabo de encontrarme con las mamás de Brian. Han sido muy amables conmigo. Soy horrible.**

Ella me responde enseguida: **¡NO eres horrible!**

Susan me abrazó, escribo.

Le agradas. Y tú sabes lo que eso significa, ¿verdad?, escribe Amelia.

No. ¿Qué?, pregunto.

Que, a pesar de lo que pasó, Brian no ha hablado mal de ti con ellas. Ni un poquito.

Oh. No había pensado en eso.

Todavía le gustas, Charlie, me escribe Amelia.

¿De verdad lo crees?, pregunto.

Amelia me responde: **Creo que la pelota está en tu cancha, mujer. Te toca jugar.**

Pero ¿y si soy mala en el baloncesto?, escribo.

Amelia me contesta con una avalancha de emojis de ojos puestos en blanco, y sé lo que tengo que hacer.

La Nueva Charlie tiene que canalizar a la chica de la cena que dijo que se había comprado sujetadores nuevos. Ser audaz. Tener confianza en sí misma. Decirle sí a la vida.

Capítulo cincuenta y dos

Hay un precioso ramo de lirios, mi flor favorita, sobre la mesa del comedor. Como soy una entrometida, miro la tarjeta para ver cuál de los pretendientes de mi madre los ha enviado (y para leer el mensaje).

Me sorprendo al ver que la tarjeta lleva mi nombre, y el mensaje dice:

> *¡Felicidades, Charlie!*
>
> *Mamá*
>
> *P.D. No te enfades porque abrí tu correo.*

Junto a las flores hay un sobre abierto. La dirección del remitente es Charter Oak Publishing... ¡el concurso de escritura! Con manos temblorosas saco rápidamente un papel del sobre. La carta dice:

Querida Charlie:

Nos complace anunciar que has sido seleccionada ganadora del Concurso de Escritura para Jóvenes Autores de Charter Oak Publishing...

Dejo de leer y empiezo a dar brincos de alegría.

Gané. ¡Gané! ¡¡¡Gané!!!

Le envío un mensaje a mamá para agradecerle por las hermosas flores, y ella me manda una sarta de emojis de fuegos artificiales. Luego llamo a Amelia y nos ponemos a dar gritos.

Estoy tan contenta que también decido enviarle un mensaje a Brian.

Es la primera vez que me dirijo a él desde aquel día en la furgoneta. Pero... debo ser valiente, ¿no?

Le envío una foto de la carta, con el texto: **¡Bri! ¡Gané el concurso de escritura!**

Contengo la respiración esperando una respuesta que presiento nunca llegará.

Pero... llega.

Brian me escribe: **¡Caramba, Charlie! Felicidades. Sabía que ganarías.** Y añade: **¿Todavía envían cartas?**

Me río y escribo: **Ya sabes lo obsesionados que están los escritores con la palabra impresa.** Agrego un emoji de encogimiento de hombros y le doy a "enviar". Luego escribo: **Creo que nunca te he agradecido tu apoyo como debiera. Pero significó mucho. Gracias. Te lo debo.**

Él escribe: **No me debes nada. Solo necesitabas creer en ti misma. Y tal vez que te recordaran parar y bajar la capota y dejar que el viento te alborotara el pelo.**

Sonrío ante la imagen y respiro profundo.

Escribo: **Estoy aprendiendo. ¿Podemos repetirlo alguna vez? ¿Tú y yo?**

Hay una larga y agónica pausa antes de que aparezcan los tres puntos. Y luego: **Solo si escuchamos a los Smiths.**

Mi corazón levita. Hay esperanza.

* * *

No queda más que *ser* audaz. De verdad. En persona.

Como aspirante a escritora, soy muy consciente del uso de tropos, y uno que odio mucho es el gran gesto. Un día hablé sobre eso con Brian. Le solté una larga perorata sobre los grandes gestos. Le dije que siempre ejercen presión sobre la persona que los recibe, y que son muy injustos. Exigen demasiado. Avergüenzan a los demás o los ponen en aprietos. Hacen más por la persona que los despliega que por aquella que los recibe. Y tal, y tal, y tal...

Luego le confesé que, a pesar de saber eso, me costaba mucho no dejarme llevar por ellos. Por ejemplo, las proposiciones para el baile de graduación de la escuela. Brian estuvo de acuerdo conmigo. Apenado, dijo que le encantaba ver videos de YouTube de parejas que habían planeado proponerse matrimonio al mismo tiempo.

Fue una de esas conversaciones en apariencia insignificantes, pero que me hicieron sentirme comprendida por él.

Mientras busco la manera de arreglar la situación con Brian, vuelvo a esa conversación una y otra vez, dándole vueltas en mi cabeza hasta que llego a la conclusión de que *necesito* un gran gesto. *Necesito* ponerlo todo en juego. *Necesito* mostrarle a Brian lo que siento.

Decido asistir a la exposición de arte.

La exposición de arte de la ciudad presenta cada año las obras de los estudiantes más talentosos en la biblioteca local. Sí, *la misma* biblioteca donde Brian y yo nos besamos por primera vez, porque la vida es así. Se otorgan premios a las obras más destacadas, y solo los alumnos con más talento exponen sus trabajos. Brian está entre esos.

Llego temprano. Llevo el pelo rizado y me he cambiado de ropa unas cien veces, pero al final opto por un sencillo vestido de verano que Brian me elogió una vez. Llevo mi cuaderno de notas, el regalo de Brian, y agradezco tener algo a lo que aferrarme. Me da un propósito. Antes de entrar, me quedo sentada en el auto armándome de valor. Le pido a Amelia que me anime, y ella me dice que todo está bajo control. (No siento lo mismo).

Observo a un grupo de familias que se acercan a la biblioteca y me digo que, después de que entren tres familias más, voy a entrar yo. Dos... una... fuera.

Entro. Miro a mi alrededor y no encuentro a Brian ni su obra. Entonces me doy cuenta de que ni siquiera sé si Brian asistirá. He asumido que estará porque es la noche de la inauguración (bueno, son las cinco y media), pero no tengo certeza.

Estoy pensando en eso cuando doblo una esquina y lo veo. Está mirando su teléfono, pero levanta la vista porque dejo escapar un suspiro al verlo.

Brian, sorprendido, sonríe al verme. Luego vuelve a poner su cara neutra.

—Hola —dice.

—Hola —digo, mordiéndome el labio.

Luce bien. Muy bien. Por supuesto. Es su noche y me la quiero robar. Dios mío, ¿qué estoy haciendo?

—¿Qué haces aquí? —me pregunta, pero no de forma acusadora, sino dulce.

—He venido a verte.

Brian levanta las cejas.

—¿Sí?

—Sí. Me encontré con tus madres el otro día y me dijeron que se iba a exponer tu obra aquí, y como me encanta el arte y me encanta lo que haces y me encanta tu trabajo... —¿Cuántas veces puedo decir "me encanta" en una sola oración? Dios— quise venir a verlo.

—Oh —dice—. Gracias. Ellas están por ahí.

—Qué bien. Eh... y también vine porque quería verte. —Hago una pausa—. Te echo de menos.

Brian no dice nada y decido que no tengo nada que perder.

Audacia.

De una vez.

Allá voy.

—Lo siento. Me dejé dominar por mis inseguridades. No fui capaz de salir de mí misma y ver lo que tenía delante. Suena como un cliché. Y lo es. Pero es verdad. Brian, fuiste muy bueno para mí, de una manera que nunca imaginé. *Funcionábamos*, y lo que tuvimos era hermoso y maravilloso y mágico. Me hiciste muy, muy feliz. Estaba... asustada. O rebasada. No sé, ambas cosas tal vez, pero sobre todo me equivoqué de cuajo, y lo gritaré a los cuatro vientos si es necesario. Lo siento. No debí haber terminado contigo de la forma en que lo hice, por supuesto que no, pero sobre todo *no* debí haber terminado contigo. No es lo que quería. Dejé que mi horrible inseguridad se apoderara de mí y te alejé. Lo siento. Significas mucho para mí.

Todo sale rápido, las cosas que había pensado y no había dicho, las cosas que me he callado. No tengo ni idea de lo que Brian dirá, pero necesitaba decírselo.

—Charlie, he pensado mucho en todo eso, y creo que ahora lo entiendo —dice Brian en voz baja—. No estuvo bien, no. Y me dolió mucho. Pero el lugar de donde provenían tus sentimientos era tan profundo, oscuro y real, que lo *entiendo*. Entiendo que has tenido experiencias que te han hecho desconfiar de la gente, del mundo. Te entiendo. Solo desearía haberlo entendido mejor entonces. Así que... sí, por supuesto, disculpas aceptadas.

Sonrío a medias. Brian sigue siendo tan bueno conmigo, incluso después de todo.

—Gracias.

Lo miro, y entonces lo veo. Detrás de él hay un cuadro. Es un chico con el brazo alrededor de una chica, cuya cabeza está apoyada en el hombro de él. Miran el mundo, que arde en llamas. Lo señalo.

—Espera. ¿Somos... nosotros?

Brian se da vuelta para mirar hacia donde señala mi dedo. Luego vuelve a mirarme y se mete las manos en los bolsillos. Tiene las mejillas sonrojadas.

—Sí.

—Somos *nosotros* —digo, acercándome cautelosamente al cuadro.

El chico tiene el pelo negro azabache, y lleva una sudadera con capucha (la favorita de Brian). La chica tiene el pelo rizado, castaño, casi negro, y lleva un vestido, *este* vestido. El mismo que ahora llevo.

—Somos nosotros en el fin del mundo. Lo pinté la noche después de tu cumpleaños. Porque lo supe, tú y yo —dice Brian.

Me doy la vuelta para mirarlo.

—Dios mío —susurro.

Entonces recuerdo lo que traigo en las manos.

Desenrollo la correa que sujeta el cuaderno de tapas de piel y paso la primera página de color marfil. Hay tres palabras escritas con tinta.

—Hace tiempo me preguntaste si había usado el cuaderno, y te dije que me resultaba difícil escribir en uno tan bonito como este. Que era mucha presión y todo eso. ¿Te acuerdas?

Brian asiente, mirando el cuaderno y luego a mí.

—Por supuesto.

—Lo había estado posponiendo y postergando, porque quería que lo que escribiera fuera súper importante. Entonces al fin me di cuenta de algo, y me hizo querer hacer algo grande. Un gran gesto.

Me quedo sin aliento tratando de explicar.

Brian ríe.

—¿Y...?

—Pues toma. —Le alcanzo, temblorosa, el cuaderno—. No es un cuadro impresionante de nosotros dos en el fin del mundo ni nada parecido, pero...

Brian mira la página donde he garabateado las palabras que desnudan mi alma, las importantes. Luego me mira.

—Es mejor.

Su mirada vuelve a posarse en la página, y sonríe para sí mismo, como si no creyera lo que ve y necesitara volver a leerlo. Entonces cierra el cuaderno y me toca la mejilla, como suele hacer, como siempre ha hecho.

—Yo también te amo, Charlie.

Me tiemblan los labios. Descanso mi cara en su mano y lo digo.

—Te amo, Brian.

Él me atrae hacia sí y me besa, y el mundo arde. Es el mejor beso de mi vida. Mejor que todos los besos sobre los cuales he escrito. Mejor que todos los besos que he soñado.

Mantenemos nuestros rostros juntos cuando paramos de besarnos, frente con frente. Siento el cuaderno contra mi espalda y aprieto los ojos. Es real.

—¿Quiere decir que me perdonas? —pregunto.

Brian se ríe y abro los ojos.

—Casi casi.

Yo también me río, y entonces veo un lazo rojo debajo del cuadro de nosotros.

—¿Qué es eso? —pregunto, señalando la cinta.

La mirada de Brian se dirige hacia el cuadro.

—Oh —sonríe—. Obtuvo el segundo lugar.

Sonrío.

—No para mí —digo.

Y lo beso.

Y lo beso.

Y lo beso.

Y lo beso.

Cuando me separo, Brian me mira.

—¿Por qué has parado?

—Porque me dijiste que tus madres estaban por aquí. Y estamos en un evento público.

Brian me toma de la mano y, sin decir una palabra, me lleva afuera de la biblioteca. El sol de mayo ilumina el cielo azul, los árboles florecidos se mueven con la suave brisa, la hierba verde crece exuberante.

—¿Mejor aquí?

Miro a mi alrededor y sonrío.

—¿Qué? —pregunta.

—*Brian* —digo—. Es aquí.

—¿Aquí qué?

—Aquí —digo, señalando el espacio que nos rodea— es donde nos dimos nuestro primer beso.

La cara de Brian se ilumina al darse cuenta y sus labios se abren en una amplia sonrisa.

—Nosotros —dice.

Lo atraigo hacia mí.

—Nosotros.

Capítulo cincuenta y tres

Hay muchos cachorros de *golden retriever* encima de mí.

Repito: hay muchos cachorros de *golden retriever* sobre mí.

—¿Estoy muerta? —pregunto, acurrucando a uno de ellos, Canela (porque todos tienen nombres de especias), en mi cuello—. Creo que estoy muerta.

Brian se acerca a tomarme el pulso mientras, con la otra mano, acaricia a Tomillo.

—A mí me parece que estás muy viva.

Pongo a Canela en mi regazo y extiendo una muñeca flácida hacia Amelia.

—Por favor. ¿Estoy viva?

—¿Confías en su diagnóstico y no en el mío? —se burla Brian.

Amelia le saca la lengua.

—*Soy* su mejor amiga. No *te* olvides. —Entonces se acerca y presiona dos dedos en mi muñeca—. Sí, viva. A menos que lo esté haciendo mal. En cuyo caso quizás estés muerta.

—¡A quién le importa! —grito—. ¡Este es el mejor día del mundo!

—La mejor *cita* del mundo —me corrige Amelia—. ¿No es cierto, Pimentón? Sí que lo es. ¡Sí que lo es!

Kira sonríe.

—Me alegro mucho de que les guste —dice.

Luego se inclina para darle un beso a Romero. Nos ha dejado entrar al salón donde juegan los cachorros del refugio, donde estamos en la mejor cita doble de la historia de la humanidad. Bendita sea Kira.

Brian frota su cara en el suave pelaje de Tomillo.

—¿Cómo podría no gustarnos?

Me siento y miro a Kira a los ojos.

—Me *muero* por uno de estos perros —digo.

—¿Pero no estabas muerta? —pregunta Amelia.

—¡*Entonces me vuelvo a morir*!

Brian me da a Tomillo, y tengo dos cachorros en mis manos. Nunca he sido más feliz.

—Por favor, no lo hagas —dice—. Me gustas viva.

—Lo siento, yo no hago las reglas —digo y le doy un beso a cada perro.

—Creo que deberíamos irnos ya. Es tarde —dice Kira.

Amelia la mira con escepticismo.

—Pero, nena, ¿no vivimos aquí?

—¿De verdad tenemos que irnos? —pregunto.

—Bueno, yo *tengo* hambre —dice Brian—. Sobre todo, con esos nombres tan deliciosos.

Suspiro. Coloco a Canela en el suelo y observo cómo corre hacia sus hermanos y se pone a jugar.

—Supongo que se acabó el tiempo, entonces.

—¿A dónde vamos? —pregunta Kira.

Amelia y yo nos miramos.

—¿A Jake's? —decimos al mismo tiempo—. *Empate*. ¡Me debes un café! —volvemos a decir a la vez—. ¡Doble empate!

Brian mira a Kira.

—¿Las dejamos aquí? No creo que debamos sacarlas en público.

Kira sonríe.

—Tengo que sacarlas de aquí antes de que me busquen problemas. Después, ya veremos.

Nos levantamos y Brian y yo salimos. Kira y Amelia se quedan a cerrar.

El aire es cálido y espeso: es casi verano y puedo anticiparlo. El olor de las palomitas de Los patines locos, el perfume característico de Ana, el ChapStick con sabor a cereza de Carmen mientras patinamos alrededor de la pista un número vertiginoso de veces. El sonido de las risas de los estudiantes atletas en el campamento de día donde Kira trabajará como consejera. Las fotos de Benjamin suspendido en la máquina de gravedad cero en el Campamento Espacial (extraño, encantador y muy Benjamin). La sensación de mi mano envuelta por la de Brian durante el espectáculo de fuegos artificiales, los juegos de minigolf, los largos viajes por carretera a la playa, las noches asando malvaviscos y las docenas de otras aventuras de verano que tendremos, incluyendo los almuerzos en el museo donde él hará un internado. El sabor de la fresa ácida, la vainilla dulce y el rico helado de chocolate que probaremos a escondidas en la heladería donde Amelia y yo trabajaremos a tiempo parcial, con las mejillas rojas, la piel bronceada por el sol y el corazón lleno de nuevos recuerdos que reviviremos una y otra vez como solo las mejores amigas pueden hacer. Estoy a las puertas de un verano que, anticipo, será uno de los mejores de mi vida. Sonrío para mis adentros solo de pensarlo.

Brian toma mi mano y enlaza sus dedos con los míos, como si me leyera la mente.

—Todavía me queda bien —dice.

Luego me atrae hacia él y me da un beso. De nuevo no puedo evitarlo; suspiro.

—Te he echado de menos —le digo en voz baja.

—Yo también te he echado de menos —me dice él.

—Pero tengo que preguntarte algo.

La cara de Brian se pone seria.

—Por supuesto.

Tomo aire.

—¿Crees que Amelia realmente me invitará a un café?

—¡Charlie! —Brian suelta mi mano y se aleja, riendo.

—¿Qué? ¡Esas son las reglas del empate!

Por fin Amelia y Kira salen del refugio de animales.

—¿Estabas hablando de las reglas del empate? Porque entonces *tú* me debes un café a *mí*.

—Es una Coca-Cola, gente –dice Kira mientras nos dirigimos a su auto.

Me siento en el asiento trasero. Brian me sigue. Amelia se sienta en el asiento del copiloto.

—¡Lo único que sé es que Amelia me compra algo! —digo.

Amelia se tapa los oídos.

—La, la, la, no te escucho.

—Charlie, si *yo* te compro un café, ¿te callas? —pregunta Brian.

—Tal vez —digo—. También podrías besarme.

—¡Qué asco! —dice Amelia, y se da la vuelta para mirarnos—. ¡No me hagan ir para allá atrás!

Le muestro el dedo del medio y me acerco a Brian para darle un beso.

Porque ese beso es mío.

Porque ese chico es mío.

Porque esta vida es mía.

Porque me la merezco.

Agradecimientos

¿Cómo empezar a agradecer a todas las personas, lugares y cosas que me ayudaron a llegar a donde estoy, al primer libro publicado, un sueño hecho realidad? Parece una tarea imposible, pero lo intentaré. Sin orden de preferencia (¡porque NO quiero después recibir mensajes de personas heridas!):

Gracias, Maya Papaya, por hacer que el mundo sea mejor solo con tu presencia, y por dormir la siesta durante las revisiones finales del manuscrito. Espero que algún día tengas este libro en tus manos y encuentres en él la confirmación de que puedes realizar todos tus sueños.

Gracias, Obi, por calentar mis piernas cuando me levantaba de madrugada a escribir.

Gracias, abuela y abuelo, por criarme y quererme como me merecía, y por animarme siempre a dar lo mejor de mí y a seguir mi corazón.

Gracias, Renz, por ser un hermano cariñoso y por entusiasmarte con mi libro tanto como yo.

Gracias, Gigi, tía Patty y Justin, por entretener a Maya para que yo pudiera escribir este libro, y por estar siempre a mi lado.

Gracias a mis mis parientes y suegros, por quererme y apoyarme.

Gracias, Writer's Row (Cait, Jane, Judy y Kerri), por la inspiración y el estímulo para la escritura, el vino y lo demás.

Gracias, Samm, Steph ("Duddie"), Laraine, Paige, Kelsey, los Nasties y todos mis maravillosos amigos, por su amor y amabilidad.

Gracias, comunidad de Livejournal Fatshionista, por enseñarme de adolescente que podía ser gorda y audaz.

Gracias, America Online, por haberme dado acceso a internet en mi preadolescencia, a *fanfictions* de bandas de chicos y a amigos del internet que compartían mi pasión por la escritura.

Gracias, Biblioteca Pública de Plainville, por enseñarme este amor de por vida por la palabra escrita. (¡Apoya a tu biblioteca local!).

Gracias, Beyoncé, porque sí.

Gracias, Tamar, mi agente literario, por creer en mí y en este libro, y por no salir corriendo cuando te hice un montón de preguntas. Tu llamada cambió mi vida y te estoy por siempre agradecida. Quisiste a Charlie tanto como yo, y entendiste la historia. No hay nada más grande.

Gracias, Mora, mi editora, por entender todo lo relacionado con Charlie y conmigo, y por ayudar a dar forma a este libro hasta convertirlo en lo que es hoy. Charlie, Amelia y Brian son mejores gracias a tu aguda mirada y tu gran corazón. También, gracias por acceder a conservar el nombre "Clarence McConkey", para poder reírme de algo tan tonto durante el próximo millón de años.

Gracias, Ericka Lugo, ilustradora y artista, por diseñar la impresionante portada de este libro que captó a Charlie tan a la perfección.

Gracias, miembros de los increíbles equipos de Context Literary Agency y Holiday House, en especial a Miriam Miller, por reconocer el valor de la historia de Charlie y trabajar para que tuviera éxito.

Por último, y lo más importante, gracias, Bubby, por invitarme a salir por AIM hace tiempo; por reírte conmigo y quererme; por animarme siempre a seguir mis sueños; por leer y releer lo que escribo y no cansarte nunca de ello; por hacer que cada día sea una aventura, lo mismo acurrucados en nuestro sofá que contemplando el amanecer en Roma, y por nuestra hermosa historia de amor. Una historia digna de transformarse en un libro.